La vida del Buscón

Letras Hispánicas

Francisco de Quevedo

La vida del Buscón
llamado Don Pablos

Edición
de
Domingo Ynduráin

Texto fijado por Fernando Lázaro Carreter

QUINTA EDICION

EDICIONES CÁTEDRA, S. A. Madrid

Ilustración de cubierta: Luis García Ochoa

© Ediciones Cátedra, S. A., 1983
Don Ramón de la Cruz, 67.·Madrid-1
Depósito legal: M. 23.485-1983
ISBN: 84-376-0237-8
Printed in Spain
Impreso en LAVEL
Pol. Ind. Los Llanos, nave 6. Humanes
Papel: Torras Hostench, S. A.

Índice

A Mariola

Introducción

El *Buscón* como novela picaresca

Habitualmente, el *Buscón* se adscribe al género denominado novela picaresca; últimamente, sin embargo, las cosas han cambiado bastante, tanto en lo que respecta a la comprensión del *Buscón* como en lo que se refiere a la definición de la novela picaresca en cuanto género[1]. Si la caracterización de este tipo de obras se hacía desde supuestos argumentales o temáticos, centrados en la figura del protagonista, las interpretaciones modernas se basan en criterios de forma y estructura, lo que ha modificado sensiblemente el panorama. Aunque en algunos casos estas dos concepciones del género picaresco se presentan como excluyentes entre sí, lo cierto es que son complementarias y dependientes; en mi opinión, para que se pueda hablar de género picaresco deben cumplirse las dos condiciones, esto es, la exigida por la caracterización temática, y la estructural; en consecuencia, habrá que tratar los dos aspectos de la cuestión.

Es bien sabido que en la literatura española —salvo esporádicas apariciones marginales— la primera obra en la que gente de baja condición social recibe un tratamiento prioritario es *la Celestina*. A partir de esta obra —por su influjo directo o no—, los individuos subalternos y marginales aparecerán con frecuencia, normalmente sin la intensidad trágica de los servidores de Calixto: parece como si hubiera una renuncia, o una incapacidad, para al-

---

[1] En lo que sigue, tengo muy en cuenta los trabajos de F. Rico, F. Lázaro Carreter y Bataillon sobre la organización y estructura del *Lazarillo*, guías inexcusables en este campo.

canzar el tono marcado por Rojas; en lo sucesivo alcagüetas, criados y aventureros se trivializan, pierden su in-
quietante individualidad personal para convertirse en tipos. Graciosos o ridículos, la fuerza de estas figuras reside, en el mejor de los casos, en la de sus tretas y aventuras, no en el carácter que las genera y explica. De esta
forma, nos encontramos con que, en la mayor parte de las
obras, los individuos de las clases bajas son algo así como
perchas sobre las que se cuelgan dichos, anécdotas u opiniones, ajenas a una personalidad que, en definitiva, no
existe: el personaje es un *medio* para exponer otras cosas
que pueden funcionar aisladamente. Ejemplos de esta
manera de hacer están en la mente de todos, por
ejemplo, *El viaje de Turquía, El Crotalón, La Propalladia, El viaje entretenido, La hija de Celestina,* etc.

Ahora bien, en medio de todo, no parece que la adscripción de los personajes a un determinado medio social
baste para distinguir este tipo de obras de otras cuyos
protagonistas pertenecen a la nobleza, el alto clero, la
universidad o la mitología, pero cuya organización es semejante a las citadas antes. Por lo que respecta a la organización del relato, las diferencias entre *El viaje de
Turquía* y *El Scholástico* o entre *El pasajero* y el *Diálogo
de las cosas ocurridas en Roma* es mínima; lo que distin-
gue el *Jardín de flores curiosas* de los *Nombres de Cristo*
es el tema, no la organización del texto ni la relación per-
sonaje-discurso. En todos estos casos —hable el narrador
en primera persona o no—, los parlamentos pronun-
ciados tratan de temas o hechos «científicos», esto es, los
contenidos poseen validez general y objetiva, independiente de la persona que, en un momento dado, los for-
mula: la anécdota, la facecia, la teoría, son perfectamente intercambiables sin que sus valores o efectos sufran
por ello. No es extraño, pues, que, en ocasiones, se rompa la unidad ofrecida por el o los locutores y lo expuesto
se independice; es el caso de las misceláneas: de las obras
de Mexía, Zapata o Santa Cruz puede saltar, y de hecho
salta, un párrafo para formar una novela corta o para in-
tegrarse como parte de una obra organizada, sea diálogo

o novela[2]. Con esto, no me refiero tanto a la comunidad de unos temas que vienen rodando desde la antigüedad clásica como a la semejanza de forma y estructura entre unas y otras obras.

Parece como si la publicación del *Lazarillo de Tormes* modificara de alguna manera las coordenadas sobre las que se sitúan este tipo de obras; si el *Lazarillo* altera la situación es porque forma parte de ella. Como es bien sabido, salvo la anécdota de las uvas, todas las demás remiten de una u otra manera a la tradición. A primera vista podría parecer que la novedad del *Lazarillo* depende de la forma autobiográfica: el autor-personaje escribe en primera persona adoptando el modelo de las cartas de relación, de los memoriales[3]; sin embargo, la cosa no es exactamente así; en primer lugar, la autobiografía —de santos, soldados o pretendientes— no es ninguna novedad; apurando el motivo, recordaremos que las novelas sentimentales están escritas en forma autobiográfica, en primera persona: que en lugar de un noble y una vida ejemplar, Lázaro sea y exponga lo contrario no justifica la enorme diferencia de estructura literaria que separa esta obra de todas las demás. Creo que en las cartas, memoriales o relaciones autobiográficas, lo mismo que en la mayoría de los diálogos, el texto está destinado a convencer a alguien de algo, sirve para obtener un resultado. Nada de esto ocurre en el *Lazarillo,* la historia del protagonista sólo sirve para *explicar* un caso ya conocido de

---

[2] Citaré solamente algunos casos curiosos. En *El Crotalón* (Madrid, 1945, pág. 36 y ss.) encontramos la historia de un supuesto cambio de sexo aprovechado para lo que es obvio, suceso ocurrido entre un hijo del señor de Brabante y la hija del rey de Inglaterra. Una versión burguesa del mismo esquema es la que ofrece la *novelle* del Licenciado Tamariz (según Moñino), *El sueño de la viuda.* Otra de las *novelle* de este autor cuenta el caso de una dama que se unta la cara de tinta creyendo que es afeite; anécdota narrada también por Villalón en *El Scholástico.*

[3] Sobre cartas vid., por ejemplo, el prólogo al *Processo de cartas de amores,* según la ed. de Madrid, 1956; las *Cartas* de Eugenio de Salazar o el *Formulario de cartas* de Gaspar de Texeda. Y sobre la relación del *Lazarillo* con otro tipo de biografías, vid. Alberto Blecua, *Lazarillo,* Madrid, 1974, pág. 26 y ss.

antemano y, parcialmente, para conocer la personalidad del autor[4]: como tantas veces se ha señalado, la obra se cierra sobre sí misma y utiliza una serie de recursos (más o menos originales, pero indudablemente efectivos) para crear y reforzar la cohesión interna, para organizar unas partes con otras de manera que el librito forme un todo compacto. Los elementos o unidades menores que forman el conjunto remiten y cumplen una función en el interior, gravitando hacia ese caso final que da origen a la obra; para decirlo de una vez, la historia de Lázaro es una historia inútil, en ella los componentes están al servicio del conjunto, y este conjunto se limita a comunicar una historia: al lector —real o supuesto— esta obra no le pide ni le demuestra nada, explica un caso nada más.

A pesar de la radical novedad del *Lazarillo* —o quizá a causa de ella—, la novelita no tuvo continuadores hasta casi medio siglo después. Mateo Alemán retoma la línea propuesta por el anónimo autor y la continúa. Como suele ocurrir en estos casos, el *Guzmán de Alfarache* no se limita a reproducir el modelo heredado: de la misma manera que acentúa las anecdóticas habilidades del pícaro[5], acentúa también las fuerzas del procedimiento narrativo, llevándolo a una desmesura barroca difícil de sobrepasar sin que se rompa el esquema. Me refiero fundamentalmente a que Guzmán-narrador no es ya solidario de Guzmán-personaje; en consecuencia, aparecerá de manera explícita la doctrina[6]: el caso, la vida y milagros del protagonista, se convierte en ejemplo —casi en argumento— de una moral objetiva, dogmáticamente definida. Mi opinión acaso peque de radical en la manera de formular las ideas, pero creo que la dirección de los hechos va por ahí.

---

[4] De aquí se pueden deducir opiniones generales, crítica social, etcétera pero siempre indirectamente: la finalidad explícita de la obra no es ésa.

[5] Vid. Sobejano, «De la intención y valor del *Guzmán de Alfarache*», *Forma literaria y sensibilidad social,* Madrid, 1967.

[6] Vid. Moreno Báez, *Lección y sentido del Guzmán de Alfarache,* Madrid, 1948.

16

En cualquier caso, el *Guzmán de Alfarache,* aun soportando una tensión máxima, mantiene la coherencia del relato, pues el mundo del narrador se encuentra todavía dentro del libro y es solidario, bien que con intermitencias, del pícaro que fue y ha sido. Esto es así porque Guzmanillo ha llegado a ser narrador y ha alcanzado, al mismo tiempo, los criterios morales e ideológicos que muestra en la situación final, como resultado de una larga evolución. La evolución de Guzmán no es una línea recta, por el contrario, las oscilaciones son frecuentes; sí es progresiva ya que la solución final —como posibilidad— está presente a lo largo de toda la historia; y es esta virtualidad, constantemente presente, lo que proporciona a la obra el movimiento pendular que la caracteriza; es su eje de referencia. Al mismo tiempo que avanza la narración, el recorrido y la velocidad del péndulo aumenta, hasta fijarse en uno de los extremos, en el punto más alto, donde parecen fundirse los extremos de abyección y espiritualismo.

Independientemente del sentido último del *Guzmán,* es indudable que esta obra hace cuajar la novela picaresca como género; Claudio Guillén lo explica así:

El género, tal como lo entendemos aquí, arranca de un proceso de agrupación. En la mayoría de los casos es poco menos que imposible reconstruir las diversas etapas del proceso. Nuestro ejemplo —la doble aceptación del *Lazarillo* y del *Guzmán*— es tan sencillo como misterioso: sencillo porque las obras al principio eran solamente dos, y no pudo ser más evidente el origen del género; misterioso en vista de la rapidez con que se impuso ese conjunto. El *Lazarillo* a solas no se defendía, no pasaba de ser un francotirador. El *Guzmán* conoce un éxito excepcional, pero sus efectos traspasan los límites de una obra única, repercuten en el *Lazarillo* y dan origen a la idea de un género inimitable. He aquí que las dos novelas se acoplan en la imaginación o la memoria de los lectores, formando grupo, y que este género rudimentario alcanza algo como una vida propia, sugerente, que incita a la imitación. No es la obra individual —como la de Mateo Alemán, o la *Segunda parte del Guzmán de Alfarache*

17

(1602) de Mateo Luján— la que crea el género, desde luego, sino el lector —o el escritor *antes* de escribir, o sea, en cuanto lector. Pues, según vimos, el género existe o actúa, ante todo, mentalmente (no como *genus* lógico, sino como producto de una vivencia literaria). El factor más importante aquí es, sin duda, el menos conocido: el público[7].

Y, en efecto, muy pronto aparecerán los testimonios que muestran a los dos pícaros formando pareja digna de tener descendencia; ahora se puede añadir un texto más a los ya conocidos:

—Andad, bellaco, guitón, que yo os santiguaré.
—Ese —dixe yo llorando— será mi desdichado nombre, que pues ay primero y segundo pícaro, justo es darle compañero, que no puede pasar el mundo sin guitón[8].

Lo mismo que el autor del *Guitón Honofre,* Quevedo adopta el modelo ofrecido por los dos pícaros, pero lo adapta a su gusto. Creo que *La vida del Buscón* está en la línea de la novela picaresca y parte de sus planteamientos, aunque los contradiga en muchos aspectos[9].

Se ha señalado, con razones de peso, cómo la organización del *Buscón* abandona el modelo constructivo del *Lazarillo* o del *Guzmán* para, frente a la estructura basada en relaciones de causa-efecto, volver a la sarta de episodios independientes y aun contradictorios; así, por ejemplo, F. Lázaro advierte a propósito de Pablillos:

[7] Claudio Guillén, «Luis Sánchez, Ginés de Pasamonte y la invención del género picaresco», *Homenaje a A. Rodríguez Moñino,* I, página 230.

[8] *El Guitón Honofre* (1604), Madrid, 1974, pág. 112.

[9] «Es bien sintomático que los primeros en recurrir al nuevo género fueran Quevedo y López de Úbeda: maestros más de estilo que de la construcción, a quien el molde recién acreditado resolvía el problema de invertir una fabulosa riqueza lingüística, proporcionándoles bastidor donde bordar todas las filigranas dispersas a que su talento les inclinaba» (F. Rico, *La novela picaresca y el punto de vista,* Barcelona, 1970, página 115).

El chiquillo pide que no le confundan con su madre, pero él y el autor tienen muy mala memoria. Efectivamente, en el capítulo primero, Aldonza no ha sido nunca emplumada...; en el segundo capítulo, un muchacho exclama: «Yo le tiré dos berenjenas a su madre *cuando fue obispa*»; lo fue, pues, una vez, y su hijo no nos lo ha dicho; pero avanzado el capítulo, y ya en el paso que comentamos, el pobre rey de gallos entiende que lo han tomado por su madre, «y que le tiraban como habían hecho *en otras ocasiones*» [10]. ¿Cabe prueba más contundente que esas incongruencias para concluir la absoluta falta de esfuerzo constructivo?» [11].

Es más, la falta de esfuerzo constructivo no depende solamente de la independencia de los casos o tipos que componen el libro: la incongruencia *general* del *Buscón* radica en que el autor conserva las formas y planteamientos de la novela picaresca, pero elimina o altera la función que esos elementos poseían en la estructura de base.

[10] Este tipo de incongruencias no son raras; por ejemplo, cuando Pablos explica: «Contéle [a D. Diego] todo lo que había pasado, y mandóme desnudar y llevar a mi aposento, que era donde dormían cuatro criados de los huéspedes de la casa» (pág. 125), no recuerda que pocas líneas antes ya estaba en su cama. Más tarde, como si fuera una ocurrencia repentina, cuenta: «Sucedió que el ama criaba gallinas en el corral, yo tenía gana de comerla una...» (pág. 134), pero en la página 129 declara cómo les había declarado la guerra, etc.

Quevedo se va detrás del motivo que le seduce de momento o del que repentinamente se le ocurre, sin preocuparse demasiado del plan general del episodio; así, con las berceras, debe justificar un añadido: «Y de paso quiero confesar a V. M. que, cuando empezaron a tirar las berenjenas...». Más claro es el caso del caballero chirle que va a la sopa del convento: Quevedo inicia la anécdota en la pág. 209, pero se desvía siguiendo a Pablos, y luego vuelve al tema en la pág. 214 y ss., cerrando capítulo; por ello se ve obligado a poner en boca de Pablos la aventura sufrida por el compañero, y con una serie de detalles más vistos que oídos.

[11] F. Lázaro, *Estilo barroco y personalidad creadora,* Madrid, 1974, pág. 119. Por su parte, E. Asensio escribe: «Quevedo pagó tributo a la revista de tipos estrambóticos vagamente unificados por un rótulo o defecto» (*Itinerario del entremés,* Madrid, 1965, pág. 237); y Francisco Rico: «Lo malo es que, recurriendo al molde de la picaresca y desposeyéndolo de los componentes que lo hacían eficaz, Quevedo renunció a crearse una forma propia y disgregó el libro en niveles inconexos» (*obra citada,* pág. 125).

En primer lugar, la narración de una vida desde un punto de vista unificador (el caso o la situación final), típico del *Lazarillo* o del *Guzmán,* no existe en nuestra obra: Pablos no alcanza una situación desde la que le sea posible contar y juzgar su propia vida; en consecuencia, la doble perspectiva desaparece como dato presente en la obra [12]; pero, sin embargo, la alternancia de criterios permanece en la manera de presentar y comentar los hechos. Si «el acto de dramatizar una figura arrastra siempre una dualidad de actitudes: la del personaje puesto en escena que, con una óptica invertida, contempla sus lunares como bellezas y hace gala del sambenito, y la del creador que, de algún modo directo o indirecto, ha de censurar y o ridiculizar el tipo antisocial o antimoral» [13], en el *Buscón* recurre Quevedo a ese procedimiento: por una parte, Pablos nos informa, con esa óptica ingenuamente invertida, de sus defectos propios o heredados pero, en otros casos, la censura y ridículo del protagonista —o de las figuras con que topa— se produce desde una óptica real que, evidentemente, no es la de Pablos, ya que éste no ha alcanzado, que sepamos, una situación tal que le permita dicho enfoque. Quien entonces habla por boca de Pablos es el autor, y lo hace desde su propio punto de vista; de esta manera se produce una contradicción insalvable: la forma autobiográfica, propia de la novela picaresca, se mantiene, pero las causas que la motivan y la función

---

[12] No obstante, se produce un cierto desdoblamiento mediante el cual un hecho es contado y, al mismo tiempo, explicado o ponderado con expresiones del tipo de: «—advierta v.m. la inocente malicia—»; «pasamos por la plaza (aun de acordarme tengo miedo), y...»; «La bercera —que siempre son desvergonzadas— empezó a dar voces»; «Y de paso quiero confesar a v.m. que, cuando empezaron a tirar las berenjenas [...] como si ellas no lo echaran de ver por el talle y el rostro. El miedo disculpa la ignorancia, y el sucederme la desgracia tan de repente»; «pelo bermejo (no hay más que decir para quien sabe el refrán)»; «Mire v.m. qué aliño para los que bostezan de hambre!»; etc. Creo que este tipo de refuerzos o encarecimientos son más frecuentes al comienzo del libro, como si Quevedo empezara a escribir con una cierta desconfianza en sus recursos y, poco a poco, fuera adquiriendo seguridad.

[13] *Itinerario,* pág. 195.

que cumple son muy otras que las de sus modelos, queda reducida, en definitiva, a una narración en primera persona gramatical.

De la alteración en el sentido de la narración autobiográfica se derivan otras modificaciones, entre ellas la falta de progresión interna del protagonista o de la relación entre éste y el mundo. En el segundo caso, Pablos es un simple relator de hechos o tipos, no un carácter que filtra la información; así, la progresión de la novelita reside en la importancia creciente de las aventuras, no en la personalidad del narrador. Tampoco parece que las travesuras o delitos observados o realizados por Pablos funcionen como causa que modifique su manera de ser y, en consecuencia, motive las actuaciones posteriores. Además, hay una serie de escenas que ni directa ni indirectamente se relacionan con el protagonista de nuestra obra: cuando esto sucede, Pablos actúa de cronista, y de cronista divertido y un tanto irónico.

Frente a la coherencia de los modelos, donde los hechos se relacionan, donde las unidades menores dependen del conjunto, Quevedo derrocha ingenio para levantar figuras y anécdotas libres, de organización próxima a las misceláneas. Es interesante señalar a este respecto, cómo Quevedo se explaya y extiende en la narración de situaciones, diálogos o descripciones de tipos extravagantes, pero reduce al mínimo la entrada y salida de esas situaciones, es decir, las causas que las provocan y el resultado o consecuencia que llevarían aparejados[14].

Es cierto que, a lo largo del *Buscón,* aparecen una serie de motivos paralelos, de repeticiones que podrían interpretarse como elementos de unión, creadores de coherencia en el libro; Spitzer ya señaló la frecuencia de construcciones simétricas en la obra que nos ocupa[15]. En mi opinión, sin embargo, las desgracias no se encade-

---

[14] Vid., por ejemplo, el paso del cap. II al III.

[15] Leo Spitzer, «Zur Kunst Quevedos in seinem *Buscón*», *Archivum Romanicum,* XI, 1927, págs. 511-580. Ahora la traducción de G. Sobejano, «Sobre el arte de Quevedo en el *Buscón*», en *F. de Quevedo,* Madrid, Taurus, 1978, págs. 123-183.

nan, lo que ocurre es que determinados planteamientos (desgracias o no) vuelven a aparecer con distintos actores o con distinta solución; los ejemplos son muy abundantes. Un repaso rápido nos da los siguientes resultados, más o menos significativos según los casos: en la burla del estudiante que se autoinvita en la venta, leemos:

> Él [D. Diego] se quedó admirado, y yo también, que juramos entrambos no haberle visto en nuestra vida. El otro compañero andaba mirando a don Diego a la cara, y dijo a su amigo: —¿Es este señor de cuyo padre me dijistes vos tantas cosas? ¡Gran dicha ha sido nuestra conocelle según está de grande! Dios le guarde;

la autoinvitación la practica también Pablos con su camarada de pupilaje, cuando está en la corte en la cofradía de los caballeros hebenes; el falso reconocimiento de un pariente en la cárcel con la mujer del alcaide.

La descripción de la comida en casa de Cabra tiene su paralelo en ésta de Alcalá, que sí sigue la orden retórica:

> La carne no guardaba en manos del ama la orden retórica, porque siempre iba de más a menos. Y la vez que podía echar cabra o oveja, no echaba carnero, y si había huesos, no entraba cosa magra; y así, hacía unas ollas éticas de puro flacas, unos caldos que, a estar cuajados, se pudieran hacer sartas de cristal dellos. Las Pascuas, por diferenciar, para que estuviese gorda la olla, solía echar cabos de velas de sebo (pág. 131).

Don Toribio afirma:

> No se escribe que jamás caballero nuestro haya tenido cámaras; que antes, de puro mal proveídos, no nos proveemos (pág. 209;

lo mismo les sucede a los pupilos de Cabra; a éste los güesos le suenan como tablillas de San Lázaro, comparación reiterada en:

> Allí fue el ver cómo, con la fuerza que hacían, les sonaban los güesos como tablillas de San Lázaro (pág. 223).

Si recordamos al clérigo poeta, lo reconoceremos en Pablos:

> No me daba manos a trabajar, porque acudían a mí enamorados, unos por coplas de cejas, y otros de ojos, cuál soneto de manos, y cuál romancico para cabellos (pág. 262),

e incluso trabajan los dos el tema de Tetuán (pág. 167 y página 263). También aprende Pablos de otro religioso (?), del fraile que les gana a las cartas; más tarde repetirá él la misma suerte (pág. 244).

Si el verdugo y sus compañeros se emborrachan y llegan a la blasfemia:

> Sobrino, por este pan de Dios que crió a su imagen y semejanza, que no he comido en mi vida mejor carne tinta (pág. 181);

lo mismo sucede en Sevilla, intensificado:

> y dijo, algo ronco, tomando un pan con las dos manos y mirando a la luz: —Por esta que es la cara de Dios, y por aquella luz que salió por la boca del ángel, que... (página 281);

y las dos veces Pablos huye.

Dos veces tiene Don Diego que levantar a Pablos de la cama en que se refugia; hay dos robos de dinero de las cajuelas (págs. 179 y 256), y de los búcaros en los tornos de monjas (pág. 138) y pág. 216), etc.

En ocasiones, Quevedo desperdicia posibilidades:

> y él [Cabra] decía que era tanto el asco que le daba ver la mano del *barbero* por su cara, que antes se dejaría matar que tal permitiese (pág. 100); era una media camita, y otra de *cordeles* con ruedas... (pág. 113), etc.

En algunos casos, estos paralelismos muestran que Pablos ha aprendido y de víctima se ha convertido en verdugo, con esas inversiones tan características de Quevedo. Las reiteraciones son un hecho, pero resulta difícil interpretar su conjunto desde un mismo criterio, ya que muchas de ellas no inciden en el conjunto. Como señala Asensio,

> no ha de sorprendernos que el propio Quevedo sintiese la tentación de plagiarse prodigando réplicas y refunciones de sus criaturas [...] como Quevedo domina el arte de la variación, añade nuevos pormenores y combina rasgos que antes había disociado [16].

Y, en efecto, la mayor parte de los elementos que componen el *Buscón* aparecen también en otras obras del autor [17]. Estas variaciones sobre un mismo tema no suponen, a mi entender, una intención constructiva, pues entre los miembros de las concordancias no se establecen relaciones de complementariedad, contraste, etc., ni todas pueden ser interpretadas como tendentes al mismo fin; por otra parte, el encadenamiento sólo afecta a los términos de la propia pareja o trío, ya que el contexto no establece equivalencias funcionales. En Quevedo prevalece el efecto de sorpresa sobre la organización sistemática: es esto, entre otras cosas, lo que produce ese efecto de *libertad* creadora, presente a lo largo y a lo ancho de toda la obra.

A pesar de todo lo dicho, no parece que la ausencia de un tipo determinado de construcción deba ser tomado como defecto. Como se sabe, lo que caracteriza a las grandes obras artísticas es, precisamente, la trasgresión de los modos y normas establecidos: Quevedo, en este caso, no insiste en los esquemas recibidos, los rompe para crear

---

[16] *Itinerario,* pág. 191.

[17] «Veamos, por ejemplo, la manoseadora o envanecida de manos, primero pintada en el *Libro de todas las cosas y otras muchas más...* esbozo desarrollado con profusión de detalles en la *Vida del Buscón...* El manoseo se incorpora como simple minucia a la pintura de la mujer hermosa en *El mundo por dentro...* Entresacando una minucia de aquí, otra de allí, ha taraceado el autorretrato de Luisa, uno de los más enfadosos que desfilan en *El zurdo alanceador*» (*Itinerario,* páginas 191-192); otros casos se pueden ver en las notas al texto.

otro tipo de obra. Además, la ausencia de caso final, los olvidos y contradicciones en el interior de la narración, no significa que la obra no posea unidad de intención o de sentido; son cosas distintas.

Quevedo, a pesar de escribir la novela en primera persona, no organiza la historia de su personaje de manera que funcione como motivo central de la obra: no es el protagonista el punto de referencia respecto al cual adquieren sentido los demás factores presentes en el texto: la significación y el valor de lo que Pablos hace u observa no depende de que sea él y no otro pícaro cualquiera quien actúa y contempla. Constantemente usurpa Quevedo la personalidad del narrador, trasgrediendo las convenciones literarias impuestas por el texto mismo; hay una clara vacilación entre respetar la personalidad tipificada de Pablos y convertirlo en portavoz del autor. Como señala Fernando Lázaro,

> Pablos se sale continuamente del juego para observar, es una figura que pasa entre las demás urdiendo sin tejer; la fórmula no se separa mucho de la adoptada en la *Vida de la Corte* [18];

tampoco se aparta de *La hora de todos,* los *Sueños* y de tantas otras obras. Reconocemos en esta fórmula el viejo procedimiento que consiste en *pasar revista.*

Quevedo, en el *Buscón,* pasa revista a una serie de tipos y situaciones mediante un personaje interpuesto; ahora bien, la naturaleza de dicho personaje, en cuanto tipo, está en contradicción con los criterios ideológicos desde los que se juzga la realidad. Respetando la ficción formular del género picaresco, Pablos no se dirige directamente al lector, escribe para un destinatario anónimo, Vuesa Merced. A este respecto, Francisco Rico entiende que

---

[18] *Op. cit.,* pág. 95; modifico el texto del profesor Lázaro para adaptarlo a este contexto.

ese *Señor* de Pablos no forma parte de la novela a título ninguno, es un mero nombre. Quevedo lo encontró en su libro y no se ocupó en darle sentido (cuerpo o siquiera sombra). De tal forma, el destinatario, antes, dato fundamental de la autobiografía, quedó reducido a una vana redundancia, suprimible con ventaja: pecado de lesa arte [19].

Lamento no estar de acuerdo con tan autorizada opinión; para mí, Francisco Rico valora de manera en exceso negativa lo que yo creo magnífico arranque de la novela. Posiblemente, el motivo de la censura de Rico es no haber aceptado la nueva función que en el *Buscón* cumple la vieja fórmula. Las palabras con que Pablos inicia la obra son las siguientes: «Yo, Señor, soy de Segovia»; con ellas, y desde el primer momento, trata de imponer su *yo* por encima de todo, con desvergüenza y sin atenuaciones. Frente a la humilde —quizá hipócrita— elusión de Lázaro cuando evita la primera persona («a mí llaman») y adopta la actitud subordinada que refleja la conjunción con que inicia el relato («*Pues* sepa V.M...»), Pablos comienza con el restallante pronombre de primera persona, anteponiéndolo al *Señor* a quien escribe. Tras dejar bien sentada su afirmación personal, Pablos continúa con su lugar de origen, como si fuera un título de nobleza; el mismo sentido tiene todo el inicio, por ejemplo, la protocolaria relación de Pablos con sus padres, lo mismo que la preocupación de éstos por el futuro de su heredero: la parodia irónica es evidente en la despedida que cierra el capítulo segundo:

> Avisé de dónde y cómo quedaba, y que hasta que me diesen licencia no los vería.

Naturalmente que el pícaro está muy por debajo de cualquier señor y que haber nacido en Segovia no era, en ese

---

[19] *Op. cit.*, pág. 124. Más adelante llegará Quevedo a olvidos como éste: «Y por si fueres pícaro, lector, advierte...», pág. 276.

nivel, ninguna recomendación[20]. Tampoco la profesión
ni los apellidos de los padres dejan lugar a las ilusiones ni
a los aires nobiliarios de Pablos. Quevedo señala de manera inequívoca la vil ascendencia de Pablos. Es un tópico en la novela picaresca, pues aparece en el *Lazarillo,
Guzmán* y *Guitón;* Quevedo acepta el planteamiento que
parece hecho de molde para su peculiar ingenio. Ya
Martín de Riquer señaló cómo el *Lazarillo* parece una
biografía no-deseable y, efectivamente, ahí reside una de
las claves de esta anónima obra; parece como si el autor
hubiera invertido la realidad ejemplar para ofrecer al lector la versión en negativo. Ludovico Cavosa afirma —y
así lo aceptan los demás personajes que dialogan en
El Cortesano— que lo primero que le pertenece al cortesano es ser de buen linaje (cap. II y ss.; cito por la traducción de Boscán, Anejo XXV de la RFE, Madrid,
1942); Lázaro de Tormes se encuentra en el polo opuesto
al cortesano, por su ascendencia. Otros planteamientos
del *Lazarillo* pueden también evocar algunas reflexiones
vertidas en *El Cortesano,* por ejemplo, la fuerza que Lázaro pone en llegar a buen puerto, a pesar de no haber
heredado nobles estados y la explanación del conde Ludovico:

> Quiero, pues, cuanto a lo primero, que este nuestro cor-
> tesano sea de buen linaje; porque mayor desproporción
> tienen los hechos de los ruines con los hombres generosos
> que con los bajos. El de noble sangre, si se desvía del ca-
> mino de sus antepasados, amancilla el nombre de los su-
> yos, y, no solamente no gana, mas pierde lo ya ganado;
> porque la nobleza del linaje es casi una clara lámpara
> que alumbra y hace que se vean las buenas y las malas
> obras; y enciende y pone espuelas para la virtud, así con
> el miedo de la infamia como con la esperanza de la glo-
> ria. Más la baxa sangre, no echando de sí ningún

---

[20] Más bien parece lo contrario, ya que es ciudad de pelaires de la
carda, clase poco recomendable —a pesar de Alarcón—, sobre todo
ahora que la Mesta y el comercio lanero ha sucumbido ante los ataques
de los agricultores; vid. Miguel Caxa de Leruela, *Restauración de la
abundancia en España* (1627).

resplandor, hace que los hombres baxos carezcan del deseo de la honra y del temor de la deshonra, y que no piensen que son obligados a pasár más adelante de donde pasaron sus antecesores (pág. 42).

Y cuando Lazarillo, citando a Tulio en el prólogo, afirma que el honor alimenta las artes, no está muy lejos del ideal cortesano:

> Pero escusado es deciros todo esto a vosotros que bien conocéis cuán grande engaño reciben los franceses pensando que las letras embarazan las armas, y no dexáis de entender que en las cosas graves y peligrosas de la guerra la *verdadera espuela es la gloria,* [...] Tras esto, que la verdadera gloria sea aquella que se encomienda a la me-. moria de las letras, todos lo saben, sino aquellos cuitados que las ignoran (págs. 85-86).

Pero lo que en el *Lazarillo* pueden ser inversiones irónicas del ideal cortesano general[21], se convierten en el

---

[21] En cualquier caso, en el *Lazarillo* se pueden detectar numerosas coincidencias más o menos difusas, referidas tal vez a una obra concreta, tal vez a un estado de opinión generalizado. Por ejemplo, se puede comparar la ingenua visión del hidalgo, en cuanto a sus deberes con el señor, con ésta de Erasmo: «Entrando aora por essas cortes y palacios, ¿quién ay que no conozca la vida que aquellos traen, quan llena es de miserias y trabajos, sino es el que no ha passado por ello o no tiene juyzio para conocello? ¡O, poderoso Dios; qué servidumbre, quan continua y quan estraña y quan fuera de toda razón es la que allí se suffre! ¡Con quanta solicitud se ha de procurar la privança, y aun no sino el favorcico del príncipe! ¡Quantas formas se han de buscar para estar en gracia del Señor! ¡Con quantas lisonjas se les ha de ganar la boca a los que te pueden dañar o mucho aprovecharte en algo! ¡Qué de semblantes has a cada rato de mudar y cuántos temples has de guardar! ¡Quántos disfavores se han de dissimular, quántas afrentas, finalmente, aunque sean de peor digestión se han de tragar por ser de personas que pueden más!» (*Enchiridion,* Anejo XVI de la RFE, Madrid, 1971, pág. 208). Y más ceñida al prólogo esta otra observación en la misma línea, también de Erasmo: «hallaremos que en las justas y torneos que se hazen o *por exercitar el cuerpo o por ensayase para las armas o por passatiempo,* donde la fama es la principal parte del precio y no va el negocio de veras, no dexan de dar también a los vencidos *o a quien lo haze más ruynmente* alguna joya con que se consuelen». (*Ibíd.,* página 118). La reflexión se convierte en tópico, muy frecuente en el

Buscón en sarcasmos directos donde el contrastre llega a la ruptura más violenta, como se puede advertir en el linaje de Pablos frente a la pretensión de ser caballero, en la burla de las letras e, incluso, en detalles más o menos marginales, sea la crítica a la desvanecida de manos o a la que se afeita en exceso (cfr. *Cortesano,* pág. 61).

El arranque del *Buscón* encierra, como en cifra, lo que será la vida del protagonista: presunción de nobleza, afán de superación social, intento de imponerse a los señores... y caída inmediata y brutal, más ridícula y violenta cuanto más alto ha llegado el intento. Seguramente a Quevedo ya le parecía una desfachatez, un motivo de burla, el hecho de que un pícaro, como Lázaro o como Guzmán, escribiera un libro y, además, lo hicieran en primera persona; como es propio de su estilo, Quevedo radicalizó y esquematizó el planteamiento. Ahora bien, es cierto que ese Señor a quien se dirige Pablos, una vez cumplida su función inicial se diluye en la obra y sólo reaparece de vez en cuando como simple recurso narrativo. Spitzer (art. cit.), ha señalado las ocasiones en que Pablos se dirige al destinatario del escrito, al innominado *Señor.* Cuando esto sucede ya ha cumplido su función, que es doble; por una parte la que acabo de señalar; por otra, indicar al lector la perspectiva que debe adoptar en la lectura de la obra para que se produzca el efecto burlesco, esto es, una perspectiva señorial. Desde ella, el talante de Pablos resulta ridículo desde el primer momento. Es la perspectiva que se mantendrá durante toda la obra.

El intento, por parte de Pablos, de superar su condición e imponerse a los demás, seguido del inevitable fracaso, es constante en el *Buscón:* a lo largo del libro las caídas se repiten y a cada una de ellas le corresponde una degradación mayor del protagonista: el descubrimiento de las falsificaciones de Pablos, de lo que él *es* en realidad, se vuelve contra su persona de tal manera que incluso la situación efectiva de la que parte en cada caso le re-

siglo XVI; una variante curiosa del *De Curialium miseriis,* desde la perspectiva de los servidores, se puede ver en el *Diálogo de los pajes,* de Hermosilla.

sulta insostenible, ya que queda degradada por contraste. Por ello, la idea que constantemente cierra las unidades del libro y permite la apertura de nuevos episodios es la *huida* [22].

El intento de ascensión social se encuentra ya en el *Lazarillo* y en *Guzmán de Alfarache;* también Guitón Honofre parece actuar con el mismo fin:

> Digan, que de Dios dixeron. Séame yo Honofre Cauallero, que sí seré, y puta higa para el médico. Aunque me digo cauallero no es porque soy noble, más aquél se lo llama que por su virtud sube a más alto lugar que no el que alcanza por calamidad de los otros como yo, porque sola la virtud es poderosa de hacer los hombres buenos [23];

pero el autor del *Guitón* no saca ningún partido de la idea, ni como irónica ascensión social (Lázaro), ni como huida espiritualista (Guzmán). Quevedo, por su parte, hace que Pablos repita el intento una y otra vez, fundamentalmente con el fin de provocar situaciones límite y, secundariamente, para exponer las tachas y defectos de los nobles [24]. En conclusión, Pablos está destinado al fracaso si no cambia de propósitos: la única salida que, al final, le deja Quevedo es *mudar de costumbres,* lo que significa renunciar a la ascensión civil, sustituida, quizá, por la religiosa.

---

[22] Huida que acaba y cierra (o abre) el libro.

[23] Ed. cit., pág. 46.

[24] Así, por ejemplo, es un ataque a determinados nobles el hecho de que Pablos pueda entrar entre ellos sin ser conocido y que esté a punto de darles perro muerto. Es cierto, sin embargo, que Quevedo atenúa la contradicción a que le ha empujado su gusto por las situaciones límite: la «inocencia» de la dama explica que ella no advierta la superchería y justifica, hasta cierto punto, que la familia no sea demasiado exigente ni entre en averiguaciones. Y si no es, como parece, oportunismo momentáneo, quizá la nueva personalidad de Don Diego, a quien van destinados los palos que recibe Pablos, responda a la misma intención crítica.

Esa reflexión moral tópica que cierra el libro de mala manera [25] ha dado pie a interpretaciones trascendentes del *Buscón*. Dejo a un lado el psicologismo del profesor A. Parker, suficientemente discutido [26], pero retengo la influencia que su teoría ha ejercido en el planteamiento, tan inglés, de Wilson y Blecua, cuya comprensión del problema depende de la coincidencia entre la frase final del *Buscón* con la formulación general del mismo principio en las *Lágrimas de Hieremías castellanas* [27]:

> Uno de los aforismos, el correspondiente a la *Gimel* reza así: «Necio es quien siendo malo y vicioso peregrina por uer si muda con los lugares las costumbres. El que así lo hace, está, si peregrina, en otra parte, pero no es otro. La jornada ha de ser del que es al que deue ser y fuere razón que ubiera sido. Al que castiga Dios en Ierusalém por malo, también le castigará donde fuere, si lo fuere: y assí, es bien mudar de vida y no de sitio».

Creo, a pesar de la efectiva coincidencia, que, en el *Buscón*, la reflexión final es la tópica coartada ideológica que consiste en separar o distinguir entre falsa y verdadera nobleza en un plano trascendente; se la hace así independiente de la social e inoperante. En este sentido tenemos que todos los autores que se ocupan del tema aceptan la distinción: lo que separa a unos autores de otros es el recha-

---

[25] Creo que, efectivamente, la obra acaba ahí; la promesa de una segunda parte no es más que otra fuga, como las de Pablos: el libro no puede acabar en un final orgánico porque esta organización no existe, es una sarta de episodios prolongable hasta el infinito. Además, la ausencia de «segunda voz» del propio pícaro con una mínima coherencia o sistema de valores, indica que el autor no ha pensado la obra desde *un* final unificador.

[26] Vid. la crítica de F. Lázaro, *op. cit.*, págs. 99-128.

[27] *Lágrimas de Hieremías castellanas,* Madrid, 1953, páginas CXXXV-CXXXVI.

zo o la aceptación de las diferencias *sociales*[28]. Quevedo, por supuesto, ni siquiera se plantea el tema de la justicia de las clases sociales, la da por supuesta.

La interpretación moral surgida de la coincidencia citada no se sostiene; Wilson y Blecua advierten, con muy buen criterio:

> El pensamiento, como se habrá notado, es el mismo en los dos lugares, aunque en este último tiene una aplicación particular y en aquél universal. Lo que no han notado los que han visto este parecido es que en los dos casos se trata de un recuerdo de Horacio: «Caelum non animum mutant qui trans mare currunt» (*Epist.*, I, 11, 27). Y otros ejemplos de este mismo pensamiento es frecuente hallarlos en Horario o en otros escritores latinos[29].

Pero si esta concordancia no basta para probar su tesis, los dos críticos señalan otras:

> El aforismo de la *He* se refiere al primer mandamiento que contiene la amenaza del castigo de los hijos como consecuencia de los pecados de los padres, al paso que la humillación de Pablos cuando es rey de gallos está asociada con las hechicerías de su madre[30]. «Los malos sólo

---

[28] Los textos son innumerables, citaré solamente dos, ya que no merece la pena multiplicar las referencias: «En cualquier parte que nazca el hombre tiene licencia para procurar ser muy grande y muy conocido, con tanto que sea su camino por las virtudes» (P. Mexía, *Silva de varia lección,* II, 36); «Tulio contradecía diciendo que la virtud de sus obras le había traído al estado que tenía, y que por eso era digno de mayor honra que los que la habían heredado de sus pasados» (A. de Torquemada, *Coloquios satíricos,* NBAE, VII, pág. 542), y cfr. el *Lazarillo;* y Pablos: «Más se me ha de agradecer a mí, que no he tenido de quien aprender virtud ni a quien parecer en ella, que al que la hereda de sus agüelos» (pág. 158).

[29] *Loc. cit.* Cfr. mi nota al texto correspondiente del *Buscón.*

[30] Lo cierto es que no existe tal relación genética, la saca Pablos por los pelos y se equivoca (cfr. nota 31). El fracaso de Pablos depende de su caballo: los padres no han podido alquilarle un caballo mejor. A este respecto, opina Edmond Cros: «Quevedo nous semble, par là, s'engager dans une démonstration qui vise à établir des résultats opposés à auxquels avait abouti Mateo Alemán: immergés dans un même contexte social, Diego Coronel est juste parce que sa famille est noble, Pablos

tienen amigos para su perdición», reza el aforismo de la *Bet*. ¿Cuántos amigos tiene Pablos?[31]. «Quien no se acordare en todas las cosas vmanas del mal fin que pueden tener, le tendrá malo, pues sólo tenerle malo le da bueno.» «Yo, como iba entregado al vino y había renunciado en su poder a mis sentidos, no advertí al riesgo que me ponía.» Este pícaro se describe como «obstinado pecador» después de narrarnos sus infortunios; los aforismos de *Mem, Nun, Sade* y *Res* demuestran cómo la obstinación en el pecado siempre trae consigo el castigo de Dios. En fin, «la maliciosa tristeza» le posee; desprecia y no obedece las palabras de Dios, que él utiliza para sus fullerías y para sus chistes; sus pecados «públicos le afrentan y secretos le rinden», y «el delito le embaraza con redes los pies» en todo el curso de la novela[32].

La verdad es que yo no veo la tristeza maliciosa, aunque esto es opinable. Indudablemente, los pecados le afrentan cuando son públicos, pero no parece que le embaracen lo más mínimo mientras permanecen ocultos a los demás; tampoco creo que el delito preocupe lo más mínimo a este desvergonzado pícaro. En cualquier caso, los aforismos de tipo gnómico, castigos o bocados, ofrecen formulaciones tan generales que sirven lo mismo para un roto que para un descosido; idénticos paralelismos y coincidencias se pueden establecer con los refranes, si se eligen con cuidado.

Por otra parte —y esto me parece fundamental—, la relación entre el *Buscón* y la ideología religiosa (que es a

---

devient, au contraire, un coquín parce que le fils d'un barbier et d'une sorcière ne surait échaper à son destin» (*L'Aristocrate et le Carnaval des Gueux*, Montpellier 1975, pág. 95). Creo que la cosa funciona al revés: porque Pablos quiere escapar a su situación, le suceden las desgracias; pero no por su *raza*, sino por su clase y su situación económica. Así, en Alcalá, Don Diego se libra de las novatadas *pagando;* Pablos las sufre.

[31] Tiene un amigo, Don Diego, y de poco le sirve. Frente a lo que sostiene E. Cros, recordaremos que la familia segoviana de los Coronel desciende de Abraham Señor; según fray Domingo de Baltanás, *Apología*, Barcelona, 1953, pág. 155.

[32] *Loc. cit.*

lo que se refieren los críticos ingleses cuando dicen *moral*) no es nunca sistemática y, en ocasiones, es contradictoria: la parodia de consagración en casa del verdugo, repetida después en Sevilla, no tiene consecuencias (castigo) para Pablos ni para los otros personajes; tampoco tiene consecuencias la muerte de los dos alguaciles a manos de los bravos entre los que se encuentra Pablos; el falso ermitaño gana su dinero con trampas y escapa tranquilamente, lo mismo, después, Pablos. Parece claro que los delitos más graves desde una perspectiva religiosa o moral no llevan aparejado castigo alguno. Sin embargo, cuando el protagonista —u otro personaje cualquiera— trata de pasar por caballero o por rico aparece inmediatamente el castigo..., ¿divino o quevedesco? En otras ocasiones, el *mal fin* no es tal, sino principio, y absolutamente inmerecido según criterios morales: es lo que ocurre, por ejemplo, cuando Pablos hace de rey de gallos o en su entrada a Alcalá, con las novatadas de las que se libra Don Diego. Si todo esto es resultado de un planteamiento moral, hay que reconocer que resulta francamente asistemático, arbitrario. Y no olvidemos que cualquier consideración de este tipo debe basarse en los episodios, ya que aquí no hay caso final.

Sentido y significación

La vida del Buscón no prueba ninguna tesis —dentro de lo que pueden probar las obras literarias—, pero sí refleja la ideología de su autor. Este reflejo se puede ver, en primer lugar, en el esquema narrativo adoptado: Pablos no siempre es el centro de la acción, en muchas escenas es simple relator que cuenta lo que va apareciendo ante sus ojos[33]. Reconocemos aquí la vieja fórmula del viajero o del diálogo magistral: así como el malhumorado Suárez de Figueroa elige este esquema para exponer sus teorías —las justas siempre—, sobre todo lo divino y lo

---

[33] No se trata de que, como Lázaro, llegue o alcance la situación de espectador, después de una época de aprendizaje; en el *Buscón* alternan las dos situaciones.

humano, de tal manera que los interlocutores sirvan sólo de apoyatura, Quevedo toma a Pablos como medio para criticar determinados usos, o tipos, practicados por el protagonista o no. La dialéctica se establece aquí entre los comportamientos efectivos y la caricatura estilística o se usa el juicio directo, colocado por Quevedo en boca de Pablos. Este pasar revista mediante una (supuesta) objetivación (literaria) significa que el autor se erige en juez, que su opinión es absolutamente válida; en estos casos, el personaje no tiene personalidad, el autor la absorbe. En la práctica concreta del *Buscón*, la ausencia de argumentos razonados veda totalmente la discusión de los juicios.

De esta manera llegamos a un problema ampliamente debatido, la interpretación del *Buscón* como conjunto. Para empezar, creo que habría que distinguir el sentido que ofrece la obra de lo que significa; con esta distinción quiero separar ahora dos posibles interpretaciones: por sentido entiendo aquí la proposición que, de manera explícita y deliberada, se defiende en el libro; en este caso, los elementos que constituyen el *Buscón* funcionarían como datos o premisas de una conclusión, entre unas y otras debería establecerse en tal caso un nexo lógico directo. Ahora bien, aunque una obra no ofrezca sentido claro, siempre tendrá una significación: por una parte, en cuanto la obra es producto de una personalidad; por otra parte, porque el lector, por su cuenta, puede deducir una significación de los datos presentes en el libro. Creo que, en gran parte, la agria polémica que ha enfrentado a los críticos que ven en el *Buscón* una obra de burlas con los que defienden una interpretación trascendente, deriva de no haberse puesto de acuerdo sobre el objeto de estudio. No quiero decir con esto que las dos partes tengan razón, creo solamente que la distinción puede aclarar algunos puntos y completar otros. Así, la dificultad estriba en saber si el crítico interpreta la obra como objeto último de su análisis (sentido) o si interpreta otra cosa, tomando la obra como medio para lograrlo (significación).

En primer lugar, atenderé a la teoría que pudiéramos llamar moral-trascendente, representada, con variaciones, por Spitzer, Parker, C. N. Morris, Bataillon, etcétera. Como corresponde a su sistema metodológico, Spitzer utiliza el *Buscón* como medio para comprender la personalidad del autor que es, en definitiva, el objeto de su investigación; F. Lázaro comenta al respecto:

> El predicado de pesimismo es insistentemente defendido por L. Spitzer, en su fundamental trabajo sobre esta novela, si bien —y es un gran mérito— destierra la especie de los fines éticos de la misma. En su lugar, Spitzer instituye una especie de identidad entre Quevedo y Pablos, de suerte que, según él, tras los fracasos bufos de la criatura, se adivina la trágica inquietud de su creador. De este modo, la obra resultaría de la confluencia de dos fuerzas complementarias: anhelo realista del mundo (en los afanes del tacaño) y fuga ascética del mundo (por el vacío que rodea al poeta). Y así, aunque lo aparente sea una sucesión de hilarantes acontecimientos [sentido], la vena que subyace y los nutre es el desengaño [significación]. Pablos se balancea entre la ilusión y el fracaso; Quevedo entre el mundo y la decepción[34];

sobre el mismo tema, Eugenio Asensio argumenta:

> No sé si la correspondencia entre alma y estilo es tan directa e inmediata, pero me temo que, en busca de hondos sentidos psicológicos, [Spitzer] olvida que no hay arte sin sorpresa, que el placer del juego es inherente a la tarea literaria, especialmente la de Quevedo, que perseguía la ingeniosidad con tanto celo como la verdad [...] restringir la interpretación al plano psicológico descarta factores esenciales, entre ellos el puro ferviente goce en la manipulación del lenguaje que arrastra, en el *Buscón,* al malabarismo metafórico, al escamoteo de la lógica en servicio de la sorpresa y la novedad[35],

y de la libertad se podría añadir.

Así como Spitzer deduce una significación psicológica del *Buscón* y la prédica de Quevedo como ser individual, Marcel Bataillon cree encontrarla en la adscripción del

---

[34] F. Lázaro, *op. cit.,* pág. 81.
[35] *Itinerario,* págs. 189-190.

autor a un grupo social de cuya ideología y problemas sería reflejo. Para el hispanista francés, la significación de la obra es genérica y engloba autor y lectores al mismo tiempo, lo que, indudablemente, es un avance:

> Convencido, por mis estudios acerca de la materia picaresca, de que tiene como levadura no el interés o la antipatía hacia ciertas clases sociales miserables, sino los tormentos íntimos de determinadas clases privilegiadas, hemos dedicado nuestras tres últimas lecciones a los temas que, en esta clase de literatura, caricaturizan la pesadilla causada por los problemas del honor hereditario, del reconocimiento de *hidalguía* o de la entrada en la clase social de los *caballeros* [36];

> El Buscón de Quevedo se decide enérgicamente a «negar su sangre», y sus «pensamientos de caballero» (el caballo representa en su vida un papel simbólico) siempre acaban mal, desde su cabalgada infantil de «Rey de gallos» hasta su caída del caballo bajo las ventanas de doña Ana. Justo castigo a su descaro. Y es que, después de otras varias estafas de honra, ya se atreve a pretender un matrimonio noble y resulta (colmo de la mala suerte) que, sin saberlo, ha puesto la mira en la propia prima de su antiguo amo, Don Diego Coronel. Entonces se ve que esta aventura ha sido concebida como cima o culminación de toda la intriga novelesca: viene ya preparada, de lejos, por las relaciones de servicio establecidas desde la infancia entre el vástago de los Coronel y el del barbero ladrón y la bruja [37];

> Los temas favoritos picarescos se organizaban no alrededor del tema del hambre, de la indigencia y de la lucha por la vida, sino alrededor de la *honra*, es decir, alrededor de la respetabilidad externa, que se funda en el traje, el tren de vida y la calidad social heredada, ya que el pícaro es la negación viva de esta honra externa, o porque desprecia estas vanidades, como el joven Guzmán, convertido en pícaro-filósofo, o porque la usurpa con audacia como el Buscón [38].

---

[36] *Pícaros y picaresca,* Madrid, 1969, pág. 211.
[37] *Íd.,* pág. 210.
[38] *Íd.,* pág. 216.

Esta interpretación suscita no pocos problemas, entre otros, caracterizar y delimitar esa clase privilegiada que acoge tanto a Mateo Alemán como a Quevedo. En el caso concreto que ahora nos ocupa, creo arriesgado suponer que el autor preparó el episodio de doña Ana desde el principio de la novela; todos los indicios parecen estar en contra de ello: Quevedo vacila en la solución del conflicto y acude, repentinamente, al expediente, un tanto forzado, del parentesco. En cuanto a que el pícaro pone en tela de juicio, niega o menosprecia la honra, creo que es cierta la información contraria; por lo menos en el caso del *Buscón:* Pablos jamás usurpa nada, lo intenta, y fracasa sistemáticamente. Estos intentos de alcanzar el rango de caballero, unidos a la imposibilidad de lograrlo, sirven para prestigiar la condición noble como clase o grupo. Sin duda lo que pone en peligro la actitud del pícaro es la relación entre nobleza interior y expresión externa, materializada en gestos, actitudes o vestiduras; la conclusión es obvia: el hábito no hace al noble, ya que esta cualidad es mucho más profunda; sin embargo, el mero hecho de disfrazarse es ya un peligro para la clase elevada, porque si a la nobleza interior no le correspondieran, en exclusiva, unos rasgos distintivos exteriores, su función social y su situación de privilegio se habrían perdido.

Por último, Bataillon ve muy bien que la aventura de doña Ana es la cima y culminación del libro, pero lo es sólo en cierto registro, pues la novela no acaba ahí: Pablos todavía será pobre fingido, representante, poeta, galán de monjas y, por último, cometerá su más grave delito en compañía de los bravos sevillanos. Lo que, a mi entender, ocurre es que en el *Buscón* se cruzan y alternan varios motivos temáticos independientes, relacionados únicamente por la forma autobiográfica del relato (aunque respondan a una misma comprensión de la realidad, como veremos). Por un lado encontramos, efectivamente, el tema de la usurpación de clase, tema muy grato a Quevedo; lo ha tratado en otras obras, acuñando denominaciones típicas de su genio, y muestra el profundo desprecio —y preocupación— que estos hechos le producen [39]. Por esto, el autor no le permite a Pablos el más mínimo respiro en tal campo; ni siquiera en una fiesta de rey de gallos consiente Quevedo que un villano se encumbre [40]; no hay que olvidar la oportunidad que la situación depara a nuestro autor para dar rienda suelta a su ingenio, que puede ser el motivo último de la escena. Creo, en cualquier caso, que don Francisco no se hubiera permitido las burlas si el rey de gallos no fuera un tipo que se prestara a ellas: el ridículo encumbramiento del hijo de un barbero ladrón es lo que da pie al tratamiento sarcástico. Y será casualidad, pero el hecho es que cuando Pablos se limita, simplemente, a vestir la capa de Don Diego, y a petición de éste, llueven los golpes sobre él. Por contra, cuando Pablos decide reflexivamente acomodarse a su medio natural, los éxitos se encadenan:

> *Haz como vieres* dice el refrán, y dice bien. De puro considerar en él, vine a resolverme de ser bellaco con los bellacos, y más, si pudiere, que todos. No sé si salí con ello, pero yo aseguro a v. m. que hice todas las diligencias posibles (pág. 34).

Es una determinación tan rentable literariamente como la de ser caballero.

Próximo al tema de la nobleza, aparece el del dinero, que en Quevedo tiene varias facetas. El dinero puede acompañar tanto a la nobleza como a los genoveses, y no corresponde —aunque debiera— a ninguna clase social. El dinero no da la nobleza; en algunos casos, puede desvirtuarla por ser escala para la ascensión de trepadores.

---

[39] Los textos de Quevedo no ofrecen duda; tampoco las premáticas que tratan de mantener las diferencias externas, entre ellas la forma del traje y la calidad de la tela, lo que no es el fundamento de la distinción, sino el resultado natural de ella.

[40] Cfr. la descripción aducida por A. Castro en la nota correspondiente en su edición. La interpretación que defiendo no excluye el posible sentido simbólico del caballo; aquí no como representación de las pasiones —lo que no tendría sentido—, sino como emblema del caballero noble.

En cantidades significativas, Quevedo, muy a su pesar respeta el dinero [41] y sólo lo ataca cuando sirve para desvirtuar la naturaleza de las cosas, por ello el genovés con quien topa Pablos no es atacado [42], quizá porque se limita a ser lo que es, un comerciante. .

Frente a otras obras, el tema erótico apenas tiene importancia aquí; cuando las relaciones sexuales aparecen, lo hacen como medio para conseguir otra cosa: degradación del niño concebido a escote, ascensión económica y ascensión social, una a continuación de la otra y ambas perfectamente diferenciadas. Cuando Pablos advierte la «inocencia» de su dama, afirma:

> yo no quiero las mujeres para consejeras ni bufonas, sino para acostarme con ellas, y si son feas y discretas es lo mismo que acostarse con Aristóteles o Séneca, o con un libro; procúrolas de buenas partes para el arte de las ofensas, que, cuando sea boba, harto sabe si me sabe bien (págs. 241-242);

pero quien habla aquí es Quevedo, no Pablos, pues a éste lo que le interesa es la ascensión social [43].

En tema religioso es poco relevante y, como ocurre en parte con el dinero, ambiguo: si, por una parte, aparecen las parodias de oraciones o de la consagración con fines puramente burlescos [44], por otra, el tratamiento de los galanes de monjas se dobla en una inesperada admonición moral contra ellos.

Lo que constituye un tema de interés primordial en la obra, sólo comparable al de la ascensión social, es el de los tipos extravagantes o marginados presentados en su

---

[41] Vid. Emilio Alarcos, *El dinero en la obra de Quevedo,* Universidad de Valladolid, 1942.

[42] Aunque sí levemente ridiculizado por alusión: sin el recuerdo de otros escritos, el lector apenas captaría las amargas referencias.

[43] El engaño debía ser práctica corriente, ya Correas registra: *«Dar perro muerto.* Dícese en la corte cuando engañan a una dama dándola a entender que uno es un gran señor».

[44] Cfr. simplemente, *El viaje entretenido,* ed. cit., págs. 439 y 461, parodias mucho más inocentes.

propia salsa. Cada una de las apariciones de este tema bufonesco es un episodio completo, cerrado sobre sí mismo; no hay juicio de valor social y se resuelve en un puro alarde de ingenio que se agota en su propia realización, entra en la categoría de los juegos.

Ningún tema o motivo sigue una línea argumental progresiva; alternan en el libro sin un orden fijo y sin motivo aparente; así, cuando aparecen, producen el efecto de que son el centro del libro; por ello, E. Asensio, Spitzer —en parte—, F. Rico o F. Lázaro pueden, con toda razón, afirmar la falta de sentido constructivo en el *Buscón;* el último crítico citado, expone:

> el motivo inmediato de la marcha de Pablos es su fracaso en el papel de rey de gallos [pero] tan poca respetabilidad tiene este pesar del chico por la vergüenza que su torpeza acarrea a los padres, como la proclamación anterior de la suya, por el deshonor de ellos: Quevedo escribe al hilo de sus ocurrencias, sin designios arquitectónicos,

el resultado es que

> domina en el *Buscón,* sobre todo, una burla de segundo grado, una burla por la burla misma, reflexivamente lograda, que no se dirige al objeto —con todas sus consecuencias sentimentales—, sino que parte de él en busca del concepto[45].

Pero como no parece que el *Buscón* sea solamente un libro de burlas, que su único valor sea el ingenio o los pormenores de estilo, algunos críticos se han apresurado a añadirle un sentido profundo, buscando con ello justificar la alta estima que el libro provoca en los lectores. Sin embargo, no hace falta proyectar nada sobre la obra, ya que la intención burlesca de Quevedo no excluye otros valores; ya E. Asensio señaló cómo Quevedo,

> al abrigo de la risa y la gesticulación introduce, como de matute, en un género liviano, sus visiones favoritas de la

---

[45] *Op cit.,* págs. 117 y 96, respectivamente.

incoherencia del mundo, de la lucha sin tregua de los sexos, del *dinerismo* amo de la sociedad [46].

Es inevitable: aunque la finalidad de la obra quevedesca
no sea el dinerismo, la lucha de sexos, etc., estos y otros
temas son el resultado de una comprensión determinada
de la realidad.

F. Lázaro anota esta perspectiva del autor:

> Quevedo no ha imaginado, pues, el momento traumati-
> zante que el crítico, mutado en psicoanalista, crea para
> su necesidad; lo que ha dispuesto, sobre el esquema del
> *Lazarillo* y del *Guzmán* (y esto sólo para sus fines
> artísticos), es la demostración de que un miserable, naci-
> do sin honra, no puede zafarse —Lázaro salió en busca
> de buen puerto; Alfarache, a reconocer en Italia «su
> noble parentela»— porque está lastrado por un inven-
> cible deshonor [47].

En efecto, el abandono del hogar paterno se produce en
el *Buscón* siguiendo el tópico picaresco, pero, frente a
Lázaro, que es sacado de su casa, Pablos se marcha por
su propia voluntad; realmente nada le obliga a ello, y
Quevedo recurre a un expediente disparatado: Pablos
quiere ser caballero, como los héroes de los libros viejos.
Y lo más divertido del hecho es la hipérbole, la distancia
entre realidad e intención, pues ni siquiera tiene, como
Guzmán, una «noble parentela».

Quevedo busca mostrar su ingenio en la historia de
Pablos, pero la base que sustenta el juego y lo hace posible es que nadie puede ascender a caballero desde la vileza: es la realización cómica de una teoría perfectamente
seria, la intención y el sentido son burlescos; la significación, no [48]. Por ello, cada vez que Pablos se ensalza,

---

46 *Itinerario,* pág. 196; lo que no significa, como cree Spitzer, que
esa incoherencia sea reflejo de la incoherencia o desgarramiento del
autor.

47 *Op. cit.,* pág. 116.

48 Lo mismo se puede decir de la ascendencia conversa de Pablos,
aunque, por supuesto, concuerda con una ideología perfectamente definida, y la representa. Ahí, el hecho sólo sirve en el momento de pro-

queda humillado; sin embargo, cuando acepta su papel social o cuando se rebaja, las cosas le ruedan bien; lo mismo les sucede a otros personajes. Ahora bien, todas esas actuaciones no penalizadas son inmorales, éticamente condenables, pero Quevedo no sólo no hace que en la obra reciban su merecido, de manera «objetiva», tampoco las ataca de manera teórica; se limita a reír de y con ellas. Así, cuando matan a los dos corchetes, el comentario aumenta el escarnio y la burla:

> me espantaba ['asombraba'] yo de ver que hubiese perdido la justicia dos corchetes, y huido el alguacil de un racimo de uvas, que entonces lo éramos nosotros.

En estos casos, Don Francisco adopta, de manera espontánea (y quizá inconsciente) una actitud característica: desde su elevada situación puede ver esos delitos como inocentes travesuras de bufones, conceptualizarlos y convertirlos en motivo de risa; mientras los hechos se mueven en el nivel que lo hacen, no son una amenaza para el orden civil ni afectan a la clase noble, solamente a otros servidores. En consecuencia, el autor puede presentarlos de manera distanciada: en cada caso sólo interesa el esquema de actuaciones, las líneas de fuerza o la sorpresa, jamás el sentimiento que pueden producir. Para Quevedo, los personajes son tipos, no personas; para él no hay vidas, sino anécdotas. Como dice Spitzer, desde su situación superior, la vida de los demás sólo es un juego.

El significado de esta actitud me parece claro, Quevedo reproduce la sensibilidad y la práctica de la clase dominante: una cierta crueldad o indiferencia ante el sufrimiento ajeno; sincera admiración por la forma en que los hechos tienen lugar, más que por su contenido; y una divertida tolerancia frente al ridículo de las gentes de baja y servil condición. Para leer el libro no queda más reme-

---

ducirse, pues, en lo sucesivo, no será funcional: Quevedo parece olvidar el dato, que no es utilizado ni recordado en el resto de la obra. Pablos se permite incluso acusar de conversos a otros individuos sin que nada en el texto nos señale lo incongruente del caso. Y ni una sola vez se recuerda la ascendencia de los Coronel.

dio que adoptar la óptica quevedesca, todo está dispuesto para ello con toda naturalidad; no hacerlo así obliga a distorsionar y malentender el sentido y la significación de la obra. Otra cosa es que el crítico actual se espante *(a posteriori)* de haberse reído con una historia tan poco edificante y de haber aceptado, como premisa y consecuencia, una perspectiva tan brutalmente clasista como es la del autor: toda (buena) obra lleva dentro y obliga a aceptar las coordenadas desde las que se escribe, sociales, personales, etc. El *Buscón*, en este sentido, es un auténtico éxito. Y, como es lógico, los espantados críticos tratan de justificarse a sí mismos por haberse dejado prender en las redes quevedescas; lo malo es que lo hacen tratando de alterar el sentido de la trampa, dignificándola metaliterariamente, falsificando su experiencia de lectores y, en definitiva, perdiendo la casi absoluta libertad (literaria) de que han gozado mientras leyeron.

Spitzer cree encontrar en el frecuente uso de los verbos *parecer* y *mostrar,* que designan lo que las cosas son *por fuera,* un síntoma del «desengaño» barroco de Quevedo y, en definitiva, una actitud casi metafísica ante la realidad. Sin embargo, en mi opinión, el «desengaño» supone la autoafirmación del escritor desengañado en cuanto divide la sociedad entre los que penetran y llegan a la verdad, y los otros, los que se quedan en la cáscara de las cosas, esto es, se equivocan. La diferenciación, en la realidad, de una apariencia engañadora y de un fondo verdadero, doblada con la distinción entre hombres «superficiales» y hombres perspicaces que ven la totalidad formada por los dos planos, lleva, inevitablemente, al aristocratismo intelectual, como una manifestación más del aristocratismo ideológico y —en definitiva— del material (cfr. Gracián).

Por otra parte, Spitzer, y luego E. Cros, trata de descubrir una señal, un guiño de complicidad moral entre Quevedo y el lector, y cree encontrarla en el uso de los diminutivos, que, por supuesto, Spitzer atribuye a Quevedo, no a Pablos. La susodicha señal, de existir, se convertiría en un juicio ético mediante el cual Don Francisco denunciaría y condenaría determinados comportamientos, estableciendo así, aunque de manera indirecta, la comunidad moral entre autor y lector. Pero esa marca censoria, a mi manera de ver las cosas, no existe; creo que ni siquiera de manera inconsciente (reflejada en los automatismos de estilo) se manifiesta el rechazo de Quevedo ante determinadas actuaciones *non sanctas* de su personaje. E. Cros lleva mucho más lejos que Spitzer esta visión de la novela [49].

Tanto en los casos que Quevedo aprueba como en los que rechaza, los elementos que constituyen el *Buscón* responden al mismo esquema; me refiero a la no coincidencia entre apariencias y realidad, a la falsificación de las cosas, a la inadecuación de teoría y práctica, la frustración de una expectativa. El punto de partida puede ser uno u otro, pero siempre se establece la pareja y el resultado es que la medida se sitúa siempre por debajo del elemento inferior, al quedar el otro degradado por contraste. Es una forma quizá no de protesta, pero sí de crítica:

---

[49] On remargueara donc plusiers cas:

> *a)* «Yo de rato en rato salía muy al descuido diciendo: —"¡Juan de Madrid! *Burlandillo* es la probanza que yo tengo suya!" "si algo tiene malo el servir al rey es el trabajo, aunque se desquita con esta negra *honrilla* de ser sus criados"».

La mystification consiste, de la part de Pablos, à prétendre que ce serait un jeu d'enfants *(burlando)* de prouver la noblesse de Juan de Madrid, et, de la part de son oncle, à faire de la tâche infamante de bourreau une charge honorifique; la démystification procède de ce que *burlando* et *honra* sont affectés d'un véritable signe négatif représenté par *illo*.

Burlandillo et *honrilla* peuvent être considérés de la sorte comme des microstructures minimales de l'axe conceptuel (mystification/démystification), dans la mesure où ce signe [le diminutif] transforme l'expression ou le concept auquel il est accolé en son contraire, c'est-adire le mensonge en un mensonge virtuellement démasqué.

b) «Le diminutif peut également indiquer que l'objet mentioné est un instrument de tromperie» (*L'aristocrate et le Carnaval des Gueux* Montpellier, 1975, págs. 54-55); y como ejemplo pone Cros: «alquilé mi caballico» y «llevó el billetico la andadera». Como signo de que se prepara una burla: «Papaos el pecadillo». Pero es que en los dos casos del apartado *a)*, lo mismo que en el último citado, Cros hace un análisis lingüístico equivocado.

Quevedo puede ridiculizar todo, a condición de que afecte a tipos o casos, no a las leyes o reglas de que dependen; así, critica a los nobles que no saben escribir, pero no hace lo mismo con la nobleza, a las monjas y clérigos mundanos, no a la religión. En los pocos casos en que respeta algo es porque coincide con sus presupuestos teóricos o por directa simpatía personal; no creo que nuestro autor necesite forzarse para evitar situaciones comprometidas, le basta seguir su gusto, sus preferencias. En realidad, jamás critica a la sociedad como sistema, lo que ataca son las trasgresiones o atenuaciones del sistema, uno de cuyos puntos más débiles es el poder del dinero [50] desligado de la nobleza.

A Quevedo no le supone ningún sacrificio coincidir en sus escritos con la ideología oficial. Hay momentos en que su sátira apunta muy alto; sin embargo, para Peseux-Richard, el *Buscón* es una obra timorata en la que el autor alaba a los poderosos, como lo demostraría esta frase:

> Era de notar ver a mi amo tan quieto y religioso, y a mí tan travieso, que uno exageraba al otro o la virtud o el vicio;

creo que esta pareja sirve a la ley del contraste y es, en definitiva, un procedimiento humorístico que se encuentra también en *Guitón Honofre,* por ejemplo. Tomar el planteamiento concreto como paradigma y clave de *toda* la obra me parece excesivo, pero, puestos a ello, la interpretación puede ser muy otra:

> A veces Quevedo —escribe E. Asensio— juega con esa ambigüedad como en *El alguacil endemoniado,* donde el diablo, por boca del alguacil, replica a la pregunta de: «¿Hay reyes en el infierno?», con malignidad equívoca:

---

[50] En los ataques a las modas y usos extranjeros, parece, a veces, como si Quevedo coincidiera con la opinión de los economistas contemporáneos; otras, que le interesa únicamente el aspecto civil de la cuestión.

«Todo el infierno es figuras, y hay muchas, porque el sumo poder, libertad y mando les hace sacar las virtudes de su medio y llegar los vicios a su extremo» (*Obras,* I, 144). Aquí, a la vez que apunta a los más altos naipes de la baraja del mundo, identifica *figura* con *vicio* apoyándose en el concepto peripatético de que la virtud consiste en el medio entre dos excesos viciosos [51];

lo mismo se puede interpretar en el *Buscón*, en el caso citado, lo mismo que en este otro:

Lo primero ha de saber que en la corte hay siempre el más necio y el más sabio, más rico y más pobre, y los extremos de todas las cosas (pág. 191).

Por otra parte, Don Diego no será siempre tan inocente y las tías de doña Ana son personajes ambiguos y culpables. Lo que tampoco autoriza a ver en Quevedo a un político de la oposición.

Un estamento duramente atacado por Quevedo es el de los ministros y ejecutores de la justicia, lo que, en definitiva, apunta contra el gobierno, sea ésta o no la intención final del autor [52]. Por contra, la defensa de la milicia es constante en Quevedo; recordemos su decidida defensa del patronazgo de Santiago; así, cuando en el *Buscón* aparece el soldado ridículo, lo es porque no es un soldado verdadero, de manera que se inserta con toda naturalidad en la serie burlesca donde aparece: falso ermitaño, falso poeta, falso esgrimidor, falso caballero y soldado falso. De la misma manera que el prestigio de la nobleza explica la proliferación de caballeros hebenes, la aparición de falsos soldados (dos en el *Buscón*) es muestra del prestigio de la milicia [53]. No parece, pues, que en la acti-

---

[51] *Op. cit.*

[52] Notemos que, en este caso, la crítica afecta a la profesión como conjunto. Quevedo debía conocer bien el paño por sus larguísimos pleitos sobre la Torre de Juan Abad; vid. González Palencia, «Pleitos con la Torre de Juan Abad», *Historias y leyendas,* Madrid, 1942; y *Del Lazarillo a Quevedo,* Madrid, 1946, pág. 257 y ss.

[53] En cualquier caso, en el siglo XVII, la milicia no funciona todavía como clase o grupo: los jefes (no los simples soldados mercenarios y forzados) lo son por ser nobles y esporádicamente.

tud de Quevedo haya cautelas o reservas en este aspecto, pues no las hay en otros tan comprometidos o más, como puede ser la parodia de las prácticas religiosas, adoptar una actitud próxima al erasmismo o burlarse de la Inquisición.

Efectivamente, nada de esto es crítica social; no lo es si por crítica social entendemos la que se refiere a las relaciones entre clases y la correspondiente división en funciones: para Quevedo el orden existente no es algo problemático, su censura se dirige más contra los que intentan conculcarlo que contra los que intentan modificarlo.

Todo lo anterior no quiere decir que Quevedo no se ocupe de problemas reales, existentes en su contexto. Muy al contrario, creo que Quevedo arranca de la realidad, de una realidad tan próxima y evidente que no necesita demostración; por ello, nuestro autor toma como punto de partida o arranque de su obra la división de la sociedad en clases, los intentos de algunos villanos o pecheros por convertirse en hidalgos, las trapacerías de los ministros de la justicia y de los pícaros, las ridículas obras de algunos «poetas», etc. Pero Quevedo no trata en el *Buscón* de demostrar que existen clases sociales, ni trata tampoco de describir cómo funcionan o las relaciones que se establecen entre ellas; se limita a, dada una situación de hecho, montar sobre ella su juego. De la misma manera, el autor del *Lazarillo* no trata de demostrar con su obra que el hambre existe, ni juzga sobre si eso es bueno o malo; en el *Lazarillo,* el hambre funciona como realidad de la cual se derivan determinados comportamientos, pero no es un tema de discusión, ni la finalidad de la obra es demostrar que el hambre existe.

Una de las realidades básicas en el *Buscón* es la existencia de las clases sociales y, secundariamente, como derivación de ese hecho, que hay individuos que tratan de trepar, Pablos, por ejemplo. Pero tampoco esto lo inventa Quevedo, viene de lejos; me refiero tanto a los intentos de subida como a las denuncias, no hay más que recordar estos párrafos de Guevara:

No avía cosa en que tanto los antiguos pusiessen los ojos como en examinar a los que armavan caballeros. Ya no es assí, sino que en alcançando uno dineros para comprar un mayorazgo, sin más ni más luego se llama cavallero (*Relox,* libro III, cap. XXIX);

También, señor, me escribís que os escriba cómo les va a los hijos de Vasco Bello, vuestro amigo y mi vecino. A esto vos respondo que habiendo sido sus padres mercaderes, se han tornado ellos caballeros, (*Epístolas,* BAE., tomo XIII, 1850, I, 60);

también en *La pícara Justina* encontramos un caballero-sastre, hecho caballero por dinero (I, págs. 163-165, de la ed. de Antonio Rey Hazas, Madrid, 1977; cfr. los sastres poetas, etc.), situación semejante se expone más tarde en la obra de Camargo y Zárate, comedia de *Quedar todos ofendidos y contentos, y el Hijo del Herrador que se hace caballero;* de 1652 data un manuscrito de la Nacional de Madrid en el cual se cuentan los «medios por donde los pecheros se introducen a hidalgos». Al fenómeno de los pecheros que se hacen hidalgos gracias al dinero, se puede añadir el caso particular de los conversos, tratado, por ejemplo, en *La Dorotea* (ed. Blecua, Madrid, 1955, pág. 399); caso sonadísimo fue el de Selemoh Haleví, luego obispo de Burgos con el nombre de Pablo de Santa María (vid. P. Luciano Serrano, *Los conversos D. Pablo de Santa María y Don Alfonso de Cartagena,* Madrid, 1942), para cuyos descendientes dictó el rey una orden especial a fin de que pudieran vestir el hábito de una orden militar. Quevedo, como es lógico, pertenece al grupo no tanto de los que protestan como de aquéllos cuya perspectiva coincide con la de los que protestan. Cuando Quevedo inventa su personaje, reúne en él la condición de pechero, converso y villano vil, todo en una pieza; pero quizá la misma desmesura del caso lo invalide como ejemplo o argumento en contra de la movilidad de las clases sociales: no eran gentes como Pablos las que, en la realidad, podían inquietar a la nobleza de sangre, sino otro tipo de individuos, el Genovés del *Bus-*

cón, por ejemplo, o, en la realidad, el tipo de Simón Ruiz, el mercader, cuyo nieto quería ser caballero (véase H. Lapeyre, *Une famille de marchands: les Ruiz,* París, 1955), o tantos otros pecheros adinerados que en el siglo XVI o XVII cambiaron de clase, como ha señalado Domínguez Ortiz.

En algún momento he pensado en la posibilidad de que Quevedo apuntara o tuviera como modelo lejano algún caso real, por ejemplo, que el nombre del protagonista, Pablos, y los *San* de los apellidos de la madre reflejaran el caso de Pablo de Santa María; sin embargo, he desechado esa idea, pues, en definitiva, para la construcción del libro —de todo el libro—; me parece irrelevante en cuanto el judaísmo de Pablos lo olvida Quevedo ya en la tercera página y no vuelve a aparecer.

A mi entender, aceptar que el *Buscón* no tiene otra finalidad específica que la de divertir al lector es difícil. Es difícil porque desde el Romanticismo —en general—, y desde posiciones partidarias, partidistas o morales —en particular—, una buena obra es la que describe grandes pasiones y profundos problemas, o la que defiende una causa justa, o las dos cosas a la vez. Así pues, si el *Buscón* es una gran obra, debe cumplir las condiciones de las grandes obras; de otra manera, los críticos, contra su íntimo sentir, se verían obligados a clasificar al *Buscón* entre las obras «menores», obras de diversión o pasatiempo.

Pero las obras literarias se miden por los resultados que producen en el lector, no por su adecuación a una teoría o a unas necesidades por muy respetables que una y otras sean. En cualquier caso, se pueden buscar otras teorías: ya Aristóteles, en la *Poética,* afirma que el fin primordial de la literatura es gustar, opinión que no dudaría —que no dudó— en suscribir don Juan Valera o, si se prefiere, Castelvetro o Campanella. En esta línea, Quevedo monta una obra destinada al placer del lector, a provocar la risa, la risa y la admiración. Desde el momento que una obra cómica ofrece también un elemento de sorpresa y admiración, accede a una categoría superior, diferente de la de mero pasatiempo: se convierte en obra de arte.

Como es normal en la época, la risa supone que el lector no se identifica sentimentalmente con los personajes o los casos que le son presentados; quizá sea esto lo que lleva a Quevedo a crear tipos, no pinturas individuales (aunque de puro hiperbólicos los tipos o figuras lleguen a individualizarse, el tacaño Cabra, por ejemplo), lo cual contrasta también con los antecedentes novelísticos más próximos, *Lazarillo* y, sobre todo, *Guzmán*. El teatro era otra cosa, el teatro tipificaba porque tenía —en teoría al menos— una finalidad docente. Sin embargo, Quevedo tipifica en la novela; con ello, elimina la posibilidad de catharsis, de compasión; el motivo es obvio, el Pinciano señala al hablar de la comedia (esto es, del género cómico) que en ella

aunque en los actores aya turbaciones y quexas, no passan, como he dicho, en los oyentes, sino que de la perturbación del actor se fina el oyente de risa (ed. CSIC, III, página 26);

basta sustituir actores por personajes para que el análisis cuadre en el *Buscón;* Pinciano no habla de novela porque no es un género clásico, pero el mecanismo que describe vale tanto para la comedia como para la novela.

Y, en efecto, las turbaciones y las quejas abundan en el *Buscón;* también abunda lo ridículo, la torpeza, etc.; todo ello sin *indignatio,* sin afanes didácticos ni morales, con lo que el lector se fina de risa. En gran medida los afanes didácticos o morales son imposibles porque en la mayoría de los casos nos encontramos en presencia de locos, de monomaniacos, producto de la desmesura específica que caracteriza el arte de Quevedo en esta obra. La risa del *Buscón* se basa, pues, no en sistemas u organizaciones, sino en la hipérbole, en la hipertrofia de un rasgo de carácter, de una tendencia, etc., que queda así fuera, absolutamente fuera de lo normal, de lo racional. En el *Buscón* lo excepcional de los casos se une a lo excepcional del estilo; como dice Sempronio en el acto quinto, «la raleza de las cosas es madre de la admiración». Creo, pues, que lo inesperado y lo sorprendente, unido a lo excepcional, es una de las causas principales de la admiración que el lector de esta obra experimenta, y de la risa que provoca.

No cabe duda de que determinados planteamientos extremos, extravagantes, pueden ser vistos como críticas a los correspondientes excesos que sí se dan en la realidad. Sin excluir esta posibilidad, como posibilidad secundaria, me parece que el fenómeno opera a la inversa: Quevedo parte de que determinados vicios o manías existen, a partir de ellos monta su propio juego, alejándose de ellos, de su realidad moral o social. A partir de un límite, la relación de los casos reales con los que presenta el *Buscón* es de contraste.

Para mí, lo que el *Buscón* ofrece es suficiente, no es necesario buscar segundas o terceras intenciones ni sentidos, que quedan fuera del texto.

En el *Buscón* se produce un fenómeno característico, responsable de las disonancias observables en los contenidos y, en consecuencia, responsable también de las desviaciones en la interpretación del sentido de la obra. Se trata de la polarización de recursos alrededor de cada uno de los temas o motivos presentes en el libro y en cada una de sus apariciones. Antes vimos que la organización en sarta del relato llevaba consigo la independencia argumental de cada *aventura,* o, enunciado a la inversa, que cada escena añade a la independencia argumental la de sentido. Así, una vez que Quevedo imagina un tipo o una situación, todo vale para reforzarla o intensificarla: la atracción de elementos secundarios obliga a éstos a deformarse para poder ser adaptados a las exigencias del momento. Además, Quevedo no actúa con planes preconcebidos ni con ideas de validez general; muy al contrario, no tiene la menor dificultad en variar la valoración de un dato si con ello logra el efecto requerido en cada caso. Esta versatilidad en las apreciaciones explica, por ejemplo, la interpretación de Spitzer o las trascendentales: éstas son el resultado de tomar (subjetivamente) una escena equis como foco de toda la obra, como clave desde la que se *deben* interpretar los demás pasajes y el conjunto. Lógicamente, el resultado final es un caos interpretativo donde los sentidos de las palabras quedan retorcidos hasta límites absurdos.

La reducción y aislamiento del campo descrito que encontramos en lo argumental tiene estricta correspondencia en los usos estilísticos de Quevedo[54]. Nuestro autor desarticula la realidad, la rompe de manera que resulta inútil buscar un proceso lógico lineal y realista: cada nuevo dato introduce un planteamiento nuevo, distinto y aun contradictorio respecto a los que le preceden o siguen. Alguno de estos casos lo he señalado en las notas al texto, modificando las razonables interpretaciones de A. Castro; ahora señalaré solamente un caso de lo que llamo reducción de campo. Si comparamos la visión de Quevedo con la de Melchor de Santa Cruz, al relatar la anécdota del garbanzo náufrago, veremos cómo en nuestro autor el estudiante no es el protagonista de la anécdota: son sólo los dedos los que actúan, a Pablos le sucede el fenómeno, pero no es dueño de sus dedos, que se independizan del resto del cuerpo y se lanzan por el garbanzo.

Spitzer ha señalado otros casos en los que determinadas partes del cuerpo actúan por su propia cuenta, independientes del conjunto. Esto lo relaciona con el hecho de que las «figuras» en el *Buscón* no se ven como una *gestalt*, ni forman un organismo asociado y coherente; son

---

[54] Vid., por ejemplo, Emilio Alarcos García, «Quevedo y la parodia idiomática», *Archivum*, V, 1955, págs. 3-38; Raimundo Lida, *Estilística. Un estudio sobre Quevedo*, Buenos Aires, 1931; del mismo, «Pablos de Segovia y su agudeza. Notas sobre la lengua del *Buscón*», *Homenaje a Casalduero*, Madrid, 1972. Muy interesante es la observación de E. Cros: «L'analyse de ce procédé, fondé sur une sorte d'inversion idéologique, ne manque pas d'intérêt: *alcahueta* et *fullero* connotent des valeurs sociales reconnues par le code linguistique officiel (honneur, chasteté, probité); l'inversion consiste à faire de l'expression qui véhicule l'idéologie dominante un discours marginal au même titre que l'argot tandis que l'expression méthaphorique, essentiellement mystificatrice, devient le discours authentique, ce qui signifie à nous yeux que ce discours est un discours usurpé» (*op. cit.*, pág. 58).

partes sueltas y presentadas independientemente unas de otras, lo que lleva a la autonomía de cada parte o rasgo y, en definitiva, al automatismo en las actuaciones con lo que se explicaría el efecto cómico de la obra. Yo no veo muy claramente estas últimas afirmaciones de Spitzer.

Luisa López Grigera —siguiendo en parte a E. Asensio[55] y en parte a Spitzer— cree que el estilo de Quevedo se caracteriza por la *«acumulación* externa de elementos y no por integración de partes en un todo», lo que serviría «como medio para expresar un mundo caótico»[56]. No parece que esto sea así en el *Buscón;* aquí Quevedo sí integra los elementos en el todo en que aparecen, y lo hace con un trasparente criterio funcional: trata de producir un efecto —el que sea— y a lograrlo supedita todo lo demás. En consecuencia, para Quevedo el mundo no es caótico; muy al contrario, la alteración en las formas significa simplemente que nuestro autor reorganiza la realidad para adecuarla a sus fines, a su conveniencia. Que de esta manera, una determinada realidad objetiva no signifique siempre lo mismo o que el criterio deformante varíe según los casos, es otro problema; lo cierto es que la deformación no es gratuita ni reflejo de una realidad exterior, sino creación intencional. Los fines del autor son bien claros: producir un efecto de sorpresa admirativa. Quevedo manipula la realidad, las convenciones, los modelos, para hacer literatura libre.

Ediciones, manuscritos, fechas

La *Vida del Buscón llamado don Pablos* se edita por primera vez en Zaragoza, en 1626, por el impresor Vergés y a costa del librero Roberto Duport; esta edición se conoce por la sigla E. Parece seguro que Duport editó el libro sin el consentimiento del autor, cosa que ya había ocurrido con otras impresiones de obras de Quevedo[57].

---

[55] *Itinerario,* págs. 181-183.

[56] *La hora de todos,* ed. L. López Grigera, Valencia, 1957, páginas 37-38.

[57] Vid. M. Herrero, «La primera edición del *Buscón,* pirateada», *Rev. del Ayuntamiento de Madrid,* XIV, 1945, pág. 367.

La segunda edición del *Buscón* va localizada y fechada también en Zaragoza, 1626, pero parece que en realidad fue impresa en Madrid, en 1626 (sigla M). Más tarde nuestra obra se edita en Barcelona (1626), Valencia (1627), Zaragoza (1628, sigla Z), Rouen (1631), Pamplona (1631), Lisboa (1632), Madrid (1648), etc.

Tres son las versiones manuscritas que se conservan del *Buscón;* en primer lugar tenemos la que guarda la Biblioteca Menéndez Pelayo de Santander (sigla S), utilizada de manera imperfecta por A. Castro en su edición de 1927. Las otras son la copia que perteneció al bibliotecario don Juan José Bueno (sigla B), y el manuscrito procedente de la catedral de Córdoba (sigla C) del que, al parecer, Astrana Marín poseyó una copia[58].

Del estudio de los manuscritos y ediciones, F. Lázaro Carreter[59] deduce que hubo dos redacciones de la obra o, quizá, una redacción primitiva (sigla *α*) y otra, posterior, retocada (sigla *β*). La más antigua de estas dos versiones sería la del texto de B; la retocada correspondería al texto de C.S y E, pues, como afirma Lázaro,

> tan rotundas discrepancias no podrían justificarse a partir de un solo antepasado común. Aunque, quizá, no deba hablarse de dos redacciones, sino de una versión primitiva y otra retocada[60],

ambas realizadas por el propio Quevedo.

Así pues, el stemma de la obra —simplificado— sería el que figura en la página siguiente.

Lo primero que llama la atención al repasar la numerosa lista de impresiones es que ninguna de ellas se hiciera dentro del reino de Castilla, pues, incluso la de Madrid, aparece fechada en Zaragoza, sin duda para que se confundiera con la edición de Duport o, por lo menos, para camuflar su procedencia. Como se sabe, la censura

[58] Vid. A. Rodríguez Moñino, «Los manuscritos del *Buscón* de Quevedo», *NRFH,* VII, 1953, pág. 658.

[59] *La vida del Buscón llamado don Pablos,* Salamanca, 1965.

[60] Ed. cit., págs. XLVII-XLVIII.

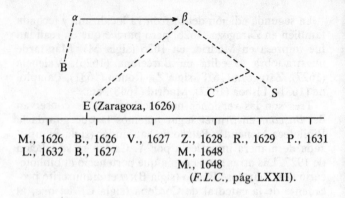

M., 1626	B., 1626	V., 1627	Z., 1628	R., 1629	P., 1631
L., 1632	B., 1627		M., 1648		
			M., 1648		

(*F.L.C.*, pág. LXXII).

era mucho menos estricta en los reinos de la corona de Aragón que en Castilla y, probablemente, ésta es la causa de que las primeras impresiones se realizaran fuera del último reino citado; recordemos, a este respecto, que algo parecido, aunque de manera menos marcada, ocurre con el *Lazarillo* y el *Guzmán* a partir de la publicación de la segunda obra. Lo que con esto me interesa señalar son las prevenciones que muestran los editores castellanos antes de decidirse a publicar esta obra de Quevedo: efectivamente, la obra fue perseguida por la Inquisición en 1646, según los documentos aportados por Felicidad Buendía. Se podría pensar, quizá, que los libreros trataban de evitar los cánones de autor, más que la censura, pues está claro que, en todos los casos, se trata de ediciones piratas; sin embargo, Quevedo nunca reclamó la paternidad del *Buscón,* e incluso negó implícitamente haberlo escrito, ya que no figura en el *Index* de las obras que reconoce como suyas en 1640 [61]. Esta renuncia, aunque estuviera motivada directamente por

---

[61] «Afirma Fray Juan Ponce de León en la información que se conserva en el Archivo Histórico Nacional, sección Inquisición, legajo 4.470, núm. 13: "Y siendo el *Buscón* uno de los que V.A. no aprueba, por esta causa lo desaprueba, a petición de su autor, el qual no lo reconoce por suyo como consta en el folio citado"» (apud. L. López Grigera, *La cuna y la sepultura,* Madrid, 1975, pág. XI).

los ataques de Pacheco de Narváez, muestra, indirectamente, cómo Quevedo no las tenía todas consigo y trataba de eludir posibles responsabilidades[62].

Si consideramos ahora el número de ediciones del *Buscón*, notaremos que en poco más de veinte años y sin contar las que hayan podido perderse, hay once ediciones de la obra, exactamente una cada dos años, lo que es un éxito extraordinario para cualquier época. A partir de la edición de Duport (Zaragoza, 1626) se produce una verdadera floración de ediciones, todas ellas dependientes de esa primera (vid. stemma), lo que indica que los libreros no cuentan con otra fuente, hecho realmente extraño si tenemos en cuenta que hasta nosotros han llegado tres copias manuscritas, independientes de las impresiones. Todo esto parece indicar que en 1626 circulaban ya muy pocas copias manuscritas del *Buscón;* la razón puede ser ésta: Quevedo había escrito la novela bastantes años antes, momento en que las personas interesadas consiguen sus copias; en 1626, éstas habían dejado de circular. Si esto es así, se plantea inmediatamente un problema de difícil solución, me refiero a la fecha en que Quevedo escribió la obra.

La datación de *La vida del Buscón* ofrece numerosas dificultades; para empezar, el único dato seguro, indudable, es que la novela es anterior a 1626, fecha de la primera edición de Zaragoza, y posterior a 1603, como se verá. Dentro de estos límites aparecen las conjeturas y especulaciones, cuyos resultados varían sensiblemente según los diferentes críticos. Así, por ejemplo, don Américo Castro argumenta:

> Se suele situar esta admirable novela hacia 1606 —entre los veinte y los treinta años de Quevedo—, ateniéndose a

---

[62] No creo que la renuncia la hiciera Quevedo sin esfuerzo, pues, aun entre burlas y veras, aprecia su actividad literaria: «Éstas son mis obras. Claro está que juzgará vuecelencia que, siendo tales, no me han de llevar al cielo; mas como yo no pretendo dellas más de que en este mundo me den nombre...», *El mundo por de dentro, Obras,* I, página 196.

la letra del relato: años de escuela y universidad, y a las alusiones más o menos históricas a Antonio Pérez y al sitio de Amberes por Spínola (1602-1604). Creo, sin embargo, se trata no de un libro de juventud, sino de recuerdos de juventud, escrito en plena madurez [...] para crear los veintitrés capítulos del *Buscón* no basta una inteligencia brillante y precoz, y libros y más libros. Hace falta algo más: la vida, y vida gozada y padecida, metiéndose audazmente de hoz y coz en ella, [...] Por eso me inclino a fechar este libro hacia 1620, al regreso definitivo de Italia, donde comenzó la vera existencia de Don Francisco[63]...

Como se ve, don Américo no apoya su propuesta en ningún dato concreto, objetivo, sino en el sentido que obtiene de la interpretación global de la obra. Dejando ahora lo poco convincente de esa interpretación, no parece que el criterio utilizado para fechar la obra corra mejor suerte: en efecto, predicar la correspondencia entre un tono o actitud literaria y una situación biográfica real es siempre peligroso; en el caso de Quevedo es peligrosísimo, pues nuestro autor posee una extraordinaria variedad de tonos y registros que van desde el desengañado moralismo de las *Lágrimas de Hieremías castellanas,* hasta el juego verbal o conceptual de los *Sueños* o del *Poema de las necedades y locuras de Orlando,* por ejemplo. En nuestro autor estos cambios de humor no corresponden a etapas definidas de su vida: en la prisión de San Marcos, escribe jácaras.

En cualquier caso, la fecha de 1620 resulta muy difícil de admitir; hay que tener en cuenta que Salas Barbadillo, en *El subtil cordovés Pedro de Urdemalas,* obra de 1620, reproduce multitud de expresiones, anécdotas y planteamientos del *Buscón*, con tanta fidelidad que excluye la coincidencia casual y se acerca al plagio. Como no parece posible la influencia de Salas en Quevedo, y las semejanzas aparecen desde las primeras páginas, habrá que concluir que el *Buscón* se escribió antes del 28 de se-

---

[63] Páginas XII-XIII de la edición de Madrid, C.C., 1941; prólogo no reproducido en las reimpresiones posteriores.

tiembre de 1619, fecha de la *Suma del privilegio* firmada en Lisboa por Pedro de Contreras. Las conexiones entre estas dos obras se irán indicando en notas a lo largo del texto; cito por la edición de M. Charles Andrade (Estudios de Hispanofilia, Valencia, 1974) quien no parece advertir las constantes coincidencias.

Las observaciones expuestas sirven, a mi entender, tanto para rechazar los argumentos de don Américo como los que, a la inversa, basan en lo intrascendente de la crítica, en la frescura juvenil de la obra una datación temprana. Ahora bien, hay un procedimiento menos arriesgado para limitar, ya que no resolver, el problema que nos ocupa, me refiero a los datos que el mismo texto proporciona cuando hace referencia a personajes o hechos históricos.

Como en tantas otras obras españolas, en el *Buscón* el reflejo de la realidad histórica es mínimo, se reduce a detalles, alusiones y vagas referencias; en último término, los hechos históricos de valor general quedan reducidos en nuestra obra a la categoría de anécdotas. La vida de Pablos no se construye en relación directa y explícita con su época, como veremos; en consecuencia, este camino tampoco proporciona datos seguros sobre los cuales sea posible obtener conclusiones exactas.

Indudablemente, nuestra obra es posterior a 1603, pues, como escribe Rodríguez Marín:

> No a otro que a Álvaro de Soria se refirió Quevedo en el siguiente pasaje de *La vida del Buscón llamado don Pablos* [...], novela que, aunque impresa por primera vez en 1626, debió ser escrita o, cuando menos, planeada, por los años de 1605 a 1608, y cuya acción, en cuanto a los últimos capítulos, pasa un poco antes; [...] La muerte de Alonso Álvarez de Soria es posterior al 26 de junio de 1603, fecha en que don Bernardino González Delgadillo toma posesión del cargo de asistente de Sevilla

y es este personaje quien ordena la ejecución de Alonso Álvarez[64]. Fernando Lázaro Carreter resume los indicios más significativos en cuanto a la fecha:

---

[64] *Miscelánea de Andalucía,* Madrid, 1927, págs. 115 y 105. Y *El loaysa del celoso extremeño,* 1901.

Pensamos que la primera redacción, representada por B, es muy temprana. Los datos que pueden apoyar esta creencia son los siguientes: a) Antonio Pérez, que murió en 1611, vive todavía, puesto que ha podido enviar espías (o venir él mismo) a España; b) No ha terminado aún el sitio de Ostende (julio de 1601-septiembre de 1604), ya que se narra un jocoso arbitrio para rendir la ciudad; c) La burla de la obra de Pacheco de Narváez, *Libro de la grandeza de la espada,* aparecido en 1600, parece sólo justificable en fecha poco posterior: sería escasamente oportuna la sátira de un libro publicado mucho antes[65].

No cabe duda de que estos datos son importantes y deben ser tenidos en cuenta; marcan una época, pero, en mi opinión, no permiten afinar mucho más: así, por ejemplo, Lázaro opina que

> el arbitrio para rendir Ostende, chupando la mar con esponjas o hundiéndola doce estados, es lógico que poseyera fuerza cómica en la medida en que aludía a sucesos contemporáneos o muy próximos[66];

para mí, sin embargo, la fuerza cómica reside más en lo disparatado del arbitrio que en la referencia concreta a un hecho histórico: Quevedo no tiene inconveniente en acudir en otras ocasiones a sucesos muy lejanos en el tiempo —la profesión de Padilla (1585), por ejemplo—, ya que sus mecanismos burlescos se basan en la conceptualización abstractiva, no en la realidad inmediata. En cuanto a la burla del libro de Pacheco, tampoco hace falta suponer la proximidad a la fecha de publicación, pues los ataques satíricos contra el teorizador de la esgrima (lo mismo que las defensas), siguieron llenando páginas mucho tiempo después; recordemos también los ataques que el mismo Quevedo dedica al cuco canario en el *Poéma de Orlando,* escrito entre 1626 y 1628[67]; lo que quizá

---

[65] Ed. cit., pág. LII.
[66] Ed. cit., pág. LIII.
[67] Vid. Celina Sabor de Cortázar, «Lo cómico y lo grotesco en el *Poema de Orlando* de Quevedo», *Filología,* XII, págs. 95-135, y el prólo-

sí se pudiera aducir es que Quevedo se refiera al *Libro de la grandeza del espada* y no a *Las cien conclusiones o formas de saber la verdadera destreza,* publicado por Pacheco de Narváez, en Madrid, en 1608, libro del que nuestro autor se burlará en el entremés *La destreza.*

Efectivamente, las referencias a Figueroa (m. 1617?), Liñán (m. 1607), profesión de Padilla (1585), etc., son demasiado vagas para ser significativas, aunque se podría retener el hecho de que nuestro autor presenta a Liñán como si estuviera vivo o, por lo menos, no se refiere a su muerte. Junto a estos personajes tenemos las referencias a tres actores, Baltasar Pinedo, Juan Morales y Hernán Sánchez de Vargas, a los que Pablos cita como maestros del arte escénico. Si repasamos los *Nuevos datos acerca del histrionismo español* recogidos por Cristóbal Pérez Pastor[68], encontramos que Baltasar Pinedo aparece, desde 1603, como «autor de comedias por S. M.» (pág. 81); Juan Morales Medrano, sin embargo, representa en el Corpus de Madrid, en 1608, aunque aparece como «de los nombrados por S. M.» en el real decreto de 1603 (vid. nota al texto); por su parte, Hernán Sánchez de Vargas figura por primera vez como autor para la fiesta del Corpus, en Madrid, en 1610 (págs. 117-118) y como «autor de comedias de los nombrados por S. M.», en 1619 (pág. 167). Especialmente significativo parece un documento de 26 de septiembre de 1607, en el que F. Sánchez de Vargas aparece nombrado solamente como residente en la corte. Frente a esto, el hecho

---

go de María E. Malfatti a su cd. de la misma obra, Barcelona, 1964. No obstante, en el *Buscón* los ataques no son todavía tan violentos y directos como los del *Orlando;* incluso hay una atenuación explícita al final del capítulo: «hicímoslos amigos a él y al maestro, el cual se apartó diciendo que el libro que alegaba mi compañero era bueno, pero que hacía más locos que diestros, porque los más no lo entendían». Lo forzado y suelto del añadido muestra, si necesario fuera, que nuestro autor aprovecha las posibilidades burlescas donde las encuentra, con independencia del juicio que le merezca el motivo de la burla. Por otra parte, la atenuación indica que Pacheco todavía no había publicado el *Tribunal de la justa venganza.*

[68] Madrid, 1901.

de que Agustín de Rojas nombre a Vargas en *El viaje entretenido:*

> De los farsantes que han hecho / farsas, loas, bailes, letras, / son: Alonso de Morales, / Grajales, Zorita, Mesa, / Sánchez, Ríos, Avendaño, / Juan de Vergara, Villegas, / Pedro de Morales, Castro[69]...

no indica que fuera ya tan conocido como para servir de punto de referencia a los comediantes, más bien al contrario; no figura entre las ocho compañías o «autores» nombrados en el decreto de reformación de comedias.

Por otro lado, tenemos que, en 1631, Pinedo ya había pasado su mejor momento, pues Jacinto Alonso Maluenda le cita en su *Bureo de las musas* (1631) como actor especializado en papeles de viejo: «Que pudo hazer las barbas con Pinedo» (pág. 110). Lo mismo se puede decir de los otros dos representantes nombrados por Quevedo, pues Quiñones de Benavente dice de ellos:

> CINTOR.   Pues, ¿ qué nos podrá decir
> de Bartolomé Romero?
> BERN.   Ese es autor por su gusto,
> como otros por su provecho.
> PINELO.   ¿Y de Sánchez y Morales?
> BERN.   Esos son del tercio viejo,
> de los de «fueron, solían...»
> autores de «yo me acuerdo».

(«Loa con que empezó Lorenzo Hurtado, en Madrid, la segunda vez», *Jocosería* (1645), en Cotarelo, II, pág. 501.)

Si se acepta que los datos aportados por Pérez Pastor no presentan lagunas u omisiones de importancia, tenemos que la época en que Juan Morales y, sobre todo, H. Sánchez alcanza la fama, hay que situarla después de 1607 y alrededor de este año cuando su éxito como actores les permite formar compañía propia, convertirse en «autores

---

[69] *El viaje entretenido,* Madrid, 1922, pág. 157.

de comedias». A las mismas fechas parece remitir esta
frase:

> que me acuerdo yo antes, que si no eran comedias del
> buen Lope de Vega y Ramón, no había otra cosa» (pá-
> gina 257),

aunque aquí, lo mismo que en otros casos, la dificultad
no estriba tanto en situar ese *antes* como en discernir lo
que hay de realidad y de hipérbole o deformación expresiva en el planteamiento quevedesco.

Si retomamos ahora los datos seleccionados por F. Lázaro, notaremos que todos ellos se sitúan al principio del
libro y, lo que es lo mismo, en los primeros años de vida
del protagonista, ya que llegan solamente al fin de los estudios (incompletos) de Pablos en Alcalá. Sin embargo
—y con muy buen criterio—, ninguno de los críticos que
se han ocupado de esta cuestión ha tratado de establecer
la cronología interna de la vida de Pablos y, desde ella, la
del *Buscón:* si aceptáramos que las referencias del inicio
remiten a 1603, habría que admitir (según ese sistema de
datación) que el final de la novela es bastantes años posterior a esa fecha; naturalmente, esto es inadmisible,
pues esa misma cronología interna sitúa los últimos años
de Pablos poco después de 1603, esto es, poco después de
la ejecución de Alonso Álvarez, como vimos[70]. Con esto
entramos de lleno en la mayor dificultad que se puede
oponer a todos estos sistemas de datación interna, me refiero a la ausencia de organización cronológica coherente
del relato en la obra que nos ocupa. Repasando las referencias históricas objetivas y concretas que aparecen en el
Buscón, encontramos una extraña distorsión temporal:
parece como si la vida de Pablos no se desarrollara a lo
largo de un tiempo lineal, sino que se diera toda ella en
un mismo momento, en un tiempo plegado sobre sí mismo, sin avances; y sin apenas referencias cronológicas ex-

---

[70] Otra cosa es que el final de la obra se escribiera, efectivamente,
en esos años; lo que parece claro es que la acción se sitúa en esa época.

teriores a la vida misma del protagonista, y aun estas referencias son escasas, pues a partir del viaje a Alcalá, las aventuras y desventuras de Pablos tanto pueden corresponder a una época como a otra, y esto tanto en lo histórico como en lo personal; únicamente cabría señalar, como excepción, su interés por el matrimonio y la posterior búsqueda de estabilidad con la Grajal. Pero, dejando esto ahora, notemos que si el final de la obra se produce, como hemos visto, en un tiempo inmediatamente posterior a 1603, la marcha de Alcalá es anterior a 1604, pues el loco república y de gobierno propone sus disparatados arbitrios entonces, señal inequívoca de que Spínola todavía no ha entrado en la plaza de Ostende. Ésta, que podríamos llamar «indiferencia cronológica», se muestra también en el hecho de que, durante estos años, la corte reside en Valladolid, contra lo que dice el libro, que la sitúa en Madrid —todavía o ya.

Otra interpretación merecen las incongruencias del (falso) soldado. Este personaje afirma que ha estado defendiendo París contra los enemigos del rey; en esta ciudad hubo guarnición española entre 1580 y 1590. El saco de Amberes, en el que también tomó parte, puede ser el de los días 4 y 5 de octubre de 1576; la batalla naval de Lepanto tuvo lugar en 1571; y, por último, la de San Quintín se dio en 1557: si a esta última fecha, la más remota, añadimos los 25 años que el soldado dice llevar al servicio del rey, nos encontraríamos en 1582, lo que, obviamente, es falso. Se trata, en mi opinión, de una hipérbole que pone de manifiesto lo fantástico de las hazañas del supuesto soldado; pero, al mismo tiempo, nos ilustra sobre uno de los procedimientos típicos de la construcción quevedesca, la que consiste en reunir hechos o datos por su significado abstracto, agrupándolos sin tener en cuenta el contexto, la circunstancia a la que pertenecen, desgajándolos de ella para lograr una nueva ordenación expresiva, aun en contra de la lógica.

Volviendo, pues, a la cronología, tenemos que, en el mejor de los casos, las concordancias entre texto literario y realidad histórica permiten identificar la época o tiempo de la narración —con todas las distorsiones señaladas—, pero no son datos suficientes para fijar el tiempo de la redacción, de la escritura. Menos seguridad que las referencias a batallas, acontecimientos políticos o grandes personajes tienen las que remiten a usos y costumbres regulados mediante premáticas: por una parte, las premáticas no se cumplían; por otra, los escritores toman de la realidad los datos que bien les viene, creando convenciones puramente literarias como es el caso, por ejemplo, del matrimonio por mutuo consentimiento: «dar la mano de esposo» funciona todavía a lo largo del XVII, aunque estuviera prohibido desde Trento. Del hipertrofiado sentido del honor y de la honra seguramente se puede decir lo mismo: la realidad era, en este aspecto, mucho más libre que la literatura.

Otros indicadores temporales pueden deducirse de las formas o contenidos *literarios* presentes en el *Buscón*, al relacionarlos con otras obras de datación o difusión más segura; se trata de ver tanto las influencias que nuestro texto recibe como las que genera. Así, en función de la cronología de nuestra obra, se han señalado numerosas influencias; entre ellas, encontramos algunas próximas a los años conflictivos. Francisco Rico apunta:

> la fecha de conclusión quizá pueda retrasarse hasta 1605: Quevedo, en efecto, parece haber tenido en cuenta algunos datos de la segunda parte del *Guzmán,* aparecido en diciembre del año anterior. Hubo, por otro lado, una revisión del texto, probablemente entre 1609 y 1614, como conjetura el profesor Lázaro Carreter[71].

No hay que olvidar, en cualquier caso, la cautela con que el maestro Eugenio Asensio procede ante este tipo de semejanzas:

> La prioridad de Quevedo o Mateo Alemán en un pleito abierto que no podemos fallar porque ignoramos la data

---

[71] *La novela picaresca y el punto de vista,* Barcelona, 1970, página 121, nota 59.

exacta de la *Vida de la corte* y el momento en que circuló el primer bosquejo de la *Vida del Buscón*. Lo más prudente es suponer que hubo un toma y daca, que los satíricos se peloteaban el motivo [...]. En la duda, optaremos por la hipótesis de que el escritor joven deba una deuda mayor al viejo [72].

En efecto, los temas y motivos literarios que aparecen en el *Buscón* son, en lo «argumental», escasamente originales: la mayor parte venían rodando desde muy atrás, como ha señalado Chevalier, o estaban en la mente de todos, como es normal en cualquier crítica de costumbres. De la misma manera, las reiteraciones del propio Quevedo en obras diferentes es constante. En consecuencia, habrá que atender más a la coincidencia de formulaciones que a la similitud de contenidos.

Fitzmaurice Kelly [73] y, después, Entrambasaguas [74] suponen que la frase de Pablos: «Yo iba caballero en el rucio de la mancha» es una alusión al *Quijote* de 1605; si esto fuera así, dispondríamos de un dato importante. Lázaro Carreter advierte, sin embargo, que

> Pablos alude a un rucio rodado, es decir, a un jumento gris o blanco con manchas oscuras: *Rodado* y *manchado* funcionan, en la lengua chistosa de aquel tiempo, como términos sinónimos; y *manchado* era, burlescamente, hasta para el propio Cervantes, el natural de la Mancha... No es, además, improbable que Quevedo conociera la obra cervantina antes de su publicación [75].

No sólo no es improbable que Quevedo conociera el *Quijote* antes de 1605, sino que es posible, pues lo conocía Lope, cuyas relaciones con Cervantes no eran demasiado amistosas [76]; tampoco sería extraño que el

[72] *Itinerario del entremés,* Madrid, 1965, pág. 209.
[73] «La vida del *Buscón*», *RHi,* 1918, pág. 3.
[74] *Miscelánea erudita,* Madrid, 1957, págs. 27-28.
[75] Ed. cit., pág. LIV y nota.
[76] En el *Epistolario de Lope de Vega* editado por González de Amezúa, Madrid, 1941, III, págs. 3-4. Sobre una posible edición anterior a 1605, vid. F. Oliver Asín, *El «Quijote» de 1604,* Madrid, 1948.

autor jugara de las palabras en tres escalones: ro-
dado-manchado-de la mancha; lo hace con frecuencia,
pero, a mi entender, el problema reside en el uso por parte de Quevedo del artículo determinado, indicio de que se
refiere a un rucio ya conocido. Difícil de valorar es también la coincidencia señalada por Américo Castro en nota; dice Pablos:

> yo, entre tanto, por lo que podía suceder, me acomodé
> entre dos colchones, y sólo tenía la media cabeza fuera,
> que parecía tortuga (pág. 122).

a lo que A. Castro anota:

> La comparación era grata al autor: «Tendido sobre un
> pavés, / cubierto con su rodela, / sacando, como tortu-
> ga, / de entre conchas la cabeza» (*Testamento de Don
> Quijote,* Rivad., LXIX, pág. 191a),

visión que parece remitir a:

> Sancho quedó como galápago encerrado y cubierto con
> sus conchas, o como medio tocino metido entre dos arte-
> sas (*Quijote,* II, LIII).

La relación entre los tres textos se presta a variadas com-
binaciones y, en cualquier caso, la imagen no es demasiado original [77].

Para acabar con este aspecto tenemos el texto del
Quijote de Avellaneda (1614) aducido por Martín de Riquer:

> Y no uve bien levantado la cabeça, quando començó a
> llover sobre mí tanta multitud de gargajos, que si no
> fuera porque sé nadar como Leandro y Hero... Pero un
> cara relamido, que parece que aun aora me le veo delan-
> te, me arrojó tan diestramente un moco verde, que le

[77] Otras concordancias señaladas por Castro son demasiado vagas
para ser tenidas en cuenta.

devía tener represado de tres días, según estava de quaja-
do, que me tapó de suerte este ojo derecho[78]...

texto que, según Riquer, es «imitación de las burlas que
los estudiantes de Alcalá hacen a Pablos»; una escena semejante, sin embargo, tiene lugar en *El Pasagero* de
Suárez de Figueroa: cuando varios escritores describen
una misma realidad, las coincidencias que pueden aparecer entre ellos no tienen valor especial.

Creo, en definitiva, que entre los datos expuestos hasta
ahora no hay ninguno concluyente, tal que permita
fechar nuestra obra con exactitud; algunos de ellos apun-
tan a momentos muy distantes en el tiempo: la datación
depende, en gran parte, de cómo se valoren unos y otros
indicios, del crédito que cada investigador les conceda.

Nuestra edición

Sigo el texto establecido por F. Lázaro Carreter en su edición
de Salamanca, 1965; dado que esta edición combina varios manuscritos e impresos, no me parece conveniente mantener las
ortografías originales, pues sería una reconstrucción poco signi-
ficativa. De los preliminares de la edición de Zaragoza, 1962,
suprimo la *Aprovación, Licencia del ordinario, Aprovación,* etcétera, pero reproduzco aquellos textos que, sin ser de Quevedo, guardan alguna relación con el sentido de la obra en cuanto
permiten ver cómo y en qué serie literaria la situaba el editor,
esto es, como testimonio de un lector. A mi entender, el prólogo
«Al Lector» no es de Quevedo; es Duport quien, probablemente, trata de imitar el estilo de don Francisco, pero la ostensible
preocupación por la venta —no la lectura— del libro en que se
desparrama la parte final, proporciona la clave.

En cuanto al prólogo y las notas, me ha resultado de inesti-
mable ayuda la edición de don Américo Castro; muchas de sus
notas han sido incorporadas directamente a mi edición, sin más
que señalar su procedencia; otras, en cambio, sirven de motivo
para la reflexión, o para la descripción de algunos rasgos y procedimientos estilísticos de Quevedo en esta obra.

---

[78] En su ed. de Clásicos Castellanos, Madrid, 1972, II, pág. 198.

Bibliografía fundamental

AGÜERA, Víctor G., «Notas sobre las burlas de Alcalá de *La vida del Buscón llamado Pablos*», *Romance Notes,* XIII, 1971-1972, págs. 503-506.

— «Nueva interpretación del episodio «Rey de Gallos» del *Buscón*», *Hispanófila,* núm. 49, 1973, págs. 33-40.

ALARCOS GARCÍA, Emilio, *Homenaje al profesor Alarcos García,* I, Valladolid, 1965.

BATAILLON, M., *Pícaros y picaresca,* Madrid, Taurus, 1969.

BOYCE, E. S., «Evidence of Moral values implicit in Quevedo's *Buscon*», *Forum for Modern Language Studies,* 1976, XII, págs. 336-353.

CAÑEDO, J., «El "Curriculum Vitae" del Pícaro», *RFE,* XLIX, 1966, págs. 125-180.

CAVILLAC, M. y C., «A propos du *Buscón et du Guzmán de Alfarache*», *B. Hi.,* LXXV, 1973,, págs. 114-131.

CROS, E., *L'aristocrate et le carnaval de gueux,* Montpellier, 1975.

— «Foundations of a Sociocriticism (Part I & II)», *Ideologies & Literature,* I, núms. 3 y 4, sept.-oct. 1977, págs. 60-68 y 63-80.

DÍAZ MIGOYO, G., *Estructura de la novela. Anatomía del Buscón,* Madrid, 1978.

EGIDO, Aurora, «Retablo carnavalesco del Buscón don Pablos», *Hispanic Review,* XLVI, núm. 2, Spring, 1978, páginas 173-179.

HERRERO GARCÍA, M., «La primera edición del *Buscón* "pirateada"», *RBAM,* XIV, 1945, págs. 367-380.

IVENTOSCH, H., «Onomastic Invention in the *Buscón*», *HR,* XXIX, 1961, págs. 15-32.

JOHNSON, C. B., «El Buscón: Don Pablo, Don Diego y Don Francisco», *Hispanófila,* LI, 1974, págs. 1-26.

LÁZARO CARRETER, F., *Estilo barroco y personalidad creadora,* Madrid, Cátedra, 1974.

LIDA, R., «Pablos de Segovia y su agudeza: Notas sobre la lengua del *Buscón», Homenaje a Casalduero,* Madrid, 1972, páginas 285-298.

— «Sobre el arte verbal del *Buscón», Philological Quarterly,* LI, núm. 1, enero 1972, págs. 255-269.

MAS, A., *La Caricature de la femme, du mariage et de l'amour dans l'oeuvre de Quevedo,* París, 1957.

McGRADY, D., «Tesis, réplica y contrarréplica en el *Lazarillo,* el *Guzmán* y el *Buscón», Filologia,* XIII, 1968-1969, páginas 237-249.

MORRIS, C. B., «The Unity and Structure of Quevedo's *Buscón:* Desgracias encadenadas», University of Hull, 1965.

PARKER, A. A., «La buscona piramidal: Aspects of Quevedo's Conceptism», *Iberorromania,* I, 1969, págs. 228-234.

— «The Psychology of the Picaro in *El Buscón», MLR,* 1947, páginas 58-69.

PESEUX-RICHARD, H., «A propos du *Buscón», R. Hi.,* XLIII, 1918, págs. 43-59.

RODRÍGUEZ MOÑINO, A., «Los manuscritos del *Buscón* de Quevedo», *NRFH,* VII, 1953, págs. 657-672.

SOBEJANO, G., ed. de *Francisco de Quevedo. El escritor y la crítica,* volumen colectivo, Madrid, Taurus, 1978.

TALENS, J., *Novela picaresca y práctica de la transgresión,* Madrid, 1975.

Principales ediciones modernas

ALCINA FRANCH, J., *La vida del Buscón llamado Don Pablos,* Barcelona, 1968.

CASTRO, A., *El Buscón,* Madrid, 1927.

GILI GAYA, *Historia de la vida del Buscón,* Barcelona, 1941.

LÁZARO CARRETER, F., *La vida del Buscón llamado Don Pablos,* Salamanca, 1965.

LOPE BLANCH, J. M., *Historia de la vida del Buscón,* México, 1963.

ROSE, R. S., *Historia de la vida del Buscón,* Madrid, 1927.

Para la bibliografía de Quevedo es imprescindible el libro de James O. Crosby , *Guía bibliográfica para el estudio crítico de Quevedo,* Londres, Grant and Cutler, 1976; y, ahora, el artículo de Pablo Jauralde Pou, «Addenda a Crosby _____», que aparecerá en *Cuadernos bibliograficos;* Pablo Jauralde ha tenido la gentileza de enviarme una copia a máquina del artículo, atención que le agradezco vivamente.

Para la bibliografía de Chaucer es imprescindible el libro de
Inglés, O. Crosby... Chaucer... para el estudio crítico de
Londres, 1940 y Shang, el estudio
de... Paul, Anécdota... Crosby...
aparecer en Chaucer... Pablo lanzado ha leído
de la genialmente enriqueció a... la máquina del artículo...
Alegato que lo verdadero significa...

La vida del Buscón

(Preliminares de la edición de Zaragoza, 1626)

A DON FRAY IVAN AVGVSTIN DE FVNES, CAVALLERO DE LA
SAGRADA RELIGION DE SAN IUAN BAUTISTA DE IERUSA-
LEM, EN LA CASTELLANIA DE AMPOSTA, DEL REYNO DE
ARAGON.

Hallandome lleno de obligaciones al fauor que siempre
he receuido de v.m. y siendo mi caudal limitado para pa-
garlas me ha parecido en señal de agradecimiento dedi-
carle este Libro. Emulo de Guzman de Alfarache (y aun
no se si diga mayor) y tan agudo y gracioso como don
Quixote, aplauso general de todas las naciones. Y aunque v. m. merecia mayores assumptos por su generosa
sangre, ingenio lucido, pues la chronica de la Religion de
San Iuan es hijo suyo (a quien podemos dezirle sin
miedos, *qualis Pater, talis Filius*) porque tal vez suele
diuertirse el mas cuerdo con los descuydos maliciosos de
Marcial, que con las sentencias de Seneca, le pongo en
sus manos, para que se recree con sus agudeças. Su
Autor del es tan conocido, que lleua ganado de antemano
desseos de verle, y quando no lo fuera, con su proteccion
de v.m. perdiera los recelos de atreuerse en publico, y yo
quedare vfano, consiguiendo el general gusto que con el
han de tener todos.

Humilde criado de v.m.

Roberto Duport

Al lector

Qve desseoso te considero Lector, o oydor (que los ciegos no pueden leer) de registrar lo gracioso de do[n] Pablos Principe de la vida Buscona. Aqui hallaras en todo genero de Picardia (de que pie[n]so que los mas gustan) sutilezas, engaños, inuenciones, y modos, nacidos del ocio para viuir a la droga[1], y no poco fruto podras sacar del si tienes atencion al escarmiento; y quando no lo hagas, aprouechate de los sermones, que dudo nadie compre libro de burlas para apartarse de los incentiuos de su natural deprauado. Sea empero lo que quisieres, dale aplauso, que bien lo merece, y qua[n]do te rias de sus chistes, alaba el ingenio de quien sabe conocer, que tiene mas deleyte, saber vidas de Picaros, descritas con gallardia, que otras inuenciones de mayor ponderacion: Su Autor, ya le sabes, el precio del libro no le ignoras, pues ya le tienes en tu casa, sino es que en la del Librero le hojeas, cosa pesada para el, y que se auia de quitar con mucho rigor, que ay gorrones de libros, como de almuerços; y hombre que saca cuento leyendo a pedaços, y en diuersas vezes, y luego le zurze; y es gran lastima que tal se haga, porque este mormura sin costarle dineros, poltroneria vastarda, y miseria no hallada del Cauallero de la Tenaza. Dios te guarde de mal libro, de Alguaziles, y de muger rubia, pedigueña, y cariredonda.

---

[1] *«Droga,* metafóricamente vale embuste, mentira disfrazada y artificiosa...; del que no trata verdad, y está en mala opinión, se dice que cuanto habla o hace es una pura droga». *(Dicc. Aut.)*

A don Francisco de Queuedo

LUCIANO SU AMIGO

Don Francisco en ygual peso
veras y burlas tratays,
acertado aconsejays,
y a Don Pablo hazeys trauiesso:
Con la Tenaza confiesso,
que sera Buscon de traça
el llevarla no encabeça
para su conseruacion,
que fuera espurio Buscon
si anduuiera sin Tenaza

(DEDICATORIA PRELIMINAR DE LOS MANUSCRITOS DE CORDOBA Y SANTANDER)

CARTA DEDICATORIA

Habiendo sabido el deseo que v. m. tiene de entender los varios discursos de mi vida, por no dar lugar a que otro (como en ajenos casos) mienta, he querido enviarle esta relación, que no le será pequeño alivio para los ratos tristes. Y porque pienso ser largo en contar cuán corto he sido de ventura, dejaré de serlo ahora.

LIBRO PRIMERO

CAPÍTULO PRIMERO

En que cuenta quién es y de dónde

Yo, señor, soy de Segovia. Mi padre se llamó Clemente Pablo, natural del mismo pueblo; Dios le tenga en el cielo. Fue, tal como todos dicen, de oficio barbero; aunque eran tan altos sus pensamientos, que se corría de que le llamasen así, diciendo que él era tundidor de mejillas y sastre de barbas[1]. Dicen que era de muy buena cepa, y, según él bebía, es cosa para creer.

---

[1] Comp.: «Pues todo es hipocresía. Pues en los nombres de las cosas, ¿no la hay la mayor del mundo? El zapatero de viejo se llama entretenedor del calzado; el botero sastre del vino...» (*El mundo por de dentro*, *Obras completas de don Francisco de Quevedo*, tomo I, Madrid, ed. Astrana Marín, 1941, pág. 198b; en adelante citaré *Obras*). Sobre este motivo literario, vid. Raimundo Lida, *Para la hora de todos*, *Homenaje a Rodríguez Moñino*, I, pág. 314 y ss., donde aduce numerosos textos, a los que se podría añadir: Quevedo: *El sueño de la muerte* (*Obras*, I, pág. 217a); Valdés, *Diálogo de las cosas ocurridas en Roma* (C. C., Madrid, 1928, págs. 116-118).

Los dos libros que marcan las coordenadas siglo XVI, por lo menos, ya habían advertido esto; dice Erasmo: «Assi como el que a su tristeza la llama gravedad y el que por su demasiada estrañeza y sequedad es inconversable y riguroso en extremo, a esta su esquiveza, teniéndola por buena, llámala severidad. Otro, a su enbidia quiérenosla confitar, haciéndonos entender que no es sino un buen zelo de hazer tanto como el otro y valer tanto como el otro, y que no dessea sino que nadie no le eche el pie delante. A su escaseza nómbrala otro granjería, diziendo que todo lo demás es ayre,

Estuvo casado con Aldonza de San Pedro, hija de Diego de San Juan y nieta de Andrés de San Cristóbal[2]. Sospechábase en el pueblo que no era cristiana vieja[3], aunque ella, por los nombres y sobrenombres de sus pasados, quiso esforzar que era decendiente de la letanía. Tuvo muy buen parecer, y fue tan celebrada, que, en el tiempo que ella vivió, casi todos los copleros de España hacían cosas sobre ella.

---

sino atentarse honbre y vivir al seso. El que es medio truhán en sus cosas, está muy contento de sí, teniéndose por ombre donoso y gracioso. El lisonjero presume de apazible y cortés. El desonesto quiéresenos vender por muy desembuelto y de palacio» (*Enquiridión*, Madrid, 1971, págs. 170-171); en *El Cortesano* leemos: «De suerte que del descarado y soberbio dicen que es libre y valeroso; del templado que es seco; del necio que es bueno; del malicioso que es sabio y así de todos los otros» (Madrid, 1942, pág. 42). También Cervantes, en alguna ocasión, echa mano del argumento: «Llaman con su ceguedad / y mal fundada opinión, / al recato, remissión; / al castigo, crueldad» (*Laberinto de amor*, ed. Schevill y Bonilla, 1918, t. II, págs. 265-266). Claro que la cosa viene de lejos, ya que en el *Exemplario contra los engaños y peligros del mundo* (que cito por la edición de Zaragoza, 1531), podemos leer: «Lo al que algún poquito tiene y es liberal con ello, llama le prodigo. Si en los negocios comprime y templa su yra llama le negligente y remisso. Si refrena los movimientos desordenados, llama le ignorante y grossero. E si fuere mesurado, sera llamado de flaco coraçon. Si fuere constante y esforçado, llama le loco. Si es muy callado, llama le bestia. Y assi al triste no queda lugar de loor.» (fol. XLVI, vº).

En textos morales es frecuente, v. gr. en el «Diálogo de Çillenia y Selanio», ed. López Estrada (*R.F.E.*, LVII, 1974-5, págs. 159-194), página 190 y ss. Y L. Ramírez de Prado, *Consejo y consejero de príncipes*, ed. Beneyto, Madrid, 1958, pág. 227. En último término, vid Asensio, *Itinerario*, pág. 179.

    ropósito de estos nombres, señala M. Bataillon: «enseguida
    en Pablo de Santamaría y en los numerosos Santángel,
    , y Santa Clara, que aparecen en el *Libro verde de
    aros y picaresca*, Madrid, 1969, pág. 234, nota 24).
    ituación de los conversos y sus consecuencias en la li-
    Eugenio Asensio, «Notas sobre la historiografía
    tro», *AEM*, 8, 1972, págs. 349-392; último testi-
    — de una larga polémica. La posición de Asensio
    en su libro *La España imaginada de A. Castro*,
    'bir, 1976. En general, vid. los trabajos de Do-
    aro Baroja.

Padeció grandes trabajos recién casada, y aun después, porque malas lenguas daban en decir que mi padre metía el dos de bastos para sacar el as de oros[4]. Probósele que, a todos los que hacía la barba a navaja, mientras les daba con agua, levantándoles la cara para el lavatorio, un mi hermanico de siete años les sacaba muy a su salvo los tuétanos de las faldriqueras. Murió el angelico de unos azotes que le dieron en la cárcel. Sintiólo mucho mi padre, por ser tal que robaba a todos las voluntades.

Por estas y otras niñerías, estuvo preso; aunque, según a mí me han dicho después, salió de la cárcel con tanta honra, que le acompañaron docientos cardenales[5], sino que a ninguno llamaban «señoría». Las damas diz que salían por verle a las ventanas, que siempre pareció bien

_____

[4] Américo Castro, en su ed. de esta obra (Madrid, C. C., 1927), señala: _metía el dos de bastos por sacar el dos de oros:_ 'Metía dos dedos para robar monedas'. Aún hoy llámanse «tomadores del dos» cierto género de rateros. En la _Vida del pícaro_ (ed. Bonilla, _Revue Hispanique,_ 1902, pág. 313) se lee: «Oficiales que llaman madrugones, / amigos de velar cual la lechuza, / por desmentir motiles y soplones; / el menos diestro de ellos, si chapuza / el dos bastos, que llaman a su salvo, / sacará tres pelotas de una alcuza». Comp. además: «Sé la treta que dicen mete dos y saca cinco» _(Rinconete y Cortadillo,_ ed. Rodríguez Marín, 1920, pág. 409).
La _Vida del pícaro_ es de Pedro Liñán de Riaza; junto con otras obras suyas, se encuentra en las _Rimas,_ Zaragoza, 1876, pág. 45 y ss. (en adelante, cit. _Liñán); comp._ también: «Pasó plaza de mandil / desde quince a diez y siete, / Fue en dos bastos subtil» _(Liñán,_ pág. 159); y: «Si alargo el dos de bastos, / pierden su doncellez bolsillos castos; / y para ver el aire desta mano, / he sacado la bolsa a un escribano.» (Quiñones de Benavente, _Entremés de los ladrones, Cotarelo, Colección,_ II, Madrid, 1911, pág. 626b).
[5] Es juego de palabras trivial, comp.: A ser papas los cardenales que me hizo no habría madera en Vizcaya para acerles sillas de Sant Pedro _(El Guitón Honofre,_ Madrid, ed. H. Genéux Carrasco, 1973, pág. 58; en adelante, cit. _Guitón);_ «y afírmanme que aquel día la acompañaron detrás más cardenales que al pontífice de Roma» (Alonso Gerónimo de Salas Barbadillo, _La hija de Celestina,_ Madrid, 1907, pág. 117); vid. también Juan Rufo, _Las seiscientas apotegmas,_ Madrid, ed. Alberto Blecua, 1972, apotegma 425 y nota (en adelante cit. _Apotegma); y Buscón,_ pág. 188. También Carlos García utiliza el juego de palabras, en _La desordenada codicia de los bienes ajenos_ (Madrid, ed. G. Massano, 1977, pág. 109).

mi padre a pie y a caballo. No lo digo por vanagloria, que bien saben todos cuán ajeno soy della.

Mi madre, pues, no tuvo calamidades. Un día, alabándomela una vieja que me crió, decía que era tal su agrado, que hechizaba a cuantos la trataban. Sólo diz que se dijo no sé qué de un cabrón[6] y volar, lo cual la puso cerca de que la diesen plumas con que lo hiciese en público. Hubo fama que reedificaba doncellas, resucitaba cabellos encubriendo canas. Unos la llamaban zurzidora de gustos; otros, algebrista[7] de voluntades desconcertadas, y por mal nombre alcagüeta. Para unos era tercera, primera para otros, y flux[8] para los dineros de to-

---

[6] *cabrón:* «es símbolo del demonio, y en su figura cuentan aparecerse a las brujas y ser reverenciado dellas» (Covarrubias, *Tesoro).* Y en *La razón de algunos refranes,* leemos: «Cabrón, figura del demonio...» (pág. 115). «Emplumar alcagüetas, y ponerlas coroza y subirlas en una escalera arrimada a la pared. Es usado castigo» (Correas); «Tus desdichas aumenten y tus ruinas / mozos sin plumas, emplumadas viejas» (Quevedo, *Poesía,* Madrid, ed. J. M. Blecua, 1963, pág. 683; en adelante cit. *Blecua).* Ver también *La razón de algunos refranes, sub voce* «Cornudo» (pág. 35).

[7] Américo Castro *(ob. cit.)* anota: *algebrista,* 'el cirujano que arreglaba la dislocación y fractura de los huesos'. Comp. «Se declara por necio con felpas y plumas de papagayo al que... habla tan bajo y pausado... [y], buscando retazos de razones imperfectas, pega unas con otras con más sentidos y dificultades que un algebrista huesos de pierna u brazo quebrado» (Quevedo), *Origen y definiciones de la necedad, Rivad.* XXIII, 451b). «Médica de emplastos / y de lavatorios, / y en hacer conciertos / algebrista proprio» (Quevedo, *Obras,* ed. Bibl. Andal., II, 202).

[8] Germán Colón, en su artículo «Una nota al *Buscón* de Quevedo» *(ZRPh,* 82, 1966, págs. 451-457), después de señalar algunos antecedentes al juego de palabras *tercera-primera,* concluye: «Habremos de convenir, pues, en que Quevedo no ha inventado la relación *tercera-primera* en el lenguaje erótico. Debía ser ya bastante corriente entre los escritores de la época. Lo que es notable es haber aprovechado un material mostrenco proporcionándonos una nueva faceta con las asociaciones provocadas por los términos del juego de naipes. Hemos llegado a la metáfora *flux para los dineros de todos* en tres tiempos, los cuales se dan en una concomitancia asociativa que se va produciendo en tres planos semánticos superpuestos: numerales ordinales (plano de la lengua común), terminología erótica (juego de palabras ya aceptado en la lengua corriente de aquella época)

dos. Ver, pues, con la cara de risa que ella oía esto de todos, era para dar mil gracias a Dios[9].

No me detendré en decir la penitencia que hacía. Tenía su aposento —donde sola ella entraba y algunas veces yo, que, como era chico, podía—, todo rodeado de calaveras que ella decía eran para memorias de la muerte, y otros, por vituperarla, que para voluntades de la vida. Su cama estaba armada sobre sogas de ahorcado[10], y

---

y terminología de los naipes, que no estaba presente inicialmente. Así, pues, el autor con un procedimiento típico del conceptismo, parte de la polisemia galante y tahúr de *tercera* a *primera* para, abandonando el campo galante, pasar al del juego (pág. 457). A este respecto, únicamente añadir un texto temprano: «Andaua un gentilhombre enamorado de una doncella que era algo prima suya, y la tercera era traidora, que no entendía de buena gana en el negocio. Tañendo una noche a su puerta, díxole un amigo suyo que le acompañaua: 'Templa esa prima'. Respondió: '¿Cómo puede templarse bien la prima siendo falsa la tercera?'» (Melchor de Santa Cruz, *Floresta española*, 1574, Madrid, 1953, pág. 155; en adelante cit. *Floresta*). Y tres ejemplos posteriores, cuando ya el juego de palabras se había hecho trivial: «Una vieja con engaños, / pudiendo ya ser tercera, / da en jugar a la primera, / y assí descarta los años»; «Pues quando de pretendientes / tienes flux muy novelera, / a otra más hermosa niña / hago en mi gusto primera» (J. Alonso Maluenda, *Bureo de las musas del Turia*, Madrid, CSIC, 1951, pág. 137, y *Tropezón de la risa, Id.*, pág. 266, respectivamente), «Sigue ya con bobarrones, Echa quínolas que espanta, / Con veinte 'primera' canta / y trágala por primera» (Gallardo, I, col. 1047); otro de Quevedo *(Premáticas y Aranceles generales)*.

[9] A. Castro (ed. cit.) recuerda otros tipos de alcahueta. Salta a la vista la semejanza de Aldonza de San Pedro con Celestina, En *La hora de todos y la fortuna con seso* —terminada en 1636— vuelve el autor a dibujar con más precisión un tipo análogo: «Acabó de mamullar estas razones, y juntando la nariz con la barbilla, a manera de garra, las hizo un gesto de la impresión del grifo. Una de las pidonas... la respondió: 'Agüela, endilgadora de refocilos, engarzadora de cuerpos, eslabonadora de gentes, enflautadora de personas, tejedora de caras, has de saber que somos muy mozas para vendernos'» *(Rivad.*, XXIII, 393a.) *Vide* ahora la excelente edición de Luisa López Grigera, Madrid, 1975; y comp. este tipo celestinesco con el ama de la casa de estudiantes en Alcalá y con la Guía, amas en el *Buscón*.

[10] «Las hechiceras dicen que para la bien querencia se aprovechan de estas sogas» *(Covarrubias)*. Y comp.: «Ella [la hechicera] se aprovecha de mil cosas, como son habas, verbena... soga de ahor-

decíame a mí: —«¿Qué piensas? Estas tengo por reliquias, porque los más déstos se salvan».

Hubo grandes diferencias entre mis padres sobre a quién había de imitar en el oficio, mas yo, que siempre tuve pensamientos de caballero desde chiquito, nunca me apliqué a uno ni a otro[11]. Decíame mi padre: —«Hijo, esto de ser ladrón no es arte mecánica sino liberal». Y de allí a un rato, habiendo suspirado, decía de manos[12]: —«Quien no hurta en el mundo, no vive. ¿Por qué piensas que los alguaciles y jueces nos aborrecen tanto? Unas veces nos destierran, otras nos azotan y otras nos cuelgan[13], aunque nunca haya llegado el día de nuestro santo. No lo puedo decir sin lágrimas» —lloraba como un niño el buen viejo, acordándose de las veces que le habían bataneado las costillas—; «porque no querrían que, adonde están, hubiese otros ladrones sino ellos y sus

---

cado, granos de helecho» (Agustín de Rojas, *El viaje entretenido,* Madrid, 1972, pág. 103; en adelante cit. *Viaje entret.).* Ya en Celestina, y en la Comedia Thebayda se documenta este uso.

[11] Un eco de este episodio parece encontrarse en el *Entremés de Antonia y Perales,* de Luis Vélez de Guevara; Cotarelo resume así el argumento: «Disputan Perales y su mujer Antonia sobre la profesión que han de dar a su hijo, queriendo el padre que sea, como él oficial, y la madre estudiante. Pero cuando sondean la voluntad del interesado, éste afirma que ha de ser valiente, aunque luego resulte muy tímido y cobarde» (*Cotarelo,* I, pág. LXXIXb). También Carlos García incluye en el cap. III de *La desordenada codicia* un elogio del arte de hurtar; e imita también los afanes de caballero de Pablos: «conociendo particularmente en mí ciertos ímpetus de nobleza que me inclinaron a cosas más altas y grandiosas que hacer zapatos» (pág. 130). Y cfr. *Eufemia,* de Lope de Rueda.

[12] *«venir puestas las manos:* venir con humildad pidiendo perdón» *(Covarrubias).* Cfr. *Buscón,* pág. 228.

[13] *«Colgar a uno el día de su santo.* Es cosa muy recibida; ... y assí aquella cerimonia se usa echando al cuello una cadena de oro o una cinta de seda» *(Covarrubias),* y comp.: «La víspera de tu santo / por ningún modo aparezcas; / que con tu bolsón te ahorcan / cuando dicen que te cuelgan» (*Blecua,* pág. 918). «Si yo muero, me olvidan; / y si cumplo años me cuelgan» (*Id.,* pág. 1010); «Lobezno está en la capilla / dicen que le colgarán / sin ser día de su santo, / que es muy bellaca señal» (*Id.,* pág. 1226). A. Castro recuerda a este propósito, *El mejor alcaide, el rey,* de Lope (II, 13).

ministros. Mas de todo nos libró la buena astucia. En mi mocedad, siempre andaba por las iglesias, y no de puro buen cristiano [14]. Muchas veces me hubieran llorado en el asno, si hubiera cantado en el potro [15]. Nunca

[14] A. Castro (ed. cit.) explica: *andaba por las iglesias,* porque éstas ofrecían asilo a los delincuentes; la justicia no tenía acceso a los criminales cuando éstos se *llamaban* al sagrado de una iglesia, y de aquí se originó la frase *llamarse o hacerse andana o altana,* nombre dado a los templos en la lengua rufianesca o de germanía. «Estánse a la mira para ver lo que sucede a su hembra; si la dan perro muerto [no la pagan] o hacen agravio, ella reclama, y él acude con la mano en la espada... va en seguimiento del malhechor, que ordinariamente es su amigo, y le prescribe se oculte por unos días, que así conviene. Vuelve a la señora, y la dice que ya queda castigado y malherido aquel bergante, que vea la orden que se ha de dar para poner los bultos en salvo. La miserable se lo cree, y muy ufana de su venganza, y de que su respeto haya costado pendencia y sangre derramada, saca el dinerillo que tiene... tómalo el lagarto, y *hácese antana,* que así llaman ellos ponerse en la iglesia, y envía cada día por los ocho o diez reales» (Quevedo, *Capitulaciones de la vida de la Corte, Rivad.,* XXIII, 465b). Al famoso representante y escritor Agustín de Rojas, autor de *El viaje entretenido,* sucedió que, estando en Málaga, durante «dos días permaneció retraído por una muerte en la iglesia de San Juan, cercado de corchetes y alguaciles. Levantado el cerco, salió al fin arriesgándolo todo, hambriento y con una determinación espantable. Mas su buena suerte le deparó tropezar con una mujer hermosa, que súbitamente se prendó de él, y conocido su intento, le disuadió, solicitándolo a que volviese a tomar iglesia» (M. Cañete, «Estudio crítico», al frente de la edición de *El viaje entretenido,* publ. por Bonilla y San Martín). Vid. F. Rodríguez Marín, *El Loaysa,* pág. 190. Más adelante, en el cap. VI, Quevedo hace decir a Pablos, jugando del vocablo: «A lo cual respondí yo que me *llamaría a hambre,* que es el sagrado de los estudiantes» (A. C.). El episodio de la iglesia lo cuenta el mismo Agustín de Rojas en la obra citada, pág. 166. Correas recoge: «A Iglesia me llamo. El que huye de la ley»; y comp.: «tras un ladrón que en seguimiento de una Iglesia (y no de puro buen cristiano) iba tan ligero» (*El mundo por de dentro, Obras,* I, pág. 202a). Mucho antes, ya escribía Guevara: «De manera que el visitar y residir en las iglesias, no es por la devoción que tenéis, sino por las travesuras que hacéis.» (*Epístolas familiares,* Barcelona, 1886, pág. 301).

[15] Los condenados recibían el castigo subidos en un asno que recorría la ciudad. «*Cantar* ... los de la germanía llaman cantar en el potro, quando uno puesto en el tormento confiessa el delito» (*Covarrubias*); «*potro:* cierto instrumento de madera para dar tormento» (*Id.*). Salas Barbadillo, como en tantos casos, reproduce a Quevedo

confesé [16] sino cuando lo mandaba la Santa Madre Iglesia. Y así, con esto y mi oficio, he sustentado a tu madre lo más honradamente que he podido».

—«¡Cómo a mí sustentado!» —dijo ella con grande cólera, que le pesaba que yo no me aplicase a brujo—; «yo os he sustentado a vos, y sacádoos de las cárceles con industria, y mantenídoos en ellas con dinero. Si no confesábades, ¿era por vuestro ánimo o por las bebidas que yo os daba? ¡Gracias a mis botes! [17] Y si no temiera que me habían de oír en la calle, yo dijera lo de cuando entré por la chimenea y os saqué por el tejado».

Más dijera, según se había encolerizado, si con los golpes que daba no se le desensartara un rosario [18] de muelas de difuntos que tenía. Metílos en paz, diciendo que yo quería aprender virtud resueltamente, y ir con mis buenos pensamientos adelante. Y así, que me pusiesen a la escuela, pues sin leer ni escribir, no se podía hacer nada. Parecióles bien lo que yo decía, aunque lo gruñeron un rato entre los dos. Mi ma-

---

en estos versos: «Yo estoy honrado. / Mi valor el pueblo sabe, / que si me han podido echar / de açotes la bendición, / diéronmelos a trayción; / no me pueden agraviar / ... / Agridulce era la mano; / huvo açote garrafal. / ... / El asno era una tortuga; / no se podía menear.» *(El gallardo Escarramán,* ed. cit., págs. 285-286).

[16] «A mitad del siglo XVII conocemos el caso de un caballero —don Juan Manrique— atormentado como reo del delito de sodomía, y el de otro noble —don Pedro de Acuña— acusado de mantener relaciones sexuales con una dama cobijada en un convento de monjas; el padre jesuita que da cuenta de este suceso y tormento apostilla que el tal don Pedro «negó como un caballero»; y es que confesar en el potro era tenido como síntoma de debilidad impropia del valor de persona noble» (F. Tomás y Valiente, *La tortura en España,* Barcelona, 1973, pág. 123).

[17] *botes* se refiere a los botes o redomas donde se guardan los preparados hechos por las brujas.

[18] El rosario de muelas caracteriza —una vez más— a Aldonza de hechicera, ya que es propio de brujas usarlas; cfr. Lope de Vega, *Dorotea* (Madrid, 1955, pág. 508), y *El caballero de Olmedo* (Salamanca, 1967, acto II, vv. 960-962, pág. 110); ya se encuentra en el acto VII de la *Celestina* (vid. la nota de Cejador, I, página 239).

dre tornó a ocuparse en ensartar las muelas, y mi padre fue a rapar a uno —así lo dijo él— no sé si la barba o la bolsa. Yo me quedé solo, dando gracias a Dios porque me hizo hijo de padres tan hábiles y celosos de mi bien.

CAPÍTULO II

De cómo fui a la escuela y lo que en ella me sucedió

A otro día, ya estaba comprada cartilla y hablado el maestro. Fui, señor, a la escuela; recibióme muy alegre, diciendo que tenía cara de hombre agudo y de buen entendimiento. Yo, con esto, por no desmentirle, di muy bien la lición aquella mañana. Sentábame el maestro junto a sí, ganaba la palmatoria [19] los más días por venir antes, y íbame el postrero por hacer algunos recados de

---

[19] A. Castro (ed. cit.) señala: *Ganar la palmatoria.* El muchacho que llegaba primero a la escuela gozaba del bárbaro privilegio de usar la palmeta para aplicar los castigos impuestos por el maestro. Covarrubias, en su *Tesoro,* sub voce *zurriago,* nos dice cómo se imponía la disciplina en una escuela a principios del siglo XVII: «Grandísima rabia me da cuando veo a los tiranos maestros de escuela azotar a los niños con tan poca piedad; y algunos azotan con cuerdas de vihuelas, las más gordas que se labran; y el miedo que allí cobra el niño, le dura toda la vida hasta la vejez». La frase *ganar la palmatoria* significó, por extensión, 'llegar el primero a algún sitio'. Comp.: «Ganado habemos la palmatoria en esta escuela de las damas que toman el acero», dice Clara, en *La Dorotea,* de Lope de Vega (VI, i). Enrique Gómez describe una escuela de niñas en la *Vida de Don Gregorio Guadaña:* «Azotaba sus niñas cuando venían tarde... jurábasela con el dedo, si no ganaban la palmatoria» *(Rivad.,* XXXIII, 258b). Aquí nuestra frase significa sencillamente 'llegar temprano'. Quevedo vuelve a usar la expresión en un *Baile (Rivad.,* LXIX, 116b): «La Corruja y la Carrasca... / hembras de la vida airada... / ganaron la palmatoria / en el corral de las armas.» Y *Cotarelo,* I, pág. XCIVa.

«señora», que así llamábamos la mujer del maestro. Teníalos a todos con semejantes caricias obligados. Favorecíanme demasiado, y con esto creció la envidia en los demás niños. Llegábame, de todos, a los hijos de caballeros y personas principales, y particularmente a un hijo de don Alonso Coronel de Zúñiga, con el cual juntaba meriendas. Ibame a casa a jugar los días de fiesta, y acompañábale cada día. Los otros, o que porque no les hablaba o que porque les parecía demasiado punto [20] el mío, siempre andaban poniéndome nombres tocantes al oficio de mi padre. Unos me llamaban don Navaja, otros don Ventosa; cuál decía, por disculpar la invidia, que me quería mal porque mi madre le había chupado dos [21] hermanitas pequeñas, de noche; otro decía que a mi padre le habían llevado a su casa para que la limpiase de ratones, por llamarle gato. Unos me decían «zape» cuan-

---

[20] Vid. diferentes usos de la palabra *punto* en el *Buscón,* nota 322, donde se encontrarán juegos de palabras basados en los puntos dados en las heridas, puntos de juego y puntos de zapatos, que se medían por puntos, como hoy por números: «Que el zapato o botín de cinco puntos de cordobán no se puedan vender a más de 32 maravedises... Los borceguíes de cordobán de once puntos...» (Vindel, *Solaces bibliográficos,* Madrid, 1942, págs. 125-126); y comp.: Apotegma 133; *Rinconete y Cortadillo,* C. C., 1962, pág. 205; *Blecua,* pág. 924; etc. Con el sentido de 'orgullo': «Esta vez nace muger de mucho punto, pero muy despejada» *(Día de fiesta por la tarde,* Leipzig, ed. Doty, 1936, pág. 36).

[21] Comp. Antonio de Torquemada, *Jardín de Flores Curiosas,* Madrid, 1943, págs. 175 y 179 (en adelante cit. *Jardín).* Moñino cita: «Que chupáis sangre de niños / como brujas infernales» *(Trasmision,* págs. 302-303). Cfr. *«Desta vez me ahorco. Desta vez me desespero. Desta vez me chupan brujas.* Chupar la sangre se dice, por vulgaridad, de las brujas que beben la sangre a los niños *(Autoridades).* Cuando Cervantes componía el entremés, estaba reciente el auto de fe de Logroño, donde las sorguiñas navarras, que no entendían el castellano de los inquisidores, dan pormenores curiosos: 'Y a los niños que son pequeños, los chupan por el sieso y por la natura, apretando recio con las manos'. C. Rose, *Buscón,* página 316, tomándolo de las *Obras de Moratín,* Leandro; Auto de fe celebrado en la ciudad de Logroño en los días 6 y 7 de noviembre de 1610, B.A.E., II, págs. 624-625» (Apud E. Asensio, ed. de los *Entremeses* de Cervantes, Valencia, 1971, pág. 164 y nota.) Y vid. Blecua, *Dorotea,* pág. 398, nota.

do pasaba, y otros «miz»[22]. Cuál decía: —«Yo le tiré dos berenjenas a su madre cuando fue obispa»[23].

Al fin, con todo cuanto andaban royéndome los zancajos, nunca me faltaron, gloria a Dios. Y aunque yo me corría, disimulábalo. Todo lo sufría, hasta que un día un muchacho se atrevió a decirme a voces hijo de una puta y hechicera; lo cual, como me lo dijo tan claro —que aún si lo dijera turbio no me pesara— agarré una piedra y descalabréle. Fuime a mi madre corriendo que me escondiese, y contéla el caso todo, a lo cual me dijo: —«Muy bien hiciste: bien muestras quién eres; sólo anduviste errado en no preguntarle quién se lo dijo». Cuando yo oí esto, como siempre tuve altos pensamientos, volvíme a ella y dije: —«Ah, madre, pésame sólo de que ha sido más misa que pendencia la mía». Preguntóme que por qué, y díjela que porque había tenido dos evangelios[24]. Roguéla que me declarase si le podía desmentir con verdad: o que me dijese si me había concebido a escote[25] entre muchos, o si era hijo de mi padre. Rióse y dijo: —«Ah, noramaza, ¿eso sabes decir? No serás bobo: gracia tienes. Muy bien hiciste en quebrarle la cabeza, que esas cosas, aunque sean verdad, no se han de decir». Yo, con esto, quedé como muerto, determinado de coger lo

---

[22] gato, 'ladrón'; Guitón, pág. 173, donde se juega con las dos acepciones; Espinel, *Vida del escudero Marcos de Obregón*, C. C., 1940, I, pág. 187 (en adelante cit. *Espinel*). Y para miz por gato, vid. Liñán, página 44, y *Cotarelo*, II, 488a.

[23] obispa. Esto es 'mitra' porque, como explica Covarrubias: «*Coroça*. El rocadero hecho en punta que por infamia y nota ponen a los reos de diversos delitos. El Santo Oficio saca con coroças a los que han de ser relaxados, a los casados dos vezes, a los echizeros y a otros reos, conforme a la gravedad de sus delitos. Los demás juezes a los cornudos, a las alcagüetas y a otros delinqüentes. Por no tener nombre señalado, la llamaron los doctores mitra. Antonio de Nebrixa la llama *mitra scelerata...*» (*Cov.*). Cfr. *Dorotea*, pág. 397, nota.

[24] A. Castro *(ed. cit.)* interpreta: «*había tenido los evangelios,* es decir, le habían dicho grandes verdades».

[25] Comp.: «hijos concebidos a escote entre los criados» («Discurso de todos los diablos», *Obras,* I, pág. 242a); *El sueño de la muerte* (*Id.,* pág. 221b).

que pudiese en breves días, y salirme de casa de mi padre: tanto pudo conmigo la vergüenza. Disimulé, fue mi padre, curó al muchacho, apaciguólo y volvióme a la escuela, adonde el maestro me recibió con ira, hasta que, oyendo la causa de la riña, se le aplacó el enojo, considerando la razón que había tenido.

En todo esto, siempre me visitaba aquel hijo de don Alonso Zúñiga, que se llamaba don Diego, porque me quería bien naturalmente, que yo trocaba con él los peones si eran mejores los míos, dábale de lo que almorzaba y no le pedía de lo que él comía, comprábale estampas, enseñábale a luchar, jugaba con él al toro, y entreteníale siempre. Así que, los más días, sus padres del caballerito, viendo cuánto le regocijaba mi compañía, rogaban a los míos que me dejasen con él a comer y cenar y aun a dormir los más días.

Sucedió, pues, uno de los primeros que hubo escuela por Navidad, que viniendo por la calle un hombre que se llamaba Poncio de Aguirre, el cual tenía fama de confeso [26], que el don Dieguito me dijo: —«Hola, llámale Poncio Pilato y echa a correr». Yo, por darle gusto a mi amigo, llaméle Poncio Pilato. Corrióse tanto el hombre, que dio a correr tras mí con un cuchillo desnudo para matarme, de suerte que fue forzoso meterme huyendo en casa de mi maestro, dando gritos. Entró el hombre tras mí, y defendióme el maestro de que no me matase, asegurándole de castigarme. Y así luego —aunque señora le rogó por mí, movida de lo que yo la servía, no aprovechó—, mandóme desatacar [27], y, azotándome, decía tras cada azote: —«¿Diréis más Poncio Pilato?». Yo respondía: —«No, señor»; y respondílo veinte veces, a otros tantos azotes que me dio. Quedé tan escarmentado de decir Poncio Pilato, y con tal miedo, que, mandándome el día siguiente decir, como solía, las oraciones a los otros, llegando al Credo —advierta v. m. la inocente

---

26 *confeso,* 'converso'.
27 *desatacar,* 'soltar las agujetas de las calzas'.

malicia—, al tiempo de decir «padeció so el poder de Poncio Pilato», acordándome que no había de decir más Pilatos, dije: «padeció so el poder de Poncio de Aguirre»[28]. Diole al maestro tanta risa de oír mi simplicidad y de ver el miedo que le había tenido, que me abrazó y dio una firma[29] en que me perdonaba los azotes las dos primeras veces que los mereciese. Con esto fui yo muy contento.

Llegó —por no enfadar— el tiempo de las Carnestolendas, y, trazando el maestro de que holgasen sus muchachos, ordenó que hubiese rey de gallos[30]. Echa-

---

[28] A. Castro (ed. cit.) anota: «El mismo cuento lo refiere Gaspar Lucas de Hidalgo en sus *Diálogos de apacible entretenimiento*, 1605: "Otro efecto de palabras mal entendidas me acuerdo que sucedió a unos muchachos... que dieron en perseguir a un hombre llamado Ponce Manrique, llamándole Poncio Pilato por las calles; el cual, como se fuese a quejar al maestro en cuya escuela andaban los muchachos, el maestro los azotó muy bien, mandándoles que no dijesen más de ahí en adelante Poncio Pilato, sino Ponce Manrique. A tiempo que ya los quería soltar del escuela, comenzaron a decir en voz la doctrina cristiana, y cuando en el credo llegaban a decir: "Y padeció so el poder de Poncio Pilato", dijeron: "Y padeció so el poder de Poncio Manrique"» *(Rivad.,* XXXVI, 312a). Menéndez Pelayo, en *Orígenes de la novela,* II, CXX, señaló el parecido, y creen que ambos cuentos proceden de tradición oral; más problable es que Quevedo lo leyese en Hidalgo.

[29] *firma,* 'un papel firmado'.

[30] A. Castro (ed. cit.) explica: «*rey de gallos,* "diversión de chicos en el carnaval, que consistía en cortar la cabeza con la espada a un gallo colgado de una cuerda, yendo el muchacho corriendo a caballo. Uno de ellos hacía de rey, e iba vistosamente ataviado"». Comp.: «Dirá que eres rey de gallos, / que en los tres días de antruejo / triunfaste, y ya te desnuda / el miércoles ceniciento» (Tirso, «El mayor desengaño», NBAE, IV, 108). «... Yo vi hacer a un pedante, maestro de un gran caballero, niño de muy gallardo entendimiento, hijo de un gran píncipe, que habiendo concertado con otros sus iguales en edad y calidad un juego de gallo, día de carnestolendas, salió también el bárbaro pedante con su capisayo o armas de guadamecí sobre la sotana, con más barbas de Esculapio, diciendo a los niños: *Dextrorsum heus sinistrorsum* ['a diestro y siniestro'], y desenvainando su alfanje de aro de cedazo, descolorido todo el rostro, iba con tanta furia contra el gallo, como si fuera contra Morato Arráez...» (Espinel, *Marcos de Obregón,* ed. Gili Gaya, I, 131). Úsase aún por los pueblos el matar gallos por Carnaval, sin que tal costumbre se explique según quería nues-

mos suertes entre doce señalados por él, y cúpome a mí. Avisé a mis padres que me buscasen galas.

Llegó el día, y salí en un caballo ético[31] y mustio, el cual, más de manco que de bien criado, iba haciendo reverencias. Las ancas eran de mona, muy sin cola; el pescuezo, de camello y más largo; tuerto de un ojo y ciego del otro; en cuanto a edad, no le faltaba para cerrar[32] sino los ojos; al fin, él más parecía caballete de tejado que caballo, pues, a tener una guadaña, pareciera la muerte de los rocines. Demostraba abstinencia en su aspecto y echábansele de ver las penitencias y ayunos: sin duda ninguna, no había llegado a su noticia la cebada ni la paja. Lo que más le hacía digno de risa eran las muchas calvas que tenía en el pellejo, pues, a tener una cerradura, pareciera un cofre vivo[33].

Yendo, pues, en él, dando vuelcos a un lado y otro como fariseo en paso[34], y los demás niños todos aderezados tras mí —que, con suma majestad, iba a la jineta sobre el dicho pasadizo con pies—, pasamos por la plaza (aun de acordarme tengo miedo), y llegando cerca de las me-

---

tro Covarrubias: «La razón porque se ha introducido el correr los gallos por Carnestolendas, según algunos, es porque se han comido aquellas fiestas las gallinas, y porque no quede solo y viudo.» Comp. *Guzmán de Alfarache* (Barcelona, ed. F. Rico, 1967, pág. 322; en adelante cit. *Guzmán);* y vid. ahora, Julio Caro Baroja, *El Carnaval,* Madrid, 1965, especialmente el cap. IV, «El gallo de carnestolendas»; únicamente señalar otra explicación sobre otro tipo de juego de gallos en *El Crotalón,* págs. 276-277 de la ed. de Madrid, 1945. Quiñones de Benavente alude en dos ocasiones a esta costumbre: «mas ¿qué han hecho los gallos afligidos, / que andan en este tiempo [carnestolendas] perseguidos / de maestros de escuelas, de muchachos» (Entremés *El Abadejillo)* y en el «Baile de los gallos», que hace un maestro de niños también por Carnestolendas (en *Cotarelo,* II, págs. 582a y 829b, respectivamente).

[31] *ética,* «llamaron los médicos éthica la calentura arraigada conttinua» *(Cov.).*

[32] Juego de palabras: a los caballos se les conoce la edad por los dientes; cuando ya tienen todos los dientes se dice que han cerrado.

[33] Cfr.: «Desde el infelice día / Que monté en la mula flaca... / Aquel enfrenado cofre, / Pues era pellejo y tablas» (Cepeda y Guzmán, en *Gallardo,* II, col. 378).

[34] En paso de procesión.

sas de las verduras (Dios nos libre), agarró mi caballo un repollo a una, y ni fue visto ni oído cuando lo despachó a las tripas, a las cuales, como iba rodando por el gaznate, no llegó en mucho tiempo[35].

La bercera —que siempre son desvergonzadas[36]— empezó a dar voces: llegáronse otras y, con ellas, pícaros, y alzando zanorias garrofales, nabos frisones[37], berenjenas y otras legumbres, empiezan a dar tras el pobre rey. Yo viendo que era batalla nabal[38] y que no se había de hacer a caballo, comencé a apearme; mas tal golpe me le dieron al caballo en la cara, que, yendo a empinarse, cayó conmigo en una —hablando con perdón— privada[39]. Púseme cual v. m. puede imaginar. Ya mis muchachos se habían armado de piedras, y daban tras las revendederas, y descalabraron dos.

Yo, a todo esto, después que caí en la privada, era la persona más necesaria[40] de la riña. Vino la justicia, co-

---

[35] A. Castro (ed. cit.) cree que: «*no llegó en mucho tiempo,* 'llegó en poco tiempo'»; no valdría la pena notar tan evidente sentido, puesto que antes se dice, «ni fue visto ni oído cuando le despachó a las tripas», si el señor Pseux-Richard no sostuviera lo contrario en la *Revue Hispanique,* XLIII, 1918, pág. 61». Pero a mi entender lleva razón el señor Peseux-Richard: el repollo tarda mucho tiempo en llegar desde la boca a las tripas porque iba rodando por el gaznate: «el pescuezo [era] de camello y más largo». Ante el descoyuntamiento de la realidad que lleva a cabo Quevedo, la lógica de A. Castro no sirve.

[36] Sobre berceras desvergonzadas, comp. *Guitón,* pág. 70, y el cuentecillo narrado por Suárez de Figueroa en *El Pasagero* (Madrid, 1913, pág. 202 y ss.; en adelante cit. *Pasagero*).

[37] *frisones* 'caballos de tiro, grandes y pesados'.

[38] Cfr.: «se podía decir con toda propiedad que era batalla naval» (*Pícara Justina,* Madrid, ed. A. Rey, 1977, I, pág. 100).

[39] *privada,* 'excrementos'. Cfr. Martín Alonso de Córdova, *Tratado de la predestinación,* Salamanca, 1956, pág. 67; Hermosilla, *Diálogo de los pajes* Madrid, 1901, pág. 84.

[40] *necesaria* significa también 'secretas, letrinas', lo que permite el juego de palabras; comp.: «Dióme gana de descomer aunque no había comido, digo, de proveerme, y pregunté por las necesarias a un antiguo, y díjome: —"Como no lo son en esta casa, no las hay"» (*Buscón,* pág. 104). Y cfr.: «Volvió doña Ana con que el gastar era cosa precisa. Acudió don Esteban: "no es sino necesaria".

menzó a hacer información, prendió a berceras y muchachos, mirando a todos qué armas tenían y quitándoselas, porque habían sacado algunos dagas de las que traían por gala, y otros espadas pequeñas. Llegó a mí, y viendo que no tenía ningunas, porque me las habían quitado y metídolas en una casa a secar con la capa y sombrero, pidióme como digo las armas, al cual respondí, todo sucio, que, si no eran ofensivas contra las narices, que yo no tenía otras. Y de paso quiero confesar a v. m. que, cuando me empezaron a tirar las berenjenas, nabos, etcétera, que, como yo llevaba plumas en el sombrero, entendí que me habían tenido por mi madre y que la tiraban, como habían hecho otras veces; y así, como necio y muchacho, empecé a decir: —«Hermanas, aunque llevo plumas[41], no soy Aldonza de San Pedro, mi madre», como si ellas no lo echaran de ver por el talle y rostro. El miedo me disculpa la ignorancia, y el sucederme la desgracia tan de repente.

Pero, volviendo al alguacil, quísome llevar a la cárcel, y no me llevó porque no hallaba por dónde asirme: tal me había puesto del lodo. Unos se fueron por una parte y otros por otra, y yo me vine a mi casa desde la plaza, martirizando cuantas narices topaba en el camino. Entré en ella, conté a mis padres el suceso, y corriéronse tanto de verme de la manera que venía, que me quisieron maltratar. Yo echaba la culpa a las dos leguas de rocín esprimido que me dieron. Procuraba satisfa-

Ofendióse doña Ana del equívoco de don Esteban» (B. Remiro de Navarra, *Los peligros de Madrid* [1646], Madrid, 1956, pág. 57).

[41] Se refiere al emplumamiento de la madre, a pesar de que ha dicho antes (pág. 82) que nunca la habían emplumado. A. Castro cree que «En otros lugares repite Quevedo este tema de la madre castigada por bruja, que es muy propio de la literatura carcelaria de la jacarandina: "Tiénenos muy lastimadas / La justicia sin pensar / Que se hizo en nuestra madre, / La vieja del arrabal: / Pues sin respetar las tocas, / Ni las canas, ni la edad, / A fuerza de cardenales / Ya la hicieron obispar... / Pues cogió más berengenas / En una hora, sin sembrar, / Que un hortelano morisco / En todo un año cabal" *(Jácara, Rivad.,* LXIX, 99b)», pero es obvio que aquí se trata de madre en sentido figurado, como madre de la mancebía o alcahueta, cfr. este uso ya en la *Celestina, passim.*

cerlos, y, viendo que no bastaba, salíme de su casa y fuime a ver a mi amigo don Diego, al cual hallé en la suya descalabrado, y a sus padres resueltos por ello de no le inviar más a la escuela. Allí tuve nuevas de cómo mi rocín, viéndose en aprieto, se esforzó a tirar dos coces, y, de puro flaco, se le desgajaron las ancas, y se quedó en el lodo bien cerca de acabar.

Viéndome, pues, con una fiesta revuelta, un pueblo escandalizado, los padres corridos, mi amigo descalabrado y el caballo muerto, determinéme de no volver más a la escuela ni a casa de mis padres, sino de quedarme a servir a don Diego o, por mejor decir, en su compañía, y esto con gran gusto de sus padres, por el que daba mi amistad al niño. Escribí a mi casa que yo no había menester más ir a la escuela porque, aunque no sabía bien escribir, para mi intento de ser caballero lo que se requería era escribir mal[42], y que así, desde luego, re-

---

[42] Castro (ed. cit.) anota: «Alusión a la mala letra que solían tener muchos aristócratas. "Blasonan algunos, y no de los plebeyos, de no saber escribir" (Quevedo, *Providencia de Dios, Rivad.,* XLVIII, 196a). "Pues lo de ser caballero / no sé cómo me lo niega, / viendo que hablo despacio, / y que hago mala letra" (Bibl. Andal., II, 39)». Otros textos de Quevedo, en *Obras,* I, pág. 34a, 60a, 71b, etc., y en *Pasagero,* pág. 27 y 45.

Ya Cervantes, en el entremés de la *Elección de los alcaldes de Daganço* (Madrid, Castalia, ed. E. Asensio, 1970, págs. 112-113) escribe:

BACHILLER: ¿Sabéis leer, Humillos?
HUMILLOS: No, por cierto,
             Ni tal se probará que en mi linaje
             Haya persona de tan poco asiento,
             Que se ponga a aprender esas quimeras
             Que llevan a los hombres al brasero
             Y a las mujeres a la casa llana.

Por su parte, Maxime Chevalier *(Lectura y lectores en la España del siglo XVI y XVII,* Madrid, 1976, págs. 25-26) cita los siguientes textos: «Juan Costa: "responderos han que lo hacen como discretos, por diferenciarse de los hombres bajos y de los escribanos públicos, cuyo es propio hacer buena letra, que por ruin que ellos la hagan, les basta para caballeros; como si en el escribir mal consistiese la caballería y señorío" (en *El regidor y el ciudadano,* Salamanca, 1578, fol. 60r); Mal Lara: "Ha venido la cosa a tales extremos que aún es señal de nobleza de linaje no saber escribir

nunciaba la escuela por no darles gasto, y su casa para ahorrarlos de pesadumbre. Avisé de dónde y cómo quedaba, y que hasta que me diesen licencia no los vería.

---

su nombre" (*Filosofía vulgar*, Barcelona, II, pág. 284); Juan de Arguijo: "...». Pero los textos más antiguos y claros que conozco sobre la mala letra de los caballeros son de fray Antonio de Guevara:

«Anoche, ya muy noche, me dio Pedro de Haro una carta de Vuestra Señoría, la cual, aunque no viniera firmada, la conociera en letra ser de vuestra mano escrita, porque traía pocos renglones y muchos borrones»; «que le juro *per sacra nomina* que parecen más caracteres con que se escribe el musaico que no carta de caballero. Si el ayo que tuvistes en la niñez no os enseñó mejor a vivir que el maestro que tuvistes en la escuela a escribir, en tanta desgracia de Dios caerá vuestra vida como en la mía a caído su mala letra»; «Valdivia, vuestro solicitador, me dio una carta, la cual parecía bien ser de su mano escrita, porque traüia pocos renglones y muchos borrones. Si como os hizo Dios caballero, os hiciera escribano, mejor maña os dierais a entintar cordobanes que a escribir procesos» (*Epístolas familiares*, págs. 16, 24-25 y 51, respectivamente, ed. Barcelona, 1886).

Para el intento, cfr. Camargo y Zárate, *Quedar todos ofendidos y contentos*, y el *Hijo del Herrador que se hace caballero*.

CAPÍTULO III

De cómo fui a un pupilaje, por criado de don Diego Coronel

Determinó, pues, don Alonso de poner a su hijo en pupilaje, lo uno por apartarle de su regalo, y lo otro por ahorrar de cuidado. Supo que había en Segovia un licenciado Cabra[43], que tenía por oficio el criar hijos de caballeros, y envió allá el suyo, y a mí para que le acompañase y sirviese.

---

[43] Comp.: «Fue el caso que entré en San Pedro a buscar al licenciado Calabrés, clérigo de bonete de tres altos hecho a modo de medio celemín; orillo por ceñidor, no muy apretado; ojos de espulgo, vivos y bulliciosos; puños de Corinto, asomo de camisa por cuello, rosario en mano, diciplina en cinto, zapato grande y de ramplón, y oreja sorda, mangas en escaramuza y calados de rasgones, los brazos en jarra y las manos en garfio...» («El alguacil endemoniado», *Obras,* I, pág. 166a).

Salas Barbadillo aprovecha la figura del pupilo miserable: «Es el caso que el padre de la dama papelista, digo el governador de pupilos y corregidor de planas, se preciava de Christiano antiguo y dezía que sus abuelos avían servido al santísimo Tribunal, muralla y castillo de la Fe. Blasonava de limpio, bien que no lo mostrava en los manteles de la pobre mesa que ponía a los pupilos, aunque en los platos sí, porque nunca llegavan a tener con que ensuziarse» *(El subtil Cordovés,* pág. 163).

Sobre la vida de pupilaje, ver: Sebastián de Horozco, «La vida pupilar de Salamanca» *(Cancionero,* pág. 48a); «Vida del estudiante pobre» (Pidal, *Romancero hispánico,* t. II, pág. 97, el romance es de Valladolid, 1593); Juan Arce de Otálora, «La vida de pupilaje» *(Coloquios de Palatino y Pinciano,* ms. de la BN de Madrid); etc.

Entramos, primer domingo después de Cuaresma, en poder de la hambre viva, porque tal lacería no admite encarecimiento. Él era un clérigo cerbatana [44], largo [45] sólo en el talle, una cabeza pequeña, pelo bermejo [46] (no hay más que decir para quien sabe el refrán) [47], los ojos avecindados en el cogote, que parecía que miraba por cuévanos [48], tan hundidos y escuros, que era buen sitio el suyo para tiendas de mercaderes [49]; la nariz, entre Roma y Francia [50], porque se le había comido de unas búas de

---

[44] Cfr.: «Del pequeño se ríe el alto, / y afirma que es su estornudo, / y que si de cerbatana / nombre lleva a darle el vulgo» (Alonso de Maluenda, *Tropezón de la risa*, pág. 256).
cerbatana, 'culebrina de muy poco calibre' *(Dicc. Acad.)*.

[45] *largo* tiene dos sentidos 'largo' y 'liberal'. Cfr. «Siempre fuiste largo y franco» (Torres Naharro, *Tinelaria*, Valencia, Castalia, 1973, página, 171.

[46] Cfr. «Mal bermejo» (T. Naharro, *Soldadesca*, Valencia, Castalia, 1973, pág. 85.

[47] La ed. de 1626, explica: «No hay más que decir para quien sabe el refrán que dice: "ni gato ni perro de aquella color". Los *bermejos* estaban mal vistos». Cfr. el mismo Quevedo, *Zahurdas de Plutón*. Y véase *Floresta*, pág. 105: «Anguel Esaú era bermejo y velloso; estotro de buen color y sin vello» (Erasmo, *Enquiridion*, pág. 177); «mal bermejo» (Naharro, *Soldadesca*); etc.

[48] Comp.: «En cuévanos, sin cejas y pestañas, / ojos de vendimiar tenéis, agüela»; «En dos cuévanos los ojos»; «dos ojos de vendimiar, / en dos cuévanos metidos» (*Blecua*, págs. 637, 958 y 978). Y: «los ojos, por lo obscuro, podían ser / tienda de mercader» («El toreador don Babilés», entremés atribuido por Cotarelo a Quiñones de Benavente, pero restituido por H. E. Bergman a F. Bernardo de Quirós, en *Ramillete de entremeses y bailes*, Valencia, Castalia, 1970, pág. 213).

[49] La oscuridad de estas tiendas era tópica: «Y de allí me fui a casa de un mercader, y demandéle me diese un poco de paño que me vestir; y él luego me lo puso en el mostrador, en el cual, aunque de mi naturaleza yo tenía ojos más perspicaces que de lince, no le podía ver. Y rogándole que me diese un poco más de luz, se enojó» (Cristóbal de Villalón, *El Crotalón*, Buenos Aires, 1945, pág. 254); «Mas, ¿quién duda que la oscuridad de sus tiendas les prometía [a los mercaderes] estas tinieblas?» (*Sueño del Infierno, Obras,* I, pág. 179b); «como mercader cauteloso que muestra sus paños o sus sedas en la tienda do entra la claridad tan medida como es menester para sus engaños» (*El Cortesano,* Libro I, cap. VIII, pág. 61). Y la cosa viene de lejos, por lo menos del Canciller Ayala, estr. 311 de la ed. de J. Joset, Madrid, 1978, página 155.

[50] A. Castro (ed. cit.) anota: «*entre Roma y Francia:* tenía la nariz

resfriado, que aun no fueron de vicio porque cuestan dinero; las barbas descoloridas de miedo de la boca vecina, que, de pura hambre, parecía que amenazaba a comérselas; los dientes, le faltaban no sé cuántos, y pienso que por holgazanes y vagamundos se los habían desterrado[51]; el gaznate largo como de avestruz, con una nuez tan salida, que parecía se iba a buscar de comer forzada de la necesidad; los brazos secos, las manos como un manojo de sarmientos cada una. Mirado de medio abajo, parecía tenedor o compás, con dos piernas largas y flacas. Su andar muy espacioso; si se descomponía algo, le sonaban los güesos como tablillas de San Lázaro. La habla ética; la barba grande, que nunca se la cortaba por no gastar, y él decía que era tanto el asco que le daba ver la mano del barbero por su cara, que antes se dejaría matar que tal permitiese; cortábale los cabellos un muchacho de nosotros. Traía un bonete los días de sol, ratonado con mil gateras y guarniciones de grasa; era de cosa que fue paño, con los fondos en caspa. La sotana, según decían algunos, era milagrosa, porque no se sabía de qué color era. Unos, viéndola tan sin pelo, la tenían por de cuero de rana; otros decían que era ilusión; desde cerca parecía negra, y desde lejos entre azul. Llevábala sin ceñidor; no traía cuello ni puños. Parecía, con los cabellos largos y la sotana mísera y corta, lacayuelo de la muerte. Cada zapato podía ser tumba de un filisteo[52]. Pues su

---

aplastada *(roma)* y desfigurada como si hubiese padecido la sífilis o el mal francés *(Francia)*».

[51] *desterrar:* «echar a uno de su tierra es pena ordinaria de vagamundos y de gente perniciosa a la república, y para limpiarla los echan della» (Covarrubias, *Tesoro*).

[52] A los textos aducidos por F. Lázaro para interpretar *filisteo* como 'hombre u objeto grande' (*Estilo barroco y personalidad creadora,* Madrid, 1974, pág. 113), puedo añadir: «un hombrón como un filisteo» (*Pasagero,* pág. 243), «viesen en un molino unos ratones filisteos, tan bien dispuestos y gentiles que en fortaleza de miembros y altura no eran inferiores a los gatos» (Salas Barbadillo, *La peregrinación sabia,* Madrid, C. C., 1958, pág. 17); «*Bobo.* ¡Oh, qué largo niño es este, mujer! Este niño nació con zapatos. Yo apostaré que es niño filisteo» (*Entremés noveno; de la cuna, Comedias de Lope de Vega,* Vallado-

aposento, aun arañas no había en él. Conjuraba los ratones de miedo que no le royesen algunos mendrugos que guardaba. La cama tenía en el suelo, y dormía siempre de un lado por no gastar las sábanas. Al fin, él era archipobre y protomiseria.

A poder déste, pues, vine, y en su poder estuve con don Diego, y la noche que llegamos nos señaló nuestro aposento y nos hizo una plática corta, que aun por no gastar tiempo no duró más; díjonos lo que habíamos de hacer. Estuvimos ocupados en esto hasta la hora de comer. Fuimos allá. Comían los amos primero, y servíamos los criados.

El refitorio era un aposento como un medio celemín. Sentábanse a una mesa hasta cinco caballeros. Yo miré lo primero por los gatos, y, como no los vi, pregunté que cómo no los había a un criado antiguo, el cual, de flaco, estaba ya con la marca del pupilaje. Comenzó a enternecerse, y dijo: —«¿Cómo gatos? Pues ¿quién os ha dicho a vos que los gatos son amigos de ayunos y penitencias? En lo gordo se os echa de ver que sois nuevo».

Yo, con esto, me comencé a afligir; y más me asusté cuando advertí que todos los que vivían en el pupilaje de antes, estaban como leznas, con unas caras que parecía se afeitaban con diaquilón[53]. Sentóse el licenciado Cabra y echó la bendición. Comieron una comida eterna, sin principio ni fin. Trajeron caldo en unas escudillas de madera, tan claro, que en comer una dellas peligrara Narciso más que en la fuente. Noté con la ansia que los macilentos dedos se echaban a nado tras un garbanzo güérfano y solo que estaba en el suelo[54]. Decía Cabra a

lid, 1609; en *Cotarelo*, I, pág. 141a); «Aquel insufrible Godo / que traía, sin mentir, / los puños tan filisteos, / que ser gigante creí» (*El gallardo Escarramán*, ed. cit., pág. 248).

[53] *diaquilón:* «Ungüento compuesto de zumos de varias plantas que se usaba para reducir tumores e inflamaciones, por sus propiedades desecativas». *Afeitar,* naturalmente, significa aquí, 'ponerse afeites'. (Nota de A. Castro.)

[54] La fuente de esta escena parece ser: «A un estudiante que era pupilo de un Colegio, echáronle en una escudilla grande mucho caldo y sólo un garvanço. Desabrochóse y rogó a su compañero que le ayudasse

cada sorbo: —«Cierto que no hay tal cosa como la olla, digan lo que dijeren; todo lo demás es vicio y gula».

Acabando de decirlo, echóse su escudilla a pechos, diciendo: —«Todo esto es salud, y otro tanto ingenio». ¡Mal ingenio te acabe!, decía yo entre mí, cuando vi un mozo medio espíritu y tan flaco, con un plato de carne en las manos, que parecía que la había quitado de sí mismo. Venía un nabo aventurero a vueltas, y dijo el maestro en viéndole: —«¿Nabo hay? No hay perdiz para mí que se le iguale. Coman, que me huelgo de verlos comer».

Repartió a cada uno tan poco carnero, que, entre lo que se les pegó a las uñas y se les quedó entre los dientes, pienso que se consumió todo, dejando descomulgadas las tripas de participantes[55]. Cabra los miraba y

---

a desnudar. Preguntado para qué, respondió: "Quiérome echar a nadar para sacar aquel garuanço" » (*Floresta*, pág. 128, III). El hambre de estudiantes era tema tópico. El *suelo*, 'el fondo de la escudilla', cfr.: «Salí al torneo / andrajoso y bizarro, / y en el suelo de un jarro / pintado un camafeo (*Cotarelo*, II, pág. 611a). Y muy claramente: «y pónganles fuego [a las tinajas] hasta que poniendo la mano en el suelo o hondo della no lo puedan soportar» (G. Alonso de Herrera, *Obra de agricultura*, BAE, 1970, pág. 87). Vid. ahora Chevalier, *Folklore y literatura*.

[55] A. Castro (ed. cit.) anota: «La excomunicón de *participantes* era la que caía sobre quienes trataban con un excomulgado, habiendo sido amonestado tres veces que no lo hiciese; otras veces la excomunión era menor. Quien desee enterarse de tales cosas, vid. *Fuero de la conciencia*, por fray Valentín de la Madre de Dios, Madrid, 1764, t. II, página 290 y ss. Hay muchas alusiones literarias: «Que una travesura loca / Es mal de participante, / Que a todo un linaje toca» (Tirso, *Celoso prudente, Rivad.*, V, 612b) «¿Querer en toda ocasión / Ser, como descomunión, / Novio de participantes?» (A. Hurtado de Mendoza, *El marido hace mujer, Rivad.*, XLV, 431b). En nuestro texto, el sentido es que las tripas quedaban castigadas sin haber cometido propiamente ninguna culpa (es decir, sin haber recibido comida), sólo por el delito de estar en comunicación en la boca, que era la que se había quedado con la carne; pero nótese que desde el punto de vista de las tripas, el pecado y la culpa son una misma cosa: están castigadas a no comer, no habiendo comido. Se trata de un chiste». Quiñones de Benavente recurre al mismo procedimiento: «Si es de participantes tal belleza / góceme yo un favor de los menores» (*Cotarelo*, II, pág. 783b). Pero el texto más antiguo que conozco es éste: «y también porque las gentes en-

decía: —«Coman, que mozos son y me huelgo de ver sus buenas ganas». ¡Mire v. m. qué aliño para los que bostezaban de hambre!

Acabaron de comer y quedaron unos mendrugos en la mesa y, en el plato, dos pellejos y unos güesos; y dijo el pupilero: —«Quede esto para los criados, que también han de comer; no lo queramos todo». ¡Mal te haga Dios y lo que has comido, lacerado —decía yo—, que tal amenaza has hecho a mis tripas! Echó la bendición, y dijo: —«Ea, demos lugar a los criados, y váyanse hasta las dos a hacer ejercicio, no les haga mal lo que han comido». Entonces yo no pude tener la risa, abriendo toda la boca. Enojóse mucho, y díjome que aprendiese modestia, y tres o cuatro sentencias viejas, y fuese.

Sentámonos nosotros, y yo, que vi el negocio malparado y que mis tripas pedían justicia[56], como más sano y más fuerte que los otros, arremetí al plato, como arremetieron todos, y emboquéme de tres mendrugos los dos, y el un pellejo. Comenzaron los otros a gruñir; al ruido entró Cabra, diciendo: —«Coman como hermanos, pues Dios les da con qué. No riñan, que para todos hay». Volvióse al sol y dejónos solos.

Certifico a v. m. que vi a uno dellos, al más flaco, que se llamaba Jurre, vizcaíno, tan olvidado ya de cómo y por dónde se comía, que una cortecilla que le cupo la llevó dos veces a los ojos, y entre tres no le acertaban a encaminar las manos a la boca. Pedí yo de beber, que los otros, por estar casi en ayunas, no lo hacían, y diéronme un vaso con agua; y no le hube bien llegado a la boca, cuando, como si fuera lavatorio de comunión, me le quitó el mozo espiritado que dije. Levantéme con grande dolor de mi alma, viendo que estaba en casa donde se brindaba a las tripas y no hacían la razón[57]. Diome gana

---

tiendan que estoy ya absuelto y me pueden comunicar, y no me eviten como a descomulgado» (E. Salazar, *Obras festivas,* Tenerife, 1968, página 124).

[56] Dicho por «tener hambre y sed de justicia».

[57] A. Castro (ed. cit.) interpreta el pasaje de esta forma: «*se brindaba a las tripas y no hacían la razón.* "Brindar" es 'beber a la salud de

de descomer aunque no había comido, digo, de proveerme[58], y pregunté por las necesarias a un antiguo, y díjome: —«Como no lo son en esta casa, no las hay.

---

alguien': "hacer la razón" es 'corresponder a un brindis con otro'; comp.: "que a un brindis de un amigo, ¿qué corazón ha de haber tan de mármol que no haga la razón?" (*Quijote*, II, 33). *"Baltasar:* En este vaso del Dios de Israel brindo a los nuestros. ¡Moloch viva! (bebe). *Pensamiento:* La razón haremos" (Calderón, *Cena de Baltasar,* esc. XVIII). Pablos empieza a beber a la salud de sus tripas, cuando le quitan el vaso: y como aquéllas apenas llegan a recibir el agua, es decir, a "beber", dice que no han correspondido a su brindis, haciendo la razón. Véase, pues, cuán erróneamente procede el señor Peseux-Richard en la *Revue Hispanique,* 1918, XLIII, 63, al escribir: "Hacer la razón" ne signifie pas, en effet, comme le croit M. Castro: "corresponder a un brindis con otro". Este crítico no sabe que *brindis* en el siglo XVII era sobre todo la acción de beber a la salud de otro, y no meramente como hoy, tomar la copa en alto y echar un discurso: *"Martín:* Beba y brinde, y beberé. *Don Fernando:* Brindis. *Martín:* Respondo caraus" (Lope de Vega, *El mejor mozo de España,* II, 21). De todos modos, la frase de nuestro texto es complicada y retorcida, y hay que tomarla más por lo que quiere decir, que por lo que en realidad dice: es imposible, en efecto, que si bebemos a la salud de las tripas (por poco que sea) éstas no reciban el líquido, y no hagan la razón automáticamente; porque no se concibe que se haga la razón si el brindador no ha bebido».

Creo que el texto de Lope no prueba nada; y si algo indica es lo contrario de lo que Castro quiere demostrar. En cualquier caso, aquí la visión de Quevedo es equivalente a la de la carne: entre lo que se le pegó en los labios y lo que se quedó en la lengua, se consumió todo, dejando descomulgadas las tripas, podríamos decir. Ahora, con el agua, el proceso se contrae, superando esta hipérbole a la anterior, que le sirve de base y de clave. Lo que está claro es que a Quevedo no se le pueden aplicar los razonamientos naturalistas a que recurre don Américo. Por otra parte: «*Hacer la razón.* Dícese por beber cuando a uno le hacen brindis, y responde: haré la razón» (Correas); y vid. *Guzmán,* página 331, y nota, donde F. Rico remite a F. Rodríguez Marín, *Viaje del Parnaso,* apéndice VI, «El brindis y el caraos», en especial páginas 509-511. Brindis y razones hay en *Cotarelo,* I, pág. 295b; II, páginas 653, 672b, 674a; *Tropezón de la risa,* pág. 226, y en el inevitable *Subtil cordovés* (los más próximos a Quevedo), págs. 193 y 198.

[58] A. Castro (ed. cit.) anota: «*Proveerse,* según explica el señor H. Gavel en su artículo "De coro, decorar" (*Homenaje a Menéndez Pidal,* I, 149), es palabra que los estudiantes tomarían de lenguaje de los conventos: "proveerse uno de sus necesidades"; esta expresión está calcada sobre otra análoga latina, que Gavel halla en ordenamientos conventuales de la Edad Media: "facto parvo intervallo, de suis necessitatibus provideant"».

Para una vez que os proveeréis mientras aquí estuviéredes, dondequiera podréis; que aquí estoy dos meses ha, y no he hecho tal cosa sino el día que entré, como agora vos, de lo que cené en mi casa la noche antes». ¿Cómo encareceré yo mi tristeza y pena? Fue tanta, que, considerando lo poco que había de entrar en mi cuerpo, no osé, aunque tenía gana, echar nada dél.

Entretuvímonos hasta la noche. Decíame don Diego que qué haría él para persuadir a las tripas que habían comido, porque no le querían creer. Andaban váguidos[59] en aquella casa como en otras ahítos. Llegó la hora del cenar (pasóse la merienda en blanco); cenamos mucho menos, y no carnero, sino un poco del nombre del maestro: cabra asada. Mire v. m. si inventara el diablo tal cosa. —«Es cosa saludable» —decía— «cenar poco, para tener el estómago desocupado»; y citaba una retahila de médicos infernales. Decía alabanzas de la dieta, y que se ahorraba un hombre de sueños pesados, sabiendo que, en su casa, no se podía soñar otra cosa sino que comían. Cenaron y cenamos todos, y no cenó ninguno.

Fuímonos a acostar, y en toda la noche pudimos yo ni don Diego dormir, él trazando de quejarse a su padre y pedir que le sacase de allí, y yo aconsejándole que lo hiciese; aunque últimamente le dije: —«Señor, ¿sabéis de cierto si estamos vivos? Porque yo imagino que, en la pendencia de las berceras, nos mataron, y que somos ánimas que estamos en el Purgatorio. Y así, es por demás decir que nos saque vuestro padre, si alguno no nos reza en alguna cuenta de perdones y nos saca de penas con alguna misa en altar previlegiado».

Entre estas pláticas, y un poco que dormimos, se llegó la hora de levantar. Dieron las seis, y llamó Cabra a lición; fuimos y oímosla todos. Ya mis espaldas y ijadas nadaban en el jubón, y las piernas daban lugar a otras siete calzas; los dientes sacaba con tobas, amarillos, ves-

---

[59] Para la acentuación de *váguidos,* vid. Rodríguez Marín, *Quijote,* III, pág. 159; y *Guzmán de Alfarache,* ed. F. Rico, Barcelona, 1967, página 768.

tidos de desesperación[60]. Mandáronme leer el primer nominativo a los otros, y era de manera mi hambre, que me desayuné con la mitad de las razones, comiéndomelas. Y todo esto creerá quien supiere lo que me contó el mozo de Cabra, diciendo que él había visto meter en casa, recién venido, dos frisones y que, a dos días, salieron caballos ligeros que volaban por los aires; y que vio meter mastines pesados y, a tres horas, salir galgos corredores; y que, una Cuaresma, topó muchos hombres, unos metiendo los pies, otros las manos y otros todo el cuerpo, en el portal de su casa, y esto por muy gran rato, y mucha gente que venía a sólo aquello de fuera; y preguntando a uno un día que qué sería —porque Cabra se enojó de que se lo preguntase— respondió que los unos tenían sarna y los otros sabañones, y que, en metiéndolos en aquella casa, morían de hambre, de manera que no comían[61] desde allí adelante. Certificóme que era verdad, y yo, que conocí la casa, lo creo. Dígolo porque no parezca encarecimiento lo que dije.

Y volviendo a la lición, diola y decorámosla[62]. Y prosi-

---

[60] Los dientes color amarillo porque están llenos de sarro (o tobas). El color amarillo significa desesperación. *«Hambre amarilla,* por el color del hambriento. Y así Mingo Revulgo, amenazando a la República con los tres públicos castigos del Cielo: Hambre, Guerra y Peste, llamándolas Lobas, porque son dañinas, de Lobe, que en Griego es el Daño, de la Hambre dice así:

> Tú conoces la amarilla.
> Que siempre anda carleando
> Muerte, flaca, suspirando
> Que a todos pone manzilla.

(*La razón de algunos refranes,* pág. 53).

[61] *comían,* 'picaban'.

[62] *decorar,* 'aprender de coro o de memoria': «porque no hay medeçina más natural para el augmento de la buena memoria que es decorando de cada día algo» (Villalón, *El Scholastico,* Madrid, 1962, página 95); «y aun se lo di por escrito, que lo fuese decorando, sin que se le pudiese olvidar letra, por lo que importaba la buena memoria» (*Guzmán,* pág. 856). Cervantes: «sele de coro» (*El rufián dichoso);* «dexa el tomar de coro agorà» (*Laberinto de amar,* págs. 13 y 246, de la ed. cit.). Y cfr. Don Sem Tob, *Glosas de Sabiduría,* ed. A. García Calvo, Madrid, 1974, pág. 46, líneas 80-81.

guió siempre en aquel modo de vivir que he contado. Solo añadió a la comida tocino en la olla, por no sé qué que
le dijeron, un día, de hidalguía[63], allá fuera. Y así, tenía
una caja de yerro, toda agujereada como salvadera[64],
abríala, y metía un pedazo de tocino en ella, que la lle-
nase, y tornábala a cerrar, y metíala colgando de un cordel en la olla, para que la diese algún zumo por los agujeros, y quedase para otro día el tocino. Parecióle después que, en esto, se gastaba mucho, y dio en sólo asomar el tocino a la olla.

Pasábamoslo con estas cosas como se puede imaginar.
Don Diego y yo nos vimos tan al cabo, que, ya que para
comer, al cabo de un mes, no hallábamos remedio, le
buscamos para no levantarnos de mañana; y así, traza-
mos de decir que teníamos algún mal. No osamos decir
calentura porque, no la teniendo, era fácil de conocer el
enredo. Dolor de cabeza o muelas era poco estorbo. Diji-
mos, al fin, que nos dolían las tripas, y que estábamos
muy malos de achaque de no haber hecho nuestras personas en tres días, fiados en que, a trueque de no gastar
dos cuartos en una melecina[65], no buscaría el remedio.

---

[63] Como se sabe, los judíos no pueden comer cerdo, de manera que
su consumo se convierte en una marca o rasgo diferencial entre
aquellos y los cristianos viejos. Comp.: «tendíme a la puerta desta señora tan buena de nacimiento, que habiéndole yo enviado dos perdices
para que se regalase con ellas, las echó en una necesaria porque venían
lardeadas con tocino» (*Espinel*, I, pág. 268).

[64] *«Salvadera*. Vaso por lo común cerrado con agujeros en la parte
superior, en que se tiene la arenilla para enjugar lo escrito recientemen-
te» *(DRAE).*

[65] *«Melecina*. Un lavatorio de tripas que se recibe por el sieso y el
mismo instrumento con que se echa se llama melecina, que es un sa-
quillo de cuero con un cañuto... Lo mismo significa clístel y *gaita* y ayuda» *(Covarrubias),* y vid. *Ayuda.* «Medicina, o Melezina, al Clyster.
Porque es la mayor, más segura, y debe ser la primera para evacuar lo
crudo, o subducir el vientre y hacerle fluido antes del purgar, y antes de
sangrar limpia lo crudo no vaya a las venas; y assí por excelencia o
prioridad le llaman *Medicina.* Otros la llaman *Ayuda,* porque ayuda la
facultad expultriz; o porque *maxime fert egris opem,* y ayuda y socorre
en todo género de enfermedades» *(La razón de algunos refranes,* páginas 66-67). Y cfr.: «la Celestina / echando una melecina / al cura de

Mas ordenólo el diablo de otra suerte, porque tenía una que había heredado de su padre, que fue boticario. Supo el mal, y tomóla y aderezó una melecina, y haciendo llamar una vieja de setenta años, tía suya, que le servía de enfermera, dijo que nos echase sendas gaitas.

Empezaron por don Diego; el desventurado atajóse[66], y la vieja, en vez de echársela dentro, disparósela por entre la camisa y el espinazo, y diole con ella en el cogote, y vino a servir por defuera de guarnición la que dentro había de ser aforro. Quedó el mozo dando gritos; vino Cabra y, viéndolo, dijo que me echasen a mí a la otra, que luego tornarían a don Diego. Yo me resistía, pero no me valió, porque, teniéndome Cabra y otros, me la echó la vieja, a la cual, de retorno, di con ella en toda la cara. Enojóse Cabra conmigo, y dijo que él me echaría de su casa, que bien se echaba de ver que era bellaquería todo. Yo rogaba a Dios que se enojase tanto que me despidiese, mas no lo quiso mi ventura.

Quejábamonos nosotros a don Alonso, y el Cabra le hacía creer que lo hacíamos por no asistir[67] al estudio. Con esto, no nos valían plegarias. Metió en casa la vieja por ama, para que guisase de comer y sirviese a los pupilos, y despidió al criado porque le halló, un viernes a la mañana, con unas migajas de pan en la ropilla. Lo que pasamos con la vieja, Dios lo sabe. Era tan sorda, que no oía nada; entendía por señas; ciega, y tan gran rezadora que un día se le desensartó el rosario sobre la olla y nos la trujo con el caldo más devoto que he comido.

Santorcaz» (apud M. Chevalier y R. Jammes, «Supplément aux *Coplas de disparatesp*», *Mélanges a M. Bataillon*, Burdeos, 1962, pág. 391), y: «a una repleción de viente con una melecina» (*Epístolas familiares*, Barcelona, 1886, pág. 194).

[66] «*Ataxarse* un hombre, es cortarse u correrse, o sabiendo responder . Atajado, el corrido en esta forma» *(Cov.)*.

[67] «*Assistir*. Estar presentes a algún acto» *(Cov.)*; «pero que sea tanta la asistencia o pertinacia de un pecho doblado» (*Espinel*, II, pág. 176); es el sentido etimológico, y normal en la época; *Cigarrales,* Madrid, 1942, págs. 32, 127; II, págs. 128, 141, 163, 169, 200, 211; Cervantes, *La gran sultana,* pág. 249; *Día de fiesta por la tarde,* págs. 12, 70, 71, etcétera.

Unos decían: —«¡Garbanzos negros! Sin duda son de Etiopia» [68]. Otros decían: —¡«Garbanzos con luto! ¿Quién se les habrá muerto?» Mi amo fue el primero que se encajó una cuenta, y al mascarla se quebró un diente. Los viernes solía enviar unos güevos, con tantas barbas a fuerza de pelos y canas suyas, que pudieran pretender corregimiento o abogacía [69]. Pues meter el badil por el cucharón, y inviar una escudilla de caldo empedrada, era ordinario. Mil veces topé yo sabandijas, palos y estopa de la que hilaba, en la olla, y todo lo metía para que hiciese presencia en las tripas y abultase.

Pasamos en este trabajo hasta la Cuaresma. Vino, y a la entrada della estuvo malo un compañero. Cabra, por no gastar, detuvo el llamar médico hasta que ya él pedía confesión más que otra cosa. Llamó entonces un platicante, el cual le tomó el pulso y dijo que la hambre le había ganado por la mano en matar aquel hombre [70].

---

[68] *Etiopia,* con esa acentuación, se encuentra en Aldana: «del scita helado al etíope adusto» (Madrid, C. C., 1966, pág. 88; y en las octavas dirigidas al rey Don Felipe, pág. 102); en Cervantes, *La gran sultana* (ed. Sch. y B., pág. 166); en Juan de la Cueva: «Diera ripio ayudándole a su inopia / Con términos, vocablos y epítetos / Que servirán de lengua en Etiopia» (*Gallardo,* II, col. 643); en Castillo Solórzano: «vinieron los etíopes» (*Sala de Recreación,* Valencia, 1977, pág. 198, es *etíopes* a pesar del editor). A. Castro señala ejemplos de Lope y Rojas Zorrilla.

[69] *podían pretender corregimiento o abogacía,* los letrados y los médicos solían llevar barba larga.

[70] Quevedo satiriza con frecuencia a los médicos, pero tampoco son suaves las críticas de otros autores: «porque ay del hombre triste que se cura / con médico que es necio y porfiado, / que no mataron tantos sus abuelos / peleando en la guerra con sus lanzas / como éste recetando en las boticas / ... / Cuando los griegos no podían con armas / matar a sus enemigos, enviaban / a matarlos con médicos» (*Viaje entret.,* páginas 442-443, y en el XVI: *Floresta,* págs. 15, 103, etc.; Dr. Laguna, *Viaje de Turquía,* passim). Cfr.: «porque han jurado todos estos griegos de enviar a matar con médicos a los que no han podido vencer con armas»; «que más matan ellos recetando en la botica que mataron sus pasados peleando en la guerra» (*Epístolas familiares,* págs. 193 y 200). Además, McGrady señala: «Desde la Edad Media abunda en la literatura europea la sátira de los médicos; Véanse A. Zamora Vicente, *Por el sótano,* 91: 603; M. Baquero Goyanes, «El entremés», 237-238; Rico,

Diéronle el Sacramento, y el pobre, cuando le vio —que había un día que no hablaba—, dijo: —«Señor mío Jesucristo, necesario ha sido el veros entrar en esta casa para persuadirme que no es el infierno». Imprimiéronseme estas razones en el corazón. Murió el pobre mozo, enterrámosle muy pobremente por ser forastero, y quedamos todos asombrados. Divulgóse por el pueblo el caso atroz, llegó a oídos de don Alonso Coronel y, como no tenía otro hijo, desengañóse de los embustes de Cabra, y comenzó a dar más crédito a las razones de dos sombras, que ya estábamos reducidos a tan miserable estado. Vino a sacarnos del pupilaje y, teniéndonos delante, nos preguntaba por nosotros; y tales nos vio, que, sin aguardar a más, tratando muy mal de palabra al licenciado Vigilia, nos mandó llevar en dos sillas a casa. Despedímonos de los compañeros, que nos seguían con los deseos y con los ojos, haciendo las lástimas que hace el que queda en Argel, viendo venir rescatados por la Trinidad[71] sus compañeros[72].

Novela picaresca, 280: 33» (en Cristóbal de Tamariz, *Novelas en verso,* Charlottesville, Virginia, 1974). En cualquier caso, añadiré: *El sutil cordovés,* pág. 52 (y vid. la nota 11); también de Salas, «El remendón de la Naturaleza» (*Cotarelo,* I, pág. 268a), donde se dice: «¡Pobre de mí y miserable!, que soy profesor de una facultad maldita en que se mira más a la barba que a la ciencia: soy médico».

[71] *la Trinidad,* se refiere a los trinitarios, Orden fundada por Juan Mata y aprobada por Inocencio II, en 1198. Fray Juan Bautista de la Concepción la reformó, en 1597, aprobándola Clemente VIII el 20 de agosto de 1599. La orden se dedicaba al rescate de cautivos.

[72] El tema del hambre y las malas comidas es típico de la picaresca, desde el *Lazarillo,* y, en general, de la literatura burlesca de los Siglos de Oro.

CAPÍTULO IV

De la convalecencia y ida a estudiar a Alcalá de Henares

Entramos en casa de don Alonso, y echáronnos en dos camas con mucho tiento, porque no se nos desparramasen los huesos de puro roídos de la hambre. Trujeron esploradores que nos buscasen los ojos por toda la cara, y a mí, como había sido mi trabajo mayor y la hambre imperial[73], que al fin me trataban como a criado, en buen rato no me los hallaron. Trajeron médicos y mandaron que nos limpiasen con zorras el polvo de las bocas, como a retablos, y bien lo éramos de duelos[74]. Ordenaron que nos diesen sustancias y pistos[75]. ¿Quién podrá

---

[73] *imperial:* «Se toma muchas veces por especial y grande en su línea» *(Dicc. Aut.).*

[74] *retablo de duelos:* «Al que tiene muchos trabajos suele decir que es un retablo de duelos *(Cov.).* Cfr.: «Mas determinose, en fin, / Y empezó con lindo garbo / A sacudirles el polvo / Más recio que a los retablos» (Díaz de Montoya, «Turbia Aganipe», *Gallardo,* II, col. 769). Para *zorras,* vid. la segunda posibilidad que da Cervantes: «Cobarde, ¿a mí con rabo de zorra? ¿Es notarme de borracho, o piensas que estás quitando el polvo a alguna imagen del bulto? (*La Guarda cuidadosa,* ed. Asensio, pág. 141). Sobre retablos —una especie de marionetas o guiñol—, vid. J. E. Varey, *Historia de los títeres en España,* Madrid, 1957.

[75] *pisto:* «La sustancia que se saca del ave, habiéndola primero majado y puesto en una prensa; y el jugo que de allí sale, volviéndolo a calentar, se da al enfermo que no puede comer cosa que haya de mascar» *(Cov.).*

contar, a la primera almendrada[76] y a la primera ave, las luminarias que pusieron las tripas de contento? Todo les hacía novedad. Mandaron los doctores que por nueve días, no hablase nadie recio en nuestro aposento porque, como estaban güecos los estómagos, sonaba en ellos el eco de cualquiera palabra.

Con estas y otras prevenciones, comenzamos a volver y cobrar algún aliento, pero nunca podían las quijadas desdoblarse, que estaban magras y alforzadas[77]; y así, se dio orden que cada día nos las ahormasen con la mano del almirez.

Levantámonos a hacer pinicos[78] dentro de cuarenta días, y aún parecíamos sombras de otros hombres y, en lo amarillo y flaco, simiente de los Padres del yermo. Todo el día gastábamos en dar gracias a Dios por habernos rescatado de la captividad del fierísimo Cabra, y rogábamos al Señor que ningún cristiano cayese en sus manos crueles. Si acaso, comiendo, alguna vez, nos acordábamos de las mesas del mal pupilero, se nos aumentaba la hambre tanto, que acrecentábamos la costa aquel día. Solíamos contar a don Alonso cómo, al sentarse a la mesa, nos decía males de la gula, no habiéndola él conocido en su vida. Y reíase mucho cuando le contábamos que, en el mandamiento de *No matarás,* metía perdices y capones, gallinas y todas las cosas que no quería darnos, y, por el consiguiente, la hambre, pues parecía que tenía por pecado el matarla, y aun el herirla, según regateaba el comer.

---

[76] «Cierta bebida que se hace del jugo o leche de las almendras, se llama almendrada» *(Cov.).*

[77] *«Alhorza.* Es la dobladura que se toma en la saya por la parte de abajo...» *(Cov.),* esto es 'acortadas' Cfr.:

Porque a cada vestido tengo riña,
porque no lleve alforza la basquiña,
que dice que es de más lo que se dobla
(Cotarelo, II, pág. 773b).

[78] «Hacer pino y pinitos. Es de los niños y convalecientes» (Correas). Cfr. *Cotarelo,* II, págs. 523a.

Pasáronsenos tres meses en esto, y, al cabo, trató don Alonso de inviar a su hijo a Alcalá, a estudiar lo que le faltaba de la Gramática. Díjome a mí si quería ir, y yo, que no deseaba otra cosa sino salir de tierra donde se oyese el nombre de aquel malvado perseguidor de estómagos, ofrecí de servir a su hijo como vería. Y, con esto, diole un criado para mayordomo, que le gobernase la casa y tuviese cuenta del dinero del gasto, que nos daba remitido en cédulas para un hombre que se llamaba Julián Merluza. Pusimos el hato en el carro de un Diego Monje[79], era una media camita, y otra de cordeles[80] con ruedas (para meterla debajo de la otra mía y del mayordomo, que se llamaba Baranda), cinco colchones, ocho sábanas, ocho almohadas, cuatro tapices, un cofre con ropa blanca, y las demás zarandajas de casa. Nosotros nos metimos en un coche, salimos a la tardecica, una hora antes de anochecer, y llegamos a la media noche, poco más a la siempre maldita venta de Viveros[81].

---

[79] A. Castro (ed. cit.) señala que: «Un carretero de ese apellido aparece también en la *Vida y milagros de Montilla:* "Junté diferentes muebles / en el carro de Antón Monje, / y a la villa de Madrid / encomendé mis talones" (*Quevedo, Obras,* ed. Bibl. Andal., III, 200)». Yo no veo, sin embargo, un sentido especial a ese nombre, quizá se tratara de un personaje conocido en la época.

[80] «... y las camas de cordeles se pudieron dezir de la palabra *camus,* cabestro, que es cordel grueso, del que se encordelan las camas; y este uso es muy antiguo» *(Cov.).* Cfr.: «Mesuradas las doncellas / danzaron con una arpa, / que una cama de cordeles / mucho menos embaraza» (*Quevedo, Rivad.,* pág. 216).

[81] La *venta de Viveros,* citadísima en la literatura de la época, estaba entre Madrid y Alcalá. La sátira contra ventas y venteros es frecuente en Quevedo y otros autores: «El entremés [de *La Venta*] está centrado en la narración que, con lujo de hiperbólicos pormenores, con un espíritu semejante al de conocidas escenas de novelas picarescas, hace la sirvienta de la asquerosa comida y comentario de los escolares» (E. Asensio, *Itinerario del entremés,* Madrid, 1965, pág. 230; en adelante, *Itinerario*). Comp.: «Si un día comeys en una venta, donde el ventero, cariacuchillado, experto en la seguida y exercitado en lo de rapapelo, y agora de cuadrillero de la Santa Hermandad, os vende el gato por liebre, el macho por carnero, la çeçina de roçín por vaca, y el vinagre aguado por vino puro...» (Eugenio de Salazar, *Cartas,* Madrid, 1966, pág. 74); *Floresta,* págs. 99, 286...; *El Pasagero,* págs. 243-59;

El ventero era morisco y ladrón, que en mi vida vi perro y gato[82] juntos con la paz que aquel día. Hízonos gran fiesta, y, como él y los ministros del carretero iban horros[83] —que ya había llegado también con el hato antes, porque nosotros veníamos de espacio—, pegóse al coche, diome a mí la mano para salir del estribo, y díjome si iba a estudiar. Yo le respondí que sí. Metióme adentro, y estaban dos rufianes con unas mujercillas, un cura rezando al olor, un viejo mercader y avariento, procurando olvidarse de cenar, y dos estudiantes fregones, de los de mantellina[84], buscando trazas para en-

---

Viaje de Turquía; Guzmán; Espinel, etc. La venta de Viveros también en *Cotarelo,* I, pág. CLVa, y II, pág. 616a, y 787b. *Pícara Justina,* «De la vida del Mesón» (Libro I, cap. 30; tomo I, pág. 189 y ss.) y vid. Chevalier, *Folklore y literatura,* pág. 59: 'moriscos', *gatos* 'ladrones'.

[82] Cfr. *El subtil cordovés,* pág. 192; *La razón de algunos refranes:* «Perros a los Moros, Negros o Esclavos. […]» (pág. 81).

[83] *«Ir horros en el juego,* es no llevarse uno a otro jugando con tercero; y este partido se hace antes de ver las cartas» *(Cov.).* «Ir horro. Frase que más regularmente se usa en el juego, y es cuando tres u cuatro están jugando y dos traen el partido de no tirar en los envites la parte que el otro tuviese puesta si perdiesse; lo que se pacta antes de ver las cartas» *(Dicc. Aut.).* Y cfr.: «y a vezes premian a quien no ha hecho versos en su vida; por lo qual se deve colegir que van el premiado y el secretario del certamen horros» (Alonso de Maluenda, *Bureo de las musas,* pág. 112).

[84] A. Castro (ed. cit.) explica así el sentido de esta frase: «*mantillinas.* Según Covarrubias (*Tesoro,* 1611) *mantellina* es "diminutivo de manta, por ser corta, que no cubre aún el medio cuerpo". Pero este sentido no ayuda a entender nuestra frase. Llamábase *mantellina* a la criada fregona: "Panegíricos cantara / a la invención arquiteta / de Juan Fernández, que aquí, / refugio de mantellinas, / labró pilas critalinas" (Tirso, *Huerta de Juan Fernández, Rivad.,* V, 646b). A esa huerta iban las criadas a lavar la ropa. De otra parte, Quevedo describe a un estudiante pobre, sopón de Salamanca: "un licenciado fregón, Bachiller de mantellina" (*Rivad.,* LXIX, 119b): como si dijéramos, bachiller de friega platos. Además: "Un doctorazo…, atisba por esas calles / una picarilla rota… / Por leyes dice requiebros, / barba ofrece para escoba, / y por una mantellina, / desprecia futuras togas" (*Rivad.,* LXIX, 227a). La mantellina sería prenda que usaban las criadas, y de ahí les vino el nombre. Según el autor, los estudiantes pobres eran, pues, como fregonas; no sé si alguna prenda del traje estudiantil dio pie a la comparación». No veo muy clara la explicación de don Américo. A mi entender, se trata de dos tipos de estudiantes, ricos

gullir. Mi amo, pues, como más nuevo en la venta y muchacho, dijo: —«Señor huésped, deme lo que hubiere para mí y mis criados». —«Todos lo somos de v. m.» —dijeron al punto los rufianes—, «y le hemos de servir. Hola, huésped, mirad que este caballero os agradecerá lo

---

y pobres; aquellos llevan ropa larga, capa, sotana o manteo; éstos usan ropa corta, mantellinas, sotanillas, etc.: la ropa corta es propia del vestido de lacayos, servidores, fregonas, etc. Comp. *Buscón* (pág. 214) y Quevedo: «Romero, el estudiante, / con sotanilla corta, / y con el *quidam pauper*, / los bodegones ronda» (*Blecua,* pág. 323); cfr. también el estudiante capigorrista del *Guzmán* (pág. 339) y la nota 96. La relación entre la clase social y la longitud de las ropas aparece tanto en fregonas como en estudiantes, o en cualquier género de gente humilde: «Porque eres fregona, todos / culpan mi afecto, Juanilla; / que como el amor es niño, / es fuerza andar en mantillas» (*Cotarelo,* I, página CCLXXXVb); «Sabe quién es a quien se lo pregunta, / fregona de canal hasta la punta, / que ayer la conocí de capa corta? » (*Id.,* II, página 783b); «fregona de mantillina» (*Id.,* II, pág. 789b); pero también: «Gorronas mías, / damas de hábito corto, cuyos rostros / eran dignos de manteos y arandelas» (*Id.,* I, pág. 92a); «Ay niñas de mantellina, / por otro nombre Gallegas, / más apretadas que un reo» (*Bureo de las musas,* pág. 131); y en sentido general: «toda humilde mantellina» (*Cotarelo,* II, pág. 787b); «hoy anda con mantellina, / con escudero mañana» (*Id.,* II, pág. 574b; y vid.: I, págs. CCXIb; CCCIIb, etc.). En todos estos casos es patente la distinción entre hábito corto (mantillina) y largo (manteo o capa), identificados, respectivamente, con la oposición pobre/rico. También entre los estudiantes se da la misma correspondencia: Covarrubias define el ferreruelo como un «género de capa, con sólo cuello sin ropilla y algo largo», y de la *sotanilla* dice que «es algo más corta que la sotana del clérigo», aunque no señala que ambas prendas forman parte del traje de los estudiantes. Salas Barbadillo escribe: «Aquella noche y otros dos días siguientes estuvieron en aquella posada, hasta que Pedro, mudando hábito, como fue vestir ferreruelo y sotanilla de seda con cuello baxo de estudiante» (*Subtil cordovés,* página 80). Ahora bien, los estudiantes pobres no llevan seda, como es lógico, y la sotanilla es motivo de burlas porque parece una sotana corta: «Estava yo mal con él porque siendo moçuelo entonces yva al estudio de la latinidad con una sotana corta y ferreruelo, porque yo me crié sin padres y sirviendo, me llamava el Licenciado Sotanilla, y solía dezirme que le diesse el paño que avía cortado de aquella sotana para echar soletas a sus medias» (*Id.,* pág. 190), donde la relación entre el atuendo y la pobreza es explícita (cfr. *Los peligros de Madrid:* «luego no hay mantillina humilde que no aspire a la puerta de Guadalajara», pág. 84; Marqués de Villa San Andrés, *Carta,* pág. 62, etc.). Como hemos visto, no es raro que el vulgo confunda la sotana de un estudiante o de un li-

115

que hiciéredes. Vaciad la dispensa». Y, diciendo esto, llegóse el uno y quitóle la capa, y dijo: —«Descanse v. m., mi señor»; y púsola en un poyo.

Estaba yo con esto desvanecido y hecho dueño de la venta. Dijo una de las ninfas: —«¡Qué buen talle de caballero! ¿Y va a estudiar? ¿Es v. m. su criado?». Yo respondí, creyendo que era así como lo decían[85], que yo y el otro lo éramos. Preguntáronme su nombre, y no bien lo dije, cuando el uno de los estudiantes se llegó a él medio llorando, y, dándole un abrazo apretadísimo, dijo: —«Oh, mi señor don Diego, ¿quién me dijera a mí, agora diez años, que había de ver yo a v. m. desta manera? ¡Desdichado de mí, que estoy tal que no me conocerá v. m.!». El se quedó admirado, y yo también, que juramos entrambos no haberle visto en nuestra vida. El otro compañero andaba mirando a don Diego a la cara, y dijo a su amigo: —«¿Es este señor de cuyo padre me dijistes vos tantas cosas? ¡Gran dicha ha sido nuestra conocelle según está de grande! Dios le guarde»; y empezó a santiguarse. ¿Quién no creyera que se habían criado con nosotros? Don Diego se le ofreció mucho, y, preguntándole su nombre, salió el ventero y puso los manteles, y, oliendo la estafa, dijo: —«Dejen eso, que después de cenar se hablará, que se enfría».

Llegó un rufián y puso asientos para todos y una silla

---

cenciado con la de un clérigo: «señor licenciado (que la plebe a un ganapán con sotana y a un obispo les da este nombre)» (*Los peligros de Madrid,* pág. 57), confusión que explica lo que sucede en casa del verdugo tío de Pablos. Franciosini (G. Gaya, *Tesoro,* I, pág. 468) define *capigorrista* como «uno studente o scolare che porta mantello e berretta, e non veste lunga; uno che serve gli studenti»; así pues, el estudiante se caracteriza por llevar capa y gorra; capa que es corta si el estudiante es pobre y rima, entonces, con las fregonas de mantillina. Covarrubias lo explica así: «La gorra es cobertura de cabeza de hombre seglar, y antiguamente los criados de los estudiantes en Salamanca traían capas y gorra, de donde tomaron el nombre de capigorristas» (Cfr. nota 36 de A. Castro, y, sobre estudiantes capigorrones, vid. M. Herrero, «Génesis de la figura del donaire». Otros ejemplos, en *Cotarelo,* I, págs. 203b, 492; II, pág. 562b).

[85] *creyendo que era así como lo decían,* esto es, 'que era verdad lo del buen talle de caballero'.

para don Diego, y el otro trujo un plato. Los estudiantes dijeron: —«Cene v. m., que, entre tanto que a nosotros nos aderezan lo que hubiere, le serviremos a la mesa». —«¡Jesús!» —dijo don Diego—; «vs. ms. se sienten, si son servidos». Y a esto respondieron los rufianes —no hablando con ellos—: «Luego, mi señor, que aún no está todo a punto».

Yo cuando vi a los unos convidados y a los otros que se convidaban, afligíme, y temí lo que sucedió. Porque los estudiantes tomaron la ensalada, que era un razonable plato, y, mirando a mi amo, dijeron: —«No es razón que, donde está un caballero tan principal, se queden estas damas sin comer. Mande v. m. que alcancen un bocado». El, haciendo del galán, convidólas. Sentáronse, y, entre los dos estudiantes y ellas no dejaron sino un cogollo, en cuatro bocados, el cual se comió don Diego. Y, al dársele, aquel maldito estudiante le dijo: —«Un agüelo tuvo v. m., tío de mi padre, que en viendo lechugas [86] se desmayaba; ¡qué hombre era tan cabal!». Y, diciendo esto, sepultó un panecillo, y el otro, otro. ¿Pues las ninfas? Ya daban cuenta de un pan, y el que más comía era el cura, con el mirar sólo. Sentáronse los rufianes con medio cabrito asado y dos lonjas de tocino y un par de palomas cocidas, y dijeron: —«Pues padre, ¿ahí se está? Llegue y alcance, que mi señor don Diego nos hace merced a todos». No bien se lo dijeron, cuando se sentó.

Ya, cuando vio mi amo que todos se le habían encajado, comenzóse a afligir. Repartiéronlo todo, y a don Diego dieron no sé qué huesos y alones; lo demás se engulleron el cura y los otros.

Decían los rufianes: —«No cene mucho señor, que le hará mal»; y replicaba el maldito estudiante: —«Y más,

---

[86] No entiendo lo de la lechuga, verdura que —según Covarrubias— «ultra de refrescar, mitiga el apetito venereo», propiedad con la que parece estar de acuerdo el autor de estos versos: «Yo echara el amor por alto, / a no comer dos lechugas / que al brío dieron arrugas, / y a vuestra frente favores» (*Poesía erótica del Siglo de Oro,* Toulouse, 1975, pág. 105). Quizá Quevedo pondera por negación de contrario.

que es menester hacerse a comer poco para la vida de Alcalá». Yo y el otro criado estábamos rogando a Dios que les pusiese en corazón que dejasen algo. Y ya que lo hubieron comido todo, y que el cura repasaba los huesos de los otros, volvió el un rufián y dijo: —«Oh, pecador de mí, no habemos dejado nada a los criados. Vengan aquí vs. ms. Ah, señor huésped, déles todo lo que hubiere; vea aquí un doblón». Tan presto saltó el descomulgado pariente de mi amo —digo el escolar— y dijo: —«Aunque v. m. me perdone, señor hidalgo, debe de saber poco de cortesía. ¿Conoce, por dicha, a mi señor primo? El dará a sus criados, y aun a los nuestros si los tuviéramos, como nos ha dado a nosotros»[87]. Y volviéndose a don Diego, que estaba pasmado, dijo: —«No se enoje v. m., que no le conocían». Maldiciones le eché cuando vi tan gran disimulación, que no pensé acabar.

Levantaron las mesas, y todos dijeron a don Diego que se acostase. El quería pagar la cena, y replicáronle que no lo hiciese, que a la mañana habría lugar. Estuviéronse un rato parlando[88], preguntóle su nombre al estudiante, y él dijo que se llamaba tal Coronel. (En malos infiernos arda, dondequiera que está). Vio el avariento que dormía, y dijo: —«¿V. m. quiere reír? Pues hagamos alguna burla a este mal viejo, que no ha comido sino un pero en todo el camino, y es riquísimo». Los rufianes dijeron: —«Bien haya el licenciado; hágalo, que es razón». Con esto, se llegó y sacó al pobre viejo, que dormía, de debajo de los pies unas alforjas, y, desenvolviéndolas, halló una caja, y, como si fuera de guerra[89], hizo gente.

---

[87] Burla que recuerda la que se cuenta en el *Viaje entretenido* (páginas 215-6) y que, a su vez, muestra rastros del episodio del hidalgo del *Lazarillo.*

[88] *parlar,* 'hablar'; 'charlar'. Cfr. *El Cortesano* (Lib. III, cap. III); *La Dorotea* (Acto II, esc. I, y acto I, esc. II), *Día de fiesta por la tarde* (pág. 30), o Guevara: «mas, ¡Ay dolor!, que vos, y todos los otros como vos, guardáis el parlar para la iglesia y el dormir para el sermón» (*Epístolas familiares,* B.A.E., II, 25, pág. 294).

[89] *caja... de guerra,* 'tambor de guerra'; vid. Covarrubias, *Atambor* y *Atabal.* Cfr.: «no puedo más detenerme / que mi capitán me aguar-

Llegáronse todos, y, abriéndola, vio ser de alcorzas[90]. Sacó todas cuantas había y, en su lugar, puso piedras, palos y lo que halló; luego se proveyó sobre lo dicho, y encima de la suciedad puso hasta una docena de yesones. Cerró la caja y dijo: —«Pues aún no basta, que bota tiene el viejo». Sacóla el vino y, desenfundando una almohada de nuestro coche, después de haber echado un poco de vino debajo, se la llenó de lana y estopa, y la cerró. Con esto, se fueron todos a acostar para una hora que quedaba o media, y el estudiante lo puso todo en las alforjas, y en la capilla del gabán echó una gran piedra, y fuese a dormir.

Llegó la hora del caminar; despertaron todos, y el viejo todavía dormía. Llamáronle, y, al levantarse, no podía levantar la capilla del gabán. Miró lo que era, y el mesonero adrede le riñó, diciendo: —«Cuerpo de Dios, ¿no halló otra cosa que llevarse, padre, sino esa piedra? ¿Qué les parece a vs. ms., si yo no lo hubiera visto? Cosa es que estimo en más de cien ducados, porque es contra el dolor de estómago». Juraba y perjuraba, diciendo que no había metido él tal en la capilla.

Los rufianes hicieron la cuenta, y vino a montar sesenta reales, que no entendiera Juan de Leganés[91] la suma. Decían los estudiantes: —«Como hemos de servir a v. m. en Alcalá, quedamos ajustados en el gasto».

Almorzamos un bocado, y el viejo tomó sus alforjas y, porque no viésemos lo que sacaba y no partir con nadie, desatólas a escuras debajo del gabán; y agarrando un ye-

da / vuesas mercedes perdonen / a Dios que tocan la caxa» (Moñino, *Trasmisión de la poesía española en los siglos de oro,* Barcelona, 1976, página 298); «destas que ponen a la venta mona y papagayo, que sirve de lo que la tablilla en el mesón, y hace más gente que una caja bien templada» (Salas Barbadillo, *El sagaz Estacio,* Madrid, 1958, página 218); «Yo que miré que en tus ojos / Amor me tocaba el arma / (Que a fe que para hacer gente / Son los tuyos lindas cajas)» (*Gallardo,* II, col. 197).

[90] *Alcorça.* Es una costra de açúcar refinado con mezcla de polvos cordiales... el padre Guadix dice que vale tanto como torta» *(Covarrubias).*

[91] *Juan de Leganés.* Era un famoso matemático, vid. *Miscelánea,* de Zapata.

són untado, echósele en la boca y fuele a hincar una muela y medio diente que tenía, y por poco los perdiera. Comenzó a escupir y hacer gestos de asco y de dolor; llegamos todos a él, y el cura el primero, diciéndole que qué tenía. Empezóse a ofrecer a Satanás; dejó caer las alforjas; llegóse a él el estudiante, y dijo: —«Arriedro vayas, Satán, cata la cruz»; otro abrió un breviario; haciéndole creer que estaba endemoniado, hasta que él mismo dijo lo que era, y pidió que le dejasen enjaguar la boca con un poco de vino, que él traía bota. Dejáronle y, sacándola, abrióla; y, echando en un vaso un poco de vino, salió con la lana y estopa un vino salvaje, tan barbado y velloso [92], que no se podía beber ni colar. Entonces acabó de perder la paciencia el viejo, pero, viendo las descompuestas carcajadas de risa, tuvo por bien el callar y subir en el carro con los rufianes y las mujeres. Los estudiantes y el cura se ensartaron en un borrico, y nosotros nos subimos en el coche; y no bien comenzó a caminar, cuando unos y otros nos comenzaron a dar vaya [93], declarando la burla. El ventero decía: —«Señor nuevo, a pocas estrenas [94] como ésta, envejecerá». El cura decía: —«Sacerdote soy; allá se lo dirán de misas». Y el estudiante maldito vocaba: —«Señor primo, otra vez rásquese cuando le coman y no después». El otro decía: —«Sarna de v. m., señor don Diego». Nosotros dimos en no hacer caso; Dios sabe cuán corridos íbamos.

Con estas y otras cosas, llegamos a la villa; apeámonos en un mesón, y en todo el día —que llegamos a las nueve— acabamos de contar la cena pasada, y nunca pudimos sacar en limpio el gasto.

---

[92] *«Salvage.* Todo lo que es de la montaña; los pintores, que tienen licencia poética, pintan unos hombres todos cubiertos de vello de pies a cabeça, con cabellos largos y barva larga. Éstos llamaron los escritores de libros de cavallerías salvages» *(Cov.),* y en obras posteriores, como la *Cárcel de amor* o la *Diana.* Vid. H. V. Livermore, «El caballero salvaje», *RFE,* XXXIV, 1935.

[93] *dar vaya,* 'burlarse de alguien'.

[94] *estrena,* 'lo que pagan los novatos'.

CAPÍTULO V

De la entrada de Alcalá, patente
y burlas que me hicieron por nuevo

Antes que anocheciese, salimos del mesón a la casa
que nos tenían alquilada, que estaba fuera la puerta de
Santiago, patio de estudiantes donde hay muchos juntos,
aunque ésta teníamos entre tres moradores diferentes no
más.

Era el dueño y huésped de los que creen en Dios por
cortesía o sobre falso; moriscos [95] los llaman en el pueblo,
que hay muy grande cosecha desta gente, y de la que
tiene sobradas narices y sólo les faltan para oler tocino;
digo esto confesando la mucha nobleza que hay entre la
gente principal, que cierto es mucha. Recibióme, pues,
el huésped con peor cara que si yo fuera el Santísimo
Sacramento. Ni sé si lo hizo porque le comenzásemos a
tener respeto, o por ser natural suyo dellos, que no es
mucho que tenga mala condición quien no tiene buena
ley. Pusimos nuestro hatillo, acomodamos las camas y lo
demás, y dormimos aquella noche.

Amaneció, y helos aquí en camisa a todos los estudiantes de la posada a pedir la patente [96] a mi amo. El,

---

[95] Cfr.: «Vivió en esta ciudad un hombre de los que los Christianos
llaman Moriscos; su nombre en lo público, Tomé pero a puertas cerradas y con pocos testigos, Aliator, devotísimo de Mahoma» (*El subtil
cordovés*, págs. 74-75; vid. págs. 52 y 53, y *Cotarelo*, I, pág. 185b, donde aparece *morisco* simplemente como converso, sea moro o judío).

[96] *patente:* «La contribución que hacen pagar, por estilo, los más an-

121

que no sabía lo que era, preguntóme que qué querían, y yo, entre tanto, por lo que podía suceder, me acomodé entre dos colchones y sólo tenía la media cabeza fuera, que parecía tortuga [97]. Pidieron dos docenas de reales; diéronselos, y con tanto comenzaron una grita del diablo, diciendo: —«Viva el compañero, y sea admitido en nuestra amistad. Goce de las preeminencias de antiguo. Pueda tener sarna, andar manchado y padecer la hambre que todos». Y con esto —¡mire v. m. qué privilegios!— volaron por la escalera, y al momento nos vestimos nosotros y tomamos el camino para escuelas.

A mi amo, apadrináronle unos colegiales conocidos de su padre y entró en su general [98], pero yo, que había de entrar en otro diferente y fui solo, comencé a temblar [99]. Entré en el patio, y no hube metido bien el pie, cuando me encararon y empezaron a decir: —«¡Nuevo!». Yo, por disimular di en reír, como que no hacía caso; mas no bastó, porque, llegándose a mí ocho o nueve, comenzaron a reírse. Púseme colorado; nunca Dios lo permitiera, pues, al instante, se puso uno que estaba a mi lado las manos en las narices y, apartándose, dijo: —«Por resuci-

---

tiguos a que entran de nuevo en algún empleo u ocupación. Es como entre los estudiantes en las universidades...» *(Dicc. Aut.)* Cfr. Mateo Alemán: «¡Oh dulce vida la de los estudiantes! Aquel hacer de obispillos, aquel dar trato a los novatos, meterlos en rueda, sacarlos nevados, darles garrote al arca, sacarles la patente, o no dejarles libro seguro ni manteo sobre los hombros. *(Guzmán de Alfarache,* ed. F. Rico, cit. página 815 y *El subtil cordovés,* pág. 181.)

[97] Cfr. otro texto de Quevedo: «Tendido sobre un pavés, / cubierto con su rodela, / sacando, como tortuga, / de entre conchas la cabeza» *(Testamento de Don Quijote, Blecua,* pág. 933). Y comp.: «[Sancho] quedó como galápago encerrado y cubierto con sus conchas, o como medio tocino metido entre dos artesas» *(Quijote,* II, LIII).

[98] *general:* «En Salamanca las aulas se llaman generales por ser comunes y admitirse en ellas todos los que quieren entrar a oir liciones» *(Cov.).*

[99] «Las burlas que padecen los novatos, no sólo son exquisitas, sino de mucho pesar, en cuyo sufrimiento suele quebrarse la correa del más fino redomado» (C. Suárez de Figueroa, *El Pasajero,* Madrid, 1917, página 137).

tar está este Lázaro, según hiede». Y con esto todos se apartaron tapándose las narices. Yo, que me pensé escapar, puse las manos también y dije: —«Vs. ms. tienen razón, que huele muy mal». Dioles mucha risa y, apartándose, ya estaban juntos hasta ciento. Comenzaron a escarbar y tocar al arma, y en las toses y abrir y cerrar de las bocas, vi que se me aparejaban gargajos. En esto, un manchegazo acatarrado hízome alarde de uno terrible, diciendo: —«Esto hago». Yo entonces, que me vi perdido, dije: —«¡Juro a Dios que ma...!». Iba a decir *te,* pero fue tal la batería y lluvia que cayó sobre mí, que no pude acabar la razón. Yo estaba cubierto el rostro con la capa, y tan blanco, que todos tiraban a mí; y era de ver cómo tomaban la puntería.

Estaba ya nevado [100] de pies a cabeza, pero un bellaco, viéndome cubierto y que no tenía en la cara cosa, arrancó hacia mí diciendo con gran cólera: —«¡Basta, no le matéis!»; que yo, según me trataban, creí dellos que lo harían. Destapéme por ver lo que era, y, al mismo tiempo, el que daba las voces me enclavó un gargajo en los dos ojos. Aquí se han de considerar mis angustias. Levantó la infernal gente una grita que me aturdieron. Y yo, según lo que echaron sobre mí de sus estómagos, pensé que por ahorrar de médicos y boticas aguardan nuevos para purgarse.

Quisieron tras esto darme de pescozones, pero no había dónde sin llevarse en las manos la mitad del afeite [101] de mi negra capa, ya blanca por mis pecados.

---

[100] Comp. Suárez de Figueroa: «La primera rencilla que tuve nació de cierto gargajeo a que se me atrevió uno que era como el mayoral de una escuadra de finísimos bellacones... y estando una mañana en el patio de escuelas, me fueron poco a poco saludando y ciñendo. Hechos, al fin, una rueda, desenvainó el conductor sobre mi intacto manteo el escremento más orrible que salió jamás de pecho acatarrado. Al son deste tamboril comenzaron a bailar los demás, despidiendo de sí tan espeso granizo, que en grande rato fue forzoso sirviese mi limpieza y aseo de blanco de sus tiros» (*El pasagero,* pág. 102).

[101] *afeite,* «El aderezo que se pone en alguna cosa para que parezca bien, y particularmente el que las mujeres se ponen en la cara, manos y

Dejáronme, y iba hecho zufaina[102] de viejo a pura saliva. Fuime a casa, que apenas acerté, y fue ventura el ser de mañana, pues sólo topé dos o tres muchachos, que debían de ser bien inclinados, porque no me tiraron más de cuatro o seis trapajos, y luego me dejaron.

Entré en casa, y el morisco que me vio, comenzóse a reír y a hacer como que quería escupirme. Yo, que temí que lo hiciese, dije: —«Tened, huésped, que no soy *Ecce-Homo*»[103]. Nunca lo dijera, porque me dio dos libras de porrazos, dándome sobre los hombros con las pesas que tenía. Con esta ayuda de costa[104], medio derrengado, subí arriba; y en buscar por dónde asir la sotana y el manteo para quitármelos, se pasó mucho rato. Al fin, le quité y me eché en la cama, y colguélo en una azutea.

Vino mi amo y, como me halló durmiendo y no sabía la asquerosa aventura, enojóse y comenzó a darme repelones, con tanta priesa, que, a dos más, despierto calvo.

Levantéme dando voces y quejándome, y él, con más cólera, dijo: —«¿Es buen modo de servir ése, Pablos? Ya es otra vida». Yo, cuando oí decir «otra vida», entendí que era ya muerto, y dije: —«Bien me anima v. m. en mis trabajos. Vea cuál está aquella sotana y manteo, que ha servido de pañizuelo a las mayores narices que se han visto jamás en paso[105], y mire estas costillas». Y con esto,

_____

pechos, para parecer blancas y roxas, aunque sean negras y descoloridas» *(Cov.)*; naturalmente, aquí Quevedo se refiere al blanco.

[102] *«Axufaina.* Vaso de barro bañado o vedriado, estendido y un poco hondo, en que las damas suelen lavarse las manos» *(Cov.),* actual jofaina.

[103] *Ecce-Homo.* Las burlas y motes sirven tanto para moros como para judíos, que son identificados en cuanto *conversos,* por oposición a *cristianos viejos.* Efectivamente, comp.: «Era el dueño y huésped de los que creen en Dios por cortesía o sobre falso: moriscos los llaman en el pueblo...» *(Buscón,* pág. 121). Antonio de Guevara escribe una «Letra para un amigo secreto del autor, en la cual le reprehende a él y a todos los que llaman perros moros, judíos marranos a los que se han convertido a la fe de Cristo» donde dice: «en llamando a un convertido moro, perro o judío marrano».

[104] *«Ayuda de costa,* lo que se da fuera del salario» *(Cov.).*

[105] Los judíos tienen, tradicionalmente, la nariz muy grande, véase por ejemplo; «*Quintillas al retrato de un Sayón Hebreo.* Teme pronto,

124

empecé a llorar. El, viendo mi llanto, creyólo, y, buscando la sotana y viéndola, compadecióse de mí, y dijo: —«Pablo, abre el ojo que asan carne [106]. Mira por ti, que aquí no tienes otro padre ni madre». Contéle todo lo que había pasado, y mandóme desnudar y llevar a mi aposento, que era donde dormían cuatro criados de los huéspedes de la casa.

Acostéme y dormí; y con esto, a la noche, después de haber comido y cenado bien, me hallé fuerte y ya como si no hubiera pasado nada por mí. Pero, cuando comienzan desgracias en uno, parece que nunca se han de acabar, que andan encadenadas, y unas traen a otras. Viniéronse a acostar los otros criados y, saludándome todos, me preguntaron si estaba malo y cómo estaba en la cama. Yo les conté el caso y, al punto, como si en ellos no hubiera mal ninguno, se empezaron a santiguar, diciendo: —«No se hiciera entre luteranos. ¿Hay tal maldad?». Otro decía: —«El retor tiene la culpa en no poner remedio. ¿Conocerá los que eran?». Yo respondí que no, agradecíles la merced que me mostraban hacer. Con esto, se acabaron de desnudar, acostáronse, mataron la luz, y dormíme yo, que me parecía que estaba con mi padre y mis hermanos.

Debían de ser las doce, cuando el uno dellos me despertó a puros gritos, diciendo: —«¡Ay, que me matan! ¡Ladrones!». Sonaban en su cama, entre estas voces, unos golpazos de látigo. Yo levanté la cabeza y dije: —«¿Qué es eso?». Y apenas la descubrí, cuando con una

---

narigón» (Alonso Maluenda, *Tropezón,* pág. 297); y en general, la inocografía.

[106] *Abrir el ojo, que asan carne,* refrán conocido según atestigua Correas *(Vocabulario),* y comp.: «Dije entre mí: "Verdad dice éste, que me cumple avivar el ojo y avisar, pues solo soy, y pensar cómo me sepa valer"» (*Lazarillo,* Madrid, ed. Alberto Blecua, 1974, pág. 96); «Desde hoy, Honofre, comienzas a vivir en otro mundo. Allá viuese vida de ángeles. La primera es ésta: auisón, que asan carne» (*Guitón,* pág. 17); y semejante en *Guzmán.* Parece que esta toma de conciencia es rasgo característico en la andadura del pícaro. Como simple refrán (no proverbio, según dice A. Castro), se encuentra también en el *Cancionero* de Juan de Molina, Salamanca, 1527, pág. 68.

maroma me asentaron un azote con hijos[107] en todas las espaldas. Comencé a quejarme; quíseme levantar; quejábase el otro también, y dábanme a mí sólo. Yo comencé a decir: —«¡Justicia de Dios». Pero menudeaban tanto los azotes sobre mí, que ya no me quedó —por haberme tirado las frazadas abajo— otro remedio sino el de meterme debajo de la cama. Hícelo así, y, al punto, los tres que dormían empezaron a dar gritos también. Y como sonaban los azotes, yo creí que alguno de fuera nos daba a todos.

Entre tanto, aquel maldito que estaba junto a mí se pasó a mi cama y proveyó en ella, y cubrióla. Y, pasándose a la suya, cesaron los azotes, y levantáronse con grandes gritos todos cuatro, diciendo: —«¡es gran bellaquería, y no ha de quedar así!». Yo todavía me estaba debajo de la cama, quejándome como perro cogido entre puertas, tan encogido que parecía galgo con calambre. Hicieron los otros que cerraban la puerta, y yo entonces salí de donde estaba, y subíme a mi cama, preguntando si acaso les habían hecho mal. Todos se quejaban de muerte.

Acostéme y cubríme y torné a dormir; y como, entre sueños, me revolcase, cuando desperté halléme sucio hasta las trencas[108]. Levantáronse todos, y yo tomé por achaque los azotes para no vestirme. No había diablos que me moviesen de un lado. Estaba confuso, considerando si acaso, con el miedo y la turbación, sin sentirlo, había hecho aquella vileza, o si entre sueños. Al fin, yo me hallaba inocente y culpado, y no sabía cómo disculparme.

---

[107] *hijos:* canelones, que son los extremos de los ramales de las disciplinas, más gruesos y retorcidos que ellos *(Dicc. Aut.).* Cfr.: «le asentaron en las espaldas de par en par una colación de canelones, que pagó con más cardenales que tiene Roma» *(Cigarrales,* II, pág. 248).

[108] *trencas:* «Dos cañas atravesadas en el tercio postrero de la colmena, las cuales sirven de señal que al castrarlas no se pase de allí. Cuando alguno se ha metido en algún lodazal hasta darle en los pechos, solemos decir que entró en él hasta las trencas» *(Cov.).*

Los compañeros se llegaron a mí quejándose y muy disimulados, a preguntarme cómo estaba; yo les dije que muy malo, porque me habían dado muchos azotes. Preguntábales yo que qué podía haber sido, y ellos decían: —«A fe que no se escape, que el matemático [109] nos lo dirá. Pero, dejando esto, veamos si estáis herido, que os quejábades mucho». Y diciendo esto, fueron a levantar la ropa con deseo de afrentarme.

En esto, mi amo entró diciendo: —«¿Es posible, Pablos, que no he de poder contigo? Son las ocho ¿y estáste en la cama? ¡Levántate enhoramala!». Los otros, por asegurarme, contaron a don Diego el caso todo, y pidiéronle que me dejase dormir. Y decía uno: —«Y si v. m. no lo cree, levantá, amigo»; y agarraba de la ropa. Yo la tenía asida con los dientes por no mostrar la caca. Y cuando ellos vieron que no había remedio por aquel camino, dijo uno: —¡«Cuerpo de Dios, y cómo hiede!». Don Diego dijo lo mismo, porque era verdad, y luego, tras él, todos comenzaron a mirar si había en el aposento algún servicio. Decían que no se podía estar allí. Dijo uno: —«¡Pues es muy bueno esto para haber de estudiar!». Miraron las camas, y quitáronlas para ver debajo, y dijeron: —«Sin duda debajo de la de Pablos hay algo; pasémosle a una de las nuestras, y miremos debajo della». Yo que veía poco remedio en el negocio y que me iban a echar la garra, fingí que me había dado mal de corazón: agarréme a los palos, hice visajes... Ellos, que sabían el misterio, apretaron conmigo, diciendo:

---

[109] A. Castro anota: «El *matemático* (o sea, el profesor o estudiante de matemáticas) podía averiguar aquel misterio, recurriendo a la adivinación astrológica. La cátedra de matemáticas se llamaba de "astrología", y en ella se leía, en efecto, junto a Euclides y otros autores, libros astrológicos (*Esfera* de Sacrobosco, por ejemplo). V. Esparabé *Historia de la Universidad de Salamanca,* pág. 262, y *La última reformación que por mandato del rey N. S. se ha hecho en la Universidad de Alcalá* (año 1615), folio 44. En otro lugar alude Quevedo a lo mismo: "En cada canilla suya / un matemático está, / y anda el pronóstico nuevo / por sus huesos sin parar" (*Rivad.,* 163b); se trata de una muchacha con mal francés, cuyos miembros se trasforman y deterioran». Y *Cotarelo,* II, págs. 510b, 564b.

—«¡Gran lástima!». Don Diego me tomó el dedo del corazón y, al fin, entre los cinco me levantaron. Y al alzar las sábanas, fue tanta la risa de todos, viendo los recientes no ya palominos sino palomos grandes, que se hundía el aposento. —«Pobre dél!» —decían los bellacos (yo hacía del desmayado)—; «tírele v. m. mucho de ese dedo del corazón». Y mi amo, entendiendo hacerme bien, tanto tiró que me le desconcertó.

Los otros trataron de darme un garrote[110] en los muslos, y decían: —«El pobrecito agora sin duda se ensució, cuando le dio el mal». ¡Quién dirá lo que yo pasaba entre mí, lo uno con la vergüenza, descoyuntado un dedo, y a peligro de que me diesen garrote! Al fin, de miedo de que me le diesen —que ya me tenían los cordeles en los muslos— hice que había vuelto, y por presto que lo hice, como los bellacos iban con malicia, ya me habían hecho dos dedos de señal en cada pierna. Dejáronme diciendo: —«¡Jesús, y qué flaco sois!». Yo lloraba de enojo, y ellos decían adrede: —«Más va en vuestra salud que en haberos ensuciado. Callá». Y con esto me pusieron en la cama, después de haberme lavado, y se fueron.

Yo no hacía a solas sino considerar cómo casi era peor lo que había pasado en Alcalá en un día, que todo lo que me sucedió con Cabra. A mediodía me vestí, limpié la sotana lo mejor que pude, lavándola como gualdrapa, y aguardé a mi amo que, en llegando, me preguntó cómo estaba. Comieron todos los de casa y yo, aunque poco y de mala gana. Y después, juntándonos todos a parlar[111] en el corredor, los otros criados, después de darme vaya, declararon la burla. Riéronla todos, doblóse mi afrenta, y dije entre mí: —«Avisón, Pablos, alerta». Propuse de hacer nueva vida, y con esto, hechos amigos, vivimos de allí adelante todos los de la casa como hermanos, y en las escuelas y patios nadie me inquietó más.

---

[110] *«Garrote...* Dar garrote a uno, ahogarle; y los médicos dan garrotes a los braços y a las piernas de los que están traspuestos y padecen apoplexía» *(Cov.).* Sobre los dedos, cfr. *Cotarelo,* II, pág. 425b, y en los brazos, ver *Sala de recreación,* pág. 163.

[111] *«Parlar.* Es hablar... Parlería, aquella manera de ir con chismes» *(Cov.).*

CAPÍTULO VI

De las crueldades de la ama, y travesuras que yo hice

«Haz como vieres» dice el refrán, y dice bien. De puro considerar en él, vine a resolverme de ser bellaco con los bellacos, y más, si pudiese, que todos. No sé si salí con ello, pero yo aseguro a v. m. que hice todas las diligencias posibles.

Lo primero, yo puse pena de la vida a todos los cochinos que se entrasen en casa, y a los pollos del ama que del corral pasasen a mi aposento. Sucedió que, un día, entraron dos puercos del mejor garbo que vi en mi vida. Yo estaba jugando con los otros criados, y oílos gruñir, y dije al uno: —«Vaya y vea quién gruñe en nuestra casa». Fue, y dijo que dos marranos. Yo que lo oí, me enojé tanto que salí allá diciendo que era mucha bellaquería y atrevimiento venir a gruñir a casas ajenas. Y diciendo esto, envásole a cada uno a puerta cerrada la espada por los pechos, y luego los acogotamos. Porque no se oyese el ruido que hacían, todos a la par dábamos grandísimos gritos como que cantábamos, y así espiraron en nuestras manos.

Sacamos los vientres, recogimos la sangre, y a puros [112] jergones los medio chamuscamos en el corral, de suerte

---

[112] *a puros,* 'a fuerza de'. «Que podéis a puras Missas estar haziendo en la otra vida beneficios» (Zabaleta, *Día de fiesta por la tarde,* Leipzig, ed. Doty, 1936, pág. 69).

que, cuando vinieron los amos, ya estaba todo hecho aunque mal, si no eran los vientres, que aún no estaban acabadas de hacer las morcillas. Y no por falta de prisa, en verdad, que, por no detenernos, las habíamos dejado la mitad de lo que ellas se tenían dentro.

Supo, pues, don Diego y el mayordomo el caso, y enojáronse conmigo de manera que obligaron a los huéspedes —que de risa no se podían valer— a volver por mí. Preguntábame don Diego que qué había de decir si me acusaban y me prendía la justicia. A lo cual respondí yo que me llamaría a hambre[113], que es el sagrado de los estudiantes; y que, si no me valiese, diría que, como se entraron sin llamar a la puerta como en su casa, que entendí que eran nuestros. Riéronse todos de las disculpas. Dijo don Diego: —«A fe, Pablos, que os hacéis a las armas»[114]. Era de notar ver a mi amo tan quieto y religioso, y a mí tan travieso, que el uno exageraba al otro o la virtud o el vicio.

No cabía el ama de contento conmigo, porque éramos dos al mohino[115]: habíamonos conjurado contra la des-

---

[113] *me llamaría a hambre,* como llamarse a fuero o a iglesia, esto es, 'apelar'.

[114] «*Hacerse a las armas* (Acostumbrarse a las cosas)» (Correas, *Vocabulario,* pág. 629b). Cfr.: «... al Despensero / que compra mula por vaca» (*Tinelaria,* Castalia, pág. 140). En la misma obra (jornada primera) hay un criado y una criada que sisan en la comida de sus amos.

[115] «El refrán antiguo era "dos a dos y tres al mohino... Tomamos algunas veces *mohino* por desgraciado o desdichado en el juego" (J. de Valdés, *Dial. leng.,* ed. Böhemer, pág. 400). La forma *dos al mohino* es rara; cítala, entre otros vulgarismos, Pedro de Espinosa en su novela *El perro y la calentura* (1625), ed. Rodríguez Marín, pág. 196. Lo corriente es *tres al mohino:* "Seremos dos a dos, e como dicen, tres al mohino" (*Celestina,* acto I). "Tres al mohino" (*Guzmán de Alfarache, Rivad.,* III, 344a). Según Covarrubias (*Tesoro de la lengua castellana,* 1611): "este refrán tuvo origen de lo que cada día acontece cuando juegan cuatro, cada uno para sí, y alguno dellos perdiendo se amohina: los demás se hacen a una, y cargan sobre él". Creo esta explicación más verosímil que la de Correas, *Vocabulario,* pág. 427: "Tres al mohino es subir tres en el asno, con que irá muy cargado"». (Nota de A. Castro.) Pero aquí no parece vulgarismo: como en otras ocasiones, Quevedo rompe las fórmulas recibidas para adaptarlas a la situación; en este caso, efectivamente, son sólo dos al mohino.

pensa. Yo era el despensero Judas, que desde entonces hereda no sé qué amor a la sisa este oficio. La carne no guardaba en manos de la ama la orden retórica, porque siempre iba de más a menos. Y la vez que podía echar cabra o oveja, no echaba carnero, y si había huesos, no entraba cosa magra; y así, hacía unas ollas éticas de puro flacas, unos caldos que, a estar cuajados, se pudieran hacer sartas de cristal dellos. Las Pascuas, por diferenciar, para que estuviese gorda la olla, solía echar cabos de velas de sebo.

Ella decía, cuando yo estaba delante: —«Mi amo, por cierto que no hay servicio como el de Pablicos, si él no fuese travieso; consérvele v. m., que bien se le puede sufrir el ser bellaquillo por la fidelidad; lo mejor de la plaza trae». Yo, por el consiguiente, decía della lo mismo, y así teníamos engañada la casa. Si se compraba aceite de por junto, carbón o tocino, escondíamos la mitad, y cuando nos parecía, decíamos el ama y yo: —«Modérense vs. ms. en el gasto, que en verdad que, si se dan tanta prisa, no basta la hacienda del Rey. Ya se ha acabado el aceite (o el carbón). Pero ¿tal prisa le han dado? Mande v. m. comprar más, y a fe que se ha de lucir de otra manera. Denle dineros a Pablicos». Dábanmelos y vendíamosles la mitad sisada, y, de lo que comprábamos, sisábamos la otra mitad; y esto era en todo. Y si alguna vez compraba yo algo en la plaza por lo que valía, reñíamos adrede el ama y yo. Ella decía: —«No me digas a mí, Pablicos, que estos son dos cuartos de ensalada». Yo hacía que lloraba, daba voces, íbame a quejar a mi señor, y apretábale para que enviase al mayordomo a saberlo, para que callase el ama, que adrede porfiaba. Iba y sabíalo, y con esto asegurábamos al amo y al mayordomo, y quedaban agradecidos, en mí a las obras, y en el ama al celo de su bien. Decíale don Diego, muy satisfecho de mí: —«¡Así fuese Pablicos aplicado a virtud como es de fiar! ¿Toda esta es la lealtad que me decís vos dél?»

Tuvímoslos desta manera, chupándolos como sanguijuelas. Yo apostaré que v. m. se espanta de la suma de dinero que montaba al cabo del año. Ello mucho debió de ser, pero no debía obligar a restitución, porque el ama confesaba y comulgaba de ocho a ocho días, y nunca la vi rastro de imaginación de volver nada ni haber escrúpulo, con ser, como digo, una santa.

Traía un rosario al cuello siempre, tan grande [116], que era más barato llevar un haz de leña a cuestas. Dél colgaban muchos manojos de imágenes, cruces y cuentas de perdones. En todas decía que rezaba cada noche por sus bienhechores. Contaba ciento y tantos santos abogados suyos, y en verdad que había menester todas estas ayudas para desquitarse de lo que pecaba. Acostábase en un

---

[116] Recordemos que la madre de Pablos también llevaba rosario (otros rosarios en el *Buscón,* págs. 86, 108, 132, 217 y 254). En Quevedo —y no sólo en él— el rosario sirve para caracterizar a los hipócritas y definirlos como tales. Así, en el entremés de *La Venta,* el ventero Corneja lo trae siempre en las manos; en el de *La Vieja Muñatones,* se lee: «Entra la madre muñatones con tocas y sombrerillo y báculo y antojos y rosario» (*Itinerario,* pág. 287 y vid. pág. 292; recordemos que Muñatones es hechicera). En la *Segunda parte del entremés de Bárbara,* dice Artacho: «No biene mal con el recoximiento qu'esas reberendas tocas publican, aunque sobr'ellas mexor dixera un gran rosario» (*Ibíd.,* página 355). Pero no es sólo Quevedo quien caracteriza así a los hipócritas, más bien parece un uso convencional: «Al fin, no ay que dezir sino que no se le caía el rosario de la mano; más de seis veces lo trahía yo para engañarlo» (*Guitón,* pág. 137); «y entrando con ellos una criada vieja, mujer muy cumplida en tocas y rosario» (*La hija de Celestina,* página 50). «Llevaba un rosario de coral muy gordo, que si no fuera moza, me pudiera acotar a zaguán del colegio viejo, y tuviera la culpa el rosario, que parecía gorda cadena» (*Pícara Justina,* I, pág. 258); «No conviene que los Señores Virreyes se ocupen en andarse todo el día con el Rosario en las manos, sino que...» (Bartolomé de Góngora, *El corregidor sagaz,* Madrid, 1960, pág. 29). En último término la figura parece tener su origen en el erasmismo: «PEDRO.—Pues en fe de buen cristiano que ninguna me acuerdo en todo el viaje [de haber rezado el rosario], sino sólo le trayo por el bien parescer del hábito...; no fiaría de toda esa gente que trae el *pater nostres* en la mano yo mi ánima. MATA. Cuanto más de los que andan en las plazas con ellos en las manos, meneando los labios y al otro lado diciendo mal del que pasa, y más que le usan agora, por gala, con una borlaza» (*Viaje de Turquía,* págs. 140-141). Lo utiliza también Cervantes en *Rinconete y Cortadillo.* Y comp. el retrato de Felipe II atribuido a Sánchez Coello, entre otros, que se conserva en el Prado: Felipe II aparece con un rosario en la mano. Salas Barbadillo presenta la figura en *El gallardo escarramán,* pág. 235.

aposento encima del de mi amo, y rezaba más oraciones que un ciego. Entraba por el *Justo Juez* [117] y acababa en el *Conquibules* [118] —que ella decía—, y en la *Salve Rehína*. Decía las oraciones en latín, adrede, por fingirse inocente, de suerte que nos despedazábamos de risa todos. Tenía otras habilidades; era conqueridora de voluntades y corchete de gustos, que es lo mismo que alcagüeta; pero disculpábase conmigo diciendo que le venía de casta, como al rey de Francia sanar lamparones [119].

---

[117] Aunque A. Castro opina que «Había una oración muy popular en los siglos XVI y XVII que comenzaba con esas palabras, y solían rezarla los ciegos; "No dejé oración de cuantas sabía, que del ciego había deprendido, que no recé con mucha devoción: la del Conde, la de la Emparedada, el Justo Juez y otras muchas que tienen virtud contra los peligros del agua" (*Lazarillo,* 2.ª parte. *Rivad.,* II, pág. 934). No conozco texto español de esta oración, pero sí portugués: "Justo Juiz Divinal, / Filho de Virgen Maria, / Que nascestes en Belem, / Nos valles de Lazaría, / Peçovos, Senhor meu, / Pelo vosso santo dia / O Corpo de F.", etc. («Tradições populares e linguagem de Villa Real», en *Revista Lusitana,* vol. IX, pág. 232). Hay más de una oración de ese nombre, comp. *Buscón,* pág. 262.

[118] *«Conquibult,* es deformación popular, que grotescamente recoge Quevedo, de las primeras palabras del símbolo o credo de San Atanasio, antes muy rezado, y que comienza: "Quicumque vult salvus esse, etc.". Gil Vicente estropeó burlescamente ese texto en la comedia *Rubena: "Que quinque vultos salmus es"* (ed. 1852, II, 22). También Quiñones de Benavente en el entremés de *Las civilidades:* "y yo ando por cántaros / de *quinquibus* (con la lengua de un palmo, / porque sois un pelmazo" (ed. Rosell, pág. 49). Hoy no se usa este rezo, supervivencia medieval en el siglo XVII; hay un *Tratactus in simbolum Quicumque vult una cum testu per,* P. de Castrovol, Pamplona, 1499». (Nota de A. Castro.) Ya en la *Comedia Thebayda,* el rufián Galterio lleva una «nómina» con el *quicumque vult.* Debía ser costumbre muy extendida ya que el maestro Ciruelo escribe: «Pues de esta manera los que tienen devoción en el Evangelio de Sant Juan y en el símbolo "Quicumque vult", y en el salmo "Qui habitat", y en otras devotas oraciones, traíanlas en el seno, mas no como nóminas cerradas, sino como libros abiertos para rezar» (*Reprobación,* Madrid, 1952, pág. 80). Y un uso semejante al de Quevedo: «Y yo ando por contaros / de Quinquibul el psalmo» (*Cotarello,* II, pág. 505a).

[119] *lamparones:* «enfermedad conocida que nace en la garganta; dánle diversos nombres, *struma... scrufula...* Los reyes de Francia dicen tener gracia de curar los lamparones, y el primer rey inglés, que fue Eduardo, tuvo la misma gracia; y de algunos particulares también se ha dicho» (Covarrubias). Con frecuencia Quevedo se burla de esta creencia:

¿Pensará v. m. que siempre estuvimos en paz? Pues ¿quién ignora que dos amigos, como sean cudiciosos, si están juntos se han de procurar engañar el uno al otro? Sucedió que el ama criaba gallinas en el corral; yo tenía gana de comerla una. Tenía doce o trece pollos grandecitos, y un día, estando dándoles de comer, comenzó a decir: —«¡Pío, pío!»; y esto muchas veces. Yo que oí el modo de llamar, comencé a dar voces, y dije: —«¡Oh, cuerpo de Dios, ama, no hubiérades muerto un hombre o hurtado moneda al rey, cosa que yo pudiera callar, y no haber hecho lo que habéis hecho, que es imposible dejarlo de decir! ¡Malaventurado de mí y de vos!»

Ella, como me vio hacer extremos con tantas veras, turbóse algún tanto y dijo: —«Pues, Pablos, ¿yo qué he hecho? Si te burlas, no me aflijas más». —«¡Cómo burlas, pesia tal! Yo no puedo dejar de dar parte a la Inquisición, porque, si no, estaré descomulgado». —«¿Inquisición?», dijo ella; y empezó a temblar. «Pues ¿yo he hecho algo contra la fe?». «Eso es lo peor» —decía yo— «no os burléis con los inquisidores; decid que fuesteis una boba y que os desdecís, y no neguéis la blasfemia y desacato». Ella, con el miedo, dijo: —«Pues, Pablos, y si me desdigo, ¿castigáranme?». Respondíle: —«No, porque sólo os absolverán». —«Pues yo me desdigo» —dijo—, «pero dime tú de qué, que no lo sé yo, así tengan buen siglo las ánimas de mis difuntos». —¿Es posible que no advertisteis en qué? No sé cómo lo diga, que el desacato es tal que me acobarda. ¿No os acordáis que dijisteis a los pollos, *pío, pío,* y es Pío nombre de los papas, vicarios de Dios y cabezas de la Iglesia?[120] Papáos el pecadillo».

«A Francia marcha con cien mil legiones, / y más de la mitad con lamparones» (*Poema heroico de las necedades y locuras de Orlando el Enamorado,* Barcelona, ed. María E. Malfatti, 1964, I, vv. 111-112); *La hora de todos,* pág. 145 y *passim.* Sobre el sentido de esta creencia, vid. E. Asensio, art. cit., págs. 369-371, y se puede añadir: Caldera de Heredia, *Si los Señores Reyes de Castilla, por su derecho hereditario de su Real sangre, tienen virtud de curar energúmenos y lanzar espíritus* (1655) (*Gallardo,* II, col. 167).
[120] Comp. dos bocetos del chiste: «*Al Pío Letor.* Y si fueses cruel, y

Ella quedó como muerta, y dijo: —«Pablos, yo lo dije, pero no me perdone Dios si fue con malicia. Yo me desdigo; mira si hay camino para que se pueda escusar el acusarme, que me moriré si me veo en la Inquisición». «Como vos juréis en una ara consagrada que no tuvisteis malicia, yo, asegurado, podré dejar de acusaros; pero será necesario que estos dos pollos, que comieron llamándoles con el santísimo nombre de los pontífices, me los deis para que yo los lleve a un familiar que los queme, porque están dañados. Y, tras esto, habéis de jurar de no reincidir de ningún modo». Ella, muy contenta, dijo: —«Pues llévatelos, Pablos, agora, que mañana juraré». Yo, por más asegurarla, dije: —«Lo peor es, Cipriana» —que así se llamaba— «que yo voy a riesgo, porque me dirá el familiar si soy yo, y entre tanto me podrá hacer vejación. Llevadlos vos, que yo, pardiez que temo». «Pablos» —decía cuando me oyó decir—, «por amor de Dios que te duelas de mí y los lleves, que a ti no te puede suceder nada».

Dejéla que me lo rogase mucho, y al fin —que era lo que quería—, determinéme, tomé los pollos, escondílos en mi aposento, hice que iba fuera, y volví diciendo: —«Mejor se ha hecho que yo pensaba. Quería el familiarcito venirse tras mí a ver la mujer, pero lindamente te le he engañado y negociado». Diome mil abrazos y otro pollo para mí, y yo fuime con él adonde había dejado sus compañeros, y hice hacer en casa de un pastelero una cazuela, y comímelos con los demás criados. Supo el ama y don Diego la maraña, y toda la casa la celebró en extremo; el ama llegó tan al cabo de pena, que por poco se muriera. Y, de enojo, no estuvo dos dedos —a no tener por qué callar— de decir mis sisas.

---

no pío, perdona; que este epiteto natural del pollo has heredado de Eneas, de quien deciendes» (*El alguacil endemoniado, Obras,* I, página 165b); «una mujer como una loca, diciendo: —Pío, pío—. Yo entendí que era la reina Dido, que andaba tras el pío Eneas por el perro muerto de la zacapela, cuando oigo decir: —Allá va Marta con sus pollos» (*El sueño de la muerte, Id.,* pág. 226a).

Yo, que me vi ya mal con el ama, y que no la podía burlar, busqué nuevas trazas de holgarme, y di en lo que llaman los estudiantes correr o arrebatar. En esto me sucedieron cosas graciosísimas, porque, yendo una noche a las nueve —que anda poca gente—, por la calle Mayor, vi una confitería, y en ella un cofín[121] de pasas sobre el tablero, y tomando vuelo, vine, agarréle y di a correr. El confitero dio tras mí, y otros criados y vecinos. Yo, como iba cargado, vi que, aunque les llevaba ventaja, me habían de alcanzar, y, al volver una esquina, sentéme sobre él, y enrollví la capa a la pierna de presto, y empecé a decir, con la pierna en la mano, fingiéndome pobre: —«¡Ay! ¡Dios se lo perdone, que me ha pisado!». Oyéronme esto y, en llegando, empecé a decir: «Por tan alta Señora», y lo ordinario de la hora menguada y aire corruto[122]. Ellos se venían desgañifando, y dijéronme: —«¿Va

---

[121] *cofín*, «un género de cesto o espuerta, tejido de esparto, en que suelen llevar higos y pasas a vender los moriscos; pero los cofines antiguos dicen eran de mimbres» *(Cov)*.

[122] A. Castro anota: *«Por tan alta Señora*, es decir, por la Virgen, solía pedirse limosna: "Denme, nobles cristianos, / Por tan alta Señora, / (Ansí nunca se vean), / Su bendita limosna" (Quevedo, *Rivad.*, LXIX, pág. 124a). En funesta hora, y a causa de un aire corrompido decían, además, los mendigos haberles sobrevenido sus desdichas; era un lugar común de la época: "En un carretoncillo, / y al cuello unas alforjas, / Pallares con casquete, / y torcida la boca; / y el Ronquillo a su lado, / fingiendo la temblona, / cada cual por su acera, / desataron la prosa. / Y levantando el grito, / dijeron con voz hosca, / lo del aire corruto, / y aquello de la hora" (Quevedo, *Baile. Rivad.*, LXIX, 124b). Dice Covarrubias: "Hora menguada, hora infeliz, la cual calidad ponen en los grados de las mismas horas". Las horas a punto de acabarse eran propicias para ciertas hechicerías; vid. la ed. del *Quijote* por Rodríguez Marín, 1916, t. I, pág. 468». Puedo añadir un texto de Quevedo: «¡Fieles cristianos y devotos del Señor! ¡Por tan alta princesa como la Reina de los Angeles, Madre de Dios, dadle una limosna al pobre tullido y lastimado de la mano del Señor! Y paraba un poco —que es de grande importancia—, y luego añadía: —¡Un aire corruto, en hora menguada, trabajando en una viña, me trabó mis miembros, que vi sano y bueno como se ven y se vean, loado sea el Señor!» *(Buscón,* página 255); comp. *Guzmán,* pág. 688; *Diablo cojuelo,* ed. Rodríguez Marín, C. C., pág. 13, y la nota correspondiente. El Maestro Ciruelo dedica un capítulo a la «disputa contra la fantasía de los días [y horas] aciagos» *(Reprobación,* cap. VI, pág. 90 y ss.). En 1507, Fores escribe

por aquí un hombre, hermano?». —«Ahí adelante, que aquí me pisó, loado sea el Señor» [123].

Arrancaron con esto, y fuéronse; quedé solo, llevéme el cofín a casa, conté la burla, y no quisieron creer que había sucedido así, aunque lo celebraron mucho. Por lo cual, los convidé para otra noche a verme correr cajas.

Vinieron, y advirtiendo ellos que estaban las cajas dentro la tienda, y que no las podía tomar con la mano, tuviéronlo por imposible, y más por estar el confitero —por lo que sucedió al otro de las pasas— alerta. Vine, pues, y metiendo doce pasos atrás de la tienda mano a la espada, que era un estoque recio, partí corriendo, y, en llegando a la tienda, dije: —«¡Muera!». Y tiré una estocada por delante del confitero. El se dejó caer pidiendo confesión, y yo di la estocada en una caja, y la pasé y saqué en la espada, y me fui con ella. Quedáronse espantados de ver la traza, y muertos de risa de que el confitero decía que le mirasen, que sin duda le había herido, y que era un hombre con quien él había tenido palabras. Pero, volviendo los ojos, como quedaron desbaratadas, al salir de la caja, las que estaban alrededor, echó de ver la burla, y empezó a santiguarse que no pensó acabar. Confieso que nunca me supo cosa tan bien.

Decían los compañeros que yo sólo podía sustentar la casa con lo que corría [124] (que es lo mismo que hurtar, en nombre revesado) [125]. Yo, como era muchacho y oía que

---

un *Tratado muy útil y muy provechoso contra toda pestilencia y ayre corrupto, fecho por Fores, Licenciado en medicina,* Logroño, 1507. Vid. Tambiém *La razón de algunos refranes,* pág. 157, etc. La creencia en el aire corruto arranca, por lo menos, de Ravisio Textor y llega hasta I. Aldecoa, en forma de «viento pardo» («Seguir de pobres», *Espera de tercera clase,* 1955).

[123] Comp.: «Corrí joyas, y decía, / por disimular, a voces: "¡Tengan al ladrón!", yo mismo, / con su "¡justicia, señores!"» (Quevedo, *Vida y milagros de Montilla,* Bibl. Andal., III, págs. 300) (nota de A. Castro).

[124] Correr, 'robar'. Cfr.: —«Corréis vos bien? —Como un gitano» (Lope de Vega, *La serrana de Tormes,* Ac. N., pág. 465).

[125] Cfr.: «de la manera que los ladrones y rufianes se entienden cuando se hablan delante de los otros en su jerigonza, que ellos se entienden y los otros no los entienden. *(Ciruelo, Reprobación,* pág. 36).

me alababan el ingenio con que salía destas travesuras, animábame para hacer muchas más. Cada día traía la pretina llena de jarras de monjas, que les pedía para beber y me venía con ellas; introduje que no diesen nada sin prenda primero.

Y así, prometí a don Diego y a todos los compañeros, de quitar una noche las espadas a la misma ronda. Señalóse cuál había de ser, y fuimos juntos, yo delante, y en columbrando la justicia, lleguéme con otro de los criados de casa, muy alborotado y dije: —«¿Justicia?». Respondieron: —«Sí». —«¿Es el corregidor?». Dijeron que sí. Hinquéme de rodillas y dije: —«Señor, en sus manos de v. m. está mi remedio y mi venganza, y mucho provecho de la república; mande v. m. oírme dos palabras a solas, si quiere una gran prisión». Apartóse, y ya los corchetes [126] estaban empuñando las espadas y los aguaciles poniendo mano a las varitas; y dije: —«Señor, yo he venido desde Sevilla siguiendo seis hombres los más facinorosos del mundo, todos ladrones y matadores de hombres, y entre ellos viene uno que mató a mi madre y a un hermano mío por saltearlos, y le está probado esto; y vienen acompañando, según los he oído decir, a una espía francesa, y aun sospecho por lo que les he oído, que es...»; y bajando más la voz, dije: «Antonio Pérez».

Con esto, el corregidor dio un salto hacia arriba, y dijo: —«¿Adónde están?» —«Señor, en la casa pública; no se detenga v. m., que las ánimas de mi madre y hermano se lo pagarán en oraciones, y el rey acá». —«¡Jesús!» —dijo—, «no nos detengamos. ¡Hola, seguidme todos! Dadme una rodela». Yo entonces le dije, tornándole a apartar: —«Señor, perderse ha v. m. si hace eso, porque antes importa que todos vs. ms. entren sin espada, y uno a uno, que ellos están en los aposentos y traen pistoletes, y en viendo entrar con espadas, como saben que no la

---

[126] «Corchete... se llamaron los ministros de justicia, que llevan agarrados a la cárcel los presos... porque asen como estos ganchillos» *(Cov.). Alfileres vivos,* en *Cotarelo,* II, págs. 606b y 612b; cfr. *Bureo de las musas,* pág. 19.

puede traer sino la justicia[127], dispararán. Con dagas es mejor, y cogerlos por detrás los brazos, que demasiados vamos».

Cuadróle al corregidor la traza, con la cudicia de la prisión. En esto llegamos cerca, y el corregidor, advertido, mandó que debajo de unas yerbas pusiesen todos las espadas, escondidas en un campo que está enfrente casi de la casa; pusiéronlas y caminaron. Yo, que había avisado al otro que ellos dejarlas y él tomarlas y pescarse a casa fuese todo uno, hízolo así; y, al entrar todos, quedéme atrás el postrero; y, en entrando ellos mezclados con otra gente que entraba, di cantonada[128] y emboquéme por una callejuela que va a dar a la Vitoria, que no me alcanzara un galgo.

Ellos que entraron y no vieron nada, porque no había sino estudiantes y pícaros —que es todo uno—, comenzaron a buscarme, y, no me hallando, sospecharon lo que fue; y yendo a buscar sus espadas, no hallaron media.

¿Quién contará las diligencias que hizo con el retor el corregidor aquella noche? Anduvieron todos los patios, reconociendo las caras y mirando las armas. Llegaron a casa, y yo, porque no me conociesen, estaba echado en la

---

[127] A los estudiantes les estaba prohibido llevar espadas. Sin embargo, y a pesar de ser estudiantes, Pablos y sus compañeros llevan espadas: las usan poco antes, cuando matan a los puercos y cuando Pablos atraviesa la caja del pastelero para robarla. La teoría, en efecto, es que los estudiantes no pueden llevar armas: «El alguacil de escuelas, que tenía / costumbre de quitalle la espada» (*Cotarelo,* I, pág. 182a); «Éste [corchete], a título de que los estudiantes no podían traer armas, me quitó una noche la espada y broquel que llevaba» (*El subtil cordovés,* pág. 191); «Lugo viene como estudiante, con una media sotana, un broquel en la cinta, y una dada de ganchos, que no ha de traer espada» (Cervantes, *El rufián dichoso,* ed. Schevill y Bonilla, t. II, pág. 6).

[128] «Dar a uno cantonada, es hurtarle el cuerpo, torciendo el camino y dexando la vía recta» *(Cov., cantón);* «*Dar cantonada.* Irse callando; tómase de dar la vuelta a trascantón, trasponerse y desaparecerse» *(Id.).* Las casas públicas solían estar a las afueras de las ciudades y en la esquina de una calle. Cfr. *Cotarelo,* II, págs. 527, 782b, 789b; y *Tropezón de la risa,* pág. 266, etc.

cama con un tocador[129] y con una vela en la mano y un cristo en la otra, y un compañero clérigo ayudándome a morir, y los demás rezando las letanías. Llegó el retor y la justicia, y viendo el espectáculo, se salieron, no persuadiéndose que allí pudiera haber habido lugar para cosa. No miraron nada, antes el retor me dijo un responso. Preguntó si estaba ya sin habla, y dijéronle que sí; y con tanto, se fueron desesperados de hallar rastro, jurando el retor de remitirle si lo topasen, y el corregidor de ahorcarle aunque fuese hijo de un grande. Levantéme de la cama, y hasta hoy no se ha acabado de solemnizar la burla en Alcalá[130].

Y por no ser largo, dejo de contar cómo hacía monte la plaza del pueblo, pues de cajones de tundidores y plateros y mesas de fruteras —que nunca se me olvidara la afrenta de cuando fui rey de gallos— sustentaba la chimenea de casa todo el año. Callo las pensiones que tenía sobre los habares, viñas y huertos, en todo aquello de

---

[129] *tocador:* «el ornamento de la cabeza... que usa el hombre de noche» *(Cov.).* A. Castro señala que «era prenda de gente acomodada; y alude a esto Quevedo: "Esteren sus casas / Estos recoletos, / Que a la chimenea / pasan todo el tiempo. / Vistan de tapices / Salas y aposentos, / Gasten tocadores / Y grana en el pecho" *(Rivad.,* LXIX, página 232b). En un poema burlesco, el Sol, al ponerse, "pide el tocador medio dormido / A Tetis, un jergón y dos frazadas" (Bibl. Andal., III, pág. 118)». Comp.: «y él se incorporó en la cama dándose prisa a ponerse los botones del jubón y añudando más el tocado que tenía en la cabeza puesto» *(La hija de Cel.,* pág. 53; se trata de un noble).

[130] Quiñones de Benavente, en el entremés *De los ladrones,* escribe:

ALGUACIL.   ¡Abran aquí!
ROPA SANTA.   Pescónos la justicia.
CHICHARRÓN. No os turbéis, ladroncillos,
              ni os pongáis esos rostros amarillos.
              Tiéndete, Ropa Santa, luego al punto,
              que parezcas difunto.
              Tú llorarás a gritos a tu esposo.
. . . .

(Cotarelo, II, pág. 628a)

alrededor. Con estas y otras cosas, comencé a cobrar fama de travieso y agudo entre todos. Favorecíanme los caballeros, y apenas me dejaban servir a don Diego, a quien siempre tuve el respeto que era razón por el mucho amor que me tenía.

CAPÍTULO VII

De la ida de don Diego, y nuevas de la muerte de mi padre y madre, y la resolución que tomé en mis cosas para adelante

En este tiempo, vino a don Diego una carta de su padre, en cuyo pliego venía otra de un tío mío llamado Alonso Ramplón, hombre allegado a toda virtud y muy conocido en Segovia por lo que era allegado a la justicia, pues cuantas allí se habían hecho, de cuarenta años a esta parte, han pasado por sus manos. Verdugo era, si va a decir la verdad, pero un águila en el oficio; vérsele hacer daba gana a uno de dejarse ahorcar. Éste, pues, me escribió una carta a Alcalá, desde Segovia, en esta forma:

«Hijo Pablos» —que por el mucho amor que me tenía me llamaba así—: «Las ocupaciones grandes desta plaza en que me tiene ocupado Su Majestad, no me han dado lugar a hacer esto; que si algo tiene malo el servir al Rey, es el trabajo, aunque se desquita con esta negra honrilla de ser sus criados.

Pésame de daros nuevas de poco gusto. Vuestro padre murió ocho días ha, con el mayor valor que ha muerto hombre en el mundo; dígolo como quien lo guindó. Subió en el asno sin poner pie en el estribo. Veníale el sayo baquero que parecía haberse hecho para él. Y como tenía aquella presencia, nadie le veía con los cristos delante, que no le juzgase por ahorcado. Iba con gran desenfado, mirando a las ventanas y haciendo cortesías a los que dejaban sus oficios por mirarle; hízose dos veces los bigotes; mandaba descansar a los confesores, y íbales alabando lo que decían bueno.

Llegó a la N de palo[131], puso él un pie en la escalera, no subió a gatas ni despacio y, viendo un escalón hendido, volvióse a la justicia, y dijo que mandase aderezar aquél para otro, que no todos tenían su hígado. No sabré encarecer cuán bien pareció a todos[132].

Sentóse arriba, tiró las arrugas de la ropa atrás, tomó la soga y púsola en la nuez. Y viendo que el teatino le quería predicar, vuelto a él, le dijo: —«Padre, yo lo doy por predicado; vaya un poco de Credo, y acabemos presto, que no querría parecer prolijo». Hízose así; encomendóme que le pusiese la caperuza de lado y que le limpiase las barbas. Yo lo hice así. Cayó sin encoger las piernas ni hacer gesto; quedó con una gravedad que no había más que pedir. Hícele cuartos, y dile por sepultura los caminos. Dios sabe lo que a mí me pesa de verle en ellos, haciendo mesa franca a los grajos. Pero yo entiendo que los pasteleros desta tierra nos consolarán, acomodándole en los de a cuatro[133].

---

[131] *N de palo,* la horca; vid. Quevedo, *passim.* O Díaz de Montoya: «¿Sabéis quien soy? ¿Conociste / A mi abuelo Roque Ortiz. / El que en la N de palo / Llegó un día a ser la I?» («Turbia Aganipe», *Gallardo,* II, col. 768).

[132] Historias de ahorcados ternes en *Floresta; Relatos diversos de cartas de jesuitas,* Madrid, 1953, pág. 21. Al parecer, estos desplantes se daban, efectivamente, en la realidad, pues el P. Pedro de León «explica cómo han de haberse los capellanes y confesores con los condenados a muerte y la manera de reducir aquellos corazones indómitos, aquellos valientes que creían dejar echado el sello a su reputación afectando indiferencia y desdén ante aquel trance terrible. [...] Relata en el capítulo 20 algunas impropias jactancias de valentones que subieron al cadalso haciendo fieros y burlas de la muerte» (A. Domínguez Ortiz, «Delitos y suplicios en la Sevilla Imperial», *Crisis y decadencia de la España de los Austrias,* Barcelona, 1973, pág. 39). En cualquier caso, el origen literario hay que buscarlo en el centurio de *La Celestina* (vid. M.ª Rosa Lida) y, antes, en la descripción que de la madre de Pármeno hace Celestina. (Cfr. Cristóbal Chaves, *Relación de la Cárcel de Sevilla,* Gallardo, 1, col. 1361-62).

[133] La broma de Quevedo viene de lejos: «Lleuauan en Granada a

De vuestra madre, aunque está viva agora, casi os puedo decir lo mismo, porque está presa en la Inquisición de Toledo, porque desenterraba los muertos sin ser murmuradora [134]. Dícese que daba paz [135] cada noche a un cabrón en el ojo que no tiene niña. Halláronla en su casa más piernas, brazos y cabezas que en una capilla de milagros. Y lo menos que hacía era sobrevirgos y contrahacer doncellas. Dicen que representará en un auto el día de la Trinidad, con cuatrocientos de muerte. Pésame que nos deshonra a todos, y a mí principalmente, que, al fin, soy ministro del Rey, y me están mal estos parentescos.

Hijo, aquí ha quedado no sé qué hacienda escondida de vuestros padres; será en todo hasta cuatrocientos ducados. Vuestro tío soy, y lo que tengo ha de ser para vos.

---

justiciar un hombre, y dezía el pregón: "Mándanle ahorcar y hazer cuartos". Oyéndolo el delincuente, dixo: "Después de yo muerto, siquiera me lleuen a la carnicería"» (*Floresta,* pág. 120, IX); en Quevedo: *El alguacil endemoniado, Obras,* I, pág. 168a; *Blecua,* págs. 708, 989…).

En cuanto a que los pasteles eran de a cuatro maravedís, Castro (ed. cit.) acepta (sin citarlo) la rectificación propuesta por Rodríguez Marín, quien señala: «No, ciertamente no eran *de a cuatro reales* los pasteles *de a cuatro,* sino de la trigésima cuarta parte de ese valor: eran pasteles *de a cuatro maravedís.* Con dar un vistazo a los tan socorridos Libros de gobierno de la Sala de Alcaldes, que se conservan en el Archivo Histórico Nacional, habrían echado de ver los mencionados comentadores [Bonilla y A. Castro] que, en 1596, se mandó que no se hicieran pasteles y cubiletes *de a doce maravedís,* y sí *de a ocho y de a cuatro…*» (vid. la nota completa en su ed. *del Diablo cojuelo,* pág. 63). Por otra parte, que los pasteles sean «de a cuatro» (maravedís o no), se explica por el juego de palabras con «descuartizados».

[134] Desenterraría los muertos no es, como cree Castro, solamente «para quitar las muelas a los ahorcados, muy apreciadas por las brujas y hechiceras; vid. Lope de Vega, *El Caballero de Olmedo, Rivad.,* XX-XIV, pág. 373b», pues *sin ser murmuradora,* da la pista al juego de palabras: «Desenterrar los muertos. Decir faltas de difuntos…» *(Covarrubias).* «Y con la lengua havrá muchos / que desenterrarán güessos» (Alonso Maluenda, *Cozquilla del Gusto,* Madrid, CSIC, 1951, página 115); «Que los cofrades de la cofradía de la envidia, su principal oficio es enterrar hombres vivos y desenterrar a los muertos» (*Epístolas familiares,* pág. 64; cfr. págs. 327 y 353).

[135] *dar paz,* 'besar'.

144

Vista ésta, os podréis venir aquí que, con lo que vos sabéis de latín y retórica, seréis singular en el arte de verdugo. Respondedme luego, y, entre tanto, Dios os guarde».

No puedo negar que sentí mucho la nueva afrenta, pero holguéme en parte: tanto pueden los vicios en los padres, que consuelan de sus desgracias, por grandes que sean, a los hijos.

Fuime corriendo a don Diego, que estaba leyendo la carta de su padre, en que le mandaba que se fuese y que no me llevase en su compañía, movido de las travesuras mías que había oído decir. Díjome cómo se determinaba ir, y todo lo que le mandaba su padre, que a él le pesaba de dejarme, y a mí más; díjome que me acomodaría con otro caballero amigo suyo, para que le sirviese. Yo, en esto, riéndome, le dije: —«Señor, ya soy otro, y otros mis pensamientos; más alto pico, y más autoridad me importa tener. Porque, si hasta ahora tenía como cada cual mi piedra en el rollo[136], ahora tengo mi padre.» Declaréle cómo había muerto tan honradamente como el más estirado[137], cómo le trincharon y le hicieron moneda, cómo me había escrito mi señor tío, el verdugo, desto y de la prisioncilla de mamá[138], que a él, como a quien sabía quién

---

[136] *mi piedra en el rollo:* «Es costumbre en la villa irse a sentar a la grada del rollo a conversación, y los honrados tienen ya particular asiento que ninguno se lo quita; y vale tanto como ser hombre de honra» *(Cov.).*

[137] *el más estirado,* por la cuerda de la horca; *moneda,* 'cuartos': —«Ya todos de tu cuerpo hacen moneda. —Pues quando me hagan quartos, ¿qué tendremos?» *(El gallardo Escurramán,* pág. 292).

[138] Advierte A. Castro: «Acentúo *mama* y no *mamá,* porque esta última es pronunciación moderna (del siglo XVIII), que comenzó en las clases altas por imitación francesa. Los campesinos de Andalucía y de América conservan los tradicionales *mama* y *papa* (V. Cuervo, *Apuntaciones sobre el lenguaje bogotano,* 1907, pág. 36). Véase este verso de un entremés del siglo XVII:

«NIÑO 1.º: Mama, mama!
ROLLONA: Ése es mi hijo».

Debe acentuarse así, y no con *mamá* agudo, como hace E. Cotarelo (ed. NBAE, I, pág. 224); compárese con este verso de Tirso de Molina:

«quién es a quien dice mama.
                    (Amor por señas, II, 10)».

yo soy, me pude descubrir sin vergüenza. Lastimóse mucho y preguntóme que qué pensaba hacer. Dile cuenta de mis determinaciones; y con tanto, al otro día, él se fue a Sevogia harto triste, y yo me quedé en la casa disimulando mi desventura.

Quemé la carta porque, perdiéndoseme acaso, no la leyese alguien, y comencé a disponer mi partida para Segovia, con fin de cobrar mi hacienda y conocer mis parientes, para huir dellos.

LIBRO SEGUNDO

CAPÍTULO PRIMERO

Del camino de Alcalá para Segovia, y de lo que me sucedió en él hasta Rejas, donde dormí aquella noche

Llegó el día de apartarme de la mejor vida que hallo haber pasado. Dios sabe lo que sentí el dejar tantos amigos y apasionados, que eran sin número. Vendí lo poco que tenía, de secreto, para el camino, y, con ayuda de unos embustes, hice hasta seiscientos reales. Alquilé una mula y salíme de la posada, adonde ya no tenía que sacar más de mi sombra. ¿Quién contara las angustias del zapatero por lo fiado, las solicitudes del ama por el salario, las voces del huésped de la casa por el arrendamiento? Uno decía: —«¡Siempre me lo dijo el corazón!»; otro. —«¡Bien me decían a mí que éste era un trampista!». Al fin, yo salí tan bienquisto del pueblo, que dejé con mi ausencia a la mitad dél llorando, y a la otra mitad riéndose de los que lloraban.

Yo me iba entreteniendo por el camino, considerando en estas cosas, cuando, pasado Torote, encontré con un hombre en un macho de albarda, el cual iba hablando entre sí con muy gran prisa, y tan embebecido, que, aun estando a su lado, no me veía. Saludéle y saludóme; preguntéle dónde iba, y después que nos pagamos las respuestas, comenzamos luego a tratar de si bajaba el turco [139] y de las fuerzas del Rey. Comenzó a decir de qué manera se podía conquistar la Tierra Santa, y cómo se ganaría Argel; en los cuales discursos eché de ver que era loco repúblico y de gobierno [140].

---

[139] A. Castro señala: «*si bajaba el turco*. Comp.: "Pero el cura... vino a contar algunas nuevas que habían venido de la corte; y entre otras dijo que se tenía por cierto que el turco bajaba con una poderosa armada, y que no se sabía su designio, ni adónde había de descargar tan gran nublado" (*Quijote*, II, 1). Era conversación típica de gente ociosa. El que se dijera *bajar* supone noción algo confusa de hacia dónde estaban los turcos». Nada de confusa, sino muy exacta, pero no de dónde estaba el turco, sino de dónde podía estar; será suficiente testimonio, supongo, el del capitán Francisco de Aldana cuando, en la epístola «Al Rey Don Felipe», expone: «Quiero decirte más: que si se atreve / bajar el turco a la africana arena / ... / Mas quiero proponer que no suceda / (así lo quiera Dios) esto que digo: / harto trabajo de pasar nos queda / en que a nosotros baje el enemigo. / Para poder llegar, ¿quién se lo veda? / pues África le da seguro abrigo / adonde trabarán, por mar y tierra, / con tus puertas de allá temprana guerra» (C. C., págs. 113-114). En efecto, el peligro está en que no sólo amenace el turco a Europa por Viena, sino que «baje» al norte de África y amenace desde allí a España por el sur; amagos no faltaron. Sobre las Gacetas y Relaciones, anota Blecua (*Dorotea*, pág. 163): «Impresas a raíz de sucesos notables en un principio, "las gacetas y relaciones con noticias de la actualidad política, social, militar, etc., son el antecedente del periodismo moderno", Romera-Navarro, ed. Gracián, *El criticón*, II, 118, nota; v. *ibídem*, resumen de la materia, con bibliografía. La mención del "Turco en Costantinopla" se explica no sólo como ejemplo de lo peregrino e inseguro de muchas noticias de éstas, sino por el gran interés que siempre merecieron. V. nota de Rodríguez Marín, en Cervantes, *Viaje del Parnaso*, 157, comentando los versos: "Adiós de San Felipe el gran paseo, / donde si baja o sube el turco galgo / como en gaceta de Venecia leo", y...». También Guevara incide en el tópico con estilo celestinesco: A esto os respondo que lo que agora sabemos, es que el turco es retraído, Florencia se concertó, el duque de Milán se reduzo, venecianos amainaron» (etc. *Epístolas familiares*, pág. 52).

[140] Sobre la figura del arbitrista en el Siglo de Oro, vid. Jean Vilar, *Literatura y economía* (Madrid, 1973), donde señala que quizá sea en esta obra de Quevedo donde aparece por primera vez la figura del arbitrista, aunque es Cervantes quien utiliza primero la denominación de arbitrista. Pero aquí Quevedo utiliza ya la palabra *arbitrio* para designar las ocurrencias del loco: «poque ha catorce años que ando en un arbitrio que, si como es imposible, no lo fuera, estuviera todo sosegado»; planteamiento que recuerda al del hidalgo del Lazarillo, cuando habla de sus posesiones. Por otra parte, autores anteriores a 1603 ya se

148

Proseguimos en la conversación propia de pícaros, y venimos a dar, de una cosa en otra, en Flandes. Aquí fue ello, que empezó a suspirar y a decir: —«Más me cuestan a mí esos estados que al Rey, porque ha catorce años que ando con un arbitrio que, si como imposible no lo fuera, ya estuviera todo sosegado». —«¿Qué cosa puede ser» —le dije yo— «que, conviniendo tanto, sea imposible y no se pueda hacer?». —«¿Quién le dice a v. m.» —dijo luego— «que no se puede hacer?; hacerse puede, que ser imposible es otra cosa. Y si no fuera por dar pesadumbre, le contara a v. m. lo que es; pero allá se verá, que agora lo pienso imprimir con otros trabajillos, entre los cuales le doy al Rey modo de ganar a Ostende por dos caminos». Roguéle que me los dijese, y, al punto, sacando de las faldriqueras un gran papel, me mostró pintado el fuerte del enemigo y el nuestro, y dijo: —«Bien ve v. m.

---

habían ocupado de la figura y del tema: «No hay a quien no mueva a risa ver algunos casamenteros que dan en sus escripturas remedios y consejos, conformes a las cabezas de donde salen, cómo se puede ganar toda aquella tierra del turco, diciendo que se juntasen el Papa y todos los príncipes cristianos..., y paresciéndoles decir algo encarescen el papel» (*Viaje de Turquía*, págs. 14-15). «Otros rexidores dixeron que se tapiasen las calles con tapias de çient codos en alto, porque los moros tuviessen neçessidad de llamar a las puertas y no se entrasen sin llamar saltando las bardas. Otros que se çegassen los puertos y caletas de la isla (que son más de treçientos de profundíssima altura) porque los moros no pudiessen tomar tierra» (E. de Salazar, *Cartas*, pág. 36). Incluso Castiglione se burla de estos remedios disparatados: «Yo he pensado dos formas de hallar dineros prestas y ciertas: la una es que, considerando ser la mayor renta que nosotros tenemos la de los derechos de las entradas de las puertas de Florencia, como tenemos once puertas, mandemos hacer en la misma hora otras once; y así, doblándose las puertas, doblarse han también las rentas de las entrañas; la otra sea que se provea luego que en Pistoya y en Prato se abran las casas de la moneda, ni más ni menos como en Florencia, y días y noches no se haga allí otra cosa sino hacer moneda, y toda la que se hiciere sean muy buenos ducados; y este remedio, a mi parecer, será más breve y aun menos costoso» (*El Cortesano*, pág. 174).

Más tarde, entrado ya el siglo XVII, los arbitristas se convierten en «figuras», y aparecen por todas partes: *Dorotea* (pág. 232), Salas Barbadillo, Castillo Solórzano (*Cotarelo*, I, pág. 260b y 304, respectivamente); *El sagaz Estacio* (pág. 85 y ss.); etc. Vid. Amezúa, ed. de Cervantes, *El Coloquio de los perros*, págs. 147-151 y 361-362.

que la dificultad de todo está en este pedazo de mar; pues yo doy orden de chuparle todo con esponjas, y quitarle de allí». Di yo con este desatino una gran risada, y él entonces, mirándome a la cara, me dijo: —«A nadie se lo he dicho que no haya hecho otro tanto, que a todos les da gran contento». —«Ese tengo yo, por cierto» —le dije—, «de oir cosa tan nueva y tan bien fundada, pero advierta v. m. que ya que chupe el agua que hubiere entonces, tornará luego la mar a echar más». —«No hará la mar tal cosa, que lo tengo yo eso muy apurado» —me respondió—, «y no hay que tratar; fuera de que yo tengo pensada una invención para hundir la mar por aquella parte doce estados».

No le osé replicar de miedo que me dijese que tenía arbitrio para tirar el cielo acá bajo. No vi en mi vida tan gran orate. Decíame que Juanelo [141] no había hecho nada, que él trazaba agora de subir toda el agua de Tajo a Toledo de otra manera más fácil. Y sabido lo que era, dijo que por ensalmo: ¡mire v. m. quién tal oyó en el mundo! Y, al cabo, me dijo: —«Y no lo pienso poner en ejecución, si primero el Rey no me da una encomienda, que la puedo tener muy bien, y tengo una ejecutoria muy honrada». Con estas pláticas y desconciertos, llegamos a Torrejón, donde se quedó, que venía a ver una parienta suya.

Yo pasé adelante, pereciéndome de risa de los arbitrios en que ocupaba el tiempo, cuando, Dios y enhorabuena, desde lejos, vi una mula suelta, y un hombre junto a ella a pie, que, mirando a un libro [142], hacía unas rayas que

---

[141] Anota A. Castro: «*Juanelo.* Juanelo Turiano, natural de Cremona, logró elevar las aguas del Tajo a lo más alto de Toledo mediante un complicado *artificio,* que funcionó con éxito durante un tercio de siglo en tiempo de Felipe II (vid. Conde de Cedillo, *Toledo en el siglo XVI,* páginas 93 y 150)».

[142] Para el uso de la preposición *a* ante complemento directo de cosa, vid. R. Lapesa, «Los casos latinos: restos sintácticos y sustitutos en español», *BRAE,* enero-abril, 1964, págs. 57-105; «Evolución sintáctica y forma lingüística interior en español», *Actas del XI Congreso Internacional de Lingüística y Filología Románicas,* Madrid, 1965, páginas 131-150. En el caso concreto del *Buscón,* al ser el complemento

medía con un compás. Daba vueltas y saltos a un lado y a otro, y de rato en rato, poniendo un dedo encima de otro, hacía con ellos mil cosas saltando. Yo confieso que entendí por gran rato —que me paré desde lejos a verlo— que era encantador, y casi no me determinaba a pasar. Al fin, me determiné, y, llegando cerca, sintióme, cerró el libro, y, al poner el pie en el estribo, resbalósele y cayó. Levantéle, y dijome: —«No tomé bien el medio de proporción para hacer la circumferencia al subir». Yo no le entendí lo que me dijo y luego temí lo que era, porque más desatinado hombre no ha nacido de las mujeres.

Preguntóme si iba a Madrid por línea recta, o si iba por camino circumflejo. Yo, aunque no lo entendí, le dije que circumflejo. Preguntóme cúya era la espada que llevaba al lado. Respondíle que mía, y, mirándola, dijo: —«Esos gavilanes habían de ser más largos, para reparar los tajos que se forman sobre el centro de las estocadas». Y empezó a meter una parola[143] tan grande, que me forzó a preguntarle qué materia profesaba. Díjome que él era diestro[144] verdadero, y que lo haría bueno en cualquiera parte. Yo, movido a risa, le dije: —«Pues, en verdad, que por lo que yo vi hacer a v. m. en el campo denantes, que más le tenía por encantador, viendo los círculos». —«Eso» —me dijo— «era que se me ofreció una treta por el cuarto círculo con el compás mayor, cautivando la espada para matar sin confesión al contrario, porque no diga quién lo hizo, y estaba poniéndolo en términos de matemática». —«¿Es posible» —le dije yo— «que hay matemática en eso?». «No solamente matemática» —dijo—, «mas teología, filosofía, música y medicina». —«Esa postrera no lo dudo, pues se trata de ma-

---

directo un libro, la construcción con la preposición *a* —personificadora— no tiene nada de raro, y menos en Quevedo. El mismo uso, por ejemplo, en Unamuno: «miró a un retrato mío al óleo que allí preside *a* los libros de mi librería» (*Niebla,* cap. XXXI).

[143] *parola:* 'charla'. Cfr. *Dorotea,* pág. 127, *Cotarelo,* I, págs. 318b, 326b; II, pág. 629b; etc.

[144] *diestro,* 'maestro de esgrima'.

tar en esa arte»[145]. —«No os burléis» —me dijo—, «que
ahora aprendo yo la limpiadera[146] contra la espada,
haciendo los tajos mayores, que comprehenden en sí las
aspirales de la espada». —«No entiendo cosa de cuantas me decís, chica ni grande». —«Pues este libro las dice» —me respondió—, «que se llama *Grandezas de la espada,* y es muy bueno y dice milagros; y, para que lo creáis, en Rejas que dormiremos esta noche, con dos asadores me veréis hacer maravillas. Y no dudéis que cualquiera que leyere en este libro, matará a todos los que quisiere». —«U ese libro enseña a ser pestes a los hombres, u le compuso algún doctor». —«¿Cómo doctor? Bien lo entiende» —me dijo—: «es un gran sabio, y aun, estoy por decir, más».

En estas pláticas, llegamos a Rejas. Apeámonos en una posada y, al apearnos, me advirtió con grandes voces que hiciese un ángulo obtuso con las piernas, y que, reduciéndolas a líneas paralelas, me pusiese perpendicular[147] en el suelo. El huésped, que me vio reír y le vio,

[145] Cfr. Corral, *Cancionero:* «Desherrada la lleva / el doctor la mula / que doctores no ierran / sino las curas. // Donde estará el enfermo / la mula se entró / y con eso no echaron / menos al dotor» (ed. Wilson, University of Exeter, 1973, pág. 14).

[146] *limpiadera:* «instrumento con que se limpian las ropas o los vestidos» *(Cov).*

[147] También en el *Sueño del Juicio Final* aparece un maestro de esgrima examinado (*Obras,* I, pág. 161b); pero más interés tienen estos versos, del *Poema... de Orlando el Enamorado:*

> saca bastón errado el monstro crudo,
> y le enarbola en ángulo mazada;
> mas Ferragut le opone recta espada
> ....
> mas Ferragut, que en sueños vio a Carranza,
> y los perfiles de un compás le avanza,
> dándole una estocada por los pechos
> que los livianos le dejó deshechos

(II, vv. 286-296).

Parece que Quevedo es partidario de Jerónimo Sánchez Carranza, autor de la *Filosofía de las armas,* y, en consecuencia, partidario de las estocadas rectas, en línea, frente a las curvas, ángulos y rodeos de Pacheco. Comp. notas 153-185.

preguntóme que si era indio aquel caballero, que hablaba de aquella suerte. Pensé con esto perder el juicio. Llegóse luego al huésped, y díjole: —«Señor, déme dos asadores para dos o tres ángulos, que al momento se los volveré». —«¡Jesús!» —dijo el huésped—, «déme v. m. acá los ángulos, que mi mujer los asará; aunque aves son que no las he oído nombrar». —«¡Qué! ¡No son aves!»; dijo volviéndose a mí: —«Mire v. m. lo que es no saber. Déme los asadores, que no los quiero sino para esgrimir; que quizá le valdrá más lo que me viere hacer hoy, que todo lo que ha ganado en su vida». En fin, los asadores estaban ocupados, y hubimos de tomar dos cucharones.

No se ha visto cosa tan digna de risa en el mundo. Daba un salto y decía: —«Con este compás alcanzo más, y gano los grados del perfil. Ahora me aprovecho del movimiento remiso [148] para matar el natural. Esta había de ser cuchillada, y éste tajo». No llegaba a mí desde una legua, y andaba alrededor con el cucharón; y como yo me estaba quedo, parecían tretas contra olla [149] que se sale. Díjome al fin: —«Esto es lo bueno, y no las borracherías que enseñan estos bellacos maestros de esgrima, que no saben sino beber».

No lo había acabado de decir, cuando de un aposento salió un mulatazo mostrando las presas [150], con un sombrero enjerto en guardasol, y un coleto de ante debajo de una ropilla suelta y llena de cintas, zambo de piernas a lo águila imperial, la cara con un *per signum*

---

[148] Anota Castro: *«remiso*. Según el *Modo para examinarse los maestros*, de Pacheco de Narváez (Madrid, 1625), el movimiento de la espada puede ser: "violento, natural, remiso, de reducción, extraño y accidental... Si estuviera la espada en una de las cuatro rectitudines, alta, baja, atrás o adelante, el primer movimiento ha de ser remiso... Si los cuerpos estuvieren perfilados y correspondiendo los hombros derechos, sólo se podrá hacer movimiento mixto, remiso, etc."».

[149] El esgrimidor, que en lugar de espada lleva cucharón, parece imitar los movimientos que se hacen al espumar o mover una olla; comp.: «Andaba... cubriendo y descubriendo mi olla, quitándole la espuma, reboluiéndola muy a menudo... porque había oýdo dezir que olla mecida dos vezes cozida» (*Guitón*, pág. 53).

[150] *presas*, 'colmillos'.

crucis [151] *de inimicis suis,* la barba de ganchos [152], con unos bigotes de guardamano [153], y una daga con más rejas que un locutorio de monjas. Y, mirando al suelo, dijo: —«Yo soy examinado y traigo la carta, y, por el sol que calienta los panes [154], que haga pedazos a quien tratare mal a tanto buen hijo como profesa la destreza». Yo que vi la ocasión, metime en medio, y dije que no hablaba con él, y que así no tenía por qué picarse. —«Meta mano a la blanca [155] si la trae, y apuremos cuál es verdadera destreza, y déjese de cucharones».

El pobre de mi compañero abrió el libro, y dijo en altas

---

[151] *per signum crucis,* 'chirlo, cuchillada'. Era expresión plebeya según Correas (*Vocabulario,* pág. 345), y la usa Don Quijote (vid. edición R. Marín, 1916, t. V, pág. 92); procede de la fórmula de persignarse: «Per signum crucis, de inimicis nostris libera nos, etc.». Quevedo reemplaza «nostris» por «suis». *Per signum* (que por cierto falta en el *DRAE*) transformado en *porsino* y con el sentido de 'chichón', vive aún en el campo andaluz (nota de A. Castro).

[152] Cfr.: «Salen Lugo, embaynando una daga de ganchos, y el Lobillo y Ganchoso, rufianes [...]) Lugo viene como estudiante con una media sotana, un broquel en la cinta y una daga de ganchos», Schevill y Bonilla anotan, citando al señor Leguina: *«Daga de ganchos.* —La hoja recia, que tenía los gavilanes en forma de S, y desmesuradas proporciones. Arma propia de rufianes y gentes maleantes». (*Obras de Cervantes,* t. II, págs. 5 y 6).

[153] La barba y el bigote se comparan a la guarnición de la espada; el jaque llamaba la atención por el aguzado bigote y por la barba mefistofélica. Hay otras alusiones. Magañón el de Valencia tenía «las barbas de guardamano» (*Rivad.,* LXIX, 112b). «Si quieres, aunque seas un pollo, ser respetado por valiente, trae barba de ganchos y bigote de guardamanos» (*Libro de todas las cosas, Rivad.,* XXIII, 482a) (nota de A. Castro).

[154] los panes, 'los trigos', cfr. G. Alonso de Herrera, *Obra de agricultura,* BAE, Madrid, 1970, *passim.*

[155] Las espadas negras llevaban un botón o zapatilla en la punta para que no penetraran, tampoco tenían filo: «Pídeme unas zapatillas, / y en eso anduvo discreta; / que por ser hombre que esgrimo / las tengo en espadas negras» (*Blecua,* pág. 943); otras referencias en *Espinel* (t. I, págs. 50-51); *Diablo cojuelo* (págs. 112-13); etc.

E. Asensio, en su edición del *Entremés del rufián viudo* (Madrid, Castalia, 1971, pág. 75), anota: «Espadas *negras, mulatas* o *morenas* eran las de esgrima, sin corte y con un botón en la punta. Aparecieron en España en el siglo XVI y se difundieron por Europa (Enrique de Leguina, *Glosario de voces de armería,* Madrid, 1912, s.v. *espada*)».

154

voces: —«Este libro lo dice, y está impreso con licencia del Rey, y yo sustentaré que es verdad lo que dice, con el cucharón y sin el cucharón, aquí y en otra parte, y, si no, midámoslo». Y sacó el compás, y empezó a decir. —«Este ángulo es obtuso». Y entonces, el maestro sacó la daga, y dijo: —«Yo no sé quién es Angulo ni Obtuso, ni en mi vida oí decir tales hombres; pero, con ésta en la mano, le haré yo pedazos».

Acometió al pobre diablo, el cual empezó a huir, dando saltos por la casa, diciendo: —«No me puede dar, que le he ganado los grados de perfil»[156]. Metímoslos en paz el huésped y yo y otra gente que había, aunque de risa no me podía mover.

Metieron al buen hombre en su aposento, y a mí con él; cenamos, y acostámonos todos los de la casa. Y, a las dos de la mañana, levántase en camisa, y empieza a andar a escuras por el aposento, dando saltos y diciendo en lengua matemática mil disparates. Despertóme a mí, y, no contento con esto, bajó al huésped para que le diese luz, diciendo que había hallado objeto fijo a la estocada sagita[157] por la cuerda. El huésped se daba a los diablos de que lo despertase, y tanto le molestó, que le llamó loco. Y con esto, se subió y me dijo que, si me quería levantar, vería la treta tan famosa que había hallado contra el turco y sus alfanjes[158]. Y decía que luego se la

---

[156] Comp.: «Mas Ferragut, que en sueños vio a Carranza, / la espada le libró con ligereza, / y los perfiles de un compás le avanza, / dándole una estocada por los pechos» (Quevedo, *Necedades de Orlando*).

[157] *sagita*: 'porción de recta comprendida entre el punto medio del arco de círculo y el de su cuerda'. Esta palabra se usa burlescamente en otros casos: «Zamborondón, que de líneas / ninguna palabra entiende, / y esgrime a lo colchonero, / le rasgó en la geta un palmo, / le cortó en la cholla un jeme. / El otro con la sagita, / le dio en el brazo un piquete» (*Rivad.*, LXIX, 109b). Vid. la nota a la pág. 99 (nota de A. Castro).

[158] Advierte A. Castro que «hay un capítulo en el libro de Pacheco "cómo se defenderá el que trajere espada, de un turco y su alfanje, Es punto muy importante y curioso" (folio 233 del *Libro de las Grandezas de la espada*)».

De ese capítulo parece acordarse Quevedo en *La hora de todos:* «Lo tercero, que para mejor uso del rompimiento en las batallas se dejen

quería ir a enseñar al Rey, por ser en favor de los católicos.

En esto, amaneció; vestímonos todos, pagamos la posada, hicímoslos amigos a él y al maestro, el cual se apartó diciendo que el libro que alegaba mi compañero era bueno, pero que hacía más locos que diestros, porque los más no lo entendían.

los alfanjes corvos por las espadas de los españoles, pues son en la ocasión para la defensa más hábiles, ahorrando con las estocadas grandes rodeos de los movimientos circulares» (págs. 163-164).

CAPÍTULO II

De lo que me sucedió hasta llegar a Madrid, con un poeta

Yo tomé mi camino para Madrid, y él se despidió de mí por ir diferente jornada. Y ya que estaba apartado, volvió con gran prisa, y, llamándome a voces, estando en el campo donde no nos oía nadie, me dijo al oído: —«Por vida de v. m., que no diga nada de todos los altísimos secretos que le he comunicado en materia de destreza, y guárdelo para sí, pues tiene buen entendimiento». Yo le prometí de hacerlo; tornóse a partir de mí, y yo empecé a reírme del secreto tan gracioso.

Con eso, caminé más de una legua que no topé persona. Iba yo entre mí pensando en las muchas dificultades que tenía para profesar [159] honra y virtud, pues había menester tapar primero la poca de mis padres, y luego tener

---

[159] Spitzer advierte: «Téngase en cuenta que ya en Cervantes *profesión* se subraya irónicamente (Don Quijote llama a las rameras *doncellas, cosa tan fuera de su profesión*): es un *locus a non lucendo*, pues ni el buscón ni las *semidoncellas* de Cervantes han hecho voto alguno. Al mismo tiempo, la expresión se explica por la tendencia conceptista a elegir metáforas de actividades *sistemáticas*, complejas, dentro de las cuales los distintos estadios se prestan a interpretación: *profesar*, 'exponer, recitar', procede de la abundante serie de expresiones universitarias; comp. *catedrático de amor* (la Gerarda de Lope, V, 12) o aquel otro pasaje (*Dorotea*, V, 13) donde un sujeto, cinco años amante, habla de sí como de *peregrino estudiante* que ha hecho *cinco cursos en la universidad de amor*» («Zur Kunst...»). No creo, sin embargo, que, aquí, *profesor* signifique 'exponer, recitar' (sentido universitario), sino 'practicar' (sentido religioso); en cualquier caso, la relación más anti-

tanta, que me desconociesen por ella. Y parecíanme a mí tan bien estos pensamientos honrados, que yo me los agradecía a mí mismo. Decía a solas: —«Más se me ha de agradecer a mí, que no he tenido de quien aprender virtud, ni a quien parecer en ella, que al que la hereda de sus agüelos» [160].

En estas razones y discursos iba, cuando topé un clérigo muy viejo en una mula, que iba camino de Madrid. Trabamos plática, y luego me preguntó que de dónde venía; yo le dije que de Alcalá. —«Maldiga Dios» —dijo él— «tan mala gente como hay en ese pueblo, pues falta entre todos un hombre de discurso». Pregúntele que cómo o por qué se podía decir tal de lugar donde asistían tantos doctos varones. Y él muy enojado, dijo: —«¿Doctos? Yo le diré a v. m. que tan doctos, que habiendo más de catorce años que hago yo en Majalahonda [161], donde he sido sacristán, las chanzonetas al Corpus y al Nacimiento, no me premiaron en el cartel [162] unos cantarcitos; y porque vea v. m. la sinrazón, se los he de leer, que yo sé que se holgará». Y diciendo y haciendo, desenvainó una retahíla de coplas pestilenciales, y por la primera, que era ésta, se conocerán las demás:

> Pastores, ¿no es lindo chiste,
> que es hoy el señor san Corpus Christe?

gua que recuerdo entre amor y léxico universitario es la *Repetición de amores* de Lucena. Sobre la universidad de amor, vid. ahora A. Egido, «La universidad de amor y *La dama boba*», *BBMP*, LIV, 1978, páginas 351-371.

160 Es reflexión corriente en los pícaros, ya está en el Lazarillo: «porque consideren los que heredaron nobles estados cuán poco se les debe, pues Fortuna fue con ellos parcial, y cuánto más hicieron los que, siéndoles contraria, con fuerza y maña remando, salieron a buen puerto»; En algunos casos, Quevedo defiende la virtud personal frente a la heredada (por ejemplo, *Sueño del Infierno, Obras,* I, pág. 180; *Sueño de la muerte, Id.,* pág. 217a, etc.). Sin embargo, la personalidad del pícaro anula quizá la validez teórica de la reflexión, convirtiéndola en sarcasmo.

161 *Majalahonda,* Majadahonda.

162 *Cartel:* «el escrito que se pone en tiempo de fiestas por los que han de ser mantenedores de justas y torneos o juegos de sortijas, al pie del cual firman los aventureros» *(Cov.).*

Hoy es el día de las danzas
en que el Cordero sin mancilla
tanto se humilla,
que visita nuestras panzas,
y entre estas bienaventuranzas
entra en el humano buche.
Suene el lindo sacabuche [163],
pues nuestro bien consiste.
Pastores, ¿no es lindo chiste, etc.

—«¿Qué pudiera decir más» —me dijo— «el mismo inventor de los chistes? Mire qué misterios encierra aquella palabra *pastores:* más me costó de un mes de estudio». Yo no pude con esto tener la risa, que a barbollones se me salía por los ojos y narices, y dando una gran carcajada, dije: —«¡Cosa admirable! Pero sólo reparo en que llama v. m. *señor san Corpus Christe.* Y Corpus Christi no es santo, sino el día de la institución del Sacramento». —«¡Qué lindo es eso!» —me respondió, haciendo burla—; «yo le daré en el calendario, y está canonizado, y apostaré a ello la cabeza» [164].

No pude porfiar, perdido de risa de ver la suma ignorancia; antes le dije cierto que eran dignas de cualquier premio, y que no había oído cosa tan graciosa en mi vida. —«¿No?» —dijo al mismo punto—; «pues oiga v. m. un pedacito de un librillo que tengo hecho a las once mil vírgenes, adonde a cada una he compuesto cincuenta ota-

---

[163] *sacabuche:* «instrumento de metal que se alarga y recoge en sí mesmo; táñese con los demás instrumentos de chirimías, cornetas y flautas. Díjose así porque, cualquiera que no estuviese advertido, le parecería cuando se alarga sacarle de buche» *(Cov.)* Lo que hoy se llama trompeta de varas.

[164] Sobre la confusión «que convertía en santos de carne y hueso las palabras no entendidas de la liturgia», como dice María Rosa Lida, vid. su obra *La originalidad artística de la Celestina,* pág. 696, nota 2, donde, entre otros muchos casos, cita los de «San Padrenuestro», «doña Bisodia», «Santo Ficeto», y remite al caso del *Buscón* que nos ocupa, señalando que fue imitado por Moreto en el auto sacramental *La gran casa de Austria y divina Margarita.* Cfr., por otra parte, el ama del patio de estudiantes de Alcalá, que equivoca las oraciones en latín.

vas, cosa rica». Yo, por escusarme de oír tanto millón de octavas, le supliqué que no me dijese cosa a lo divino. Y así, me comenzó a recitar una comedia que tenía más jornadas que el camino de Jerusalén. Decíame: —«Hícela en dos días, y éste es el borrador». Y sería hasta cinco manos de papel. El título era *El arca de Noé* [165]. Hacíase toda entre gallos y ratones, jumentos, raposas, lobos y jabalíes, como fábulas de Isopo. Yo le alabé la traza y la invención, a lo cual me respondió: —«Ello cosa mía es, pero no se ha hecho otra tal en el mundo, y la novedad es más que todo; y, si yo salgo con hacerla representar, será cosa famosa». —«¿Cómo se podrán representar» —le dije yo—, «si han de entrar los mismos animales, y ellos no hablan?» —«Esa es la dificultad, que a no haber ésa, ¿había cosa más alta? Pero yo tengo pensado de hacerla toda de papagayos, tordos y picazas, que hablan, y meter para el entremés monas». —«Por cierto, alta cosa es ésa». —«Otras más altas he hecho yo» —dijo—, «por una mujer a quien amo. Y vea aquí novecientos y un sonetos, y doce redondillas» —que parecía que contaba escudos por maravedís— «hechos a las piernas de mi dama». Yo le dije que si se las había visto él, y díjome que no había hecho tal por las órdenes que tenía, pero que iban en profecía los concetos.

Yo confieso la verdad, que aunque me holgaba de oírle, tuve miedo a tantos versos malos, y así, comencé a echar la plática a otras cosas. Decíale que veía liebres, y él saltaba: —«Pues empezaré por uno donde la comparo a ese animal». Y empezaba luego; y yo, por divertirle [166], decía: —«¿No ve v. m. aquella estrella que se ve de día?» A lo cual, dijo: —«En acabando éste, le diré el soneto treinta, en que la llamo estrella, que no parece sino que sabe los intentos dellos».

Aflígíme tanto, con ver que no podía nombrar cosa a

---

[165] Cfr. «Y así, los escritores que se quieren engrandecer toman de atrás el salto, acógense a la torre de Babel o el arca de Noé y salen tan godos como Ramiro Núñez». (*Pícara Justina,* I, pág. 167).

[166] *Divertir,* desviar.

que él no hubiese hecho algún disparate, que, cuando vi
que llegábamos a Madrid, no cabía de contento, entendiendo que de vergüenza callaría; pero fue al revés, porque,
por mostrar lo que era, alzó la voz en entrando por la
calle. Yo le supliqué que lo dejase, poniéndole por delante que, si los niños olían poeta, no quedaría troncho que
no se viniese por sus pies tras nosotros, por estar declara-
dos por locos en una premática que había salido contra
ellos, de uno que lo fue y se recogió a buen vivir. Pidióme
que se la leyese si la tenía, muy congojado. Prometí de hacerlo en la posada. Fuimos a una, donde él se acos-
tumbraba apear, y hallamos a la puerta más de doce
ciegos [167]. Unos le conocieron por el olor, y otros por la
voz. Diéronle una barahunda de bienvenido; abrazólos a
todos, y luego comenzaron unos a pedirle oración para el
Justo Juez en verso grave y sonoro, tal que provocase a
gestos; otros pidieron de las ánimas, y por aquí discurrió,
recibiendo ocho reales de señal de cada uno. Despidiólos, y
díjome: —«Más me han de valer de trecientos reales los
ciegos; y así, con licencia de v. m., me recogeré agora un
poco, para hacer alguna dellas, y, en acabando de comer, oiremos la premática» [168].

---

[167] «Desde principios del siglo XVII empiezan a tomar vuelo lo que
hemos dado en llamar romances o coplas de ciego, por ser en general
invidentes quienes contaban o vendían sus textos por calles y plazas»
(Moñino, *Transmisión,* págs. 287-288 y ss.).

[168] Esta *Premática,* cuyo texto comienza en la siguiente página, fue
escrita como obra aparte, e incluía luego en el *Buscón* (v. *Rivadeneyra,*
XXIII, 437). Z., 1626, suprimió algunos trozos. Cervantes tenía que mirar con especial simpatía la
bablemente a ella al llamar a Quevedo «flagelo de poetas memos», en el
Viaje del Parnaso, Rivad., I, 684a; y en los *Privilegios, ordenanzas y
advertencias, que Apolo envía a los poetas españoles,* al final de
aquella obra, hay algunas reminiscencia de esta *Premática,* compues-
ta necesariamente antes del *Viaje del Parnaso* y de sus adiciones, que
salieron en 1614. Cervantes tenía que mirar con especial simpatía la
crítica de Quevedo (v. *El Pensamiento de Cervantes,* 1925, páginas 47-48). En *La Gitanilla* (*Rivad.,* I, 101) vuelve a aludirse a los «poetas para ciegos, que les fingen milagros, y van a la parte de la ganancia». Quevedo, a su vez, elogió las novelitas de Cervantes en forma notable para su tiempo; censura las de Montalbán, porque las hizo «tan

161

¡Oh vida miserable! Pues ninguna lo es más que la de los locos que ganan de comer con los que lo son.

largas como pesadas, con poco temor y reverencia de las que imprimió el ingeniosísimo Miguel de Cervantes» (*Rivad.,* XLVIII, 472a) (nota de A, Castro).

Capítulo III

De lo que hice en Madrid, y lo que me sucedió hasta llegar a Cercedilla, donde dormí

Recogióse un rato a estudiar herejías y necedades para los ciegos. Entre tanto, se hizo hora de comer; comimos, y luego pidióme que le leyese la premática. Yo, por no haber otra cosa que hacer, la saqué y se la leí. La cual pongo aquí, por haberme parecido aguda y conveniente a lo que se quiso reprehender en ella. Decía en este tenor:

Premática del desengaño contra los poetas [169]
güeros, chirles [170] *y hebenes* [171]

Diole al sacristán la mayor risa del mundo, y dijo:
—«¡Hablara yo para mañana! Por Dios, que entendí que hablaba conmigo, y es sólo contra los poetas hebenes». Cayóme a mí muy en gracia oírle decir esto, como si él

---

[169] Sobre poetas chirles, vid. Cervantes, *El retablo de las maravillas; Cotarelo*, I, págs. 305, 311b, etc. Y, en general, sobre los poetas de profesión, el hambre que pasaban y las sátiras a ellos enderezadas, véase Miguel Herrero, *Oficios populares,* Madrid, 1977, pág. 239 y ss.

[170] *Chirle,* 'excremento de oveja'.

[171] «Heben es un linaje veduño de uvas blancas˙que tiene el racimo largo, ralo, el grano gordo y más velloso que otro alguno, algo de sabor moscatel. Esta uva suele hardalear, que es quedar rala en los racimos» (Gabriel Alonso de Herrera, *Obra de Agricultura,* BAE, Madrid, 1970, pág. 53).

fuera muy albillo o moscatel. Dejé el prólogo y comencé el primer capítulo, que decía:

«Atendiendo a que este género de sabandijas que llaman poetas son nuestros prójimos, y cristianos aunque malos; viendo que todo el año adoran cejas, dientes, listones [172] y zapatillas, haciendo otros pecados más inormes; mandamos que la Semana Santa recojan a todos los poetas públicos y cantoneros, como a malas mujeres, y que los prediquen sacando Cristos para convertirlos. Y para esto señalamos casas de arrepentidos.

Iten, advirtiendo los grandes buchornos que hay en las caniculares y nunca anochecidas coplas de los poetas de sol, como pasas a fuerza de los soles y estrellas que gastan en hacerlas, les ponemos perpetuo silencio en las cosas del cielo, señalando meses vedados a las musas, como a la caza y pesca, porque no se agoten con la prisa que las dan.

Iten, habiendo considerado que esta seta infernal de hombres condenados a perpetuo conceto [173], despedazadores de vocablos y volteadores de razones, han pegado el dicho achaque de poesía a las mujeres, declaramos que nos tenemos por desquitados con este mal que las hemos hecho, del que nos hicieron en la manzana. Y por cuanto el siglo está pobre y necesitado, mandamos quemar las coplas de los poetas, como franjas viejas [174], para sacar el oro, plata y perlas, pues en los más versos hacen sus damas de todos metales, como estatuas de Nabuco» [175].

---

[172] *Listón,* 'cinta de seda'. Cfr.: «atándola con un listón cabellado», Tirso, *Cigarrales,* I, pág. 36; «Sale luego una gorrona, adornada toda la cabeça de media vara de listón encarnado, hecho lazada en el pelo» (*Día de fiesta por la tarde,* ed. Doty, Leipzig, 1936, pág. 76).

[173] Quizá piense Quevedo en Góngora y los gongorinos, recordar, por ejemplo, la «Fábula de Faetón» de Villamediana (vid. La ed. de J. M. Rozas, Madrid, 1969).

[174] Cfr.: «haced cuenta que quemáis franjas viejas para sacarles el oro» (*La hora de todos,* pág. 101); *Dorotea,* pág. 571; «Y como a franjas traídas / ha ordenado que os abrasen / para sacaros el oro» (cit. por Moñino, *Transmisión de la poesía de los Siglos de Oro,* pág. 305).

[175] *Nabuco,* 'Nabucodonosor'.

Aquí no lo pudo sufrir el sacristán y, levantándose en pie, dijo: —«¡Mas no, sino quitarnos las haciendas! No pase v. m. adelante, que sobre eso pienso ir al Papa, y gastar lo que tengo. Bueno es que yo, que soy eclesiástico, había de padecer ese agravio. Yo probaré que las coplas del poeta clérigo no están sujetas a tal premática, y luego quiero irlo a averiguar ante la justicia».

En parte me dio gana de reír, pero, por no detenerme, que se me hacía tarde, le dije: —«Señor, esta premática es hecha por gracia, que no tiene fuerza ni apremia, por estar falta de autoridad». —«¡Pecador de mí!» —dijo muy alborotado—; «avisara v. m., y hubiérame ahorrado la mayor pesadumbre del mundo. ¿Sabe v. m. lo que es hallarse un hombre con ochocientas mil coplas de contado, y oír eso? Prosiga v. m., y Dios le perdone el susto que me dio». Proseguí diciendo:

«Iten, advirtiendo que después que dejaron de ser moros —aunque todavía conservan algunas reliquias— se han metido a pastores [176], por lo cual andan los ganados flacos de beber sus lágrimas, chamuscados con sus áni-

---

[176] *«Y tan embebecidos en su música que no pacen»* es recuerdo claro de Garcilaso: «cuyas ovejas al cantar sabroso / estaban muy atentas, los amores, / de pacer olvidadas, escuchando» (*Égloga* I, vv. 4-6); sobre la boga de los nuevos poetas disfrazados de pastores y moros, vid. Damien Saunal, «Une conquête definitive du *Romancero nuevo:* le romance assomancé», *Ábaco,* 4, Madrid, 1969, págs. 93-126; véase también, *Dorotea,* pág. 186, nota.

Blecua, en su edición de *La Dorotea* (pág. 186), anota: «Otra crítica de los convencionalismos literarios, dirigida no sólo al romance pastoril a cuya boga tanto habrá contribuido Lope en su juventud (v. selección de *primeros romances* en *Poesías líricas,* I, 63-110), sino igualmente a otras manifestaciones del género, líricas, dramáticas y novelescas. Más adelante (448, 1-5) hay burla de la novela pastoril. Cfr. "Quisiera ver / los que suelen componer / estos libros de pastores / donde todo es primavera / flores, árboles y fuentes", *El cuerdo en su casa,* I, 443a; "Como historia de pastores, / que en todo el libro jamás / duermen, ni comen, ni hay más / que hablar de celos y amores", *La ocasión perdida,* I, 216b; "para que sepa V.M. que no es esta novela libro de pastores, sino que han de comer y cenar todas las veces que se ofreciere la ocasión", *La prudente venganza...*». La crítica a los poetas pastoriles, que nunca vieron cabras en alcores, llega por lo menos hasta Valle Inclán.

mas encendidas, y tan embebecidos en su música, que no pacen, mandamos que dejen el tal oficio, señalando ermitas a los amigos de soledad. Y a los demás, por ser oficio alegre y de pullas, que se acomoden en mozos de mulas».

—«¡Algún puto, cornudo, bujarrón y judío» —dijo en altas voces— «ordenó tal cosa! Y si yo supiera quién era, yo le hiciera una sátira, con tales coplas, que le pesara a él y a todos cuantos las vieran, de verlas. ¡Miren qué bien le estaría a un hombre lampiño como yo la ermita! [177] ¡O a un hombre vinajeroso y sacristando, ser mozo de mulas! Ea, señor, que son grandes pesadumbres esas». —«Ya le he dicho a v. m.» —repliqué— «que son burlas, y que las oigo como tales».

Proseguí diciendo que «por estorbar los grandes hurtos, mandamos que no se pasen coplas de Aragón a Castilla, ni de Italia a España [178], so pena de andar bien vestido el poeta que tal hiciese, y, si reincidiese, de andar limpio una hora».

Esto le cayó muy en gracia, porque traía él una sotana con canas, de puro vieja, y con tantas cazcarrias que, para enterrarle, no era menester más de estregársela enci-

---

[177] Comp.: *Buscón*, pág. 125; *Premática de las cotorreras* (*Obras*, I, página 516), etc. Las barbas de los ermitaños poetas vienen de muy lejos: «Hermitaño quiero ser, / por ver. /.../ Crecerán mis barbas tanto / como creciere mi pena, / pediré con triste llanto...» (J. del Encina, *Antología de poetas líricos castellanos*, edición nacional, t. V., páginas 252-3).

[178] A. Castro recuerda este texto de Cervantes: «se advierte que no ha de ser tenido por ladrón el poeta que hurtare algún verso ajeno y lo encajase entre los suyos, como no sea todo el concepto y toda la copla entera, que en tal caso tan ladrón es como Caco».

Las traducciones, imitaciones y, en general, la influencia de la poesía italiana se da a lo largo de toda la historia de la literatura española; hacia 1603 ó 1608 es todavía pronto para que aluda Quevedo a la influencia de Marino (vid., sobre esto, J. M. Rozas, *Sobre Marino y España*, Madrid, 1978).

En lo que respecta a Aragón, quizá piense Quevedo en Pedro Liñán —aunque nació fuera del reino— o en los Argensola y el grupo clasicista aragonés. Otra referencia a Argensola en *Blecua*, pág. 786.

ma. El manteo, se podían estercolar con él dos here-
dades[179].

Y así, medio riendo, le dije que mandaban también tener entre los desesperados que se ahorcan y despeñan, y
que, como a tales, no las enterrasen en sagrado, a las
mujeres que se enamoran de poeta a secas. Y que, advirtiendo a la gran cosecha de redondillas, canciones y sonetos que había habido en estos años fértiles, mandaban
que los legajos que por sus deméritos escapasen de las
especerías[180], fuesen a las necesarias sin apelación.

Y, por acabar, llegué al postrer capítulo, que decía así:
«Pero advirtiendo, con ojos de piedad, que hay tres géneros de gentes en la república tan sumamente miserables,
que no pueden vivir sin los tales poetas como son farsantes, ciegos y sacristanes, mandamos que pueda haber algunos oficiales públicos desta arte, con tal que tengan
carta de examen de los caciques[181] de los poetas que
fueren en aquellas partes. Limitando a los poetas de farsantes que no acaben los entremeses con palos ni diablos,
ni las comedias en casamientos, ni hagan las trazas con
papeles o cintas. Y a los de ciegos, que no sucedan los casos en Tetuán, desterrándoles estos vocablos: *cristián,
amada, humanal* y *pundonores;* y mandándoles que,
para decir la *presente obra,* no digan *zozobra.* Y a los de
sacristanes, que no hagan los villancicos con *Gil* ni *Pas-
cual*[182], que no jueguen del vocablo, ni hagan los pensa-

---

[179] Con razón algunos ciegos le conocen por el olor.

[180] Cfr.: «*Cisneros.* Yo soy Cisneros, que hago / papeles de viejo.
Bezón. Bueno: / pues vendedlos para especias / si son papeles de viejo»
(Q. de Benavente, *Cotarelo*, II, pág. 546a).

[181] Domínguez Ortiz, a otro propósito, señala: «[Don Pedro de
Iguanzo] en otro lugar les llama *caciques,* primer ejemplo que conozco
del empleo de esta palabra en su acepción moderna» (*Hechos y figuras
del siglo XVIII español,* pág. 213, nota; se refiere a la fecha de 1814).

[182] En la poesía, religiosa y profana desde Juan del Encina, son bien
conocidos estos nombres de pastores. Pronto aparecerán las versiones a
lo divino (vid., por ejemplo, Francisco Guerrero, *Canciones y Villancicos espirituales* (1589), Barcelona, 1955, vol. I, pág. 38; o cualquiera
de los cancioneros espirituales de fines del XVI y principios del XVII. Cfr.
Dorotea, pág. 185 y nota).

mientos de tornillo, que, mudándoles el nombre, se vuelvan a cada fiesta.

Y, finalmente, mandamos a todos los poetas en común, que se descarten de Júpiter, Venus, Apolo y otros dioses, so pena de que los tendrán por abogados a la hora de su muerte».

A todos los que oyeron la premática pareció cuanto bien se puede decir, y todos me pidieron traslado de ella. Sólo el sacristanejo empezó a jurar por vida de las vísperas solemnes, *introibo* y *kiries,* que era sátira contra él, por lo que decía de los ciegos, y que él sabía mejor lo que había de hacer que nadie. Y últimamente dijo: —«Hombre soy yo que he estado en una posada con Liñán [183], y he comido más de dos veces con Espinel». Y que había estado en Madrid tan cerca de Lope de Vega como lo estaba de mí, y que había visto a don Alonso de Ercilla mil veces, y que tenía en su casa un retrato del divino Figueroa [184], y que había comprado los gregüescos que dejó Padilla [185] cuando se metió fraile, y que hoy día los traía, y malos. Enseñólos, y dioles esto a todos tanta risa, que no querían salir de la posada.

Al fin, ya eran las dos, y como era forzoso el camino, salimos de Madrid. Yo me despedí dél, aunque me pesa-

---

[183] Pedro Liñán de Riaza (m. 1607) figura en las *Flores de poetas ilustres* (1605) de Espinosa. Vid. la ed. de sus *Rimas* (Zaragoza, 1876).

Sobre Liñán, como autor de romances, vid. F. Montesinos, *Primavera y flor de los mejores romances,* Valencia, 1954, *passim,* y Tomé Pinhero de Veiga, Valladolid, Fastiginia, 1973, pág. 272. Vid, ahora, la ed. de las obras de Pedro de Espinosa por López Estrada, Madrid, C. C., 1975.

[184] Figueroa (1536-1617), que vivió muchos años en Italia, escribe poesías en español o italiano, o alterna las dos lenguas en una misma composición. Parte de su obra fue editada por Luis Tribaldos de Toledo (Lisboa, 1625); junto a otro gran poeta de su generación, F. de la Torre, sirve de modelo frente a los excesos culteranos. La más completa edición de las poesías de Figueroa es la de González Palencia, Madrid, 1943.

[185] Pedro de Padilla, autor del *Jardín Espiritual* (1585). Vid. Schevill y Bonilla, *Galatea,* pág. 321 y ss., Montesinos, «Algunos aspectos del romancero nuevo», *Romance Philology,* 1953, pág. 231 y ss.

ba, y comencé a caminar para el puerto [186]. Quiso Dios que, porque no fuese pensando en mal, me topase con un soldado. Luego trabamos plática; preguntóme si venía de la Corte; dije que de paso había estado en ella. —«No está para más» —dijo luego— «que es pueblo para gente ruin. Más quiero, ¡voto a Cristo!, estar en un sitio, la nieve a la cinta, hecho un reloj [187], comiendo madera, que sufriendo las supercherías que se hacen a un hombre de bien».

A esto le dije yo que advirtiese que en la Corte había de todo, y que estimaban mucho a cualquier hombre de suerte.

—«¿Qué estiman» —dijo muy enojado— «si he estado yo ahí seis meses pretendiendo una bandera, tras veinte años de servicios y haber perdido mi sangre en servicio del Rey, como lo dicen estas heridas?». Y enseñóme una cuchillada de a palmo en las ingles, que así era de incordio como el sol es claro. Luego, en los calcañares, me enseñó otras dos señales, y dijo que eran balas; y yo saqué, por otras dos mías que tengo, que habían sido sabañones. Quitóse el sombrero y mostróme el rostro; calzaba diez y seis puntos de cara [188], que tantos tenía en una cuchillada que le partía las narices. Tenía otros tres chirlos, que se la volvían mapa a puras líneas.

—«Estas me dieron» —dijo— «defendiendo a París, en servicio de Dios y del Rey, por quien veo trinchado mi gesto, y no he recibido sino buenas palabras, que agora

---

[186] Puerto de la Fuenfría, en Guadarrama.

[187] Anota A. Castro: «*Hecho un reloj,* es decir, armado y amenazador como las figuras que en los relojes de torre daban la hora: "Armado como un reloj, / un respostero dio un salto" (*Bibl. Andal.,* III, 315). "Saldrá con el (morrión) y con la capa de brocado por esas calles, hecho un reloj" (*Quijote* de Avellaneda, *Rivad.,* XVIII, 10). "Este coronista don Francés fue armado...; y pelearon tan duramente, que el coronista daba al diablo la guerra...; parecía hombrecico de reloj de Valdeiglesias" (*Crónica de Don Francisco de Zúñiga, Rivad.* XXXVI, 14) "Como hombres de reloj, que amagan a quebrar la campana" (*Pícara Justina,* ed. Puyol, II, 278)». «Y vi a vuestra Señoría armado como reloj, rodeado de soldados» (*Epístolas familiares,* pág. 155).

[188] *diez y seis puntos de cara:* puntos de sutura.

tienen lugar de malas obras. Lea estos papeles» —me dijo—, «por vida del licenciado, que no ha salido en campaña, ¡voto a Cristo!, hombre, ¡vive Dios!, tan señalado». Y decía verdad, porque lo estaba a puros golpes.

Comenzó a sacar cañones de hoja de lata y a enseñarme papeles, que debían de ser de otro a quien había tomado el nombre. Yo los leí, y dije mil cosas en su alabanza, y que el Cid ni Bernardo no habían hecho lo que él. Saltó en esto, y dijo: —«¿Cómo lo que yo? ¡Voto a Dios!, ni lo que García de Paredes [189], Julián Romero [190] y otros hombres de bien, ¡pese al diablo! Sé que entonces no había artillería, ¡voto a Dios!, que no hubiera Bernardo para un hora en este tiempo. Pregunte v. m. en Flandes por la hazaña del Mellado, y verá lo que le dicen». —«¿Es v. m., acaso?», le dije yo; y él respondió: —«¿Pues qué otro? ¿No me ve la mella que tengo en los dientes? No tratemos desto, que parece mal alabarse el hombre».

Yendo en estas conversaciones, topamos en un borrico un ermitaño, con una barba tan larga, que hacía lodos con ella, macilento y vestido de paño pardo. Saludamos con el *Deo gracias* acostumbrado, y empezó a alabar los trigos y, en ellos, la misericordia del Señor. Saltó el soldado, y dijo:

—«¡Ah, padre!, más espesas he visto yo las picas sobre mí, y, ¡voto a Cristo!, que hice en el saco de Amberes lo que pude; sí, ¡juro a Dios!». El ermitaño le reprehendió que no jurase tanto, a lo cual dijo: —«Padre, bien se echa de ver que no es soldado, pues me reprehende mi propio oficio» [191]. Diome a mí gran risa de ver en lo que ponía la

---

[189] *Diego de García de Paredes* (1466-1530), natural de Trujilo, tomó parte en las guerras que sostuvieron en Italia el Rey Católico y el Emperador. Su vida fue escrita por don Tomás Tamayo de Vargas en 1621. (V. L. de Torres, *Revista de Archivos,* 1911) (nota de A. Castro).

[190] *Julián Romero,* maestre de campo en Flandes, con don Luis de Requeséns (1573) (V. F. Barado, *Discurso de recepción en la Academia de la Historia,* 1906) (nota de A. Castro).

[191] Es tópico viejo; cfr.: «a los pláticos soldados / y diestros en renegar» (Naharro, *Soldadesca,* ed. Castalia, pág. 65). Debía ser un proble-

soldadesca, y eché de ver que era algún picarón gallina, porque ya entre soldados no hay costumbre más aborrecida de los de más importancia, cuando no de todos[192].

Llegamos a la falda del puerto, el ermitaño rezando el rosario en una carga de leña hecha bolas, de manera que, a cada avemaría, sonaba un cabe[193]; el soldado iba comparando las peñas a los castillos que había visto, y mirando cuál lugar era fuerte y adónde se había de plantar la artillería. Yo los iba mirando; y tanto temía el rosario del ermitaño, con las cuentas frisonas, como las mentiras del soldado. —«¡Oh, cómo volaría yo con pólvora gran parte deste puerto» —decía—, «y hiciera buena obra a los caminantes!».

---

ma bastante generalizado, pues Domingo de Soto publica (Toledo, 1553) una *Instrucción de cómo se ha de evitar el abuso de los juramentos.*

[192] La defensa de las armas es constante en Quevedo: «Vi algunos soldados [camino del infierno], pero pocos; que por la otra senda, a fuerza de absoluciones y gracias, infinitos iban en hileras ordenadas, honradamente triunfando; pero los pocos que nos cupieron acá era gente que si, como se había extendido el nombre de Dios jurando, lo hubieran hecho peleando, fueran famosos» (*El sueño del Infierno, Obras,* I, pág. 147b); y comp. *El pasagero,* pág. 297. También en esto sigue Quevedo el ideal cortesano; ya Castiglione se había burlado del *miles gloriosus:* «El cual [cortesano] con todo esto no queremos que se muestre tan fiero que continuamente traiga braveza en el rostro y en las palabras, haciéndose un león, y diciendo que *sus deseos son las armas y su descanso el pelear,* y amenazando al mundo con aquella ferocidad con que suelen amenazar los soldados [...]. Y, en fin, el que se alabare, hágalo de tal arte que todos piensen que querría él escusallo, no como estos bravos, que no hacen sino abrir la boca echando palabras al viento; como uno de los nuestros, que habiéndole en Pisa atravesado con una pica el muslo hasta la otra parte, dixo que no lo había sentido más que si le picara una mosca. Y otro dixo que no osaba tener espejo en su cámara, porque, cuando se enojaba, hacía el rostro tan espantoso, que si entonces se viese no podría dexar de hacerse a sí mismo muy gran miedo» (*El Cortesano,* págs. 48-50). Cfr. Naharro, *Soldadesca,* ed. cit., pág. 71; las mismas características y la misma preferencia por el soldado frente al fraile.

[193] *Cabe* es el golpe que un bolo pega a otro en el juego de la argolla. El bolo se lanzaba con una paleta a través de una argolla clavada en el suelo, a fin de pasar de cierta raya. El bolo tenía que quedar separado de los demás en forma que por lo menos cupiera entre ellos la paleta. De ahí el nombre de *cabe.* V. *Cov.,* s. v. *cabe.*

En estas y otras conversaciones, llegamos a Cercedilla. Entramos en la posada todos tres juntos, ya anochecido; mandamos aderezar la cena —era viernes—, y, entre tanto, el ermitaño dijo: —«Entretengámonos un rato, que la ociosidad es madre de los vicios; juguemos avemarías». Y dejó caer de la manga el descuadernado[194]. Diome a mí gran risa el ver aquello, considerando en las cuentas. El soldado dijo: —«No, sino juguemos hasta cien reales que yo traigo, en amistad». Yo, cudicioso, dije que jugaría otros tantos, y el ermitaño, por no hacer mal tercio, acetó, y dijo que allí llevaba el aceite de la lámpara, que eran hasta doscientos reales. Yo confieso que pensé ser su lechuza y bebérsele, pero así le sucedan todos sus intentos al turco.

Fue el juego al parar[195], y lo bueno fue que dijo que no sabía el juego, y hizo que se le enseñásemos. Déjónos el bienaventurado hacer dos manos, y luego nos la dio tal, que no dejó blanca en la mesa. Heredónos en vida; retiraba el ladrón con las ancas de la mano que era lástima. Perdía una sencilla, y acertaba doce maliciosas. El soldado echaba a cada suerte doce *votos* y otros tantos *peses,* aforrados en *por vidas.* Yo me comí las uñas, y el fraile ocupaba las suyas en mi moneda. No dejaba santo que no llamaba; nuestras cartas eran como el Mesías, que nunca venían y las aguardábamos siempre.

Acabó de pelarnos; quisímosle jugar sobre prendas, y él, tras haberme ganado a mí seiscientos reales, que era lo que llevaba, y al soldado los ciento, dijo que aquello era entretenimiento, y que éramos prójimos, y que no había de tratar de otra cosa. —«No juren» —decía—, «que a mí, porque me encomendaba a Dios, me ha sucedido bien[196]. Y como nosotros no sabíamos la habilidad

---

194 *el descuadernado,* el libro desencuadernado, esto es, 'la baraja'.

195 *Parar:* «poner el dinero contra el otro, que llaman el juego de parar» *(Cov.).*

196 Señala Castro que «es recomendación propia de gariteros: "piden que ninguno jure por el amor de Dios, porque en haciéndolo, cerrarán

que tenía de los dedos a la muñeca, creímoslo, y el soldado juró de no jurar más, y yo de la misma suerte. —«¡Pesia tal!» —decía el pobre alférez, que él me dijo entonces
que lo era—, «entre luteranos y moros me he visto, pero
no he padecido tal despojo».

El se reía a todo esto. Tornó a sacar el rosario para rezar. Yo, que no tenía ya blanca, pedíle que me diese de
cenar, y que pagase hasta Segovia la posada por los dos,
que íbamos *in puribus* [197]. Prometió hacerlo. Metióse sesenta güevos [198] (¡no vi tal en mi vida!). Dijo que se iba a
acostar.

Dormimos todos en una sala con otra gente que estaba
allí, porque los aposentos estaban tomados para otros.
Yo me acosté con harta tristeza; y el soldado llamó al
huésped, y le encomendó sus papeles en las cajas de lata
que los traía, y un envoltorio de camisas jubiladas. Acostámonos; el padre se persinó, y nosotros nos santiguamos
dél. Durmió; yo estuve desvelado, trazando cómo
quitarle el dinero. El soldado hablaba entre sueños de los
cien reales, como si no estuvieran sin remedio.

Hízose hora de levantar. Pedí yo luz muy aprisa; trujé-
ronla, y el huésped el envoltorio al soldado, y olvidáron-
sele los papeles. El pobre alférez hundió la casa a gritos,
pidiendo que le diese los servicios. El huésped se turbó,
y, como todos decíamos que se los diese, fue corriendo y

---

su puerta" (*Rivadeneyra,* XXIII, 462a)».Pero caracteriza también al
hipócrita, pues la explicación de su buena fortuna en el juego la da la
frase siguiente. Sobre ermitaños fingidos, vid. *Cotarelo,* I, pág. 79b; *El
subtil cordovés,* pág. 181 y ss.; la nota 284. Según Navarrete y Ribera
(en *La casa del Juego*), era algo frecuente fingirse eclesiásticos los tahú-
res, para mejor introducirse donde hubiera páparos y aun fulleros a
quienes desplumar, y, sobre todo, para no dar sospecha de ser *sages*
(Apud Doty, *Día de fiesta,* pág. 124, n. 55). Cfr. Naharro, *Soldadesca,*
etcétera.

[197] *in púribus,* 'desnudo'.

[198] «Metióse sesenta huevos» podría recordar (y tener el mismo sentido) que la expresión de Pármeno: «¡Oh, que comedor de huevos asados
era su marido», interpretada por la editora, D. S. Severin, como referida «a una costumbre funeraria hebraica» (*La Celestina,* Madrid,
Alianza Editorial, 1971, pág. 60).

trujo tres bacines, diciendo: —«He ahí para cada uno el suyo; ¿Quieren más servicios?»; que él entendió que nos habían dado cámaras [199]. Aquí fue ella, que se levantó el soldado con la espada tras el huésped, en camisa, jurando que le había de matar porque hacía burla dél, que se había hallado en la Naval [200], San Quintín y otras, trayendo servicios en lugar de los papeles que le había dado. Todos salimos tras él a tenerle, y aun no podíamos. Decía el huésped: —«Señor, su merced pidió servicios; yo no estoy obligado a saber que, en lengua soldada, se llaman así los papeles de las hazañas». Apaciguámoslos, y tornamos al aposento.

El ermitaño receloso, se quedó en la cama, diciendo que le había hecho mal el susto. Pagó por nosotros, y salimos del pueblo para el puerto, enfadados del término del ermitaño, y de ver que no le habíamos podido quitar el dinero.

Topamos con un ginovés, digo con uno destos antecristos de las monedas de España [201], que subía el puerto con

---

[199] En general, «*Cámara* [...] se dize del escremento del hombre, y hazer cámara, proveerse, por su propio nombre *cacare*... Cámaras, enfermedad dysentería...» *(Cov.);* y comp. el uso en las páginas 209 y 220; y *Floresta,* pág. 25, III, o Salazar, *Obras festivas,* página 167. Con el sentido de disentería: «Piden con grande mesura / el cofre de la hermosura, / que abierto puede dar asco / a un enfermero de sala / de cámaras» (Lope de Vega, *La buena guarda,* I, i); «El panizo molido y bebido en vino (y sea tinto) es bueno contra el fluxo de vientre que llaman cámaras» (Alonso de Herrera, *Obra de agricultura,* pág. 43a).

[200] *la Naval,* 'la batalla de Lepanto'. Cfr. *Cotarelo* (I, pág. XXIIa, II, 410b) y literatura del Siglo de Oro, *passim.*

[201] A. Castro recuerda el conocido texto de Quevedo: «Nace (el oro) en las Indias honrado, / viene a morir en España, / y es en Génova enterrado» *(Obras,* Bibl. Andal., II, 8)»; también: «Ginovés harpía, / para hacer que un real para ducados» *(ibíd.,* 289). «Más vale para la rueda / que mueve los intereses, / el bajar los ginoveses, / que no subir la moneda» *(Rivadeneyra,* LXIX, 90b)». No sólo Quevedo ve las cosas así, era idea común, incluso en formulaciones concretas: [los extranjeros] «nos tratan como a indios, sacando grandes sumas» (Sancho Moncada, *Restauración política de España,* Discurso primero, cap. XII). O Prudencio de Sandoval, *Historia de la vida y hechos del Emperador Carlos V,* I, pág. 193a, que utiliza la misma expresión aunque referida

un paje detrás, y él con su guardasol, muy a lo dineroso. Trabamos conversación con él; todo lo llevaba a materia de maravedís, que es gente que naturalmente nació para bolsas. Comenzó a nombrar a Visanzón, y si era bien dar dineros o no a Visanzón, tanto que el soldado y yo le preguntamos que quién era aquel caballero. A lo cual respondió, riéndose: —«Es un pueblo de Italia, donde se juntan los hombres de negocios» —que acá llamamos fulleros de pluma—, «a poner los precios por donde se gobierna la moneda». De lo cual sacamos que, en Visanzón, se lleva el compás a los músicos de uña [202].

Entretúvonos el camino contando que estaba perdido porque había quebrado un cambio, que le tenía más de sesenta mil escudos. Y todo lo juraba por su conciencia;

concretamente a los flamencos. Sobre los genoveses, ver E. Cacto Fernández, «La picaresca mercantil en el *Guzmán de Alfarache»*, página 323, nota 4 *(Rev. de H.ª del Derecho de la Univ. de Granada,* 1977-1978, págs. 320-370).

[202] Américo Castro anota: La *uña* desempeña gran papel en la lengua de Quevedo, y da lugar a frases que en vano buscaremos en los diccionarios. Partiendo de *gato,* 'ladrón', y sus conexos *miz, maullar,* etc., la *uña* es máximo símbolo del robo y la rapiña. Los gatos son «la gente de la uña» *(Rivadeneyra,* LXIX, 157a); burlándose de los poéticos elogios de la belleza femenina, dice que son «soles con uñas los ojos, / que se van tras la moneda» (Bibl. Andal., III, 292); la obsesión quevedesca contra toda socaliña, le hace elogiar en la hembra «un muslo que nunca *aruña»,* es decir, que da placer y no pide dinero *(ibíd.,* 291); el ladrón Montilla, que se pone en camino, dirá: «A Granada enderecé / las *uñaradas* y el trote» *(ibíd.,* 299). Leemos en un romance de 1605: «Son sus ternezas uñas, / pues se me muestra amoroso, / con fondos en pedigüeña» (Bibl. Andal., II, 34); y en el baile de *Las estafadoras:* «Botes de botica / no hacen tanto mal, / como los de uña / que en las tiendas dan» *(Rivad.,* LXIX, 126b). Así se comprende en las *Alabanzas irónicas a Valladolid* se diga hablando de su Ochavo: «De su castillo y león / son uñas y son troneras / los mercaderes que hurtan, / y lo oscuro de las tiendas» (Bibl. Andal., II, 49). En un soneto se habla «del *aruñón* de bolsas cortesano» *(Rivad.,* LXIX, 133b). En fin, en el *Entremés del niño: «Cuando te pidieren las doncellas de uña* / que te acuerdes del ángel de tu guarda» *(ibíd.,* 275a). Ahora se comprende la frase de nuestro texto; los banqueros de Besanzón regulan o *llevan el compás* del valor del dinero; *llevar el compás* suscita, por asociación, verba *músicos,* los cuales en este caso son de *uña,* es decir, de robo.

aunque yo pienso que conciencia en mercader es como virgo en cantonera [203], que se vende sin haberle. Nadie, casi, tiene conciencia, de todos los deste trato; porque, como oyen decir que muerde por muy poco, han dado en dejarla con el ombligo en naciendo.

En estas pláticas, vimos los muros de Segovia, y a mí se me alegraron los ojos, a pesar de la memoria, que, con los sucesos de Cabra, me contradecía el contento. Llegué al pueblo y, a la entrada, vi a mi padre en el camino, aguardando ir en bolsas, hecho cuartos, a Josafad. Enternecíme, y entré algo desconocido de como salí, con punta de barba, bien vestido.

Dejé la compañía; y, considerando en quién conocería a mi tío —fuera del rollo— mejor en el pueblo, no hallé nadie de quien echar mano. Lleguéme a mucha gente a preguntar por Alonso Ramplón, y nadie me daba razón dél, diciendo que no le conocían. Holgué mucho de ver tantos hombres de bien en mi pueblo, cuando, estando en esto, oí al precursor de la penca [204] hacer de garganta, y a mi tío de las suyas. Venía una procesión de desnudos, todos descaperuzados, delande de mi tío, y él, muy haciéndose de pencas [205], con una en la mano, tocando un pasacalles públicas en las costillas de cinco laúdes, sino que llevaban sogas por cuerdas. Yo, que estaba notando esto con un hombre a quien había dicho, preguntando por él, que era yo un gran caballero, veo a mi buen tío que, echando en mí los ojos —por pasar cerca—, arremetió a abrazarme, llamándome sobrino. Penséme morir de

---

[203] *«Cantón... dar a uno cantonada, es hurtarle el cuerpo, torciendo el camino y dexando la vía recta. Y de allí se dixo cantonera la muger enamorada, porque siempre procura la casa en lo posterior de la calle al cantón...» (Cov.),* esto es, casa pública. Cfr. nota 128.

[204] *precursor de la penca,* 'el pregonero'.

[205] *Se hacía de pencas, «Hacerse de pencas.* Lo que de rogar» *(Correas).* Cfr.: «Al llevar los jubones / se hace de pencas» *(Cotarelo,* II, pág. 502b); «Llevaba doña Uranea una dueña muy afable, tanto como otras se hacen de pencas» *(Los peligros de Madrid,* pág. 69); «A puro pencas se han vuelto / cardos mis espaldas ya; / por eso me hago de pencas / en el decir y el obrar» *(Blecua,* pág. 1227).

vergüenza; no volví a despedirme de aquél con quien estaba.

Fuime con él, y díjome: —«Aquí te podrás ir, mientras cumplo con esta gente; que ya vamos de vuelta, y hoy comerás conmigo». Yo que me vi a caballo, y que en aquella sarta parecería punto menos de azotado, dije que le aguardaría allí; y así, me aparté tan avergonzado, que, a no depender dél la cobranza de mi hacienda, no le hablara más en mi vida ni pareciera entre gentes.

Acabó de repasarles las espaldas, volvió, y llevóme a su casa, donde me apeé y comimos.

Capítulo IV

Del hospedaje de mi tío, y visitas, la cobranza de mi hacienda y vuelta a la corte

Tenía mi buen tío su alojamiento junto al matadero, en casa de un aguador. Entramos en ella, y díjome: —«No es alcázar la posada, pero yo os prometo, sobrino, que es a propósito para dar expediente a mis negocios». Subimos por una escalera, que sólo aguardé a ver lo que me sucedía en lo alto, para si se diferenciaba en algo de la de la horca.

Entramos en un aposento tan bajo, que andábamos por él como quien recibe bendiciones, con las cabezas bajas. Colgó la penca [206] en un clavo, que estaba con otros de que colgaban cordeles, lazos, cuchillos, escarpias y otras herramientas del oficio. Díjome que por qué no me quitaba el manteo y me sentaba; yo le dije que no lo tenía de costumbre. Dios sabe cuál estaba de ver la infamia de mi tío, el cual me dijo que había tenido ventura en topar con él en tan buena ocasión, porque comería bien, que tenía convidados unos amigos.

En esto, entró por la puerta, con una ropa hasta los pies, morada, uno de los que piden para las ánimas, y

---

[206] *«penca* se llama el azote del verdugo, por ser ancha como la penca del cardo» (Covarrubias). Y, en ocasiones, significa 'ramera' (vid. *Poesía erótica del Siglo de Oro,* págs. 229 y 232); la relación cardo-azote es clara en este caso: «pues si soy cardo, ni se espante de que pique, ni que me haga de pencas» (*Los peligros de Madrid,* pág. 57).

haciendo son con la cajita, dijo: —«Tanto me han valido a mí las ánimas hoy, como a ti los azotados: encaja». Hiciéronse la mamona [207] el uno al otro. Arremangóse el desalmado animero el sayazo, y quedó con unas piernas zambas en gregüescos de lienzo, y empezó a bailar y decir que si había venido Clemente. Dijo mi tío que no, cuando, Dios y enhorabuena, devanado [208] en un trapo, y con unos zuecos, entró un chirimía de la bellota, digo, un porquero. Conocíle por el —hablando con perdón— cuerno que traía en la mano; y para andar al uso, sólo erró en no traelle encima de la cabeza.

Saludónos a su manera, y tras él entró un mulato zurdo y bizco, un sombrero con más falda que un monte y más copa que un nogal, la espada con más gavilanes que la caza del Rey, un coleto de ante. Traía la cara de punto, porque a puros chirlos la tenía toda hilvanada.

Entró y sentóse, saludando a los de casa; y a mi tío le dijo: —«A fe, Alonso, que lo han pagado bien el Romo y el Garroso». Saltó el de las ánimas, y dijo: —«Cuatro ducados di yo a Flechilla, verdugo de Ocaña, porque aguijase el burro, y porque no llevase la penca de tres suelas, cuando me palmearon». —«¡Vive Dios!» —dijo el corchete—, «que se lo pagué yo sobrado a Lobrezno en Murcia, porque iba el borrico que remedaba el paso de la tortuga, y el bellaco me los asentó de manera que no se levantaron sino ronchas». Y el porquero, concomiéndose, dijo: —«Con virgo están mis espaldas». —«A cada puerco le viene su San Martín», dijo el demandador. —«De eso me puedo alabar yo» —dijo mi buen tío— «entre cuantos manejan la zurriaga, que, al que se me encomienda, hago lo que debo. Sesenta me dieron los de hoy, y llevaron unos azotes de amigo, con penca sencilla [209].

---

[207] *mamona:* «Vulgarmente se toma por una postura de los cinco dedos de la mano en el rostro de otro, y por menosprecio solemos decir que le hizo la mamona. Diéronle este nombre, porque el ama cuando da la teta al niño, suele con los dedos recogerla para que salga la leche» *(Cov.).*

[208] *devanado,* 'envuelto'.

[209] Comp.: «y, a los que hurtan, luego aquel día los llevan a la plaza

179

Yo que vi cuán honrada gente era la que hablaba mi tío, confieso que me puse colorado, de suerte que no pude disimular la vergüenza. Echómelo de ver el corchete, y dijo: —«¿Es el padre el que padeció el otro día, a quien se dieron ciertos empujones en el envés?»[210] Yo respondí que no era hombre que padecía como ellos. En esto, se levantó mi tío y dijo: —«Es mi sobrino, maeso[211] en Alcalá, gran supuesto»[212]. Pidiéronme perdón, y ofreciéronme toda caricia.

Yo rabiaba ya por comer, y por cobrar mi hacienda y huir de mi tío. Pusieron las mesas; y por una soguilla, en un sombrero, como suben la limosna los de la cárcel, subían la comida de un bodegón que estaba a las espaldas de la casa, en unos mendrugos de platos y retacillos de cántaros y tinajas. No podrá nadie encarecer mi sentimiento y afrenta. Sentáronse a comer, en cabecera el demandador, y los demás sin orden. No quiero decir lo que comimos; sólo, que eran todas cosas para beber. Sorbióse el corchete tres de puro tinto. Brindóme a mí el porquero; me las cogía al vuelo, y hacía más razones[213] que

---

y los clavan la mano por la carne de entre el pulgar, y así están mucho tiempo; aunque si dan doscientos reales al alguacil, mete el clavo sin tocar la carne y untan de sangre, como yo lo vi hacer» (*Fastiginia*, Valladolid, 1973, pág. 223).

[210] *empujones en el envés*, 'azotes'.

[211] *maeso*, 'maestro'.

[212] Comp.: «... el padre Salablanca, tan semejante en la vida a la excelencia de sus palabras; y otros excelentísimos supuestos» (*Espinel*, I, pág. 242); *Guzmán*, págs. 466, 472, 813; Aldana, *Obras*, C. C., página 105, nota 5, entre es, personas importantes.

[213] F. Lázaro Carreter, en su ed. del *Buscón* (pág. 139), anota: «Brindóme: brindándome. CS Viémdome E; *esta última variante parece una mala interpretación de* brindóme, *forma que ofrece* B *y que, por su presunta coincidencia con* E, *incorporo al texto crítico; es casi seguro que el gerundio sólo aparecía en el antepasado de CS*/ el porquero: *om* S/ *me las cogía al vuelo: pero yo agüelo* S/ *al vuelo: om* C/ *Castro*, 1927, pág. 145, anota: "El porquero *falta en el ms[s], pero está en el impreso* [E]; *el impreso, en cambio, no debió entender* agüelo (*Pablos corresponde al brindis, bebiendo el vino aguado), y puso:* el porquero me las cogía al vuelo, *variando el sentido*". *Vemos ahora que el error estaba en* S. *La interpretación que proponemos para este difícil*

decíamos todos. No había memoria de agua, y menos voluntad della.

Parecieron en la mesa cinco pasteles de a cuatro. Y tomando un hisopo, después de haber quitado las hojaldres, dijeron un responso todos, con su *requiem eternam,* por el ánima del difunto cuyas eran aquellas carnes[214]. Dijo mi tío: —«Ya os acordáis, sobrino, lo que os escribí de vuestro padre». Vínoseme a la memoria; ellos comieron, pero yo pasé con los suelos solos, y quedéme con la costumbre; y así, siempre que como pasteles, rezo una avemaría por el que Dios haya.

Menudeóse sobre dos jarros; y era de suerte lo que hicieron el corchete y el de las ánimas, que se pusieron las suyas tales, que, trayendo un plato de salchichas que parecía de dedos de negro, dijo uno que para qué traían pebetes[215] guisados. Ya mi tío estaba tal, que, alargando la mano y asiendo una, dijo, con la voz algo áspera y ronca, el un ojo medio acostado, y el otro nadando en mosto: —«Sobrino, por este pan de Dios que crió a su imagen y semejanza, que no he comido en mi vida mejor carne tinta». Yo que vi al corchete que, alargando la mano, tomó el salero y dijo: —«Caliente está este caldo», y que el por-

---

pasaje es la siguiente: "Brindóme a mí el porquero; me las [las ocasiones u ofrecimientos?] cogía al vuelo, y hacía más razones [correspondencias a los brindis] que [cosas razonables] decíamos todos". Con todo, ignoro el sentido preciso de las cogía, en este contexto. Hallamos el pronombre la en fórmulas americanas para brindar o hacer la razón: así, en Chile: —"Se la hago.—Se la pago"; "—La comprometo.—Con lo que me diste, no más". Cfr. Rodríguez Marín, ed. de "Viaje del Parnaso", Madrid, 1935, 510-11».

En mi opinión, *las* se refiere a las *razones,* en cuyo caso la frase significaría esto: «no sólo cogía al vuelo las razones que yo le hacía, sino que, además, hacía él más razones que todos los demás juntos». Cfr. Salas Barbadillo: «A imitación de aquel brindador maestro, los demás que le aplaudían, se mostraban infinitamente racionales, pues tantas vezes la hazían» (*El sutil cordovés,* pág. 198). Y notar la serie: razón, memoria, voluntad.

[214] Pasteles de carne de caballo aparecen en *La pícara Justina* (II, pág. 373).

[215] *pebete,* 'vírgula aromática conficionada de polvos odoríferos, que encendida echa de sí un humo odorífero' *(Cov.).*

quero se llevó el puño de sal, diciendo: —«Es bueno el avisillo para beber», y se lo chocló en la boca, comencé a reír por una parte, y a rabiar por otra.

Trujeron caldo, y el de las ánimas tomó con entrambas manos una escudilla, diciendo: —«Dios bendijo la limpieza»; y alzándola para sorberla, por llevarla a la boca, se la puso en el carrillo, y, volcándola, se asó en caldo, y se puso todo de arriba abajo que era vergüenza. El, que se vio así, fuese a levantar, y como pesaba algo la cabeza, quiso ahirmar[216] sobre la mesa, que era destas movedizas; trastornóla, y manchó a los demás; y tras esto decía que el porquero le había empujado. El porquero que vio que el otro se le caía encima, levantóse, y alzando el instrumento de güeso, le dio con él una trompetada. Asiéronse a puños, y, estando juntos los dos, y teniéndole el demandador mordido de un carrillo, con los vuelcos y alteración, el porquero vomitó cuanto había comido en las barbas del de la demanda. Mi tío, que estaba más en juicio, decía que quién había traído a su casa tantos clérigos[217].

Yo que los vi que ya, en suma, multiplicaban, metí en paz la brega, desasí a los dos, y levanté del suelo al

---

[216] *ahirmar,* 'afirmar'.

[217] *Mi tío... decía que quién había traído a su casa tantos clérigos.* El tío confunde a Pablos, vestido de estudiante, de manteo, con un clérigo; después, en el capítulo siguiente, dirá Pablos: «propuse de colgar los hábitos en llegando, y de sacar vestidos nuevos cortos al uso». La misma confusión que el tío, tuvo antes el corchete: «¿Es el padre que padeció el otro día, a quien se dieron ciertos empujones en el envés?». El sentido de la frase es que el verdugo no sólo *suma* (ve doble), sino que multiplica («tantos clérigos»). Es uno de los pocos casos en que Quevedo prepara desde lejos una burla: ya al principio del capítulo había dicho Pablos: «Díjome que por qué no me quitaba el *manteo* y me sentaba; yo le dije que no lo tenía por costumbre».
Otra identificación de los dos hábitos: «Si es que tiene malos bajos / y no quiere descubrirlos, / amanezca de estudiante / o vuelto monje benito» (*Blecua,* pág. 879). Y es normal ya que los estudiantes de la Universidad de Alcalá se caracterizaban por su disciplina clerical: no podían jugar, tener instrumentos de música ni llevar armas; vestían, además, como clérigos y, en gran medida, eran considerados como tales.

corchete, el cual estaba llorando con gran tristeza; eché a mi tío en la cama, el cual hizo cortesía a un velador de palo que tenía, pensando que era convidado; quité el cuerno al porquero, el cual, ya que dormían los otros, no había hacerle callar, diciendo que le diesen su cuerno, porque no había habido jamás quien supiese en él más tonadas, y que él quería tañer con el órgano. Al fin, yo no me aparté dellos hasta que vi que dormían.

Salíme de casa; entretúveme en ver mi tierra toda la tarde, pasé por la casa de Cabra, tuve nueva de que ya era muerto, y no cuidé de preguntar de qué, sabiendo que hay hambre en el mundo.

Torné a casa a la noche, habiendo pasado cuatro horas, y hallé al uno despierto y que andaba a gatas por el aposento buscando la puerta, y diciendo que se les había perdido la casa. Levantéle, y dejé dormir a los demás hasta las once de la noche que despertaron; y, esperezándose, preguntó mi tío que qué hora era. Respondió el porquero —que aún no la había desollado[218]— que no era nada sino la siesta, y que hacía grandes bochornos. El demandador, como pudo, dijo que le diesen su cajilla: —«Mucho han holgado las ánimas para tener a su cargo mi sustento»; y fuese, en lugar de ir a la puerta, a la ventana; y, como vio estrellas, comenzó a llamar a los otros con grandes voces, diciendo que el cielo estaba estrellado a mediodía, y que había un gran eclipse. Santiguáronse todos y besaron la tierra[219].

Yo que vi la bellaquería del demandador, escandalicéme mucho, y propuse de guardarme de semejantes hombres. Con estas vilezas e infamias que veía yo, ya me crecía por puntos el deseo de verme entre gente principal y caballeros. Despachélos a todos uno por uno lo mejor que

---

[218] 'dormir la zorra, ie. la borrachera'.

[219] Parece que se besaba el suelo especialmente al pisar tierra después de haber pasado grandes peligros en el mar; al menos así lo dice Jacinto Alonso Maluenda: «Después de auelles hecho tan pomposo recibimiento, besaron las orillas del Turia, como el que desembarca auiendo escapado de una grande tempestad» (*Bureo de las musas,* pág. 183).

pude, acosté a mi tío, que, aunque no tenía zorra[220], tenía raposa, y yo acomodéme sobre mis vestidos y algunas ropas de los que Dios, tenga, que estaban por allí.

Pasamos desta manera la noche; a la mañana, traté con mi tío de reconocer mi hacienda y cobralla. Despertó diciendo que estaba molido, y que no sabía de qué. El aposento estaba, parte con las enjaguaduras de las monas, parte con las aguas que habían hecho de no beberlas, hecho una taberna de vinos de retorno. Levantóse, tratamos largo en mis cosas, y tuve harto trabajo por ser hombre tan borracho y rústico. Al fin, le reduje a que me diera noticia de parte de mi hacienda, aunque no de toda, y así, me la dio de unos trecientos ducados que mi buen padre había ganado por sus puños, y dejádolos en confianza de una buena mujer a cuya sombra se hurtaba diez leguas a la redonda.

Por no cansar a v. m., vengo a decir que cobré y embolsé mi dinero, el cual mi tío no había bebido ni gastado, que fue harto para ser hombre de tan poca razón, porque pensaba que yo me graduaría con éste, y que, esdudiando, podría ser cardenal, que, como estaba en su mano hacerlos, no lo tenía por dificultoso. Díjome, en viendo que los tenía: —«Hijo Pablos, mucha culpa tendrás si no medras y eres bueno, pues tienes a quién parecer. Dinero llevas; yo no te he de faltar, que cuanto sirvo y cuanto tengo, para ti lo quiero». Agradecíle mucho la oferta.

Gastamos el día en pláticas desatinadas y en pagar las visitas a los personajes dichos. Pasaron la tarde en jugar a la taba mi tío, el porquero y demandador. Este jugaba misas como si fuera otra cosa. Era de ver cómo se barajaban la taba: cogiéndola en el aire al que la echaba, y meciéndola en la muñeca, se la tornaban a dar. Sacaban de taba como de naipe, para la fábrica[221] de la sed, porque había siempre un jarro en medio.

---

[220] *zorra*, 'borrachera'. Comp.: «que son las opiniones como zorras / que unos las toman alegres y otros tristes» (*Blecua*, págs. 982 y 859...); y ver *La razón de algunos refranes*, s. v. *Zorra*, pág. 103.

[221] *fábrica;* otra broma a base de cosas eclesiásticas, pues *fábrica* es

Vino la noche; ellos se fueron; acostámonos mi tío y yo cada uno en su cama, que ya había prevenido para mí un colchón. Amaneció y, antes que él despertase, yo me levanté y me fui a una posada, sin que me sintiese; torné a cerrar la puerta por defuera, y echéle la llave por una gatera.

Como he dicho, me fui a un mesón a esconder y aguardar comodidad para ir a la corte. Déjele en el aposento una carta cerrada, que contenía mi ida y las causas, avisándole que no me buscase, porque eternamente no lo había de ver.

---

el 'fondo que suele haber en las iglesias para los gastos del culto' (nota de A. Castro).

CAPÍTULO V

De mi huida, y los sucesos en ella hasta la corte

Partía aquella mañana del mesón un arriero con cargas a la corte. Llevaba un jumento; alquilómele, y salíme a aguardarle a la puerta fuera del lugar. Salió, espetéme en el dicho, y empecé mi jornada. Iba entre mí diciendo: —«Allá quedarás, bellaco, deshonrabuenos, jinete de gaznates».

Consideraba yo que iba a la corte, adonde nadie me conocía —que era la cosa que más me consolaba—, y que había de valerme por mi habilidad allí. Propuse de colgar los hábitos en llegando, y de sacar vestidos nuevos cortos al uso. Pero volvamos a las cosas que el dicho mi tío hacía, ofendido con la carta, que decía en esta forma:

«Señor Alonso Ramplón: Tras haberme Dios hecho tan señaladas mercedes como quitarme de delante a mi buen padre y tener a mi madre en Toledo, donde, por lo menos, sé que hará humo, no me faltaba sino ver hacer en v. m. lo que en otros hace. Yo pretendo ser uno de mi linaje, que dos es imposible, si no vengo a sus manos, y trinchándome, como hace a otros. No pregunte por mí, ni me nombre, porque me importa negar la sangre que tenemos. Sirva al Rey, y adiós».

No hay que encarecer las blasfemias y oprobios que diría contra mí. Volvamos a mi camino. Yo iba caballero

en el rucio de la Mancha [222], y bien deseoso de no topar
nadie, cuando desde lejos vi venir un hidalgo de portante [223], con su capa puesta, espada ceñida, calzas atacadas
y botas, y al parecer bien puesto, el cuello abierto, el
sombrero de lado. Sospeché que era algún caballero que
dejaba atrás su coche; y así, emparejando, le saludé.

Miróme y dijo: —«Irá v. m., señor licenciado, en ese
borrico con harto más descanso que yo con todo mi apa-
rato». Yo, que entendí que lo decía por coche y criados
que dejaba atrás, dije: —«En verdad, señor, que lo tengo
por más apacible caminar que el del coche, porque aunque v. m. vendrá en el que trae detrás con regalo,
aquellos vuelcos que da, inquietan». —«¿Cuál coche detrás?», dijo él muy alborotado. Y, al volver atrás, como
hizo fuerza se le cayeron las calzas, porque se le rompió
una agujeta [224] que traía, la cual era tan sola que, tras

---

[222] *rucio de la mancha;* a pesar de la opinión en contra de F. Lázaro
(op. cit.), creo que se trata de un recuerdo del rucio de Sancho, impresión que parece reforzada por la inmediata aparición de un hidalgo. En
otra ocasión escribe Quevedo:

> cuando sobre un caballo más manchado
> que biznieto de moros y judíos,
> rucio, a quien no consiente ser rodado
> los brazos de su dueño

(Orlando, II, vv. 193-196)

pero aquí *manchado* indica que el caballo no es pura sangre, lo que no
tendría sentido dicho de un burro. En nuestro texto es el uso del
artículo determinado lo que, quizá, puede resolver la cuestión.

[223] Aunque A. Castro interpreta *«portante,* 'el paso ligero de las
caballerías'»; *de portante* quiere decir que el hidalgo iba a buen paso.
En determinados lugares parece significar simplemente 'deprisa':
«pregunte uced a mi lacayo si subirá la mula por las escaleras, que allí
haré la visita de portante. ¡Ay, señor, respondió Bitrubia, siéntese a mi
lado, despacio» *(Los peligros de Madrid,* pág. 39); en otras ocasiones se
refiere al paso de las personas, como ocurre en la obra citada (pág. 83)
o en los *Cigarrales de Toledo* (Madrid, 1942, t. II, pág. 95); aunque,
como es natural, también se refiera a las caballerías *(Peligros,* página 83; *Cigarrales,* I, pág. 7, etc.).

[224] *agujeta:* «la cinta que tiene dos cabos de metal, que, como aguja,
entra por los agujeros» *(Cov.).*

verme muerto de risa de verle, me pidió una prestada. Yo que vi que, de la camisa, no se vía sino una ceja, y que traía tapado el rabo de medio ojo[225], le dije: —«Por Dios, señor, si v. m. no aguarda a sus criados, yo no puedo socorrerle, porque vengo también atacado únicamente». —«Si hace v. m. burla» —dijo él, con las cachondas[226] en la mano—, «vaya, porque no entiendo eso de los criados.

Y aclaróseme tanto en materia de ser pobre, que me confesó, a media legua que anduvimos, que si no le hacía merced de dejarle subir en el borrico un rato, no le era posible pasar adelante, por ir cansado de caminar con las bragas en los puños; y, movido a compasión, me apeé; y, como él no podía soltar las calzas, húbele yo de subir. Y espantóme lo que descubrí en el tocamiento, porque, por la parte de atrás que cubría la capa, traía las cuchilladas con entretelas de nalga pura. El, que sintió lo que le había visto, como discreto, se previno diciendo: —«Señor licenciado, no es oro todo lo que reluce. Debióle parecer a v. m., en viendo el cuello abierto y mi presencia, que era un conde de Irlos. Como destas hojaldres cubren en el mundo lo que v. m. ha tentado».

Yo le dije que le aseguraba de que me había persuadido a muy diferentes cosas de las que veía. —«Pues aún no ha visto nada v. m.» —replicó—, «que hay tanto que ver en mí como tengo, porque nada cubro. Veme aquí v. m. un hidalgo hecho y derecho, de casa de solar montañés, que, si como sustento la nobleza, me sustentara, no hubiera más que pedir. Pero ya, señor licenciado, sin pan y carne, no se sustenta buena sangre, y por la misericordia

---

[225] *tapado el rabo de medio ojo,* el sentido no es muy claro. El texto S da *rostro* por *rabo,* lo que haría mejor sentido: el hidalgo no tenía camisa y, sin embargo, llevaba un gran cuello que le tapaba un ojo; comp.: «tenía un cuello tan grande que no se le echaba de ver si tenía cabeza» (*Sueño del Juicio Final, Obras,* I, pág. 164a).

[226] *cachondas,* 'calzas', en lenguaje plebeyo. Comp.: «la cara, / Que unas cachondas parece, / A poder de cuchillas» (*Rivad.,* LXIX, 219b). «El vestido era un enjerto, / De cachondas y botarga» (*ibíd.,* 204a) (nota de A. Castro).

de Dios, todos la tienen colorada, y no puede ser hijo de algo el que no tiene nada. Ya he caído en la cuenta de las ejecutorias, después que, hallándome en ayunas un día, no me quisieron dar sobre ella en un bodegón dos tajadas; pues, ¡decir que no tiene letras de oro! Pero más valiera el oro en las píldoras que en las letras, y de más provecho es. Y, con todo, hay muy pocas letras con oro. He vendido hasta mi sepultura, por no tener sobre qué caer muerto, que la hacienda de mi padre Toribio Rodríguez Vallejo Gómez de Ampuero [227] —que todos estos nombres tenía—, se perdió en una fianza. Sólo el *don* me ha quedado por vender, y soy tan desgraciado que no hallo nadie con necesidad dél, pues quien no le tiene por ante, le tiene por postre, como el remendón, azadón, pendón, blandón, bordón y otros así» [228].

---

[227] A propósito del entremés de *La vieja Muñatones,* advierte E. Asensio: «Uno de los parroquianos es Don Toribio, a quien ella aconseja corteje a criadas dejando altas pretensiones: podría ser el conocido hidalgo montañés del *Buscón.* El asunto [es] poco original» (*Itinerario,* pág. 217); tampoco es original la burla del solar montañés, vid. *Blecua,* pág. 810; *La hija de Cel.,* pág. 48, etc.

[228] Esta figura de corte es grata a Quevedo: «Don Diego de Noche [...] en vida siempre andaba cerniendo las carnes el invierno por las picaduras del verano, sin poder hartar estas asentaderas de gregüescos; el jubón en pelo sobre las carnes, el más tiempo en ayunas de camisa, siempre dándome por entendido de las mesas ajenas; esforzando, con pistos de cerote y ramplones, desmayos del calzado; animando a las medias a puras sustancias de hilo y aguja...» (*Sueño de la muerte, Obras,* I, pág. 224a). O bien:

> Reinaldos, que por falta de botones,
> prende con alfileres la ropilla,
> cerniendo el cuerpo en puros desgarrones,
> a quien, por entrepiernas, los calzones
> permiten descubrir muslo y rodilla,
> dejando lugar por donde salga
> (requiebro de los putos) a la nalga.

(*Orlando,* I, vv. 289-296).

La cofradía de los hidalgos hebenes recuerda al épico escuadrón de los catarriberas, descrito por E. Salazar: «Holgaría v. m. de ver a las mañanas el escuadrón tan luçido que hazemos: tanta camisa suzia, tanta

Confieso que, aunque iban mezcladas con risa, las calamidades del dicho hidalgo me enternecieron. Preguntéle cómo se llamaba, y adónde iba y a qué. Dijo que todos los nombres de su padre: don Toribio Rodríguez Vallejo Gómez de Ampuero y Jordán. No se vio jamás nombre tan campanudo, porque acababa en *dan* y empezaba en *don*, como son de badajo[229]. Tras esto dijo que iba a la corte, porque un mayorazgo roído como él, en un pueblo corto, olía mal a dos días, y no se podía sustentar, y que por eso se iba a la patria común, adonde caben todos, y adonde hay mesas francas para estómagos aventureros. —«Y nunca, cuando entro en ella, me faltan cien reales en la bolsa, cama, de comer y refocilo de lo vedado, porque la industria en la corte es piedra filosofal, que vuelve en oro cuanto toca».

Yo vi el cielo abierto, y en son de entretenimiento para el camino, le rogué que me contase cómo y con quiénes y de qué manera viven en la corte los que no tenían, como él. Porque me parecía dificultoso en este tiempo, que no sólo se contenta cada uno con sus cosas, sino que aun solicitan las ajenas. —«Muchos hay de esos» —dijo—, «y muchos de estotros. Es la lisonja llave maestra, que abre a todas voluntades en tales pueblos. Y porque no se le haga dificultoso lo que digo, oiga mis sucesos y mis trazas, y se asegurará de esa duda».

---

ropa rayda, tanto sayo grasienteo, tanta gorra coronada, tanta almilla de grana, tanto pantuflo viejo, tanto guante añejo; [...] Cient pasos poco más o menos antes de llegar a la posada nos vamos aperçibiendo, echando la mano zurda al arzón, arremangando la ropa con la derecha, sacando el pie del estrivo y començando a echar la pierna sobre el anca de la mula; y al arrancar de la silla uno descubre la martingala, y otro la baqueta cayda; qual las bragas rotas, qual el pañal colgando, y aun tal ay entre nosotros que muestra la lana suçia de los coxines» (*Cartas*, páginas 86 y 90.

[229] Las críticas al uso del *don* son muy frecuentes aparece en: *Premáticas del tiempo* (*Obras*, I, pág. 62a); *El sueño de la muerte* (*Id.* 211b y 225a). Y es burla frecuente en otros textos: *Crotalón* (pág. 119); *Floresta* (pág. 147, V.; 30, I); *Guitón* (pág. 129); *El pasagero* (pág. 36); *Fastiginia* (pág. 212); *Cotarelo* (I, pág. 286a); *El subtil cordovés* (página 78); *El sagaz Estacio;* vid. Arco y Garay, *La sociedad española en las obras dramáticas de Lope de Vega*, Madrid, 1942, pág. 468 y ss.

Capítulo VI

En que prosigue el camino y lo prometido de su vida y costumbres

—«Lo primero ha de saber que en la corte[230] hay siempre el más necio y el más sabio, más rico y más pobre, y los extremos de todas las cosas; que disimula los malos y esconde los buenos, y que en ella hay unos géneros de gentes como yo, que no se les conoce raíz ni mueble, ni otra cepa de la que deciended los tales. Entre nosotros nos diferenciamos con diferentes nombres; unos nos llamamos caballeros hebenes; otros, güeros, chanflones[231], chirles, traspillados[232] y caninos[233].

---

[230] También F. de Aldana opina lo mismo: «mas por mostrar que halla / cualquier mal aquí su estremo y cabo» (C.C. pág. 53); «y comoquiera que a la Corte afluyen hombres de todos los reinos de la Monarquía, como ríos al mar, la mayor parte de los cuales suelen ser desechos de su Patria, es necesario tomar precauciones con medidas especiales para que la Corte se vea limpia de aquellos malos hombres; lo cual no puede lograrse, sino por el miedo a la pena y por horror al rapidísimo castigo» (Matheu i Sanz, Controversia XXV; *apud* F. Tomás y Valiente, *La tortura en España*, págs. 98-99). Quizá la primera reflexión sistemática sobre el tema sea el *De curialium miseriis* (1445) de Eneas Silvio Piccolomini.

[231] *Chanflán*, 'moneda falsa'.

[232] *Traspillado*, 'desvanecido, desfallecido de hambre'. «El médico le tomó el pulso, y se lo halló concertado; y se quedó espantado porque estaba traspillado y como si estuviera muerto, deteniendo el resuello para mejor fingirlo» (Pérez de Herrera, *Discurso del amparo de los legítimos pobres*, 1598, folio 9r). Úsase aún vulgarmente «los hijos se me traspellan» (Fuentes, Cuenca) (nota de A. Castro).

[233] *Canino*, 'hambriento'.

Es nuestra abogada la industria; pagamos las más veces los estómagos de vacío, que es gran trabajo traer la comida en manos ajenas. Somos susto de los banquetes, polilla de los bodegones y convidados por fuerza. Sustentámonos así del aire, y andamos contentos. Somos gente que comemos un puerro, y representamos un capón. Entrará uno a visitarnos en nuestras casas, y hallará nuestros aposentos llenos de güesos de carnero y aves, mondaduras de frutas, la puerta embarazada con plumas y pellejos de gazapos; todo lo cual cogemos de parte de noche por el pueblo, para honrarnos con ello de día. Reñimos en entrando el huésped: —"¿Es posible que no he de ser yo poderoso para que barra esa moza? Perdone v. m., que han comido aquí unos amigos, y estos criados...", etc. Quien no nos conoce cree que es así, y pasa por convite.

Pues ¿qué diré del modo de comer en casas ajenas? En hablando a uno media vez, sabemos su casa, vámosle a ver, y siempre a la hora de mascar, que se sepa que está en la mesa. Decimos que nos llevan sus amores, porque tal entendimiento, etc. Si nos preguntan si hemos comido, si ellos no han empezado decimos que no; si nos convidan, no aguardamos a segundo embite, porque destas aguardadas nos han sucedido grandes vigilias. Si han empezado, decimos que sí; y aunque parta muy bien el ave, pan o carne el que fuere, para tomar ocasión de engullir un bocado, decimos: —"Ahora deje v. m., que le quiero servir de maestresala, que solía, Dios le tenga en el cielo —y nombramos un señor muerto, duque o conde—, gustar más de verme partir que de comer". Diciendo esto, tomamos el cuchillo y partimos bocaditos, y al cabo decimos: —"¡Oh, qué bien güele! Cierto que haría agravio a la guisandera en no probarlo. ¡Qué buena mano tiene!". Y diciendo y haciendo, va en pruebas el medio plato: el nabo por ser nabo, el tocino por ser tocino, y todo por lo que es. Cuando esto nos falta, ya tenemos sopa de algún convento[234] aplazada; no la tomamos

---

[234] Comp.: *Buscón,* págs. 211-217.

en público, sino a lo escondido, haciendo creer a los frailes que es más devoción que necesidad.

Es de ver uno de nosotros en una casa de juego, con el cuidado que sirve y despabila las velas, trae orinales, cómo mete naipes y solemniza las cosas del que gana, todo por un triste real de barato[235].

Tenemos de memoria, para lo que toca a vestirnos, toda la ropería vieja. Y como en otras partes hay hora señalada para oración, la tenemos nosotros para remendarnos. Son de ver, a las mañanas, las diversidades de cosas que sanamos; que, como tenemos por enemigo declarado al sol, por cuanto nos descubre los remiendos, puntadas y trapos, nos ponemos, abiertas las piernas, a la mañana, a su rayo, y en la sombra del suelo vemos las que hacen los andrajos y hilachas de las entrepiernas, y con unas tijeras las hacemos la barba a las calzas[236].

Y como siempre se gastan tanto las entrepiernas, es de ver cómo quitamos cuchilladas de atrás para poblar lo de adelante; y solemos traer la trasera tan pacífica, por falta de cuchilladas, que se queda en las puras bayetas. Sábelo sola la capa, y guardámonos de días de aire, y de subir por escaleras claras o a caballo. Estudiamos posturas contra la luz, pues, en día claro, andamos las piernas muy juntas, y hacemos las reverencias con solos los tobillos, porque, si se abren las rodillas, se verá el ventanaje.

No hay cosa en todos nuestros cuerpos que no haya sido otra cosa y no tenga historia. Verbi gratia: bien ve v. m. —dijo— esta ropilla; pues primero fue gregüescos,

---

[235] *barato*, «sacar los que juegan, del montón común o del suyo, para dar a los que sirven o asisten al juego» *(Cov.)*. Sobre el juego, vid. Deleito Piñuela, *La mala vida en la España de Felipe IV*, Madrid, 1967. Ver también *La razón de algunos refranes*, pág. 67.

[236] Comp.: «Declárase por necio argentado al que, yendo por la calle, lleva su sombra por espejo ordinario, preguntando al sol los defectos de sus bigotes por junto a su sombrero, bajo sacadura de pescuezo y espada...» *(Origen y definiciones de la necedad, Obras,* I, páginas 13b y 14a); «¿Ahora había yo de volver allá a calzar justo y andar mirándome a la sombra?» *(Discurso de todos los diablos, Id.,* página 243a).

nieta de una capa y bisnieta de un capuz, que fue en su principio, y ahora espera salir para soletas [237] y otras cosas. Los escarpines [238], primero son pañizuelos, habiendo sido toallas, y antes camisas, hijas de sábanas; y después de todo, los aprovechamos para papel [239], y en el papel escribimos, y después hacemos dél polvos para resucitar los zapatos, que, de incurables, los he visto hacer revivir con semejantes medicamentos.

Pues ¿qué diré del modo con que de noche nos apartamos de las luces, porque no se vean los herreruelos calvos y las ropillas lampiñas?; que no hay más pelo en ellas que en un guijarro, que es Dios servido de dárnosle en la barba y quitárnosle en la capa. Pero, por no gastar con barberos, prevenimos siempre de aguardar a que otro de los nuestros tenga también pelambre, y entonces nos la quitamos el uno al otro, conforme lo del Evangelio: "Ayudaos como buenos hermanos".

Traemos gran cuenta en no andar los unos por las casas de los otros, si sabemos que alguno trata la misma gente que otro. Es de ver cómo andan los estómagos en celo.

Estamos obligados a andar a caballo una vez cada mes, aunque sea en pollino, por las calles públicas; y obligados a ir en coche una vez en el año, aunque sea en la arquilla o trasera. Pero, si alguna vez vamos dentro del coche, es de considerar que siempre es en el estribo [240],

---

[237] *soleta*, 'planta de la media'.

[238] *escarpín*: «La funda de lienzo que ponemos sobre el pie debajo de la calza, como la camisa debajo del jubón» *(Cov.)*.

[239] Comp.:

> chinela de borçeguí por la canícula,
> y para pareçer propio escudero,
> haueis de andar oliendo los más ratos
> a chamusquina y poluos de zapatos

> («La polilla de Madrid», *Itinerario,* pág. 321)

Y *Buscón,* pág. 201.

[240] Cfr.: «Y con estas insolencias y lisonjas y ser alcagüetes adquieren estos tomajones el vestido, la gala y el caballo prestado para bizarrear una tarde» *(Obras,* pág. 17a); «Anocheció, passose a un estrivo

con todo el pescuezo de fuera, haciendo cortesías porque nos vean todos, y hablando a los amigos y conocidos aunque miren a otra parte.

Si nos come delante de algunas damas, tenemos traza para rascarnos en público sin que se vea; si es en el muslo, contamos que vimos un soldado atravesado desde tal parte a tal parte, y señalamos con las manos aquéllas que nos comen, rascándonos en vez de enseñarlas. Si es en la iglesia, y come en el pecho, nos damos *sanctus* aunque sea al *introibo*. Levantámonos, y arrimándonos a una esquina en son de empinarnos para ver algo, nos rascamos.

¿Qué diré del mentir? Jamás se halla verdad en nuestra boca. Encajamos duques y condes en las conversaciones, unos por amigos, otros por deudos; y advertimos que los tales señores, o estén muertos o muy lejos.

Y lo que más es de notar: que nunca nos enamoramos sino de *pane lucrando,* que veda la orden damas melindrosas, por lindas que sean; y así, siempre andamos en recuesta con una bodegonera por la comida, con la güéspeda por la posada, con la que abre los cuellos [241] por los

---

del coche en que ella iba, y acompañola» (*Día de fiesta,* ed. cit., página 67, y vid. nota de Doty) (*El sagaz Estacio,* C. C., págs. 112 y 117); etc.

[241] «*Abrir el cuello:* componerle, como hoy día se hace, de que hay gente que lo tiene por oficio y no se corre mal» *(Cov.).* Otras referencias a los cuellos en págs. 187, 202, 205, 235.

Quevedo se burla con frecuencia de los puños al uso, grandes; sobre todo cuando los que los llevan no son caballeros: «conténtanse con andar espetados y fingir valimientos de sus amos; traen un azulado cuello abierto, repásanle cada día seis veces, puños grandes, ligas de rosetas, sombrero francés muy bruñido, un listón atravesado, un palillo en la oreja; de día enamoran, de noche se espulgan; comen poco, porque la ración se convierte en sustentar golilla, medias y cintas, [...] usan camisas sólo por el buen parecer» (*Vida de corte, Obras,* I, pág. 17b) «Cuando veo dos hombres dando voces en un alto, muy bien vestidos, con calzas atacadas, el uno con capa y gorra, puños como cuellos y cuellos como calzas» (*Sueño del Infierno, Id.,* pág. 179b); «Que los cordoneros, plateros, sombrereros, roperos y hijos destos, oficiales ricos, no traigan calzas enteras, ligas ni puños grandes, pues se permiten a los que van caballeros, y éstos no lo pueden ser» (*Premática y reformación deste*

que trae el hombre. Y aunque, comiendo tan poco y bebiendo tan mal, no se puede cumplir con tantas, por su tanda todas están contentas.

Quien ve estas botas mías, ¿cómo pensará que andan caballeras en las piernas en pelo, sin media ni otra cosa? Y quien viere este cuello, ¿por qué ha de pensar que no tengo camisa? Pues todo esto le puede faltar a un caballero, señor licenciado, pero cuello abierto y almidonado, no. Lo uno, porque así es gran ornato de la persona; y después de haberle vuelto de una parte a otra, es de sustento, porque se cena el hombre en el almidón [242], chupándole con destreza.

Y al fin, señor licenciado, un caballero de nosotros ha de tener más faltas [243] que una preñada de nueve meses, y con esto vive en la corte; y ya se ve en prosperidad y con dineros; y ya en el hospital. Pero, en fin, se vive, y el que se sabe bandear es rey, con poco que tenga».

Tanto gusté de las estrañas maneras de vivir del hidalgo, y tanto me embebecí, que divertido con ellas y con otras, me llegué a pie hasta las Rozas, adonde nos quedamos aquella noche. Cenó conmigo el dicho hidalgo, que no traía blanca y yo me hallaba obligado a sus avisos, porque con ellos abrí los ojos a muchas cosas, inclinándome a la chirlería. Declaréle mis deseos antes que nos acostásemos; abrazóme mil veces, diciendo que siempre esperó que habían de hacer impresión sus razones en hombre de tan buen entendimiento. Ofrecióme favor para introducirme en la corte con los demás cofadres del estafón, y posada en compañía de todos. Acetéla, no decla-

---

año de 1620, Id., pág. 65a). Otras obras se ocupan del tema: *El viaje entretenido* (pág. 461); *Liñán* (págs. 48, 49 y 107); *Rinconete* (páginas 134-5, 165); *El pasagero* (págs. 39, 286-7...), etc. En 1594, en Madrid, apareció la *Pragmática en que se prohibió que los hombres no puedan traer en los cuellos, ni en los puños, guarnición alguna de almidón, ni gomas, ni filetes, sino sólo la lechasquilla de olanda, o lienzo, con una o dos vaynillas.* Y vid. Rodríguez Marín, *Quijote,* V, pág. 21.

[242] Cfr. *Liñán,* pág. 29.

[243] Juego de palabras. Cfr.: «dicen las faltas de los que tienen más que si fuesen preñadas» (*Bureo de las musas del Turia,* pág. 16).

rándole que tenía los escudos que llevaba, sino hasta cien reales solos. Los cuales bastaron, con la buena obra que le había hecho y hacía, a obligarle a mi amistad.

Compréle del huésped tres agujetas, atacóse, dormimos aquella noche, madrugamos, y dimos con nuestros cuerpos en Madrid.

LIBRO TERCERO

Capítulo Primero

De lo que me sucedió en la corte luego que llegué hasta que amaneció

Entramos en la Corte a las diez de la mañana; fuímonos a apear, de conformidad, en casa de los amigos de don Toribio. Llegó a la puerta y llamó; abrióle una vejezuela muy pobremente abrigada y muy vieja. Preguntó por los amigos, y respondió que habían ido a buscar. Estuvimos solos hasta que dieron las doce, pasando el tiempo él en animarme a la profesión de la vida barata, y yo en atender a todo.

A las doce y media, entró por la puerta una estantigua [244] vestida de bayeta hasta los pies, más raída que su

---

[244] «*estantigua,* según el *DRAE,* sería en este caso "persona muy alta y seca, mal vestida". Más exactamente es "fantasma o espantajo"; describiendo a una mula dice Cervantes: "Nunca a medroso pareció estantigua, / aupr. mo, emps biema para carga, / grande en los huesos, y en la fuerza exigua" (*Viaje del Parnaso,* I). "Fué un coco, una estantigua, un espantajo de todos los vasallos del gran duque de Moscovia" (Salas Barbadillo, *El curioso y sabio Alejandro, Rivadeneyra,* XXXIII, 5b). Hoy esta palabra tiene el vago sentido de "fachada o esperpento", pero antes significó "procesión de demonios que iban por los aires": "estantiguas llama el vulgo español a semejantes apariencias o fantasmas que el vaho de la tierra forma en varias figuras y semejanzas". Mendoza, *Guerra de Granada,* libro III, v. Menéndez Pidal, *rev. Hisp.,* pág. 5, y mi libro *Lengua, enseñanza y literatura,* página 90)». (Nota de A. Castro).

vergüenza. Habláronse los dos en germanía [245], de lo cual resultó darme un abrazo y ofrecérseme. Hablamos un rato, y sacó un guante con diez y seis reales, y una carta, con la cual, diciendo que era licencia para pedir para una pobre, los había allegado. Vació el guante y sacó otro, y doblólos a usanza de médico. Yo le pregunté que por qué no se los ponía, y dijo que por ser entrambos de una mano, que era treta para tener guantes.

A todo esto, noté que no se desarrebozaba, y pregunté, como nuevo, para saber la causa de estar siempre envuelto en la capa, a lo cual respondió: —«Hijo, tengo en las espaldas una gatera, acompañada de un remiendo de lanilla y de una mancha de aceite; este pedazo de arrebozo lo cubre, y así se puede andar». Desarrebozóse, y hallé que debajo de la sotana traía gran bulto. Yo pensé que eran calzas, porque eran a modo dellas, cuando él, para entrarse a espulgar, se arremangó, y vi que eran dos rodajas de cartón que traía atadas a la cintura y encajadas en los muslos, de suerte que hacían apariencia debajo del luto [246]; porque el tal no traía camisa ni gregüescos, que apenas tenía qué espulgar, según andaba desnudo. Entró al espulgadero, y volvió una tablilla [247] como las que ponen en las sacristías, que decía: «Espulgador hay», porque no entrase otro. Grandes gracias di a Dios, viendo cuánto dio a los hombres en darles industria, ya que les quitase riquezas.

—«Yo» —dijo mi buen amigo— «vengo del camino con

245 Vid. José Luis Alonso Hernández, *Léxico del marginalismo del Siglo de Oro*, Salamanca, 1977, y, del mismo, *El lenguaje de los maleantes españoles de los siglos XVI y XVII; La Germanía,* Salamanca, 1979. Moñino señala que «El *Razonamiento por coplas* de Reinosa, el primer poema escrito en germanía que se conserva en español, fue encontrado en un pliego suelto impreso quizá en Toledo alrededor de 1500-1510» (*Diccionario de Pliegos poéticos,* pág. 25 y núm. 473).
246 Comp.: «A unas tocas blancas de viuda» (*Liñán,* soneto, página 33) y *Los peligros de Madrid* (pág. 43).
247 Cfr. «¿Púsome acaso en la tablilla el cura?» (Tomé de Burguillos, soneto en que *consuela a Tamayo de que todos le maldigan sin culpa*). El uso de tablillas para diversos usos y noticias es muy amplio en la vida eclesiástica, tanto para lo religioso como para lo noticiero.

mal de calzas, y así, me habré menester recoger a remendar». Preguntó si había algunos retazos (que la vieja recogía trapos dos días en la semana por las calles, como las que tratan en papel, para acomodar incurables cosas de los caballeros); dijo que no, y que por falta de harapos se estaba, quince días había, en la cama, de mal de zaragüelles[248], don Lorenzo Iñiguez del Pedroso.

En esto estábamos, cuando vino uno con sus botas de camino[249] y su vestido pardo, con un sombrero, prendidas las faldas por los dos lados. Supo mi venida de los demás, y hablóme con mucho afecto. Quitóse la capa, y traía —¡mire v. m. quién tal pensara!— la ropilla, de pardo paño la delantera, y la trasera de lienzo blanco, con sus fondos en sudor. No pude tener la risa, y él, con gran disimulación, dijo: —«Haráse a las armas, y no se reirá. Yo apostaré que no sabe por qué traigo este sombrero con la falda presa arriba». Yo dije que por galantería, y por dar lugar a la vista. —«Antes por estorbarla» —dijo—; «sepa que es porque no tiene toquilla[250], y que así no lo echan de ver». Y, diciendo esto, sacó más de veinte cartas y otros tantos reales, diciendo que no había podido dar aquéllas. Traía cada una un real de porte, y eran hechas por él mismo; ponía la firma de quien le parecía, escribía nuevas que inventaba a las personas más honradas, y dábalas en aquel traje, cobrando los portes. Y esto hacía cada mes, cosa que me espantó ver la novedad de la vida[251].

Entraron luego otros dos, el uno con una ropilla de paño, larga hasta el medio valón, y su capa de lo mismo, le-

---

[248] Cfr. «el cual se estaba muchas veces en la cama, no porque estaba malo, sino porque en Mérida había todo cuanto tenía jugado y perdido» (*Epístolas familiares,* Madrid, 1886, pág. 28).

[249] Comp.: «venían muchos vestidos de color, pero los más de negro, como de camino» (*Fastiginia,* pág. 81); pero: «después que habiendo sacado un vestido negro de la maletilla, en la materia y guarnición correspondiente a su curiosidad y nobleza (porque el que traía entonces era de camino)» (Tirso, *Cigarrales,* II, pág. 33).

[250] *toquilla,* 'cinta o adorno alrededor de la copa del sombrero'.

[251] El mismo tipo de estafa, aunque a lo grande, realiza Guitón Honofre en el capítulo 14 de su obra.

vantado el cuello porque no se viese el anjeo[252], que estaba roto. Los valones[253] eran de chamelote[254], mas no era más de lo que se descubría, y lo demás de bayeta colorada. Este venía dando voces con el otro, que traía valona por no tener cuello[255], y unos frascos[256] por no tener capa, y una muleta con una pierna liada en trapajos y pellejos, por no tener más de una calza. Hacíase soldado, y habíalo sido, pero malo y en partes quietas. Contaba estraños servicios suyos, y, a título de soldado, entraba en cualquier parte.

Decía el de la ropilla y casi gregüescos: —«La mitad me debéis, o por lo menos mucha parte, y si no me la dais, ¡juro a Dios...!» —«No jure a Dios» —dijo el otro—, «que, en llegando a casa, no soy cojo, y os daré con esta muleta mil palos». Sí daréis, no daréis, y en los mentises acostumbrados, arremetió el uno al otro y, asiéndose, se

---

[252] *anjeo,* 'tela de estopa o lino basto, de la que se hacían cuellos' (véase Quevedo, *Bibl. Andal.,* II, 323). Se traía de Anjou, llamado antes *Angeo* («duque de Angeos, Pérez Pastor, *Imprenta en Toledo,* 59). (Nota de A. Castro.)

[253] *valones,* 'género de zaragüelles, o de gregüescos, al uso de los valones' *(Cov.).*

[254] *chamelote* era tejido de seda, muy estimado, que hacía visos: «Vino con aguas, como chamelotes» *(Rivad.,* XXIII, 475b), véase el *Diccionario de Autoridades* (nota de A. Castro)

[255] La valona era prenda modesta, y la usaba don Quijote: «el cuello era valona a lo estudiantil, sin almidón y sin randas» (II, 18). No hay que confundir esta valona sencilla con la plana, acartonada y azulada (golilla), que se usa al suprimirse los cuellos abiertos en 1623. Comp.: «Casi todos andaban ya con platillo y valonas al uso y azules, con que parecían sus cabezas y caras imágenes de milagro, presentadas en un plato azul» (*Casa de locos de amor, Rivad.,* XXIII, 354b, nota) (nota de A. Castro).

[256] «Frasco, las cajuelas en que el arcabuzero lleva la pólvora» *(Covarrubias);* ya que «hacíase soldado»; y comp.: «más cubierto de escarcha / que soldado español que en Flandes marcha / con arcabuz y frascos» (*Rimas de Tomé de Burguillos,* Barcelona, 1976, pág. 126); «aquí nadaba el escudo, / allí la escopeta y frasco» (*Romancero General,* ed. A. González Palencia, t. I, v. 261); «no carguemos de mujeres / como franceses de flascos» (Naharro, *Soldadesca*); «Un cuerno sirve a los villanos de mira cuando juegan al mojón. De cuernos se hacen las nueces de ballesta, frascos y frasquillos para arcabuces, bocas y llaves de botas para vino» («Elogio del cuerno», *Gallardo,* I, col. 1339).

salieron con los pedazos de los vestidos en las manos a los primeros estirones.

Metímoslos en paz, y preguntamos la causa de la pendencia. Dijo el soldado: —«¿A mí chanzas? ¡No llevaréis ni medio! Han de saber vs. ms. que, estando hoy en San Salvador, llegó un niño a este pobrete, y le dijo que si era yo el alférez Juan de Lorenzana, y dijo que sí, atento a que le vio no sé qué cosa que traía en las manos. Llevómele, y dijo, nombrándome alférez: —«Mire v. m. qué le quiere este niño». Yo que luego entendí, dije que yo era. Recibí el recado, y con él doce pañizuelos, y respondí a su madre, que los inviaba a algún hombre de aquel nombre. Pídeme agora la mitad. Yo antes me haré pedazos que tal dé. Todos los han de romper mis narices».

Juzgóse la causa en su favor. Sólo se le contradijo el sonar con ellos, mandándole que los entregase a la vieja, para honrar la comunidad haciendo dellos unos cuellos y unos remates de mangas que se viesen y representasen camisas, que el sonarse estaba vedado en la orden, si no era en el aire, y las más veces sorbimiento, cosa de sustancia y ahorro. Quedó esto así.

Era de ver, llegada la noche, cómo nos acostamos en dos camas, tan juntos que parecíamos herramienta en estuche. Pasóse la cena de claro en claro. No se desnudaron los más, que, con acostarse como andaban de día, cumplieron con el precepto de dormir en cueros.

Capítulo II

En que prosigue la materia comenzada y cuenta algunos raros sucesos

Amaneció el Señor, y pusímonos todos en arma. Ya estaba yo tan hallado con ellos como si todos fuéramos hermanos, que esta facilidad y dulzura se halla siempre en las cosas malas. Era de ver a uno ponerse la camisa de doce veces, dividida en doce trapos, diciendo una oración a cada uno, como sacerdote que se viste. A cual se le perdía una pierna en los callejones de las calzas, y la venía a hallar donde menos convenía asomada. Otro pedía guía para ponerse el jubón, y en media hora no se podía averiguar con él.

Acabado esto, que no fue poco de ver, todos empuñaron aguja y hilo para hacer un punteado en un rasgado y otro. Cuál,para culcusirse debajo del brazo, estirándole, se hacía L. Uno, hincado de rodillas, arremedando un cinco de guarismo, socorría a los cañones. Otro, por plegar las entrepiernas, metiendo la cabeza entre ellas se hacía un ovillo. No pintó tan estrañas posturas Bosco [257] como yo vi, porque ellos cosían y la vieja les daba los materiales, trapos y arrapiezos de diferentes colores, los cuales había traído el soldado.

Acabóse la hora del remedio —que así la llamaban ellos— y fuéronse mirando unos a otros lo que quedaba mal parado. Determinaron de irse fuera, y yo dije que

---

[257] Cfr. *Cotarelo,* I, pág. CCCIIIb.

antes trazasen mi vestido, porque quería gastar los cien reales en uno, y quitarme la sotana. —«Eso no» —dijeron ellos—; «el dinero se dé al depósito, y vistámosle de lo reservado. Luego, señalémosle su diócesi en el pueblo, adonde él solo busque y apolille».

Parecióme bien; deposité el dinero y, en un instante, de la sotanilla me hicieron ropilla de luto de paño; y acortando el herreruelo, quedó bueno. Lo que sobró de paño trocaron a un sombrero viejo reteñido; pusiéronle por toquilla unos algodones de tintero muy bien puestos. El cuello y los valones me quitaron, y en su lugar me pusieron unas calzas atacadas [258], con cuchilladas no más de por delante, que lados y trasera eran unas gamuzas. Las medias calzas de seda aun no eran medias, porque no llegaban más de cuatro dedos más abajo de la rodilla; los cuales cuatro dedos cubría una bota justa sobre la media colorada que yo traía. El cuello estaba todo abierto, de puro roto pusiéronmele; y dijeron: —«El cuello está trabajoso por detrás y por los lados. V. m., si le mirare uno, ha de ir volviéndose con él, como la flor del sol con el sol; si fueren dos y miraren por los lados, saque pies; y para los de atrás, traiga siempre el sombrero caído sobre el cogote, de suerte que la falda cubra el cuello y descubra toda la frente; y al que preguntare que por qué anda así, respóndale que porque puede andar con la cara descubierta por todo el mundo» [259].

Diéronme una caja con hilo negro y blanco, seda, cordel y aguja, dedal, paño, lienzo, raso y otros retacillos, y un cuchillo; pusiéronme una espuela en la pretina, yesca y eslabón en una bolsa de cuero, diciendo: —«Con esta caja puede ir por todo el mundo, sin haber menester amigos ni deudos; en ésta se encierra todo nuestro remedio. Tómela y guárdela». Señaláronme por cuartel para bus-

---

[258] «*Atacar,* atar las calzas al jubón con las agujetas» *(Cov.).*

[259] Comp.: «No hay como poder traer la cara descubierta. Esto me enseñaron mis padres» (*La hora de todos,* pág. 93); «Puedo llevar descubierta / la cara por toda Europa, / porque ha vendido mi manto / y porque no tengo toca» (*Blecua,* pág. 1267); «*La cara descubierta.* Es Adagio. *Nudo capite»* (*La razón de algunos refranes,* pág. 59).

car mi vida el de San Luis; y así, empecé mi jornada, saliendo de casa con los otros, aunque por ser nuevo me dieron, para empezar la estafa, como a misacantano, por padrino el mismo que me trujo y convirtió.

Salimos de casa con paso tardo, los rosarios en la mano; tomamos el camino para mi barrio señalado. A todos hacíamos cortesías; a los hombres, quitábamos el sombrero, deseando hacer lo mismo con sus capas; a las mujeres hacíamos reverencias, que se huelgan con ellas y con las paternidades mucho. A uno decía mi buen ayo: —«Mañana me traen dineros»; a otro: —«Aguárdeme v. m. un día, que me trae en palabras el banco». Cuál le pedía la capa, quién le daba prisa por la pretina; en lo cual conocí que era tan amigo de sus amigos, que no tenía cosa cuya. Andábamos haciendo culebra de una acera a otra, por no topar con casas de acreedores. Ya le pedía uno el alquiler de la casa, otro el de la espada y otro el de las sábanas y camisas, de manera que eché de ver que era caballero de alquiler, como mula.

Sucedió, pues, que vio desde lejos un hombre que le sacaba los ojos, según dijo, por una deuda, mas no podía el dinero. Y porque no le conociese, soltó de detrás de las orejas el cabello, que traía recogido, y quedó nazareno, entre Verónica y caballero lanudo; plantóse un parche en un ojo, y púsose a hablar italiano conmigo [260]. Esto pudo hacer mientras el otro venía, que aún no le había visto, por estar ocupado en chismes con una vieja. Digo de verdad que vi al hombre dar vueltas alrededor, como perro que se quiere echar; hacíase más cruces que un ensalmador, y fuese diciendo: —«¡Jesús!, pensé que era él. A quien bueyes ha perdido...», etc. Yo moríame de risa de ver la figura de mi amigo. Entróse en un portal a recoger la melena y el parche, y dijo: —«Estos son los aderezos de negar deudas. Aprended, hermano, que veréis mil cosas déstas en el pueblo».

Pasamos adelante y, en una esquina, por ser de maña-

---

[260] Estratagema que recuerda la que Quevedo realizó en Italia.

na, tomamos dos tajadas de alcotín[261] y agua ardiente, de
una picarona que nos lo dio de gracia, después de dar el
bienvenido a mi adestrador. Y díjome: —«Con esto vaya
el hombre descuidado de comer hoy; y, por lo menos, esto no puede faltar». Afligíme yo, considerando que aún
teníamos en duda la comida, y repliqué afligido por parte
de mi estómago. A lo cual respondió: —«Poca fe tienes
con la religión y orden de los caninos. No falta el Señor a
los cuervos ni a los grajos ni aun a los escribanos, ¿y
había de faltar a los traspillados? Poco estómago tienes».
—«Es verdad» —dije—, «pero temo mucho tener menos y
nada en él».

En esto estábamos, y dio un reloj las doce; y como yo
era nuevo en el trato, no les cayó en gracia a mis tripas el
alcotín, y tenía hambre como si tal no hubiera comido.
Renovada, pues, la memoria con la hora, volvíme al amigo y dije: —«Hermano, este de la hambre es recio novi-
ciado; estaba hecho el hombre[262] a comer más que un sa-

---

[261] *Alcotín.* No he podido averiguar qué es.
[262] El *hombre* en sentido indefinido de 'uno'; El «indefinido» se
repite varias veces en el *Buscón* (págs. 170, 196). Sobre este uso,
Moreno Báez anota, entre otras precisiones, lo siguiente: «Aunque el
uso de hombre con valor indefinido de 'uno' ... se hace cada vez más
raro en la segunda mitad del XVI, según H. Keniston, abundan los
ejemplos de ello en la primera. V. el siguiente de J. de Ávila: *Y muchos
ay que para contar sus necesidades corporales piden confessión, y no
cae hombre en ello hasta que ha perdido el tiempo...* V. Y. Malkiel,
"Hispanic 'alguien' and Related Formation. A Study of the Stratifica-
tion of the Roman Lexicon of the Iberian Peninsula", *Univ. of Califor-
nia Publications in Linguistics,* I, n. 9), pág. 357. V. también J. Corominas, sub. voce *alguno, algún*» (*Los siete libros de la Diana,* Madrid,
1976, pág. 36, nota 29). Y, en efecto, los ejemplos pueden multiplicarse
sin dificultad en todo tipo de textos: en la *Repetición de amores,* de
Luis de Lucena: «no debe hombre a otro que a sí mesmo acusar cuando
la virtud menosprecia abrazándose con el vicio», «Oh, cuán honrada y
esclarecida cosa es volver con victoria hombre a su tierra» (Madrid,
1953, págs. 38 y 60); en la *Celestina:* «El comienzo de la salud es conocer hombre la dolencia del enfermo», «por extremo es dejarse hombre
caer de su merecimiento que ponerse en más alto lugar», «al honbre
vergonzoso, el diablo, lo trajo a palacio». En la traducción española
del *Enchiridion* es forma habitual (págs. 183, 211, 292, 313, 316 y
passim); también la usa Boscán: «porque no parece bien alabar el

bañón, y hanme metido a vigilias. Si vos no lo sentís, no es mucho, que criado con hambre desde niño, como el otro [263] rey con ponzoña [264], os sustentáis ya con ella. No

hombre sus mismas cosas» (*El Cortesano*, Madrid, 1942, libro III, capítulo III, pág. 260) y D. Diego Hurtado de Mendoza: «El no maravillarse hombre de nada / me parece, Boscán, ser una cosa / que basta a darnos vida descansada». En el *Diálogo de las cosas ocurridas en Roma*, encuentro: «Los príncipes son príncipes, y no querría hombre ponerse en peligro, pudiéndolo excusar», «especialmente cuando hombre se acordaba de la pompa con que iban a palacio» (Madrid, 1975, páginas 58 y 120). Guevara, en las *Epístolas familiares* escribe: «Comer el hombre solo también es gran soledad, que al fin no se deleita el hombre generoso tanto...», «para estar hombre más sano y vivir menos enfermo, bien tengo creído que aprovecha al hombre el buen recogimiento» (páginas 55 y 331). Pero la especialización del uso de *hombre* como forma típica del habla de gente baja aparece ya en Naharro: «quizá si el hombre la halla» (*Himenea*, Madrid, ed. Castalia, 1977, pág. 184), y en el doctor Laguna es ya clara (*Viaje de Turquía*, págs. 25, 34 y *passim*). Rodríguez Marín, en su ed. de *Rinconete y Cortadillo* (páginas 191, 198), anota: «Como los jácaros teníanse por muy hombres, solían hablar de sí mismos en tercera persona, llamándose por una como antonomasia, el *Hombre*», explicación que si no convence del origen o razón del uso, sí caracteriza el ambiente en que se produce. Quizá el motivo sea la incapacidad de determinados hablantes para llegar a la abstracción que supone la forma impersonal, sin sujeto; puede ser algo semejante a lo que sucede hoy con el uso impersonal de *tú*. Lo que parece más claro es que en los escritores antiguos, y desde épocas muy tempranas, *hombre* es impersonal, como *on* en francés, pero a lo largo del XVI, y especialmente en contextos rufianescos o bajos, *hombre* sustituye a *yo* (de forma parecida al *uno* de Baroja, por ejemplo) y suele ir precedido de artículo determinado, frente al uso impersonal o clásico, que no suele llevarlo, como es normal dado su origen: «Acostó la cabeça sobre un fazeruelo, / non serië omne bivo que non oviese duelo» (*Libro de Alexandre*, 2.646ab). Por contra, Cervantes lo utiliza con artículo: «Quiso Lugo empinarse sobre llombre... teniendo al lombre aquí por espantajo» (*El rufián dichoso*, ed. cit., pág. 6); Liñán: «que mande hablar el hombre si es servido» (*op. cit.*, pág. 31); Carlos García: «y assí, aunque el hombre las rehúse, se las hazen tomar por fuerça» (*Desordenada codicia*, pág. 110); y ver *Los peligros de Madrid*, página 105; Salazar, *Obras festivas*, págs. 131 y 154, etc.

[263] Para un análisis gramatical de *uno* y *otro*, vid. E. Alarcos, «El artículo en español», *Estudios de gramática funcional del español*, Madrid, 1970, y F. Lázaro, «El problema del artículo en español. Una lanza por Bello», *Homenaje a Rodríguez Moñino*, Madrid, 1973.

[264] Se cuenta que Mitrídates, rey del Ponto (132-63 a. C.), se familiarizó con los venenos más violentos, para inmunizarse contra su efecto (nota de A. Castro).

os veo hacer diligencia vehemente para mascar, y así, yo determino de hacer la que pudiere». —«¡Cuerpo de Dios» —replicó— «con vos! Pues dan agora las doce, ¿y tanta prisa? Tenéis muy puntuales ganas y ejecutivas, y han menester llevar en paciencia algunas pagas atrasadas. ¡No, sino comer todo el día! ¿Qué más hacen los animales? No se escribe que jamás caballero nuestro haya tenido cámaras; que antes, de puro mal proveídos, no nos proveemos. Ya os he dicho que a nadie falta Dios. Y si tanta prisa tenéis, yo me voy a la sopa de San Jerónimo, adonde hay aquellos frailes de leche [265] como capones, y allí haré el buche. Si vos queréis seguirme, venid, y si no, cada uno a sus aventuras». —«Adiós» —dije yo—, «que no son tan cortas mis faltas, que se hayan de suplir con sobras de otros. Cada uno eche por su calle».

Mi amigo iba pisando tieso, y mirándose a los pies; sacó una migajas de pan que traía para el efeto siempre en una cajuela, y derramóselas por la barba y vestido, de suerte que parecía haber comido [266]. Ya yo iba tosiendo y escarbando, por disimular mi flaqueza, limpiándome los bigotes, arrebozado y la capa sobre el hombro izquierdo, jugando con el decenario, que lo era porque no tenía más de diez cuentas. Todos los que me veían me juzgaban por comido, y si fuera de piojos, no erraran.

Iba yo fiado en mis escudillos, aunque me remordía la conciencia el ser contra la orden comer a su costa quien vive de tripas horras en el mundo. Yo me iba determinando a quebrar el ayuno, y llegué con esto a la esquina de la calle de San Luis, adonde vivía un pastelero. Asomábase uno de a ocho tostado, y con aquel resuello del

---

[265] *frailes de leche,* como capones de leche, esto es, gordos.

[266] Salas Barbadillo conserva la tradición iniciada por el *Lazarillo:* «En la barba ancha y larga tenía él librada toda su authoridad, si la repasara con alguna limpiadera a sus tiempos, porque sólo le servía de testigo de que comía, trayendo en ellas las migajas que desperdiciava la boca, si no es que las dexasse allí la industria por desmentir la opinión que de miserable se le achacava, queriendo más ser contado entre los suzios que con los avaros» (*El subtil cordovés,* págs. 143, y cfr. *El sagaz Estacio*).

horno tropezóme en las narices, y al instante me quedé del modo que andaba, como el perro perdiguero con el aliento de la caza, puestos en él los ojos. Le miré con tanto ahínco, que se secó el pastel como un aojado. Allí es de contemplar las trazas que yo daba para hurtarle; resolvíame otra vez a pagarlo.

En esto, me dio la una. Angustiéme de manera que me determiné a zamparme en un bodegón de los que están por allí. Yo que iba haciendo punta[267] a uno, Dios que lo quiso, topo con un licenciado Flechilla, amigo mío, que venía haldeando por la calle abajo, con más barros[268] que la cara de un sanguino, y tantos rabos[269], que parecía chirrión[270] con sotana. Arremetió a mí en viéndome, que, según estaba, fue mucho conocerme. Yo le abracé; preguntóme cómo estaba; díjele luego: —«¡Ah, señor licenciado, qué de cosas tengo que contarle! Sólo me pesa de que me he de ir esta noche y no habrá lugar». —«Eso me pesa a mí» —replicó—, «y si no fuera por ser tarde, y voy con prisa a comer, me detuviera más, porque me aguarda una hermana casada y su marido». —«¿Que aquí está mi señora Ana? Aunque lo deje todo, vamos, que quiero hacer lo que estoy obligado».

Abrí los ojos oyendo que no había comido. Fuime con él, y empecéle a contar que una mujercilla que él había querido mucho en Alcalá, sabía yo dónde estaba, y que le podía dar entrada en su casa. Pegósele luego al alma el envite, que fue industria tratarle de cosas de gusto.

Llegamos tratando en ello a su casa. Entramos; yo me ofrecí mucho a su cuñado y hermana, y ellos, no persuadiéndose a otra cosa sino a que yo venía convidado

---

[267] «*Punta* (...) hazer punta el halcón es desviarse» *(Cov.)*, y comp.: «Y las puntas, además de la profanidad hacen punta, a ojos de V. Majestad, a las santas leyes del Rey nuestro señor» (Sancho de Moncada, *Restauración política de España*. Discurso 1, cap. XIII).

[268] *barros:* significa también 'granos de la cara'.

[269] *rabos*, 'las salpicaduras del lodo en las ropas largas' *(Cov.)*.

[270] *chirrión*, carreta que chirría.

por venir a tal hora, comenzaron a decir que si lo supieran que habían de tener tan buen guésped, que hubieran prevenido algo. Yo cogí la ocasión y convidéme, diciendo que yo era de casa y amigo viejo[271], y que se me hiciera agravio en tratarme con cumplimiento.

Sentáronse y sentéme; y porque el otro lo llevase mejor, que ni me había convidado ni le pasaba por la imaginación, de rato en rato le pegaba yo con la mozuela, diciendo que me había preguntado por él, y que le tenía en el alma, y otras mentiras deste modo; con lo cual llevaba mejor el verme engullir, porque tal destrozo como yo hice en el ante[272], no lo hiciera una bala en el de un coleto. Vino la olla, y comímela en dos bocados casi toda, sin malicia, pero con prisa tan fiera, que parecía que aun entre los dientes no la tenía bien segura. Dios es mi padre, que no come un cuerpo más presto el montón de la Antigua de Valladolid[273] —que le deshace en veinte y cuatro horas— que yo despaché el ordinario[274]; pues fue con más priesa que un extraordinario el correo. Ellos bien debían notar los fieros tragos del caldo y el modo de agotar la escudilla, la persecución de los güesos y el destrozo

---

[271] Cotarelo señala que aparece «el convidado gorrón, en *El convidado* (Quiñones), *La sarna de los banquetes* (Luis Vélez), *El hambriento, La parida, El sargento ganchillos* (Avellaneda), *El hambriento* (Villaviciosa), *El convidado* (Calderón), *El detenido don Calceta* (Matos), *El día de compadres* (León Marchante), y *Los burlados de Carnestolendas* (F. de Castro)» (I, pág. CXLVIa). Como vamos viendo, Quevedo tiene una importancia fundamental en la creación de figuras de corte, figuras que —después de él— se harán tópicas.

[272] *ante:* «el principio o principios que se sirven en la comida, como el pupilaje está obligado el bachiller de pupilos a dar, fuera de la porción de carne, su ante y pos» *(Cov.).* El mismo juego de palabras en *Orlando,* ed. cit., nota 261; *Blecua,* pág. 1091.

[273] *montón de la Antigua de Valladolid.* Era fama entre el vulgo que la tierra del cementerio de la iglesia de Nuestra Señora de la Antigua había sido traída por los cruzados del Campo Damasceno, y que consumía rápidamente los cadáveres (V. F. Pinheiro da Veiga, *Fastiginia,* pág. 327, y N. Alonso Cortés, *Rev. Hisp.,* 1918, pág. 30) (nota de A. Castro).

[274] *ordinario,* 'el gasto que uno tiene para su casa cada día' *(Cov.).*

de la carne. Y si va a decir verdad, entre burla y juego, empedré la faltriquera de mendrugos.

Levantóse la mesa; apartámonos yo y el licenciado a hablar de la ida en casa de la dicha. Yo se lo facilité mucho. Y estando hablando con él a una ventana, hice que me llamaban de la calle, y dije —«¿A mí, señor? Ya bajo». Pedíle licencia, diciendo que luego volvía. Quedóme aguardando hasta hoy, que desaparecí por lo del pan comido y la compañía deshecha. Topóme otras muchas veces, y disculpéme con él, contándole mil embustes que no importan para el caso.

Fuime por las calles de Dios, llegué a la puerta de Guadalajara [275], y sentéme en un banco de los que tienen en sus puertas los mercaderes. Quiso Dios que llegaron a la tienda dos de las que piden prestado sobre sus caras, tapadas de medio ojo, con su vieja y pajecillo. Preguntaron si había algún terciopelo de labor extraordinaria. Yo empecé luego, para trabar conversación, a jugar del vocablo, de *tercio* y *pelado,* y *pelo* y *apelo* y *pospelo,* y no dejé güeso sano a la razón. Sentí que les había dado mi libertad algún seguro de algo de la tienda, y yo, como quien no aventuraba a perder nada, ofrecílas lo que quisiesen. Regatearon [276], diciendo que no tomaban de quien no conocían. Yo me aproveché de la ocasión, diciendo que había sido atrevimiento ofrecerles nada, pero que me hiciesen merced de acetar unas telas que me habían traído de Milán, que a la noche llevaría un paje (que les dije que era mío, por estar enfrente aguardando a su amo, que estaba en otra tienda, por lo cual estaba descaperuzado). Y para que me tuviesen por hombre de partes y conocido, no hacía sino quitar el sombrero a todos los oidores y caballeros que pasaban, y, sin conocer a ninguno, les hacía cortesías como si los tratara familiarmente. Ellas se cegaron con esto, y con unos cien escudos en oro

[275] Sobre la archifamosa puerta de Guadalajara, vid. *Dorotea,* ed. Blecua, pág. 135 y nota. Miguel Herrero, *Madrid en el teatro,* Madrid, 1963, pág. 222 y ss.; *Cotarelo,* I, pág. 267a; *Día de fiesta por la tarde,* etc.

[276] *regatearon,* 'rehusaron'.

que yo saqué de los que traía, con achaque de dar limosna a un pobre que me la pidió.

Parecióles irse, por ser ya tarde, y así me pidieron licencia, advirtiéndome con el secreto que había de ir el paje. Yo las pedí por favor y como en gracia, un rosario engarzado en oro que llevaba la más bonita dellas, en prendas de que las había de ver a otro día sin falta. Regatearon dármele; yo les ofrecí en prendas los cien escudos, y dijéronme su casa. Y con intento de estafarme en más, se fiaron de mí y preguntáronme mi posada, diciendo que no podía entrar paje en la suya a todas horas, por ser gente principal.

Yo las llevé por la calle Mayor, y, al entrar en la de las Carretas, escogí la casa que mejor y más grande me pareció. Tenía un coche sin caballos a la puerta. Díjeles que aquella era, y que allí estaba ella, y el coche y dueño para servirlas. Nombréme don Alvaro de Córdoba, y entréme por la puerta delante de sus ojos. Y acuérdome que, cuando salimos de la tienda, llamé uno de los pajes, con grande autoridad, con la mano. Hice que le decía que se quedasen todos y que me aguardasen allí —que así dije yo que lo había dicho—; y la verdad es que le pregunté si era criado del comendador mi tío. Dijo que no; y con tanto, acomodé los criados ajenos como buen caballero.

Llegó la noche escura, y acogímonos a casa todos. Entré y hallé al soldado de los trapos con una hacha de cera que le dieron para acompañar un difunto, y se vino con ella. Llamábase éste Magazo, natural de Olías; había sido capitán en una comedia, y combatido con moros en una danza. A los de Flandes decía que había estado en la China; y a los de la China, en Flandes. Trataba de formar un campo, y nunca supo sino espulgarse en él. Nombraba castillos, y apenas los había visto en los ochavos. Celebraba mucho la memoria del señor don Juan, y oíle decir yo muchas veces de Luis Quijada [277] que había

---

[277] Luis Méndez de Quijada, de quien pretendía haber sido «amigo» el bueno de marguso, fue ayo de don Juan de Austria, y desempeñó cargos importantes cerca del Emperador. Murió, en 1570, en la guerra

sido honra de amigos. Nombraba turcos, galeones y capitanes, todos los que había leído en unas coplas que andaban desto; y como él no sabía nada de mar, porque no tenía de naval más del comer nabos, dijo, contando la batalla que había vencido el señor don Juan en Lepanto, que aquel Lepanto fue un moro muy bravo, como no sabía el pobrete que era nombre del mar. Pasábamos con él lindos ratos.

Entró luego mi compañero, deshechas las narices y toda la cabeza entrapajada, lleno de sangre y muy sucio. Preguntámosle la causa, y dijo que había ido a la sopa de San Jerónimo y que pidió porción doblada, diciendo que era para unas personas honradas y pobres. Quitáronselo a los otros mendigos para dárselo, y ellos, con el enojo, siguiéronle, y vieron que, en un rincón detrás de la puerta, estaba sorbiendo con gran valor. Y sobre si era bien hecho engañar por engullir y quitar a otros para sí, se levantaron voces, y tras ellas palos, y tras los palos, chichones y tolondrones en su pobre cabeza. Embistiéronle con los jarros, y el daño de las narices se le hizo uno con una escudilla de palo que se la dio a oler con más prisa que convenía. Quitáronle la espada, salió a las voces el portero, y aun no los podía meter en paz. En fin, se vio en tanto peligro el pobre hermano, que decía: —«¡Yo volveré lo que he comido!»; y aun no bastaba, que ya no reparaban sino en que pedía para otros, y no se preciaba de sopón. —«¡Miren el todo trapos, como muñeca de niños, más triste que pastelería en Cuaresma, con más agujeros que una flauta, y más remiendos que una pía [278], y más manchas que un jaspe, y más puntos que un libro de música» —decía un estudiantón destos de la capacha [279], gorrona-

---

contra los moriscos de Granada. Escribía don Juan de Austria a Felipe II, informando de su muerte: «Sin él yo me hallo agora tan solo y necesitado de otra persona a quien acudamos los que aprendemos, cuanto V. M. puede considerar» (*Colección de documentos inéditos para la historia de España*, XXVIII, 54) (nota de A. Castro).

[278] *pía,* 'remiendo y caballo de ese aspecto'; «Algunos de los que ves / en este pobre disfraz, / pía es remendado al haz, / y espía vuelto al revés» (*Cotarelo,* II, pág. 573b).

[279] *capacha,* «se llama en Andalucía una esportica manual hecha de palma». *(Dicc. Aut.).*

zo [280]—; «que hay hombre en la sopa del bendito santo que puede ser obispo o otra cualquier dignidad, y se afrenta un don Peluche de comer! ¡Graduado estoy de bachiller en artes por Sigüenza!». Metióse el portero de por medio, viendo que un vejezuelo que allí estaba decía que, aunque acudía al brodio [281], que era descendiente del Gran Capitán, y que tenía deudos.

Aquí lo dejo, porque el compañero estaba ya fuera desaprensando los güesos.

---

[280] Cfr.: «Según se hace en una universidad de estos reinos, que en poniéndose un muchacho manteo y bonete se llama señor, y se sirve de los que traen capa y gorra, mejores que él, más sabios» (Mal Lara, *Filosofía vulgar,* IX, 84). «*Meterse de gorra,* 'gorrón' y 'meterse de gorra'. Quizá porque como el latino por donayre llamó 'sombra' a el que se metía con el convidado como si fuera sombra suya, y si alguno replicaba, decían ser la sombra del convidado; así llamaron gorrones, como pages de gorra que lleban la gorra del señor, y se meten de gorra, o como por gorra...» (*La razón de algunos refranes,* pág. 67).

[281] *brodio:* «el caldo con berzas y mendrugos que se da a la portería de los monasterios de los relieves de las mesas» *(Cov.).* «*Brodista,* el estudiante pobre que a la hora de comer acude al monasterio o colegio, donde le dan este caldo y mendrugos, con que pasa la vida» *(Cov.).* Comp. *El Pasagero,* pág. 247, donde hay una anécdota sobre sopa de convento, y *Guzmán,* pág. 259. Sobre Sigüenza y la mala fama de sus diplomados, cfr. A. Redondo, *Fray A. de Guevara et l'Espagne de son temps,* Ginebra, Droz, 1978, pág. 452.

CAPÍTULO III

En que prosigue la misma materia, hasta dar con todos en la cárcel

Entró Merlo Díaz, hecha la pretina una sarta de búcaros y vidros, los cuales, pidiendo de beber en los tornos de las monjas, había agarrado con poco temor de Dios. Mas sacóle de la puja[282] don Lorenzo del Pedroso, el cual entró con una capa muy buena, la cual había trocado en una mesa de trucos a la suya, que no se la cubriera pelo[283] al que la llevó, por ser desbarbada. Usaba éste quitarse la capa como que quería jugar, y ponerla con las otras, y luego, como que no hacía partido, iba por su capa, y tomaba la que mejor le parecía y salíase. Usábalo en los juegos de argolla y bolos.

Mas todo fue nada para ver entrar a don Cosme, cercado de muchachos con lamparones, cáncer y lepra, heridos y mancos, el cual se había hecho ensalmador con unas santiguaduras[284] y oraciones que había aprendido de una vieja. Ganaba éste por todos, porque si el que

---

[282] *sacar de la puja*, 'ganar la puja'.

[283] Del Rosal explica así la expresión: «*No se la cubrirá pelo.* Tomada la metáfora de las heridas grandes, que no las cubre pelo. Y como dice otro refrán: ¡*Ojalá cuero!*» (*La razón de algunos refranes*, pág. 76, y vid. pág. 78).

[284] *santiguaduras,* comp. *Jardín de flores curiosas,* pág. 187. Para estos devotos fingidos, que debían de ser abundantes, vid. *La hija de Cel.,* episodio final; *Relatos de Cartas de jesuitas,* pág. 18 y ss.; *El Cortesano,* Libro III, cap. II; *Pícara Justina,* II, pág. 439.

venía a curarse no traía bulto debajo de la capa, no sonaba dinero en la faldriquera, o no piaban algunos capones, no había lugar. Tenía asolado medio reino. Hacía creer cuanto quería, porque no ha nacido tal artífice en el mentir; tanto, que aun por descuido no decía verdad. Hablaba del Niño Jesús, entraba en las casas con *Deo gracias,* decía lo del «Espíritu Santo sea con todos»... Traía todo ajuar de hipócrita: un rosario con unas cuentas frisonas; al descuido hacía que se le viese por debajo de la capa un trozo de diciplina salpicada con sangre de narices; hacía creer, concomiéndose, que los piojos eran silicios, y que la hambre canina eran ayunos voluntarios. Contaba tentaciones; en nombrando al demonio, decía «Dios nos libre y nos guarde»; besaba la tierra al entrar en la iglesia; llamábase indigno; no levantaba los ojos a las mujeres, pero las faldas sí. Con estas cosas, traía el pueblo tal, que se encomendaban a él, y era como encomendarse al diablo. Porque él era jugador y lo otro (*ciertos* los llaman, y por mal nombre *fulleros*). Juraba el nombre de Dios unas veces en vano, y otras en vacío. Pues en lo que toca a mujeres, tenía seis hijos, y preñadas dos santeras. Al fin, de los mandamientos de Dios, los que no quebraba, hendía.

Vino Polanco haciendo gran ruido, y pidió su saco pardo, cruz grande, barba larga postiza y campanilla. Andaba de noche desta suerte, diciendo: —«Acordaos de la muerte, y haced bien por las ánimas...», etc. Con esto cogía mucha limosna, y entrábase en las casas que veía abiertas; si no había testigos ni estorbo, robaba cuanto había; si le topaban, tocaba la campanilla, y decía con una voz que él fingía muy penitente: —«Acordaos, hermanos...», etc.

Todas estas trazas de hurtar y modos extraordinarios conocí, por espacio de un mes, en ellos. Volvamos agora a que les enseñé el rosario y conté el cuento. Celebraron mucho la traza, y recibióle la vieja por su cuenta [285] y ra-

---

[285] Señala G. Güntert: «Cuando Pablos muestra su botín a la vieja, Quevedo ya no oculta más su juego: "... les enseñé el rosario, y *conté el*

zón para venderle. La cual se iba por las casas diciendo que era de una doncella pobre, y que se deshacía dél para comer. Y ya tenía para cada cosa su embuste y su trapaza. Lloraba la vieja a cada paso; enclavijaba las manos y suspiraba de lo amargo; llamaba hijos a todos. Traía, encima de muy buena camisa, jubón, ropa, saya y manteo, un saco de sayal roto, de un amigo ermitaño que tenía en las cuestas de Alcalá. Esta gobernaba el hato, aconsejaba y encubría.

Quiso, pues, el diablo, que nunca está ocioso en cosas tocantes a sus siervos, que, yendo a vender no sé qué ropa y otras cosillas a una casa, conoció uno no sé qué hacienda suya. Trujo un alguacil, y agarráronme la vieja, que se llamaba la madre Labruscas. Confesó luego todo el caso, y dijo cómo vivíamos todos, y que éramos caballeros de rapiña. Dejóla el alguacil en la cárcel, y vino a casa, y halló en ella a todos mis compañeros, y a mí con ellos. Traía media docena de corchetes —verdugos de a pie—, y dio con todo el colegio buscón en la cárcel, adonde se vio en gran peligro la caballería.

cuento. Celebraron mucho la traza, y recibióle la vieja _por su cuenta_ y razón para venderle". El cuento de Pablos, una traza, le valió las cuentas del rosario que, siendo de oro, entran en la cuenta de la vieja, que hará comercio con ellas contando otro cuento: así Pablos y sus alegres compañeros siguen ensartando cuentos. Aquí, a más tardar, puede venirnos la sospecha de que todo el _Buscón,_ no menos que el amanerado _Cuento de cuentos,_ consiste en una serie casi interminable de cuentos, que se ensartan como las cuentas de un rosario» («Quevedo y la regeneración del lenguaje», artículo que aparecerá en _Cuadernos Hispanoamericanos_).

218

Capítulo IV

En que trata los sucesos de la cárcel, hasta salir la vieja azotada, los compañeros a la vergüenza y yo en fiado

Echáronnos, en entrando, a cada uno dos pares de grillos, y sumiéronnos en un calabozo. Yo que me vi ir allá, aprovechéme del dinero que traía conmigo y, sacando un doblón, díjele al carcelero: —«Señor, oígame v. m. en secreto». Y para que lo hiciese, dile escudo como cara. En viéndolos, me apartó. —«Suplico a v. m.» —le dije— «que se duela de un hombre de bien». Busquéle las manos, y como sus palmas [286] estaban hechas a llevar semejantes dátiles, cerró con los dichos veinte y seis, diciendo: —«Yo averiguaré la enfermedad y, si no es urgente, bajará al cepo». Yo conocí la deshecha, y respondíle humilde. Dejóme fuera, y a los amigos descolgáronlos abajo.

Dejo de contar la risa tan grande que, en la cárcel y por las calles, había con nosotros; porque como nos traían atados y a empellones, unos sin capas y otros con ellas arrastrando, eran de ver unos cuerpos pías remendados, y otros aloques [287] de tinto y blanco. A cuál, por asirle de alguna parte segura, por estar todo tan manido le agarraba el corchete de las puras carnes, y aun no hallaba de qué asir, según los tenía roídos la hambre. Otros iban dejando a los corchetes en las manos los peda-

---

[286] *palmas* de las manos y de las palmeras; y *dátiles* por 'dedos'.

[287] *aloque.* «Es el vino clarete, entre blanco y tinto, y suélese hacer artificial, mezclando el uno con el otro...» *(Cov.).*

zos de ropillas y gregüescos; al quitar la soga en que venían ensartados, se salían pegados los andrajos.

Al fin, yo fui, llegada la noche, a dormir a la sala de los linajes[288]. Diéronme mi camilla. Era de ver algunos dormir envainados, sin quitarse nada; otros, desnudarse de un golpe todo cuanto traían encima; cuáles jugaban. Y, al fin, cerrados, se mató la luz. Olvidamos todos los grillos.

Estaba el servicio a mi cabecera; y, a la media noche, no hacían sino venir presos y soltar presos. Yo que oí el ruido, al principio, pensando que eran truenos, empecé a santiguarme y llamar a Santa Bárbara. Mas, viendo que olían mal, eché de ver que no eran truenos de buena casta. Olían tanto, que por fuerza detenían las narices en la cama. Unos traían cámaras y otros aposentos. Al fin, yo me vi forzado a decirles que mudasen a otra parte el vedriado. Y sobre si le viene muy ancho o no, tuvimos palabras. Usé el oficio de adelantado, que es mejor serlo de un cachete que de Castilla, y metíle a uno media pretina en la cara. El, por levantarse aprisa, derramóle, y al ruido despertó el concurso. Asábamonos a pretinazos a escuras, y era tanto el mal olor, que hubieron de levantarse todos.

Alzóse el grito. El alcaide, sospechando que se le iban algunos vasallos, subió corriendo, armado, con toda su cuadrilla, abrió la sala, entró luz y informóse del caso. Condenáronme todos; yo me disculpaba con decir que en toda la noche me habían dejado cerrar los ojos, a puro abrir los suyos. El carcelero, pareciéndole que por no de-

---

288 *Sala de los linajes,* de la gente principal. Sobre la cárcel de Sevilla y la vida del hampa en esta ciudad, vid. ahora: A. Domínguez Ortiz, «Delitos y suplicios en la Sevilla Imperial» (*Crisis y decadencia de la España de los Austrias,* Barcelona, 1973, págs. 13-71), donde cita abundante bibliografía y señala, entre otras muchas cosas, que «era suma la miseria en que vivían los presos pobres, aherrojados en oscuras mazmorras, cubiertos de harapos y comidos de piojos. Y lo peor era que sin dinero no hallaban escribano que se interesase por el pronto despacho de su causa» (pág. 38), lo que puede aplicarse directamente a la obra que nos ocupa. Es texto inexcusable la *Relación de la Cárcel de Sevilla,* de Cristóbal Chaves, en Gallardo, *Ensayo,* col. 1341.

jarme zabullir en el horado [289] le daría otro doblón, asió del caso y mandóme bajar allá. Determinéme a consentir, antes que a pellizcar el talego más de lo que lo estaba. Fui llevado abajo; recibiéronme con arbórbola [290] y placer los amigos.

Dormí aquella noche algo desabrigado. Amaneció el Señor, y salimos del calabozo. Vímonos las caras, y lo primero que nos fue notificado fue dar para la limpieza —y no de la Virgen sin mancilla—, so pena de culebrazo [291] fino. Yo di luego seis reales; mis compañeros no tenían qué dar, y así, quedaron remitidos para la noche.

Había en el calabozo un mozo tuerto, alto, abigotado, mohino de cara, cargado de espaldas y de azotes en ellas. Traía más hierro que Vizcaya, dos pares de grillos y una cadena de portada. Llamábanle el Jayán. Decía que estaba preso por cosas de aire, y así, sospechaba yo si era por algunas fuelles [292], chirimías o abanicos, y decíale si era

---

[289] *horado*, 'calabozo'.

[290] 'gritos de alegría'.

[291] *culebrazo:* «4 fig. y fam. Chasco que se da uno; como los golpes que los presos de la cárcel daban por la noche al que entraba de nuevo y no pagaba la patente. 5 fig. y fam. Desorden, alboroto promovido por unos pocos en medio de una reunión pacífica» *(DRAE);* «Y el que se duerme lleva culebra, que es lo mismo que rebenque o petrina», Chaves, *Relación,* en Gallardo, *Ensayo,* col. 1344. En el sentido, más amplio, de chasco o burla: «que pienso que esta musa no trata sino de dar culebra a las mujeres»; «que para él harta culebra es perder nueve huéspedes» *(Bureo de las musas,* págs. 59 y 98; y vid. pág. 133). «Y haciéndose los demás pobres y pobras de su parte, y apagando las luces, comenzaron con los asientos y con las muletas y bordones a zamarrealle a él y a sus corchetes a oscuras, tocándoles los ciegos la gaita zamorana y los demás instrumentos, a cuyo son no se oían los unos a los otros, acabando la culebra con el día y con desaparecerse los apaleados» *(Diablo cojuelo,* pág. 203); *Guzmán,* pág. 291.

[292] *fuelle, chirimía* y *abanico,* en germanía, 'soplones, confidentes'; comp: «En Sevilla, Gambalúa / fue corchete de la fama, / ventalle de las audiencias, / fuelle de todas las fraguas. / Con la muerte de estos vientos / el mundo se quedó en calma» *(Blecua,* pág. 1288); «Un abanico de culpas / fue principio de mi mal» *(Id.,* pág. 1254); «las vidas de los corchetes, / que de cien mil soplos pasan / ... / alguacil que de ratones / pudo limpiar toda España, / cañuto disimulado / y ventecito con barbas» *(Ib.,* pág. 1287).

por algo desto. Respondía que no, que eran cosas de atrás. Yo pensé que pecados viejos quería decir. Y averigüé que por puto. Cuando el alcaide le reñía por alguna travesura, le llamaba botiller[293] del verdugo y depositario general de culpas. Otras veces le amenazaba diciendo: —«¿Qué te arriesgas, pobrete, con el que ha de hacer humo? Dios es Dios, que te vendimie de camino». Había confesado éste, y era tan maldito, que traíamos todos con carlancas[294], como mastines, las traseras, y no había quien se osase ventosear, de miedo de acordarle dónde tenía las asentaderas.

Este hacía amistad con otro que llamaban Robledo, y por otro nombre el Trepado. Decía que estaba preso por liberalidades; y, entendido, eran de manos en pescar lo que topaba. Este había sido más azotado que postillón[295]: no había verdugo que no hubiese probado la mano en él. Tenía la cara con tantas cuchilladas, que, a descubrirse puntos, no se la ganara un flux. Tenía nones las orejas y pegadas las narices, aunque no tan bien como la cuchillada que se las partía.

A éstos se llegaban otros cuatro hombres, rapantes[296] como leones de armas, todos agrillados y condenados al hermano de Rómulo[297]. Decían ellos que presto podrían decir que habían servido a su Rey por mar y por tierra. No se podrá creer la notable alegría con que aguardaban su despacho.

Todos estos, mohínos de ver que mis compañeros no contribuían, ordenaron a la noche de darlos culebrazo bravo, con una soga dedicada al efecto.

Vino la noche. Fuimos ahuchados a la postrera faldriquera de la casa. Mataron la luz; yo metíme luego debajo

---

[293] *botiller:* «el que tiene a su cargo la botillería, la despensa de un señor, y tomó el nombre de las botas o cubetas del vino, aunque haya en ella todo género de vitualla» *(Cov.).*

[294] *«Carlancas.* Unos collares fuertes y armados de puntas que ponen a los perros para poderse defender de los lobos» *(Cov.).*

[295] *postillón,* 'caballo de postillón'.

[296] *rapantes,* 'rapiña, ladrones'.

[297] 'a galeras'.

de la tarima. Empezaron a silbar dos dellos, y otro a dar sogazos. Los buenos caballeros que vieron el negocio de revuelta, se apretaron de manera las carnes ayunas —cenadas, comidas y almorzadas de sarna y piojos—, que cupieron todos en un resquicio de la tarima. Estaban como como liendres en cabellos o chinches en cama. Sonaban los golpes en la tabla; callaban los dichos. Los bellacos que vieron que no se quejaban, dejaron el dar azotes, y empezaron a tirar ladrillos, piedras y cascote que tenían recogido. Allí fue ella, que uno le halló el cogote a don Toribio, y le levantó una pantorrilla en él de dos dedos. Comenzó a dar voces que le mataban. Los bellacos, porque no se oyesen sus aullidos, cantaban todos juntos y hacían ruido con las prisiones. El, por esconderse, asió de los otros para meterse debajo. Allí fue el ver cómo, con la fuerza que hacían, les sonaban los güesos como tablillas de San Lázaro.

Acabaron su vida las ropillas; no quedaba andrajo en pie. Menudeaban tanto las piedras y cascotes, que, dentro de poco tiempo, tenía el dicho don Toribio más golpes [298] en la cabeza que una ropilla abierta. Y no hallando remedio contra el granizo, viéndose, sin santidad, cerca de morir San Esteban, dijo que le dejasen salir, que él pagaría luego y daría sus vestidos en prendas. Consintiéronselo, y, a pesar de los otros, que se defendían con él, descalabrado y como pudo, se levantó y pasó a mi lado.

Los otros, por presto que acordaron a prometer lo mismo, ya tenían las chollas con más tejas que pelos. Ofrecieron para pagar la patente sus vestidos, haciendo cuenta que era mejor estarse en la cama por desnudos que por heridos. Y así, aquella noche los dejaron, y a la mañana les pidieron que se desnudasen. Y se halló que, de todos sus vestidos juntos, no se podía hacer una mecha a un candil.

Quedáronse en la cama, digo envueltos en una manta,

---

[298] *golpes:* «Se llaman las portezuelas que se echan en las casacas, chupas y otros vestidos, y sirven de cubrir y tapar los bolsillos» *(Dicc. Aut.).*

la cual era la que llaman ruana, donde se espulgan todos. Empezaron luego a sentir el abrigo de la manta, porque había piojo con hambre canina, y otro que, en un brazo de uno de ellos, quebraba ayuno de ocho días. Habíalos frisones, y otros que se podían echar a la oreja de un toro. Pensaron aquella mañana ser almorzados dellos; quitáronse la manta, maldiciendo su fortuna, deshaciéndose a puras uñadas.

Yo salíme del calabozo, diciéndoles que me perdonasen si no les hiciese mucha compañía, porque me importaba no hacérsela. Torné a repasarle las manos al carcelero con tres de a ocho y, sabiendo quién era el escribano de la causa, inviéle a llamar con un picarillo. Vino, metíle en un aposento, y empecéle a decir, después de haber tratado la causa, cómo yo tenía no sé qué dinero. Supliquéle que me lo guardase, y que, en lo que hubiese lugar, favoreciese la causa de un hijodalgo desgraciado que, por engaño, había incurrido en tal delito. —«Crea v. m.» —dijo, después de haber pescado la mosca—, «que en nosotros está todo el juego, y que si uno da en no ser hombre de bien, puede hacer mucho mal. Más tengo yo en galeras de balde, por mi gusto, que hay letras en el proceso. Fíese de mí, y crea que le sacaré a paz y a salvo».

Fuese con esto, y volvióse desde la puerta a pedirme algo para el buen Diego García, el alguacil, que importaba acallarle con mordaza de plata, y apuntóme no sé qué del relator, para ayuda de comerse [299] cláusula entera. Dijo: —«Un relator, señor, con arquear las cejas, levantar la voz, dar una patada para hacer atender al alcalde divertido, hacer una acción, destruye un cristiano». Dime por entendido, y añadí otros cincuenta reales; y en pago me dijo que enderezase el cuello de la capa, y dos remedios para el catarro que tenía de la frialdad del calabozo. Y últimamente me dijo, mirándome con grillos: —«Ahorre de pesadumbre, que, con ocho reales que dé al al-

---

[299] Juego de palabras con *ayuda de costa,* algo parecido a financiar materiales, y gastos previos a un trabajo.

caide, le aliviará; que ésta es gente que no hace virtud si no es por interés». Cayóme en gracia la advertencia. Al fin, él se fue. Yo di al carcelero un escudo; quitóme los grillos.

Dejábame entrar en su casa. Tenía una ballena por mujer, y dos hijas del diablo, feas y necias, y de la vida, a pesar de sus caras. Sucedió que el carcelero —se llamaba tal Blandones de San Pablo, y la mujer doña Ana Moráez— vino a comer, estando yo allí, muy enojado y bufando. No quiso comer. La mujer, recelando alguna gran pesadumbre, se llegó a él, y le enfadó tanto con las acostumbradas importunidades, que dijo: —«¿Qué ha de ser, si el bellaco ladrón de Almendros, el aposentador, me ha dicho, teniendo palabras con él sobre el arrendamiento, que vos no sois limpia?». —«¿Tantos rabos me ha quitado el bellaco?» —dijo ella—; «por el siglo de mi agüelo, que no sois hombre, pues no le pelastes las barbas. ¿Llamo yo a sus criadas que me limpien?». Y volviéndose a mí, dijo: —«Vale Dios que no me podrá decir que soy judía como él, que, de cuatro cuartos que tiene, los dos son de villano, y los otros ocho maravedís, de hebreo. A fe, señor don Pablos, que si yo lo oyera, que yo le acordara que tiene las espaldas en el aspa de San Andrés» [300].

Entonces, muy afligido el alcaide, respondió: —«¡Ay, mujer, que callé porque dijo que en esa teníades vos dos o tres madejas! Que lo sucio no os lo dijo por lo puerco, sino por el no lo comer». —«Luego ¿judía dijo que era? ¿Y con esa paciencia lo decís, buenos tiempos? ¿Así sentís la honra de doña Ana Moráez, hija de Esteban Rubio y Juan de Madrid, que sabe Dios y todo el mundo?». —«¡Cómo! ¿Hija» —dije yo— «de Juan de Madrid?». —«De Juan de Madrid, el de Auñón». —«Voto a Dios» —dije yo— «que el bellaco que tal dijo es un judío, puto y cornudo». Y volviéndome a ellas: —«Juan de Madrid, mi

---

[300] *Aspa de San Andrés,* «la cruz de paño o bayeta colorada que en el capotillo amarillo del mismo material manda poner el Santo Oficio... a los reconciliados con la Iglesia, en penitencia *(Dicc. Aut.).*

señor, que esté en el cielo, fue primo[301] hermano de mi padre. Y daré yo probanza de quién es y cómo; y esto me toca a mí. Y si salgo de la cárcel, yo le haré desdecir cien veces al bellaco. Ejecutoria tengo en el pueblo, tocante a entrambos, con letras de oro».

Alegráronse con el nuevo pariente, y cobraron ánimo con lo de la ejecutoria. Y ni yo la tenía, ni sabía quiénes eran. Comenzó el marido a quererse informar del parentesco por menudo. Yo, porque no me cogiese en mentira, hice que me salía de enojado, votando y jurando. Tuviéronme, diciendo que no se tratase más dello. Yo, de rato en rato, salía muy al descuido diciendo: —«¡Juan de Madrid! ¡Burlando es la probanza que yo tengo suya!». Otras veces decía: —«¡Juan de Madrid, el mayor! Su

---

[301] El uso actual de la expresión *hacer el primo* puede venir de este tipo de burlas, en que el amante o el gorrón se hacían pasar por primos para disimular y alcanzar sus fines. Es procedimiento frecuente: «ESTACIO. ¡Ah, hidalgo! ¡Ah, gentil hombre! ¿Es este caballero primo desta señora? SORIA. Sí, señor, y primo carnal... [...] ESTACIO. [...] ella sola disfrutó enteramente el deudo de los primazgos; más primos tuvo que escuderón desvanecido, podríase hacer una primavera de todos sus galanes, tanto por la razón referida como por ser muy lucidos. D. PEDRO. [...] ¿Es cierto que tenía galanes y primos la mal lograda de su mujer y que de primos tan galanes, más galanes que primos, cobraba primicias? Si ello es así, sin duda que ella fue la primera emprimadora, y emprimadora tan primera que ganaría a este juego más que a otro»; «ESTACIO. [...] Galanes y primos tenía, y yo si era menester se los buscaba, y aunque no tuviesen gota de sangre de deudo entre los dos, en viendo un hombre liberal y de buen trato, le ordenaba de primo hermano, y le despachaba el título con mucha facilidad» (*El sagaz Estacio,* C.C., Madrid, 1958, págs. 95, 98 y 109); «Pues en su casa no tema / que el primo fingido venga / a descomer mi apetito, / y a comerse la merienda» (J. Alonso Maluenda, *Bureo,* pág. 132; y *Cigarrales,* II, página 126); Correas documenta: *«Robles y pinos, todos son mis primos,* contra los que se acen parientes y amigos de mayores». En el *Día de fiesta por la tarde* (y en otras obras) hay un uso de *primo* que va, a mi entender, por un camino cercano al que tratamos: «No avía cosa en que no picasse su vanidad, hasta en llamar a su marido primo. De este término suele usar la nobleza muy alta, huyen o las mugeres de dezir mi marido, y los hombres de dezir mi muger. Las mas vezes son deudos, y usan del nombre del parentesco, por no usar de los nombres del matrimonio» (pág. 39, y vid. nota 89, donde Doty cita unos versos de Lope en este mismo sentido). Cfr. págs. 53 y 174; y *Diálogo de los pajes,* páginas 47 y 76.

padre de Juan de Madrid fue casado con Ana de Aceve-
do, la gorda». Y callaba otro poco.

Al fin, con estas cosas, el alcaide me daba de comer y
cama en su casa, y el escribano, solicitado dél y cohecha-
do con el dinero, lo hizo tan bien, que sacaron a la vieja
delante de todos, en un palafrén pardo a la brida, con un
músico de culpas delante [302]. Era el pregón. —«¡A esta
mujer, por ladrona!». Llevábale el compás en las costillas
el verdugo, según lo que le habían recetado los señores de
los ropones [303]. Luego seguían todos mis compañeros, en
los overos de echar agua, sin sombreros y las caras descubiertas. Sacábanlos a la vergüenza, y cada uno, de puro
roto, llevaba la suya de fuera.

Desterráronlos por seis años. Yo salí en fiado, por virtud del escribano. Y el relator no se descuidó, porque
mudó tono, habló quedo y ronco, brincó razones y mascó
cláusulas enteras.

---

[302] *músico de culpas,* 'pregonero'. Cfr.: «Con chilladores delante /
y envaramiento detrás» (*Blecua,* 1226).
[303] *los señores de los ropones,* 'ministros de la justicia'.

CAPÍTULO V

De cómo tomé posada, y la desgracia que me sucedió en ella

Salí de la cárcel. Halléme solo y sin los amigos; aunque me avisaron que iban camino de Sevilla a costa de la caridad, no los quise seguir.

Determinéne de ir a una posada, donde hallé una moza rubia y blanca, miradora, alegre, a veces entremetida, y a veces entresacada y salida [304]. Ceceaba un poco; tenía miedo a los ratones; preciábase de manos [305] y, por enseñarlas, siempre despabilaba las velas, partía la comida en la mesa, en la iglesia siempre tenía puestas las manos, por las calles iba enseñando siempre cuál casa era de uno y cuál de otro; en el estrado [306], de contino tenía un alfiler que prender en el tocado; si se jugaba a algún juego, era siempre el de pizpirigaña [307], por ser cosa de mostrar ma-

---

[304] *salida,* probablemente 'desterrada'.

[305] Sobre ceceos, manos y ojos, *El mundo por de dentro* (*Obras,* 1, página 205b), *Los peligros de Madrid* (pág. 55), etc., hasta *El Cortesano.*

[306] *estrado,* 'lugar donde las señoras se asientan sobre cojines y reciben las visitas' *(Cov.).*

[307] *pizpirigaña:* juego de niños; uno de ellos pellizca las manos a los demás y dice: «Pizpirigaña, / mata la araña, / un cochinito / muy peladito / ¿quién lo peló? / La pícara vieja / que está en el rincón. / Alza la mano / que te pica un gallo, / un moñito azul / y otro colorado» (De Málaga). Una buena descripción de este juego, con muchas variantes, trae S. Hernández de Soto, *Juegos infantiles de Extremadura,* en «Biblioteca de las tradiciones populares españolas», t. II, 1884, página 134 (nota de A. Castro).

nos. Hacía que bostezaba, adrede, sin tener gana, por mostrar los dientes y hacer cruces en la boca. Al fin, toda la casa tenía ya tan manoseada, que enfadaba ya a sus mismos padres.

Hospedáronme muy bien en su casa, porque tenía trato de alquilarla, con muy buena ropa, a tres moradores: fui el uno yo, el otro un portugués, y un catalán. Hiciéronme muy buena acogida.

A mí no me pareció mal la moza para el deleite, y lo otro la comodidad de hallármela en casa. Di en poner en ella los ojos; contábales cuentos que yo tenía estudiados para entretener; traíales nuevas, aunque nunca las hubiese; servíales en todo lo que era de balde. Díjelas que sabía encantamentos, y que era nigromante, que haría que pareciese que se hundía la casa y que se abrasaba, y otras cosas que ellas, como buenas creedoras, tragaron. Granjeé una voluntad en todos agradecida, pero no enamorada, que, como no estaba tan bien vestido como era razón —aunque ya me había mejorado algo de ropa por medio del alcaide, a quien visitaba siempre, conservando la sangre a pura carne y pan que le comía—, no hacían de mí el caso que era razón.

Di, para acreditarme de rico que lo disimulaba, en enviar a mi casa amigos a buscarme cuando no estaba en ella. Entró uno, el primero, preguntando por el Señor don Ramiro de Guzmán, que así dije que era mi nombre, porque los amigos me habían dicho que no era de costa el mudarse los nombres, y que era útil. Al fin, preguntó por don Ramiro, «un hombre de negocios rico, que hizo agora tres asientos [308] con el Rey». Desconociéronme en esto las huéspedas, y respondieron que allí no vivía sino un don Ramiro de Guzmán, más roto que rico, pequeño de cuerpo, feo de cara y pobre. —«Ese es» —replicó— «el que yo digo. Y no quisiera más renta al servicio de Dios

---

[308] *asiento,* 'contrata de un servicio público', «(los mercaderes extranjeros) han hecho entre nosotros sospechoso este nombre de asientos, que como significan otra cosa que me corro de nombrarla, no sabiendo cuánto hablan a lo negociante, y cuanto a lo deshonesto» (*Alguacil alguacilado, Rivad.* XXIII, 306a) (nota de A. Castro).

que la que tiene a más de dos mil ducados». Contóles otros embustes, quedáronse espantadas, y él las dejó una cédula de cambio fingida, que traía a cobrar en mí, de nueve mil escudos. Díjoles que me la diesen para que la acetase, y fuese.

Creyeron la riqueza la niña y la madre, y acotáronme luego para marido. Vine yo con gran disimulación, y, en entrando, me dieron la cédula, diciendo: —«Dineros y amor mal se encubren, señor don Ramiro. ¿Cómo que nos esconda v. m. quién es, debiéndonos tanta voluntad?». Yo hice como que me había disgustado por el dejar de la cédula, y fuime a mi aposento. Era de ver cómo, en creyendo que tenía dinero, me decían que todo me estaba bien. Celebraban mis palabras; no había tal donaire como el mío. Yo que las vi tan cebadas, declaréle mi voluntad a la muchacha, y ella me oyó contentísima, diciéndome mil lisonjas.

Apartámonos; y una noche, para confirmarlas más en mi riqueza, cerréme en mi aposento, que estaba dividido del suyo con sólo un tabique muy delgado, y, sacando cincuenta escudos, estuve contándolos en la mesa tantas veces, que oyeron contar seis mil escudos. Fue esto de verme con tanto dinero de contado, para ellas, todo lo que yo podía desear, porque dieron en desvelarse para regalarme y servirme.

El portugués se llamaba o senhor Vasco de Meneses, caballero de la cartilla, digo de Christus[309]. Traía su capa de luto, botas, cuello pequeño y mostachos grandes. Ardía por doña Berenguela de Robledo, que así se llamaba. Enamorábala sentándose a conversación, y suspirando más que beata en sermón de Cuaresma[310]. Cantaba

_____

[309] _orden de Christus,_ orden de nobleza portuguesa.

[310] Vid. Correas: «Derretirse como portugués»; «es muy portugués»; «es muy derretido»; Quevedo: «algunos portugueses derretidos» (_El sueño de la muerte, Obras,_ I, pág. 213b, y _Blecua,_ pág. 94); Villalón: «porque a la nación de portogal es cosa natural ser enamorados y servir damas» (_El Scholástico,_ pág. 171); _Espinel,_ t. II, pág. 24, etc. Y para oscuros, Lope: «Estaba el cielo más negro / que un portugués embozado» (_La viuda valenciana,_ I, VII); _Dorotea,_ I, V, I; _Fastiginia,_ páginas 54, 63, 96; _Cigarrales,_ I, pág. 116, etc.

mal, y siempre andaba apuntado con él el catalán, el cual era la criatura más triste y miserable que Dios crió. Comía a tercianas, de tres a tres días, y el pan tan duro, que apenas le pudiera morder un maldiciente. Pretendía por lo bravo, y si no era el poner güevos, no le faltaba otra cosa para ser gallina, porque cacareaba notablemente.

Como vieron los dos que yo iba tan adelante, dieron en decir mal de mí. El portugués decía que era un piojoso, pícaro, desarropado; el catalán me trataba de cobarde y vil. Yo lo sabía todo, y a veces lo oía, pero no me hallaba con ánimo para responder. Al fin, la moza me hablaba y recibía mis billetes. Comenzaba por lo ordinario: «Este atrevimiento, su mucha hermosura de v. m...»; decía lo de «me abraso», trataba de penar, ofrecíame por esclavo, firmaba el corazón con la saeta... Al fin, llegamos a los túes, y yo, para alimentar más el crédito de mi calidad, salíme de casa y alquilé una mula, y arrebozado y mudando la voz, vine a la posada y pregunté por mí mismo, diciendo si vivía allí su merced del señor don Ramiro de Guzmán, señor del Valcerrado y Vellorete. —«Aquí vive» —respondió la niña— «un caballero de ese nombre, pequeño de cuerpo». Y, por las señas, dije yo que era él, y la supliqué que le dijese que Diego de Solórzana, su mayordomo que fue de las depositarías, pasaba a las cobranzas, y le había venido a besar las manos. Con esto me fui, y volví a casa de allí a un rato.

Recibiéronme con la mayor alegría del mundo, diciendo que para qué les tenía escondido el ser señor de Valcerrado y Vellorete. Diéronme el recado. Con esto, la muchacha se remató, cudiciosa de marido tan rico, y trazó de que la fuese a hablar a la una de la noche, por un corredor que caía a un tejado, donde estaba la ventana de su aposento.

El diablo, que es agudo en todo, ordenó que, venida la noche, yo, deseoso de gozar la ocasión, me subí al corredor, y, por pasar desde él al tejado que había de ser, vánseme los pies, y doy en el de un vecino escribano tan desatinado golpe, que quebré todas las tejas, y quedaron estampadas en las costillas. Al ruido, despertó la media casa, y pensando que eran ladrones —que son antojadizos dellos los de este oficio—, subieron al tejado. Yo que vi esto, quíseme esconder detrás de una chimenea, y fue aumentar la sospecha, porque el escribano y dos criados y un hermano me molieron a palos y me ataron a vista de mi dama, sin bastarme ninguna diligencia. Mas ella se reía mucho, porque, como yo la había dicho que sabía hacer burlas y encantamentos, pensó que había caído por gracia y nigromancia, y no hacía sino decirme que subiese, que bastaba ya. Con esto, y con los palos y puñadas que me dieron, daba aullidos; y era lo bueno que ella pensaba que todo era artificio, y no acababa de reír.

Comenzó luego a hacer la causa, y porque me sonaron unas llaves en la faldriquera, dijo y escribió que eran ganzúas y aunque las vio, sin haber remedio de que no lo fuesen. Díjele que era don Ramiro de Guzmán, y rióse mucho. Yo triste, que me había visto moler a palos delante de mi dama, y me vi llevar preso sin razón y con mal nombre, no sabía qué hacerme. Hincábame de rodillas, y ni por esas ni por esotras bastaba con el escribano.

Todo esto pasaba en el tejado, que los tales, aun de las tejas arriba levantan falsos testimonios. Dieron orden de bajarme abajo, y lo hicieron por una ventana que caía a una pieza que servía de cocina.

Capítulo VI

Prosigue el cuento, con otros varios sucesos

No cerré los ojos en toda la noche, considerando mi desgracia, que no fue dar en el tejado, sino en las manos del escribano. Y cuando me acordaba de lo de las ganzúas y las hojas que había escrito en la causa, echaba de ver que no hay cosa que tanto crezca como culpa en poder de escribano[311].

Pasé la noche en revolver trazas; unas veces me determinaba rogárselo por Jesucristo, y considerando lo que le pasó con ellos vivo, no me atrevía. Mil veces me quise desatar, pero sentíame luego, y levantábase a visitarme los nudos, que más velaba él en cómo forjaría el embuste que yo en mi provecho. Madrugó al amanecer, y vistióse a hora que en toda su casa no había otros levantados sino él y los testimonios. Agarró la correa, y tornóme a repasar las cotillas, reprehendiéndome el mal vicio de hurtar como quien tan bien le sabía.

En esto estábamos, él dándome y yo casi determinado de darle a él dineros, que es la sangre con que se labran semejantes diamantes[312], cuando, incitados y forzados de

---

[311] Comp.: «Y nótese que no hay cosa que crezca tanto en tan poco tiempo como culpa en poder de escribano» (*El mundo por de dentro, Obras,* I, pág. 202a).

[312] *diamante:* «Con ningún instrumento se labra, si no es con otro diamante y con la sangre del cabrón, caliente» *(Cov.).* Vid. López Cornejo, *Galeno ilustrado* (Sevilla, 1699?), pregunta 6.ª Por ello no me convence la interpretación de Spitzer, según la cual la frase

los ruegos de mi querida[313], que me había visto caer y apalear, desengañada de que no era encanto sino desdicha, entraron el portugués y el catalán; y en viendo el escribano que me hablaban, desenvainando la pluma, los quiso espetar por cómplices en el proceso.

El portugués no lo pudo sufrir, y tratóle algo mal de palabra, diciéndole que él era un caballero «fidalgo de casa du Rey», y que yo era un «ome muito fidalgo», y que era bellaquería tenerme atado. Comenzóme a desatar y, al punto, el escribano clamó: —«¡Resistencia!»; y dos criados suyos, entre corchetes y ganapanes, pisaron las capas, deshiciéronse los cuellos, como lo suelen hacer para representar las puñadas que no ha habido, y pedían favor al Rey. Los dos, al fin, me desataron, y viendo el escribano que no había quien le ayudase, dijo: —«Voto a Dios que esto no se puede hacer conmigo, y que a no ser vs. ms. quien son, les podría costar caro. Manden contentar estos testigos, y echen de ver que les sirvo sin interés». Yo vi luego la letra; saqué ocho reales y díselos, y aun estuve por volverle los palos que me había dado; pero, por no confesar que los había recibido, lo dejé, y me fui con ellos, dándoles las gracias de mi libertad y rescate.

Entré en casa con la cara rozada de puros mojicones, y las espaldas algo mohínas de los varapalos. Reíase el catalán mucho, y decía a la niña que se casase conmigo, para volver el refrán al revés, y que no fuese tras cornudo apaleado, sino tras apaleado cornudo. Tratábame de resuelto y sacudido, por los palos; traíame afrentado con estos equívocos. Si entraba a visitarlos, trataban luego de varear; otras veces, de leña y madera.

Yo que me vi corrido y afrentado, y que ya me iban

---

suprimida, que aparece en la versión de Zaragoza («de darle a él dineros —*que es la sangre del cordero* con que se labran semejantes diamantes—) se refiere al cordero de Cristo (art. cit.).

[313] 'amiga': «y pudimos ver una enfermedad que da muy a menudo en las bocas de las damas queridas que es un despedimiento repentino» (*Día de fiesta,* ed. cit., pág. 65).

dando en la flor [314] de lo rico, comencé a trazar de salirme de casa; y, para no pagar comida, cama ni posada, que montaba algunos reales, y sacar mi hato libre, traté con un licenciado Brandalagas, natural de Hornillos, y con otros dos amigos suyos, que me viniesen una noche a prender. Llegaron la señalada, y requirieron a la güéspeda que venían de parte del Santo Oficio, y que convenía secreto. Temblaron todas, por lo que yo me había hecho nigromántico con ellas. Al sacarme a mí callaron; pero, al ver sacar el hato, pidieron embargo por la deuda, y respondieron que eran bienes de la Inquisición. Con esto no chistó alma terrena.

Dejáronles salir, y quedaron diciendo que siempre lo temieron. Contaban al catalán y al portugués lo de aquellos que me venían a buscar; decían entrambos que eran demonios y que yo tenía familiar. Y cuando les contaban del dinero que yo había contado, decían que parecía dinero, pero que no lo era; de ninguna suerte persuadiéronse a ello.

Yo saqué mi ropa y comida horra. Di traza, con los que me ayudaron, de mudar de hábito, y ponerme calza de obra [315] y vestido al uso, cuellos grandes y un lacayo en menudos: dos lacayuelos, que entonces era uso. Animáronme a ello, poniéndome por delante el provecho que se me seguiría de casarme con la ostentación, a título de rico, y que era cosa que sucedía muchas veces en la corte. Y aún añadieron que ellos me encaminarían parte conveniente y que me estuviese bien, y con algún arcaduz [316] por donde se guiase. Yo, negro [317] cudicioso de pescar

---

[314] *flor,* 'trampa', *Cotarelo* (II, pág. 810a); Alonso Maluenda (*Cozquilla,* págs. 26, 126; *Bureo,* pág. 152; *Tropezón,* pág. 294); Cervantes (*El rufián dichoso,* pág. 6), etc.

[315] *Calzas de obra,* 'adornadas, trabajadas'.

[316] *arcaduz,* metafóricamente 'medio por donde se consigue algo' (nota de A. Castro).

[317] *negro,* 'astuto'. La definición de *Negro,* en Hidalgo, *Vocabulario;* comp.: *Guitón,* págs. 140; «y cuando uno es principiante y yerra, lo llaman *blanco,* que es lo mesmo que decirle nescio; y al que dice bien le llaman *negro,* que es lo mismo que hábil»; y Chaves, *Relación,* en Gallardo, *Ensayo,* col. 1366.

mujer, determinéme. Visité no sé cuántas almonedas, y compré mi aderezo de casar. Supe dónde se alquilaban caballos, y espetéme en uno el primer día, y no hallé lacayo.

Salíme a la calle Mayor, y púseme enfrente de una tienda de jaeces, como que concertaba alguno. Llegáronse dos caballeros, cada cual con su lacayo. Preguntáronme si concertaba uno de plata que tenía en las manos; yo solté la prosa y, con mil cortesías, los detuve un rato. En fin, dijeron que se querían ir al Prado a bureo un poco, y yo, que si no lo tenían a enfado, que los acompañaría. Dejé dicho al mercader que si viniesen allí mis pajes y un lacayo, que los encaminase al Prado. Di señas de la librea, y metíme entre los dos y caminamos. Yo iba considerando que a nadie que nos veía era posible el determinar cúyos eran los lacayos, ni cuál era el que no le llevaba.

Empecé a hablar muy recio de las cañas [318] de Talavera, y de un caballo que tenía porcelana [319]. Encarecíales mucho el roldanejo que esperaba de Córdoba. En topando algún paje, caballo o lacayo, los hacía parar y les preguntaba cúyo era, y decía de las señales y si le querían vender. Hacíale dar dos vueltas en la calle, y, aunque no la tuviese, le ponía una falta en el freno, y decía lo que había de hacer para remediarlo. Y quiso mi ventura que topé muchas ocasiones de hacer esto. Y porque los otros iban embelesados y, a mi parecer, diciendo: —«¿Quién será este tagarote [320] escuderón?»— porque el uno llevaba un hábito en los pechos, y el otro una cadena de diamantes, que era hábito y encomienda todo junto—, dije yo

---

[318] *cañas.* «En España es muy usado el jugar las cañas, que es un género de pelea de hombres a cavallo». *(Cov.).* Vid. *Relaciones poéticas sobre las fiestas de Toros y Cañas,* Cieza, Murcia, ed. Antonio Pérez Gómez, t. I, 1971... Comp.: *Guzmán,* pág. 216 y nota. *Fastiginia,* pág. 129 y ss. *Dorotea,* pág. 315, etc.

[319] *porcelana,* 'de color blanco y azul'.

[320] *tagarote,* «suelen llamar tagarotes unos hidalgos pobres que se pegan adonde pueden comer, y esto si hallan que harán buena riza» *(Cov.).*

que andaba en busca de buenos caballos para mí y a otro primo mío, que entrábamos en unas fiestas.

Llegamos al Prado y, en entrando, saqué el pie del estribo[321], y puse el talón por defuera y empecé a pasear. Llevaba la capa echada sobre el hombro y el sombrero en la mano. Mirábanme todos; cuál decía: —«Este yo le he visto a pie»; otro: —«Hola, lindo va el buscón». Yo hacía como que no oía nada, y paseaba.

Llegáronse a un coche de damas los dos, y pidiéronme que picardease un rato. Dejéles la parte de las mozas, y tomé el estribo de madre y tía. Eran las vejezuelas alegres, la una de cincuenta y la otra punto[322] menos. Díjelas mil ternezas, y oíanme; que no hay mujer, por vieja que sea, que tenga tantos años como presunción. Prometílas regalos y preguntélas del estado de aquellas señoras, y respondieron que doncellas, y se les echaba de ver en la plática. Yo dije lo ordinario: que las viesen colocadas como merecían; y agradóles mucho la palabra *colocadas*. Preguntáronme tras esto que en qué me entretenía en la corte. Yo les dije que en huir de un padre y madre, que me querían casar contra mi voluntad con mujer fea y necia y mal nacida, por el mucho dote. —«Y yo, señoras, quiero más una mujer limpia en cueros, que una judía poderosa, que, por la bondad de Dios, mi mayorazgo vale al pie de cuatro mil ducados de renta. Y, si salgo con un pleito que traigo en buenos puntos, no habré menester nada». Saltó tan presto la tía. —«¡Ay, señor, y cómo le quiero bien! No se case sino con su gusto y mujer de casta, que le prometo que, con ser yo no muy rica, no he querido casar mi sobrina, con haberle salido ricos casamientos, por no ser de calidad. Ella pobre es, que no tiene sino

---

[321] Comp.: «Item. Se declara por caballero y aventurero de la necedad al que yendo a caballo, lleva los pies engargantados en los estribos y los talones metidos en la jineta, fuera del uso común y ordinario de andar» (*Origen y definiciones de la necedad, Obras,* I, pág. 12a).

[322] *punto,* como hoy en tantos casos, es unidad de medida, que si unas veces sirve para contar en el juego, otras se usa para medir zapatos o tiene valor indeterminado, como en el dicho saber un punto más que el diablo»; comp. págs. 169, 179, 222, 254, etc.

seis mil ducados de dote, pero no debe nada a nadie en sangre». —«Eso creo yo muy bien», dije yo.

En esto, las doncellitas remataron la conversación con pedir algo de merendar a mis amigos:

> *Mirábase el uno al otro,*
> *y a todos tiembla la barba* [323].

Yo, que vi ocasión, dije que echaba menos [324] mis pajes, por no tener con quien enviar a casa por unas cajas [325] que tenía. Agradeciéronmelo, y yo las supliqué se fuesen a la Casa del Campo al otro día, y que yo las enviaría algo fiambre. Acetaron luego; dijéronme su casa y preguntaron la mía. Y, con tanto, se apartó el coche, y yo y los compañeros comenzamos a caminar a casa.

Ellos, que me vieron largo en lo de la merienda, aficionáronse, y, por obligarme, me suplicaron cenase con ellos aquella noche. Híceme algo de rogar, aunque poco, y cené con ellos, haciendo bajar a buscar mis criados, y jurando de echarlos de casa. Dieron las diez, y yo dije que era plazo de cierto martelo [326] y que, así, me diesen licencia. Fuime, quedando concertados de vernos a la tarde, en la Casa del Campo.

Fui a dar el caballo al alquilador, y desde allí a mi casa. Hallé a los compañeros jugando quinolicas. Contéles el caso y el concierto hecho, y determinamos enviar la merienda sin falta, y gastar docientos reales en ella.

---

[323] Versos del romance a la «Muerte de don Alonso de Aguilar» (Menéndez Pidal, *Romancero español,* Nueva York, 1910, pág. 74).

[324] *echar menos,* 'echar de menos'. Cfr.: «Yo avía / echado a Lamberto menos» (Cervantes, *La gran sultana,* ed. Schevill y Bonilla, página 116); «donde, no echando menos el agasajo y el amor de mis padres» (*Cigarrales,* II, pág. 39); Corral, *Cancionero,* Exeter, 1973, pág. 14.

[325] «*Caxa* (...). Algunas mercaderías ay las quales se venden en sus caxas; y assi dezimos caxa de confituras, caxa de diacitron, etc.». *(Cov.).*

[326] *martelo,* 'enamoramiento'. Comp. *La propalladia,* ed. Gillet, III, página 281; *Lozana Andaluza, passim; Blecua,* pág. 1150; *Cozquilla del gusto,* págs. 35 y 18; *Tropezón de la risa,* pág. 220; *Desordenada codicia,* págs. 174 y 180.

Acostámonos con estas determinaciones. Yo confieso que no pude dormir en toda la noche, con el cuidado de lo que había de hacer con el dote. Y lo que más me tenía en duda era el hacer dél una casa o darlo a censo [327], que no sabía yo cuál sería mejor y de más provecho.

---

[327] Fundar un censo. Establecer una renta, hipotecando para su seguridad algunos bienes» *(DRAE);* Comp.: *Guzmán,* págs. 765, 802. Y *Restauración política de España,* Discurso 1, cap. IV.

CAPÍTULO VII

En que se prosigue lo mismo, con otros sucesos y desgracias que me sucedieron

Amaneció, y despertamos a dar traza en los criados, plata y merienda. En fin, como el dinero ha dado en mandarlo todo, y no hay quien le pierda el respeto, pagándoselo a un respostero de un señor, me dio plata, y la sirvió él y tres criados.

Pasóse la mañana en aderezar lo necesario, y a la tarde ya yo tenía alquilado mi caballito. Tomé el camino, a la hora señalada, para la Casa del Campo. Llevaba toda la pretina llena de papeles, como memoriales, y desabotonados seis botones de la ropilla, y asomados unos papeles. Llegué, y ya estaban allá las dichas y los caballeros y todo. Recibiéronme ellas con mucho amor, y ellos llamándome de vos, en señal de familiaridad. Había dicho que me llamaba don Felipe Tristán, y en todo el día había otra cosa sino don Felipe acá y don Felipe allá. Yo comencé a decir que me había visto tan ocupado con negocios de Su Majestad y cuentas de mi mayorazgo, que había temido el no poder cumplir; y que, así las apercibía a merienda de repente [328].

En esto, llegó el repostero con su jarcia [329], plata y mo-

---

[328] *merienda de repente,* como los versos de repente o las comedias de repente que solían organizarse en esta época; por ejemplo, los Argensola, en la *Academia de los Ociosos* de Nápoles.

[329] *jarcia:* «los aderezos de la nave... y por ser muchas cosas y muy menudas llamamos jarcias los argadijos, cachivaches, instrumentos para pescar y otras cosas» *(Cov.).*

zos; los otros y ellas no hacían sino mirarme y callar. Mandéle que fuese al cenador y aderezase allí, que entre tanto nos íbamos a los estanques. Llegáronse a mí las viejas a hacerme regalos, y holguéme de ver descubiertas las niñas, porque no he visto, desde que Dios me crió, tan linda cosa como aquella en quien yo tenía asestado el matrimonio: blanca, rubia, colorada, boca pequeña, dientes menudos y espesos, buena nariz, ojos rasgados y verdes[330], alta de cuerpo, lindas manazas y zazosita[331]. La otra no era mala, pero tenía más desenvoltura, y dábame sospechas de hocicada[332].

Fuimos a los estanques, vímoslo todo y, en el discurso, conocí que la mi desposada corría peligro en tiempo de Herodes, por inocente. No sabía; pero como yo no quiero las mujeres para consejeras ni bufonas, sino para acostarme con ellas, y si son feas y discretas es lo mismo que acostarse con Aristóteles o Séneca o con un libro[333], pro-

---

[330] La versión S da negros, comp.: «y después que se usan ojinegras y cariaguileñas» (*El alguacil endemoniado, Obras,* I, pág. 171a); «REC-TOR. Pues vení acá, hermano, ¿deso os pudrís, porque vuestra mujer tenga los ojos azules? VILLAVERDE. Sí, señor, que no se usan agora, si-no negros» («El hospital de los podridos», *Cotarelo,* I, pág. 97b).

[331] Z., 1626: *lindas manazas y zazosita.* Cfr. «Las manos más largas como ahora se usan» (*Quijote,* II, 69) y la nota de R. Marín, t. VI, pá-gina 367.

[332] *hocicada:* 'besada' «*Besucar:* besar descompuestamente... que otros dicen hocicar» *(Cov.).*

[333] La «inocencia» quizá sea una manera de atenuar el éxito de Pablos. *Inocente es 'loco o tonto', comp.: «ELI.—Que presto lo llevare-mos / con los otros inocentes / a la casa de Valencia» (Comedia Ime-nea,* Jornada 1.ª). En cualquier caso es chiste conocido, tanto en hombre como en mujer.

Cervantes pone en boca de don Quijote el cuentecillo de la viuda que casó con un mozo motilón, y al ser reprendida por no haber elegido entre doctos, contesta: «Para lo que yo le quiero, tanta filosofía sabe, y más, que Aristóteles» *(Quijote,* I, XXV). El cuento no está muy bien acomodado por el caballero. También, el mismo Cervantes reitera la facecia en la comedia, *La casa de los zelos,* obra de la primera época cervantina, donde leemos:

> RÚSTICO (a CLORI):
> Calla, que para aquello que me sirves,
> más sabes que trecientos Salomones»   (II)

cúrolas de buenas partes para el arte de las ofensas; que, cuando sea boba, harto sabe si me sabe bien. Esto me consoló. Llegamos cerca del cenador, y, al pasar una enramada, prendióseme en un árbol la guarnición del cuello y desgarróse un poco. Llegó la niña, y prendiómelo con un alfiler de plata, y dijo la madre que enviase el cuello a su casa al otro día, que allá lo aderezaría doña Ana, que así se llamaba la niña.

Estaba todo cumplidísimo; mucho que merendar, caliente y fiambre, frutas y dulces. Levantaron los manteles y, estando en esto, vi venir un caballero con dos criados, por la güerta adelante. Y cuando no me cato, conozco a mi buen don Diego Coronel. Acercóse a mí, y como estaba en aquel hábito, no hacía sino mirarme. Habló a las mujeres y tratólas de primas; y, a todo esto, no hacía sino volver y mirarme. Yo me estaba hablando con el repostero, y los otros dos, que eran sus amigos, estaban en gran conversación con él.

Preguntóles, según se echó de ver después, mi nombre, y ellos dijeron: —«Don Felipe Tristán, un caballero muy honrado y rico». Veíale yo santiguarse. Al fin, delante dellas y de todos, se llegó a mí y dijo: —«V. m. me perdone, que por Dios que le tenía, hasta que supe su nombre, por bien diferente de lo que es; que no he visto cosa tan parecida a un criado que yo tuve en Segovia, que se llamaba Pablillos, hijo de un barbero del mismo lugar.» Riéronse todos mucho, y yo me esforcé para que no me

---

Todavía, en el entremés, *La cueva de Salamanca* (de hacia 1611), la desenvuelta Cristina, retruca al Sacristán: «Para lo que yo he menester a mi barbero, tanto latín sabe, y aun más, que supo Antonio de Nebrija».

En el *Jardín de Venus* (sea o no del Licdo. Tamariz), hay un soneto que termina:

Cualquiera vaya pues tras su deseo,
que de mujeres quiero la hermosa,
pues hermosura busco y no dotrina,

(*Vide, Poesía erótica del Siglo de Oro,* con su vocabulario por orden de A, B, C, al cabo. Ed. Pierre Alzieu, Robert Jammes, Yvan Lissorgues, Université de Toulouse-Le Mirail, 1975, pág. 15). Sería obra de 1589.

desmintiese la color, y díjele que tenía deseo de ver aquel hombre, porque me habían dicho infinitos que le era parecidísimo. —«¡Jesús!» —Decía el Don Diego—. «¿Cómo parecido? El talle, la habla, los meneos... ¡No he visto tal cosa! Digo, señor, que es admiración grande, y que no he visto cosa tan parecida». Entonces las viejas, tía y madre, dijeron que cómo era posible que a un caballero tan principal se pareciese un pícaro tan bajo como aquél. Y porque no sospechase nada dellas, dijo la una: —«Yo le conozco muy bien al señor don Felipe, que es el que nos hospedó por orden de mi marido, que fue gran amigo suyo, en Ocaña». Yo entendí la letra, y dije que mi voluntad era y sería de servirlas con mi poca posibilidad en todas partes.

El don Diego se me ofreció, y me pidió perdón del agravio que me había hecho en tenerme por el hijo del barbero. Y añadía: —«No creerá v. m.: su madre era hechicera, su padre ladrón y su tío verdugo, y él el más ruin hombre y más mal inclinado que Dios tiene en el mundo». ¿Qué sentiría yo oyendo decir de mí, en mi cara, tan afrentosas cosas? Estaba, aunque lo disimulaba, como en brasas.

Tratamos de venirnos al lugar. Yo y los otros dos nos despedimos, y don Diego se entró con ellas en el coche. Preguntólas que qué era la merienda y el estar conmigo, y la madre y tía dijeron cómo yo era un mayorazgo de tantos ducados de renta, y que me quería casar con Anica; que se informase y vería si era cosa, no sólo acertada, sino de mucha honra para todo su linaje.

En esto pasaron el camino hasta su casa, que era en la calle del Arenal, a San Felipe. Nosotros nos fuimos a casa juntos, como la otra noche. Pidiéronme que jugase, cudiciosos de pelarme. Yo entendíles la flor y sentéme. Sacaron naipes: estaban hechos[334]. Perdí una mano. Di

---

[334] Comp.: «Mostrad acá —dijo el fullero— que estos señores y yo os las pagaremos muy bien. Dióles una baraja hecha a su modo» (*Espinel*, I, pág. 179); *Cigarrales*, I, pág. 29; J. Alonso de Maluenda, *Tropezón de la risa*, pág. 197, etc.

en irme por abajo[335], y ganéles cosa de trecientos reales; y con tanto, me despedí y vine a mi casa.

Topé a mis compañeros, licenciado Brandalagas y Pero López, los cuales estaban estudiando en unos dados tretas flamantes. En viéndome lo dejaron, cudiciosos de preguntarme lo que me había sucedido. Yo venía cariacontecido y encapotado; no les dije más de que me había visto en un grande aprieto. Contéles cómo me había topado con don Diego, y lo que me había sucedido. Consoláronme, aconsejando que disimulase y no desistiese de la pretensión por ningún camino ni manera.

En esto, supimos que se jugaba, en casa de un vecino boticario, juego de parar. Entendíalo yo entonces razonablemente, porque tenía más flores que un mayo[336], y barajas hechas, lindas. Determinámonos de ir a darles un muerto —que así se llama el enterrar una bolsa—; envié los amigos delante, entraron en la pieza, y dijeron si gustarían de jugar con un fraile benito que acababa de llegar a curarse en casa de unas primas suyas, que venía enfermo y traía mucho del real de a ocho y escudo. Crecióles a todos el ojo, y clamaron: —«¡Venga el fraile enhorabuena!». —«Es hombre grave en la orden» —replicó Pero López— «y, como ha salido, se quiere entretener, que él más lo hace por la conversación». —«Venga, y sea por lo que fuere». —«No ha de entrar nadie de fuera, por el recato», dijo Brandalagas. —«No hay tratar de más», respondió el huésped. Con esto, ellos quedaron ciertos del caso, y creída la mentira.

Vinieron los acólitos, y ya yo estaba con un tocador en la cabeza, mi hábito de fraile benito, unos antojos y mi

---

[335] *irme por abajo:* alude a la trampa llamada *ida:* «Hay muchos géneros fulleros: unos son diestros por garrote y otros por una ida» (*Capitulaciones de la vida de la Corte, Rivad., XXIII, 463a*). No me represento cómo sea esta trampa, y prefiero no hacer conjeturas (nota de A. Castro).

[336] Todavía se plantan mayos en muchos lugares de España. Sobre el tema, vid. A. González Palencia y E. Mele, *La Maya,* Madrid, 1964.

barba, que por ser atusada no desayudaba. Entré muy humilde, sentéme, comenzóse el juego. Ellos levantaban bien; iban tres al mohíno, pero quedaron mohínos los tres, porque yo, que sabía más que ellos, les di tal gatada que, en espacio de tres horas, me llevé más de mil y trecientos reales. Di baratos y, con mi «loado sea Nuestro Señor», me despedí, encargándoles que no recibiesen escándalo de verme jugar, que era entretenimiento y no otra cosa. Los otros, que habían perdido cuanto tenían, dábanse a mil diablos. Despedíme, y salímonos fuera.

Venimos a casa a la una y media, y acostámonos después de haber partido la ganancia. Consoléme con esto algo de lo sucedido, y, a la mañana, me levanté a buscar mi caballo, y no hallé por alquilar ninguno; en lo cual conocí que había otros muchos como yo. Pues andar a pie pareciera mal, y más entonces, fuime a San Felipe, y topéme con un lacayo de un letrado, que tenía un caballo y le aguardaba, que se había acabado de apear a oír misa. Metíle cuatro reales en la mano, porque mientrás su amo estaba en la iglesia, me dejase dar dos vueltas en el caballo por la calle del Arenal, que era la de mi señora.

Consintió, subí en el caballo, y di dos vueltas calle arriba y calle abajo, sin ver nada; y, al dar la tercera, asomóse doña Ana. Yo que la vi, y no sabía las mañas del caballo ni era buen jinete, quise hacer galantería. Dile dos varazos, tiréle de la rienda; empínase y, tirando dos coces, aprieta a correr y da conmigo por las orejas en un charco.

Yo que me vi así, y rodeado de niños que se habían llegado, y delante de mi señora, empecé a decir: —«¡Oh, hi de puta! ¡No fúerades vos valenzuela![337] Estas teme-

---

[337] «*valenzuela*: hubo una casta de caballos de este nombre, de la cual trata don Luis de Bañuelos y de la Cerda en su *Libro de Jineta y descendencia de los caballos guzmanes, que por otro nombre se llaman valenzuelas*, 1605 (t. XIV, Madrid, ed. Bibl. Esp., 1877); el primer semental de dicha casta lo vendió un arriero de Córdoba a don Luis Manrique, hijo de los duques de Nájera; aquel arriero se llamaba Guzmán, "de donde le quedó al caballo de allí adelante llamarse guzmán y a todos sus hijos guzmanes" (*ob. cit.* pág. 13); eran caballos

ridades me han de acabar. Habíanme dicho las mañas, y quise porfiar con él». Traía el lacayo ya el caballo, que se paró luego. Yo torné a subir; y, al ruido, se había asomado don Diego Coronel, que vivía en la misma casa de sus primas. Yo que le vi, me demudé. Preguntóme si había sido algo; dije que no, aunque tenía estropeada una pierna. Dábame el lacayo priesa, porque no saliese su amo y lo viese, que había de ir a palacio.

Y soy tan desgraciado, que, estándome diciendo el lacayo que nos fuésemos, llega por detrás el letradillo, y, conociendo su rocín, arremete al lacayo y empieza a darle de puñadas, diciendo en altas voces que qué bellaquería era dar su caballo a nadie. Y lo peor fue que, volviéndose a mí, dijo que me apease con Dios, muy enojado. Todo pasaba a vista de mi dama y de don Diego: no se ha visto en tanta vergüenza ningún azotado. Estaba tristísimo de ver dos desgracias tan grandes en un palmo de tierra. Al fin, me hube de apear; subió el letrado y fuese. Y yo, por hacer la deshecha, quedéme hablando desde la calle con don Diego, y dije: —«En mi vida subí en tan mala bestia. Está ahí mi caballo overo en San Felipe, y es desbocado en la carrera y trotón. Dije cómo yo le corría y hacía parar; dijeron que allí estaba uno en que no lo haría, y era éste deste licenciado. Quise probarlo. No se puede creer qué duro es de caderas; y con mala silla, fue milagro no matarme». —«Sí fue» —dijo don Diego—; «y, con todo, parece que se siente v. m. de esa pierna». —«Si siento» —dije yo—; «y me querría ir a tomar mi caballo y a casa».

La muchacha quedó satisfecha y con lástima de mi

---

estimadísimos por su ligereza y su planta; distinguióse en su selección don Juan de Valenzuela, caballerizo mayor del duque de Sesa, del cual les quedó su segunda denominación. Véase: F. Rodríguez Marín, «Poesías de Vélez de Guevara», *Rev. de Arch., Bibl. y Museos,* II, 1908, página 66, nota 2. Falta esta palabra en el *DRAE* (nota de A. Castro).

Y comp.: «Yo, Bragadoro, valenzuela en raza, / diestro como galan de entrambasillas, / en la barbada, naguas amarillas» (T. De Burguillos, soneto: *Desgarro de una panza un día de toros*); «Paseaba el gran Carlos Quinto / sobre un blanco Valenzuela / de moscas negras sembrado» (*Cotarelo,* II, pág. 472a).

caída, mas el don Diego cobró mala sospecha de lo del letrado, y fue totalmente causa de mi desdicha, fuera de otras muchas que me sucedieron. Y la mayor y fundamento de las otras fue que, cuando llegué a casa, y fui a ver una arca, adonde tenía en una maleta el dinero que me había quedado de mi herencia y lo que había ganado —menos cien reales que yo traía conmigo—, hallé que el buen licenciado Brandalagas y Pero López habían cargado con ello, y no parecían. Quedé como muerto, sin saber qué consejo tomar de mi remedio. Decía entre mí: —«¡Malhaya quien fia en hacienda mal ganada, que se va como se viene! ¡Triste de mí! ¿Qué haré?». No sabía si irme a buscarlos, si dar parte a la justicia. Esto no me parecía bien, porque, si los prendían, habían de aclarar lo del hábito y otras cosas, y era morir en la horca. Pues seguirlos, no sabía por dónde. Al fin, por no perder también el casamiento, que ya yo me consideraba remediado con el dote, determiné de quedarme y apretarlo sumamente.

Comí, y a la tarde alquilé mi caballico, y fuime hacia la calle; y como no llevaba lacayo, por no pasar sin él, aguardaba a la esquina, antes de entrar, a que pasase algún hombre que lo pareciese, y, en pasando, partía detrás dél, haciéndole lacayo sin serlo; y en llegando al fin de la calle, metíame detrás de la esquina, hasta que volviese otro que lo pareciese; metíame detrás, y daba otra vuelta.

Yo no sé si fue la fuerza de la verdad de ser yo el mismo pícaro que sospechaba don Diego, o si fue la sospecha del caballo del letrado, u qué se fue, que don Diego se puso a inquirir quién era y de qué vivía, y me espiaba. En fin, tanto hizo, que por el más extraordinario camino del mundo supo la verdad; porque yo apretaba en lo del casamiento, por papeles, bravamente, y él, acosado de ellas, que tenían deseo de acabarlo, andando en mi busca, topó con el licenciado Flechilla, que fue el que me convidó a comer cuando yo estaba con los caballeros. Y éste, enojado de cómo yo no le había vuelto a ver, hablando con don Diego, y sabiendo cómo yo había sido su criado, le dijo de la suerte que me encontró cuando me llevó a comer, y que no había dos días que me había topado a caballo muy bien puesto, y le había contado cómo me casaba riquísimamente.

No aguardó más don Diego, y, volviéndose a su casa, encontró con los dos caballeros del hábito y la cadena amigos míos, junto a la Puerta del Sol, y contóles lo que pasaba, y díjoles que se aparejasen y, en viéndome a la noche en la calle, que me magulasen los cascos; y que me conocerían en la capa que él traía, que la llevaría yo. Concertáronse, y, en entrando en la calle, topáronme; y disimularon de suerte los tres que jamás pensé que eran tan amigos míos como entonces. Estuvímonos en conversación, tratando de lo que sería bien hacer a la noche, hasta el avemaría. Entonces despidiéronse los dos; echaron hacia abajo, y yo y don Diego quedamos solos y echamos a San Felipe.

Llegando a la entrada de la calle de la Paz, dijo don Diego: —«Por vida de don Felipe, que troquemos capas[338], que me importa pasar por aquí y que no me conozcan» —«Sea en buen hora», dije yo. Tomé la suya inocentemente, y dile la mía. Ofrecíle mi persona para hacerle espaldas, mas él, que tenía trazado el deshacerme las mías, dijo que le importaba ir solo, que me fuese.

No bien me aparté dél con su capa, cuando ordena el diablo que dos que lo aguardaban para cintarearlo por una mujercilla, entendiendo por la capa que yo era don Diego, levantan y empiezan una lluvia de espaldarazos sobre mí. Yo di voces, y en ellas y la cara conocieron que no era yo. Huyeron, y yo quedéme en la calle con los cintarazos. Disimulé tres o cuatro chichones que tenía, y detúveme un rato, que no osé entrar en la calle, de miedo. En fin, a las doce, que era a la hora que solía hablar con ella, llegué a la puerta; y, emparejando, cierra uno de los

338 Para un caso de trueque de capas, vid. *Relatos... de cartas de jesuitas,* págs. 132-133, donde también se cuenta la invención de preguntar a un paje ajeno para hacer creer que es propio; y comp. *Buscón,* página 213.

dos que me aguardaban por don Diego, con un garrote conmigo, y dame dos palos en las piernas y derríbame en el suelo; y llega el otro, y dame un trasquilón de oreja a oreja, y quítanme la capa, y dejándome en el suelo, diciendo: —«¡Así pagan los pícaros embustidores mal nacidos!».

Comencé a dar gritos y a pedir confesión; y como no sabía lo que era —aunque sospechaba por las palabras que acaso era el huésped de quien me había salido con la traza de la Inquisición, o el carcelero burlado, o mis compañeros huidos...; y, al fin, yo esperaba de tantas partes la cuchillada, que no sabía a quién echársela; pero nunca sospeché en don Diego ni en lo que era—, daba voces: —«¡A los capeadores!»[339]. A ellas vino la justicia; levantáronme, y, viendo mi cara con una zanja de un palmo, y sin capa ni saber lo que era, asiéronme para llevarme a curar. Metiéronme en casa de un barbero, curóme, preguntáronme dónde vivía, y lleváronme allá.

Acostáronme, y quedé aquella noche confuso, viendo mi cara de dos pedazos, y tan lisiadas las piernas de los palos, que no me podía tener en ellas ni las sentía, robado, y de manera que ni podía seguir a los amigos, ni tratar del casamiento, ni estar en la corte, ni ir fuera.

---

[339] *capeadores,* 'ladrones de capas'.

CAPÍTULO VIII

De mi cura y otros sucesos peregrinos

He aquí a la mañana amanece a mi cabecera la huéspeda de casa, vieja de bien, edad de marzo —cincuenta y cinco— con su rosario grande y su cara hecha en orejón o cáscara de nuez, según estaba arada. Tenía buena fama en el lugar, y echábase a dormir con ella y con cuantos querían; templaba gustos y careaba placeres. Llamábase tal de la Guía; alquilaba su casa, y era corredora para alquilar otras. En todo el año no se vaciaba la posada de gente.

Era de ver cómo ensayaba una muchacha en el taparse[340], lo primero enseñándola cuáles cosas había de descubrir de su cara. A la de buenos dientes, que riese siempre, hasta en los pésames; a la de buenas manos, se las enseñaba a esgrimir; a la rubia, un bamboleo de cabellos, y un asomo de vedijas por el manto y la toca estremado; a buenos ojos, lindos bailes con las niñas y dormidillos, cerrándolos, y elevaciones mirando arriba. Pues tratada en materia de afeites, cuervos entraban y les corregía las caras de manera que, al entrar en sus casas, de puro blancas no las conocían sus maridos[341]. Y en lo

---

[340] Cfr.: Haciendo con el manto la puntería que llaman de medio ojo» (Salas Barbadillo, *Cotarelo*, I, pág. 227a).

[341] «BEL. ¿Aquellas se afeitan, madre?

GER. No, sino el alba. Ninguna lo deja en el arca: las blancas para serlo más; que las negras ya está dicho» (*Dorotea,* pág. 513).

que ella era más estremada era en arremedar virgos y adobar doncellas. En solos ocho días que yo estuve en casa, la vi hacer todo esto. Y, para remate de lo que era, enseñaba a pelar [342], y refranes que dijesen, a las mujeres. Allí les decía cómo habían de encajar la joya [343]: las niñas por gracia, las mozas por deuda, y las viejas por respeto y obligación. Enseñaba pediduras para dinero seco, y pediduras para cadenas y sortijas. Citaba a la Vidaña, su concurrente en Alcalá, y a la Plañosa, en Burgos, mujeres de todo embustir.

Esto he dicho para que se me tenga lástima de ver a las manos que vine, y se ponderen mejor las razones que me dijo; y empezó por estas palabras, que siempre hablaba por refranes [344]: —«De do sacan y no pon, hijo don Felipe, presto llegan al hondón; de tales polvos, tales lodos; de tales bodas, tales tortas. Yo no te entiendo, ni sé tu manera de vivir. Mozo eres; no me espanto que hagas algunas travesuras, sin mirar que, durmiendo, caminanos a la güesa: yo, como montón de tierra, te lo puedo decir. ¡Qué cosa es que me digan a mí que has desperdiciado mucha hacienda sin saber cómo, y que te han visto aquí ya estudiante, ya pícaro, ya caballero, y todo por las compañías! Dime con quién andas, hijo, y diréte quién eres; cada oveja con su pareja; sábete, hijo, que de la mano a la boca se pierde la sopa. Anda, bobillo, que si te inquietaban mujeres, bien sabes tú que soy yo fiel perpetuo, en esta tierra, de esa mercaduría, y que me sustento

---

[342] *pelar,* 'comerle a uno su hacienda, como hacen las rameras que pelan a los mancebos' *(Cov.).*

[343] Creo que Quevedo se refiere al modo de aceptar la joya con que el galán trata de obligar a la dama, como es de recibo en estos asuntos. A continuación, enseña cómo se ha de pedir.

[344] Esta enumeración de refranes, además de situar a la vieja en la línea literaria de *Celestina,* se dobla con una clara intención satírica. Quevedo ataca los refranes, frases hechas, muletillas, etc., en la *Premática que este año de 1600 se ordenó;* y en el *Sueño de la muerte; Discurso de todos los diablos,* etc. Vid. Francisco Ynduráin, «Refranes y frases hechas en la estimativa literaria del Siglo de Oro», *Relección de clásicos,* Madrid, 1969, págs. 299-331.

de las posturas[345], así que enseño como que pongo, y que nos damos con ellas en casa; y no andarte con un pícaro y otro pícaro, tras una alcorzada y otra redomada, que gasta las faldas con quien hace sus mangas[346]. Yo te juro

---

[345] *postura,* 'el precio en que se pone alguna cosa venal' *(Cov.).*

[346] Parece que la palabra *manga* tiene varios sentidos. Uno de estos sentidos se sitúa dentro del campo semántico de *engaño, robo,* como el derivado germanesco *mangar,* 'robar'. Quizá tenga su origen en estos sentidos: «*Manga.* Es una forma de red de pescadores»; «*Manganilla.* Es una manera de engaño artificioso y pronto, como suelen hacer los del juego de masecoral» *(Cov.);* también nota Covarrubias que «... Hazer un negocio de manga o ir de manga, es hacerse con soborno»; comp.: «Amigas y parientes que hacen mangas / volviendo en tercería el parentesco» *(Liñán,* pág. 31); «ir de manga» *(Guzmán,* pág. 776); «*Bezón.* No se me entre de manga ['trampa, burla'], / que es dura la ganga» (Q. de Benavente, *Cotarelo,* II, pág. 587a); 'VEJETE. ¿Ropa de una manga sola? / MARISAB. ¿Qué quiere, amigo? Es usanza / y allá en la isla son todos / nuestros vestidos de manga. / VEJETE. ¿De manga? ¡Válame Dios! / ¿Cómo la isla se llama? / MARISAB. Llámase la Entretenida» *(Id.,* página 800a). En las obras de germanía, en especial en las de Hidalgo, el sentido es claro: «con los hijos del vezino / poquita conversación, / que entran por la bocamanga / salen por el cabeçón» («En la ciudad de Toledo», cito por la ed. de Zaragoza, 1644); «aquí entran los tocadores y pechardinos ['cortadores'] de manga» («En el corral de los olmos»); «*Pechardino de manga.* Es quando entre los ladrones quieren hazer que pague alguno por ambos una comida, o cena; concierta él un ladrón con el que han de engañar, que se reserven del gasto al compañero, y avisan al bodegonero que si lo que les diere a comer o cenar montare diez, que pida veynte, y assí da el uno de los ladrones y el que ha de ser Pechardino cada uno su parte, y el Tabanquero le buelve los diez al uno de los ladrones, quedando pagado con los otros diez que le dio el Pechardino» (Hidalgo, *Vocabulario,* cfr. Amezúa, *Coloquio,* pág. 559).

Russell estudia una forma parecida: «La etimología de *magana* o *macana* es oscura. En el sentido de "garrote grueso", la palabra es bien conocida por los lexicógrafos españoles y portugueses, quienes le suelen atribuir un origen amerindio. Sin embargo, también se ha creído en un origen africano (bantú) (Corominas, *Dicc.,* III, pág. 168). En portugués, el adjetivo *magano,* aparte de su relación con la vida airada y lo obsceno, tenía el sentido especializado de "persona que comercia con esclavos"» *(Temas de «La Celestina»,* Barcelona, 1978, pág. 404, nota 16, y vid. págs. 388-389). En cuanto a *Zangamanga,* quizá emparentada con las anteriores «según el Dicc. académico, es 'treta', 'ardid'. Hay unas célebres coplas anónimas, publicadas por Barbieri en su *Cancionero musical de los ss. XV y XVI* (Madrid, 1890, nota 442), que comienzan con estos versos: "La Zorrilla con el gallo / Zangorromango"»;

que hubieras ahorrado muchos ducados si te hubieras encomendado a mí, porque no soy nada amiga de dineros. Y por mis entenados y difuntos, y así yo haya buen acabamiento, que aun lo que me debes de la posada no te lo pidiera agora, a no haberlo menester para unas candelicas y hierbas»; que trataba en botes sin ser boticaria, y si la untaban las manos, se untaba y salía de noche por la puerta del humo.

Yo que vi que había acabado la plática y sermón en pedirme —que, con su tema, acabó en él, y no comenzó, como todos hacen—, no me espanté[347] de la visita, que no me había hecho otra vez mientras había sido su huésped, si no fue un día que me vino a dar satisfacciones de que había oído que me habían dicho no sé qué de hechizos, y que la quisieron prender y escondió la calle; vínome a desengañar y a decir que era otra Guía[348]; y no es de espantar que, con tales guías, vamos todos desencaminados.

Yo la conté su dinero y, estándosele dando, la desventura, que nunca me olvida, y el diablo, que se acuerda de mí, trazó que la venían a prender por amancebada, y sabían que estaba el amigo en casa. Entraron en mi aposento y, como me vieron en la cama, y a ella conmigo, cerraron con ella y conmigo, y diéronme cuatro o seis empellones muy grandes, y arrastráronme fuera de la cama. A ella la tenían asida otros dos, tratándola de alcagüeta y bruja. ¡Quién tal pensara de una mujer que hacía la vida referida!

A las voces del alguacil y a mis quejas, el amigo, que era un frutero que estaba en el aposento de adentro, dio a correr. Ellos que lo vieron, y supieron por lo que decía

---

"Hacía grandes extremos, diciendo que bien entendía la Zangamanga" (Quevedo, *Cuento de cuentos*)» (Cervantes, *Obras,* ed. Sch. y Bonilla, t. II, pág. 31).

[347] *espantar* 'asombrar'.

[348] Recordar que también de su madre oyó Pablos «no sé qué de volar»; comp.: Fray Martín de Castañega, «De cómo los consagrados al demonio pueden andar por los aires», cap. IV del *Tratado de las supersticiones y hechicerías,* Madrid, 1946.

otro güesped de casa que yo lo era, arrancaron tras el pícaro, y asiéronle, y dejáronme a mí repelado y apuñeado; y con todo mi trabajo, me reía de lo que los picarones decían a la Guía. Porque uno la miraba y decía: —«¡qué bien os estará una mitra, madre, y lo que me holgaré de veros consagrar tres mil nabos a vuestro servicio!». Otro: —«Ya tienen escogidas plumas los señores alcaldes, para que entréis bizarra». Al fin, trujeron el picarón, y atáronlos a entrambos. Pidiéronme perdón, y dejáronme solo.

Yo quedé algo aliviado de ver a mi buena huéspeda en el estado que tenía sus negocios; y así, no tenía otro cuidado sino el de levantarme a tiempo que la tirase mi naranja [349]. Aunque , según las cosas que contaba una criada que quedó en casa, yo desconfié de su prisión, porque me dijo no sé qué de volar, y otras cosas que no me sonaron bien.

Estuve en la casa curándome ocho días, y apenas podía salir; diéronme doce puntos en la cara, y hube de ponerme muletas. Halléme sin dinero, porque los cien reales se consumieron en la cura, comida y posada; y así, por hacer más gasto no teniendo dinero, determiné de salirme con dos muletas de la casa, y vender mi vestido, cuellos y jubones, que era todo muy bueno. Hícelo, y compré con lo que me dieron un coleto de cordobán viejo y un jubonazo de estopa famoso, mi gabán de pobre, remendado y largo, mis polainas y zapatos grandes, la capilla del gabán en la cabeza; un Cristo de bronce traía colgando del cuello, y un rosario [350].

---

[349] En Quevedo —y en todos los autores que ahora me vienen a la memoria— a las alcagüetas se les arrojan hortalizas, nabos, berzas, etcétera, pero nunca he visto —que yo recuerde— naranjas. Quizá haya un segundo sentido y Pablos la considere, irónicamente, su «enamorada»; arrojar naranjas iría en esa dirección. Vid. Daniel Devoto, «Naranja y limón», *Textos y contextos,* Madrid, 1974, pág. 415 y ss.

[350] «Tres o cuatro días ha que prendieron aquí a un hombre, el cual por la mañana antes de amanecer se vestía unos andrajos y se fingía tullido y enfermo, y con grandes lástimas y súplicas pedía hasta cerca de la una. Luego se recogía a su aposento y comía y se vestía de seda a las mil maravillas...» (*Relatos diversos..,* pág. 129), y vid. Timoneda, *Turiana,* etc.

Impúsome en la voz y frases doloridas de pedir un pobre que entendía de la arte mucho; y así, comencé luego a ejercitallo por las calles. Cosíme sesenta reales que me sobraron, en el jubón; y, con esto, me metí a pobre, fiado en mi buena prosa. Anduve ocho días por las calles, aullando en esta forma, con voz dolorida y realzamiento de plegarias: —«¡Dalde, buen cristiano, siervo del Señor, al pobre lisiado y llagado; que me veo y me deseo!». Esto decía los días de trabajo, pero los días de fiesta comenzaba con diferente voz, y decía: —«¡Fieles cristianos y devotos del Señor! ¡Por tan alta princesa como la Reina de los Angeles, Madre de Dios, dadle una limosna al pobre tullido y lastimado de la mano del Señor!». Y paraba un poco —que es de grande importancia—, y luego añadía: —«¡Un aire corruto[351], en hora menguada, trabajando en una viña, me trabó mis miembros, que me vi sano y bueno como se ven y se vean, loado sea el Señor!».

Venían con esto los ochavos trompicando, y ganaba mucho dinero. Y ganara más, si no se me atravesara un mocetón mal encarado, manco de los brazos y con una pierna menos, que me rondaba las mismas calles en un carretón, y cogía más limosna con pedir mal criado. Decía con voz ronca, rematando en chillido: —«¡Acordáos, siervos de Jesucristo, del castigado del Señor por sus pecados! ¡Dalde al pobre lo que Dios reciba!». Y añadía: —«¡Por el buen Jesú!»; y ganaba que era un juicio[352]. Yo advertí, y no dije más *Jesús*, sino quitábale la *s,* y movía a más devoción. Al fin, yo mudé de frasecicas, y cogía maravillosa mosca.

Llevaba metidas entrambas piernas en una bolsa de cuero, y liadas, y mis dos muletas. Dormía en un portal de un cirujano, con un pobre de cantón, uno de los mayores bellacos que Dios crió. Estaba riquísimo, y era como nuestro retor; ganaba más que todos; tenía una

---

[351] Y *Cotarelo* (I, págs. 237b, 289a; II, pág. 624b); *Flor de enamorados* (fol. 63); Cervantes (*La gran sultana,* pág. 199), etc.

[352] «*Ser* una cosa *un juicio.* Ser de ver, o de admirar» *(DRAE).*

potra[353] muy grande, y atábase con un cordel el brazo por arriba, y parecía que tenía hinchada la mano y manca, y calentura, todo junto. Poníase echado boca arriba en su puesto, y con la potra defuera, tan grande como una bola de puente, y decía: —«¡Miren la pobreza y el regalo que hace el Señor al cristiano!». Si pasaba mujer, decía: —«¡Ah, señora hermosa, sea Dios en su ánima!»; y las más, porque las llamase así, le daban limosna, y pasaban por allí aunque no fuese camino para sus visitas. Si pasaba un soldadico: —«¡Ah, señor capitán!», decía; y si otro hombre cualquiera: —«Ah, señor caballero!». Si iba alguno en coche, luego le llamaba *señoría,* y si clérigo en mula, *señor arcediano.* En fin, él adulaba terriblemente. Tenía modo diferente para pedir los días de los santos; y vine a tener tanta amistad con él, que me descubrió un secreto con que, en dos días, estuvimos ricos. Y era que este tal pobre tenía tres muchachos pequeños, que recogían limosna por las calles y hurtaban lo que podían; dábanle cuenta a él, y todo lo guardaba. Iba a la parte con dos niños de cajuela[354] en las sangrías que hacían dellas. Yo tomé el mismo arbitrio, y él me encaminó la gentecica a propósito.

Halléme en menos de un mes con más de docientos reales horros. Y últimamente me declaró, con intento que nos fuésemos juntos, al mayor secreto y la más alta in-

---

353 *«Potra,* es cierta enfermedad que se cría en los testículos y en la bolsa dellos. Cerca de los médicos tiene diferentes nombres, por la diversidad de especies desta enfermedad, como es hernia y cirro, etc.» (Covarrubias).

Y: «JUAN.—Mirad aquel otro bellaco tullido qué regocijado va en su caballo y qué gordo le lleva el bellaco; y esta fiesta pasada, cuando andaba por las calles a gatas, qué voces tan dolorosas y qué lamentaciones hacía. El intento de hospital de Granada que hago es por meter todos éstos, y que no salgan de allí, y que se les den sus raciones. Para éstos son propios los hospitales, y no los habían de dejar salir dellos, sino como casa por cárcel, dándoles sus razones suficientes como se pudiesen substentar» (*Viaje de Turquía,* pág. 18).

354 Cfr.: «Entra un Mozo con su caja y ropa verde, como estos que piden limosna para alguna imagen» (Cervantes, *La guarda cuidadosa,* ed. E. Asensio, pág. 133).

dustria que cupo en mendigo, y la hicimos entrambos. Y era que hurtábamos niños, cada día, entre los dos, cuatro o cinco; pregonábanlos, y salíamos nosotros a preguntar las señas, y decíamos: —«Por cierto, señor, que le topé a tal hora, y que si no llego, que le mata un carro; en casa está». Dábannos el hallazgo, y veníamos a enriquecer de manera que me hallé yo con cincuenta escudos, y ya sano de las piernas, aunque las traía entrapajadas.

Determiné de salirme de la corte, y tomar mi camino para Toledo, donde ni conocía ni me conocía nadie. Al fin, yo me determiné. Compré un vestido pardo, cuello y espada, y despedíme de Valcázar, que era el pobre que dije, y busqué por los mesones en qué ir a Toledo.

Capítulo IX

En que me hago representante, poeta y galán de monjas

Topé en un paraje una compañía de farsantes que iban a Toledo. Llevaban tres carros, y quiso Dios que, entre los compañeros, iba uno que lo había sido mío del estudio en Alcalá, y había renegado y metídose al oficio. Díjele lo que me importaba ir allá y salir de la corte; y apenas el hombre me conocía con la cuchillada, y no hacía sino santiguarse de mi *per signum crucis.* Al fin, me hizo amistad, por mi dinero, de alcanzar de los demás lugar para que yo fuese con ellos.

Ibamos barajados hombres y mujeres, y una entre ellas, la bailarina, que también hacía las reinas y papeles graves en la comedia, me pareció estremada sabandija. Acertó a estar su marido a mi lado, y yo, sin pensar a quien hablaba, llevado del deseo de amor y gozarla, díjele: —«A esta mujer, ¿por qué orden la podremos hablar, para gastar con su merced unos veinte escudos, que me ha parecido hermosa?». —«No me está bien a mí el decirlo, que soy su marido» [355] —dijo el hombre—, «ni tratar deso; pero sin pasión, que no me mueve ninguna, se puede gastar con ella cualquier dinero, porque tales

---

[355] Vid, en especial, el entremés de *Diego Moreno,* y los magistrales comentarios, como suyos, de Eugenio Asensio, en *Itinerario del Entremés.* Y, *Fastiginia,* pág. 183 y ss.; Salas Barbadillo, *El sagaz Estacio,* etcétera.

carnes no tiene el suelo, ni tal juguetoncita». Y diciendo esto, saltó del carro y fuese al otro, según pareció, por darme lugar a que la hablase.

Cayóme en gracia la respuesta del hombre, y eché de ver que éstos son de los que dijera algún bellaco que cumplen el preceto de San Pablo de tener mujeres como si no las tuviesen, torciendo la sentencia en malicia. Yo gocé de la ocasión, habléla, y preguntóme que adónde iba, y algo de mi vida. Al fin, tras muchas palabras, dejamos concertadas para Toledo las obras. Ibamonos holgando por el camino mucho.

Yo, acaso, comencé a representar un pedazo de la comedia de San Alejo, que me acordaba de cuando muchacho, y representélo de suerte que les di cudicia. Y sabiendo, por lo que yo le dije a mi amigo que iba en la compañía, mis desgracias y descomodidades, díjome que si quería entrar en la danza con ellos. Encareciéronme tanto la vida de la farándula; y yo, que tenía necesidad de arrimo, y me había parecido bien la moza, concertéme por dos años con el autor. Hícele escritura de estar con él, y diome mi ración y representaciones. Y con tanto, llegamos a Toledo.

Diéronme que estudiase tres o cuatro loas, y papeles de barba, que los acomodaba bien con mi voz. Yo puse cuidado en todo, y eché la primera loa [356] en el lugar. Era de una nave —de lo que son todas— que venía destrozada y sin provisión; decía lo de «este es el puerto», llamaba a la gente «senado», pedía perdón de las faltas y silencio, y entréme. Hubo un víctor de rezado, y al fin parecí bien en el teatro.

Representamos una comedia de un representante nuestro, que yo me admiré de que fuesen poetas, porque pensaba que el serlo era de hombres muy doctos y sabios, y no de gente tan sumamente lega. Y está ya de manera esto, que no hay autor que no escriba comedias, ni representante que no haga su farsa de moros y cristianos; que

---

[356] Vid ahora J. L. Flecniakoska, *La loa,* Madrid, 1975.

me acuerdo yo antes, que si no eran comedias del buen Lope de Vega, y Ramón [357], no había otra cosa.

Al fin, hízose la comedia el primer día, y no la entendió nadie; al segundo, empezámosla, y quiso Dios que empezaba por una guerra, y salía yo armado y con rodela, que, si no, a manos del mal membrillo, tronchos y badeas [358], acabo. No se ha visto tal torbellino, y ello merecíalo la comedia; porque traía un rey de Normandía, sin propósito, en hábito de ermitaño, y metía dos lacayos por hacer reír; y al desatar de la maraña, no había más de casarse todos, y allá vas. Al fin, tuvimos nuestro merecido.

Tratamos todos muy mal al compañero poeta, y yo principalmente, diciéndole que mirase de la que nos habíamos escapado y escarmentase. Díjome que jurado a Dios, que no era suyo nada de la comedia, sino que de un paso [359] tomado de uno, y otro de otro, había hecho aquella capa de pobre, de remiendo, y que el daño no había estado sino en lo mal zurcido. Confesóme que los farsantes que hacían comedias todo les obligaba a restitución, porque se aprovechaban de cuanto habían representado, y que era muy fácil, y que el interés de sacar trecientos o cuatrocientos reales, les ponía a aquellos riesgos; lo otro, que como andaban por esos lugares, les leen unos y otros comedias: —«Tomámoslas para verlas, llevámoslas y, con añadir una necedad y quitar una cosa bien dicha, decimos que es nuestra». Y declaróme como no había habido farsante jamás que supiese hacer una copla de otra manera.

No me pareció mal la traza, y yo confieso que me incliné a ella, por hallarme con algún natural a la poesía; y más, que tenía yo conocimiento con algunos poetas, y había leído a Garcilaso; y así, determiné de dar en el arte. Y con esto y la farsanta y representar, pasaba la vida;

357 Vid. ahora el estudio de M. Fernández Nieto, *Investigaciones sobre Alonso Remón,* Madrid, 1974.

358 *badea,* 'pepino'.

359 *paso,* 'pasaje o trozo'.

que pasado un mes que había estábamos en Toledo, haciendo comedias buenas y enmendando el yerro pasado, ya yo tenía nombre, y habían llegado a llamarme Alonsete, que yo había dicho llamarme Alonso; y por otro nombre me llamaban *el Cruel*, por serlo una figura que había hecho con gran aceptación de los mosqueteros[360] y chusma vulgar. Tenía ya tres pares[361] de vestidos, y autores[362] que me pretendían sonsacar de la compañía. Hablaba ya de entender de la comedia, murmuraba de los famosos, reprehendía los gestos a Pinedo, daba mi voto en el reposo natural de Sánchez, llamaba bonico a Morales[363], pedíanme el parecer en el adorno de los teatros y trazar las apariencias[364]. Si alguno venía a leer comedia, yo era el que la oía.

Al fin, animado con este aplauso, me desvirgué de poeta en un romancico, y luego hice un entremés, y no pareció mal. Atrevíme a una comedia, y porque no escapase de ser divina cosa, la hice de Nuestra Señora del Rosario[365].

---

[360] *mosquetero*, en el teatro, los oyentes que ocupan el patio y permanecen de pie; es la entrada más barata.

[361] Ya Rodríguez Marín, en su edición de las *Novelas ejemplares*, C. C., I, pág. 106, anotaba: «*Dos pares de casas*, contra lo que suena, no eran cuatro casas, sino dos»; y lo justifica documentalmente.

[362] *autores*, 'empresarios'.

[363] *Pinedo, Sánchez y Morales*, actores. Remiro de Navarra acude al mismo planteamiento: «Paróse, y con otras cuatro o cinco hizo camarada, gobernando la farsa: si Beatricilla se prendía bien, si Marianilla se tocaba mal, si Antoñuela se vestía peor, si Jusepilla estaba cascada» (*Los peligros de Madrid*, pág. 81). En el real decreto para la reformación de comedias, dado en 1603, se autoriza a los «autores» Baltasar Pinedo y Juan de Morales (amén de otros seis representantes), lo que indica que por esas fechas ya debían de ser muy conocidos.

[364] *apariencias*, 'decorados teatrales'.

[365] Comp.: «Llegó el tiempo que se usaron / las comedias de apariencias, / de santos y de tramoyas, / y entre éstas, farsas de guerras. / Hizo Pero Díaz entonces / la del *Rosario* y fue buena; / *San Antonio*, Alonso Díaz, / y al final no quedó poeta en Sevilla que no hiciese / de algún santo su comedia» (*El viaje entretenido*, págs. 153-154). Seguramente no es una referencia directa al licenciado Pero Díaz, ya que representar comedias el día de Ntra. Sra. del Rosario era muy frecuente; las encargaban las cofradías del mismo nombre. Vid. Pérez Pastor, *Nuevos datos acerca del histrionismo español*, Madrid, 1901, págs. 55,

Comenzaba con chirimías, había sus ánimas de Purgatorio y sus demonios, que se usaban entonces, con su «bu, bu»[366] al salir, y «ri, ri» al entrar; caíale muy en gracia al lugar el nombre de Satán en las coplas, y el tratar luego de si cayó del cielo, y tal. En fin, mi comedia se hizo, y pareció bien[367].

No me daba manos a trabajar, porque acudían a mí enamorados, unos por coplas de cejas, y otros de ojos, cuál soneto de manos, y cuál romancico para cabellos. Para cada cosa tenía su precio, aunque, como había otras tiendas, porque acudiesen a la mía, hacía barato.

¿Pues villancicos? Hervía en sacristanes y demandaderas de monjas; ciegos[368] me sustentaban a pura oración —ocho reales de cada una—; y me acuerdo que hice entonces la del Justo Juez, grave y sonorosa, que provocaba

---

[366] Quizá puedan relacionarse esos gritos con este texto: «*Hazer el buz*. B. Buz. Alfabeto primero. 'Buz ז ׁ ב como 'hacer el buz' y 'buzcorona'. Buz es palabra hebrea y árabe, y quiere decir abatimiento, menosprecio, humilde reverencia, el que se humilla y tiene en poco; de otro verbo *buç* ב ז ׁ , que es estimar en poco y avasallar. De donde el árabe dice *buç* al besar a la muger» (*La razón de algunos refranes*, página 28, nota). Y cfr. Hermosilla, *Diálogo de los pajes*, Madrid, 1901, pág. 56.

[367] Y comp.: «Hombre del diablo, ¿es posible que siempre en los autos del Corpus ha de entrar el diablo con grande brío, hablando a voces, gritos y patadas, y con un brío que parece que todo el teatro es suyo, y poco para hacer su papel, como quien dice: ¡Huela la casa a diablo!, y Cristo muy mansueto, que parece que apenas echa la habla de la boca? (...) Hícele que pues podía decir Padre eterno, no dijese Padre eternal, ni Satán, sino Satanás; que aquellas palabras eran *buenas cuando el diablo entra diciendo bu, bu, bu, y se sale como cohete*» (*Sueño de la muerte, Obras*, I, pág. 225b); para ejemplos de la comedia estereotipada, vid. *Viaje entretenido*, págs. 200-201; *El pasagero*, págs. 75 y ss., 80-81, etc.

[368] Comp. nota 99; y: «ya en este tiempo usaban / cantar romances y letras, / y esto cantaban los ciegos, / naturales de sus tierras» (*V. entret.*, pág. 152); y J. Rufo, apotegma 583 y nota de R. Blecua.

a gestos. Escribí para un ciego[369], que las sacó en su nombre, las famosas que empiezan:

Madre del Verbo humanal,
Hija del Padre divino,
dame gracia virginal, etc.

Fui el primero que introdujo acabar las coplas como los sermones, con «aquí gracia y después gloria», en esta copla de un cautivo de Tetuán:

---

[369] El tema de los ciegos, con sus rezos y relaciones, se encuentra ampliamente difundido en la literatura de la época. Cotarelo advierte que «en los entremeses figuran mucho; ya como sujetos o temas principales (*Los ciegos, Los ciegos paleados,* etc.) o, bien incidentalmente; casi siempre vendiendo sus relaciones y jácaras y ofreciendo rezar mil distintas oraciones a todos los santos del calendario, según se les encargaba, pues tal era la costumbre» (I, pág. CXLIXb, y vid. pág. 256b). En el teatro, Lope de Vega se refiere a las fantásticas historias cantadas por los ciegos: —«Los ciegos que ven, señor. /.../ —¿Cómo esas cosas de burlas / sufre el molde y acompaña? / Luego dicen que reniega un cristiano, y que el demonio / le aparece en testimonio / de que a sus vicios se entrega...» (*La octava maravilla,* Acad. N., VIII, pág. 255); Salas Barbadillo, en *El subtil cordovés,* escribe lo siguiente: «Los crímenes del tercero tenían más disculpa, porque siendo un ciego mendigo, vendía por las calles para alivio de su miseria algunos embustes, plato del vulgo y crédito de ignorantes, siendo gran perseguidor del Turco, a quien no dexava sossegar en su casa, y que, a conocelle, pienso que le temiera más que a la potencia de la Liga, porque disfamaba su autoridad cada día con mil ridículas novelas; bien es verdad, que no se le puede negar, que era hombre milagroso, porque hazía él más milagros en un año que todas las Imágenes devotas del Reyno en diez [...] Entonces el ciego replicó assí: He vendido yo este año otros dos pares de coplas de renegados y está el pueblo cansado de tanto reniego, aunque el ser hijo de vezino, y conocido, las podrá hazer vendibles. Lea vuesa merced algo del invocatorio. Y echando luego mano a la garganta, se rascó un poco, y aun más que mucho, executando algunas muertes, que por no violar la limpieza que siempre he profesado en mis escritos, no las refiero. Entonces nuestro Pedro dixo assí: Sagrado Dios eternal, / hijo de Viergen María, / pues mi musa es tal por qual, / sacadme de esta agonía / o echareme en un corral. / Socorredme, Dios bendito / ...» (págs. 127-128). El tema de los renegados era tan popular que pronto aparecieron las parodias. Vid., además, Bataillon, *Erasmo y el erasmismo,* Barcelona, 1977, pág. 289 y ss.; y cfr. *Cancionero de Amberes sin año* [1538], fols. 215 v.-220 r.

Pidámosle sin falacia
al alto Rey sin escoria,
pues ve nuestra pertinacia,
que nos quiera dar su gracia,
y después allá la gloria. Amén.

Estaba viento en popa con estas cosas, rico y próspero, y tal, que casi aspiraba ya a ser autor. Tenía mi casa muy bien aderezada, porque había dado, para tener tapicería barata, en un arbitrio del diablo, y fue de comprar reposteros [370] de tabernas, y colgarlos. Costáronme veinte y cinco o treinta reales, y eran más para ver que cuantos tiene el Rey, pues por éstos se veía de puro rotos, y por esotros no se verá nada.

Sucedióme un día la mejor cosa del mundo, que, aunque es en mi afrenta, la he de contar. Yo me recogía en mi posada, el día que escribía comedia, al desván, y allí

---

[370] *repostero:* «un paño cuadrado con las armas del señor, que se pone sobre la acémila» *(Cov.),* Miguel Herrero cita este texto de Tirso: «Todo un Domingo de Ramos / vi encima de una carpeta / a la entrada, y dixe: aquí / fiestas hay, pues ramos cuelgan» (*La Santa Juana, NBAE,* IX, pág. 258a), y comenta: «Hacia 1618 se introdujo en Madrid un artefacto en las puertas de las tabernas que se llamó *carpeta.* Era una especie de repostero pendiente de una palometa, y ocultaba el interior del establecimiento, dejando pasar la luz y el aire por los lados. A esta innovación se refirió Lope:

> Tabernas de San Martín,
> generoso y puro santo,
> que ya ponéis reposteros
> como acémilas de Baco.

¿Vendría de aquí el nombre de "la manta colorada" con que era conocida, según sabemos por Moreto y F. Santos, una taberna de Madrid? (*Oficios populares en la sociedad de Lope de Vega,* Valencia, 1977, página 113, y véase también *Ideas de los españoles del siglo XVII,* Madrid, 1966). A estas carpetas o reposteros parece referirse también Zabaleta cuando, al hablar de unas tapicerías viejas y malas, dice: «ni aun para tapaderas de taberna ha de aver quien las compre» (*Día de fiesta por la tarde,* ed. Doty, pág. 36); «hacerme tapiz de la horca» (S. Barbadillo, *El sagaz Estacio,* pág. 99); «Apenas contó él diez pasos, / cuando en un bodegón vil / se almorzó como muy hombre / sus ciertos maravedís; / volvió el rostro a una taberna, / y enternecióle el tapiz / de la carpeta, y colóse / a buscarle un jarro al fin» (*Id.,* pág. 253).

me estaba y allí comía; subía una moza con la vianda, y dejábamela allí. Yo tenía por costumbre escribir representando recio, como si lo hiciera en el tablado. Ordena el diablo que, a la hora y punto que la moza iba subiendo por la escalera, que era angosta y escura, con los platos y olla, yo estaba en un paso de una montería, y daba grandes gritos componiendo mi comedia; y decía:

> Guarda el oso, guarda el oso,
> que me deja hecho pedazos,
> y baja tras ti furioso;

que entendió la moza —que era gallega—, como oyó decir «baja tras ti» y «me deja», que era verdad, y que la avisaba. Va a huir y, con la turbación, písase la saya, y rueda toda la escalera, derrama la olla y quiebra los platos, y sale danto gritos a la calle, diciendo que mataba un oso a un hombre [371]. Y, por presto que yo acudí, ya estaba toda la vecindad conmigo preguntando por el oso; y aun contándoles yo como había sido ignorancia de la moza, porque era lo que he referido de la comedia, aun no lo querían creer; no comí aquel día. Supiéronlo los compañeros, y fue celebrado el cuento en la ciudad. Y destas cosas me sucedieron muchas mientras perseveré en el oficio de poeta y no salí del mal estado.

Sucedió, pues, que a mi autor —que siempre paran en

---

[371] Escribe Miguel Herrero: «Un poeta "se pone a escribir la comedia de *Troya abrasada*, y al llegar al paso del incendio prorrumpe en tales gritos de alarma apellidando ¡fuego! que a sus voces se arrojaban de la cama todos los huéspedes del mesón, y hallan al poeta tendido en el suelo, despedazado el traje y echando espumarajos por la boca" (Vélez de Guevara, *El diablo cojuelo*). Otro escribía el episodio de un naufragio, y a las voces de ¡socorro! acude la vecindad y hallan al poeta que se había arrojado de cabeza en una tinaja de agua y a pique de ahogarse de veras (*Obras de D. Francisco de Quirós*). Otros que fingían escenas de montería, y en llegando al episodio de dar caza a un oso o a un león armaban tales gritos de espanto que las criadas dejaban caer al suelo una vajilla que les pillaba en las manos, y aun hubo señora que malparió de sobresalto (Castillo Solórzano, *Entremés del casamentero, Quevedo...*, y Calderón, *Lances de amor y fortuna*)» (*Oficios populares*, págs. 244-245).

esto—, sabiendo que en Toledo le había ido bien, le ejecutaron no sé por qué deudas, y le pusieron en la cárcel, con lo cual nos desmembramos todos, y echó cada uno por su parte. Yo, si va a decir verdad, aunque los compañeros me querían guiar a otras compañías, como no aspiraba a semejantes oficios y el andar en ellos era por necesidad, ya que me veía con dineros y bien puesto, no traté de más que de holgarme.

Despedíme de todos; fuéronse, y yo, que entendí salir de mala vida con no ser farsante, si no lo ha v. m. por enojo, di en amante de red, como cofia, y por hablar más claro, en pretendiente de Antecristo [372], que es lo mismo que galán de monjas [373]. Tuve ocasión para dar en esto porque una, a cuya petición había yo hecho muchos villancicos, se aficionó en un auto del Corpus de mí, viéndome representar un San Juan Evangelista [374], que lo era

---

[372] Se decía que el Antecristo nacería de un cura y una monja.

[373] Vid. «la exposición detallada del problema en Fray Marco, *Antonio de Camas, Microcosmia y gobierno universal de hombre cristiano,* Barcelona, 1592; en un entremés anómino anterior a 1612: "Tanto como quiere / la fea las manos, / la hermosa la cara, / ... / la monja el billete", *Cotarelo,* Colección, I, 156b. Documento precioso es la descripción que el Duque de Estrada hace de sus relaciones con una monja; cfr. BAE, XC, 287a...» (F. Lázaro, *Estilo barroco...,* pág. 91). Otro texto aplicable al caso lo da Juan Rufo: «Un poeta de los que el aplauso del vulgo engaña, como la mala voz a los que cantan en tinaja, dio en hacer coplas para monjas muy de ordinario. Sabido lo cual...» (apotegma 569). Y sobre trato de monjas, vid. *Relatos diversos...,* página 17 y ss. Correas recoge: «Devotos de monjas. Amigos dellas», *Fastiginia,* págs. 244, 254 y ss., 248; «y como si tuviera celos los miraba como monja por redes menudas», *Cigarrales,* I, pág. 181. En Gallardo, *Ensayo,* vid. las col. 195, 446, 1128, 1138, 1255, etc.; *La razón de algunos refranes,* pág. 41; Santa Teresa, *Vida,* 7, 2; etc.

[374] Dice Castro: «La monja era «evangelista», es decir, de la orden de San Juan». Interpretación aceptada también por Spitzer.

En realidad, Quevedo se refiere aquí a las parcialidades que se daban, dentro de los conventos, entre monjas evangelistas y bautistas; en algo habían de entretenerse. De estos bandos da testimonio *El Crotalón:* «Pues para sustentar mis locuras y intereses, levanté un bando en el monasterio de los dos San Juanes, Evangelista y Bautista, y como yo tuve entendido que mis contrarias con quien yo tenía mis conferencias y pundonores seguían al Evangelista, tomé yo com mis amigas el apellido y parcialidad del Baptista...»

ella. Regalábame la mujer con cuidado, y habíame dicho que sólo sentía que fuese farsante, porque yo había fingido que era hijo de un gran caballero, y dábala compasión. Al fin, me determiné de escribirla lo siguiente:

CARTA

«Más por agradar a v. m. que por hacer lo que me importaba, he dejado la compañía; que, para mí, cual-, quiera sin la suya es soledad. Ya seré tanto más suyo, cuanto soy más mío. Avíseme cuándo habrá locutorio, y sabré juntamente cuándo tendré gusto», etc.

Llevó el billetico la andadera; no se podrá creer el contento de la buena monja sabiendo mi nuevo estado. Respondióme desta manera:

RESPUESTA

«De sus buenos sucesos, antes aguardo los parabienes que los doy, y me pesara dello a no saber que mi voluntad y su provecho es todo uno. Podemos decir que ha vuelto en sí; no resta agora sino perseverancia que se mida con la que yo tendré. El locutorio dudo por hoy, pero no deje de venirse v. m. a vísperas, que allí nos veremos, y luego por las vistas, y quizá podré yo hacer alguna pandilla a la abadesa. Y adiós».

Conténtome el papel, que realmente la monja tenía buen entendimiento y era hermosa. Comí y púseme el

---

(Canto VIII). M. Bataillon añade: «el *Cancionero* de Sebastián de Horozco (Soc. Bibl. Andal., Sevilla, 1864, pág. 25): "El autor a unas monjas reprehendiéndolas por las parcialidades de Baptistas y Evangelistas". En el mismo *Cancionero* (pág. 167) se publica un entremés puramente profano "que hizo el auctor a ruego de una monja parienta suya Evangelista" para que se representase en el convento el 27 de diciembre. El tema aparece también en el trozo dedicado a las *monjas* por Cristóbal de Castillejo en su *Diálogo de Mujeres*» (*Erasmo en España*, Mex., 1966, pág. 666, nota 41). Quizá habría que recordar también el auto de Gómez Manrique, escrito para un convento de monjas. Ahora, *vide* E. Asensio, «Fray Luis de Maluenda, apologista de la Inquisición» (*Arquivo do Centro Cultural Português*, IX, París, 1975, página 95); y Gallardo, *Ensayo*, col. 446.

vestido con que solía hacer los galanes en las comedias. Fuime derecho a la iglesia, recé, y luego empecé a repasar todos los lazos y agujeros de la red con los ojos, para ver si parecía; cuando Dios y enhorabuena —que más era diablo y en hora mala—, oigo la seña antigua: empieza a toser, y yo a toser; y andaba una tosidura de Barrabás. Arremedábamos un catarro, y parecía que habían echado pimiento en la iglesia. Al fin, yo estaba cansado de toser, cuando se me asoma a la red una vieja tosiendo, y echo de ver mi desventura, que es peligrosísima seña en los conventos; porque como es seña a las mozas, es costumbre en las viejas, y hay hombre que piensa que es reclamo de ruiseñor, y le sale después graznido de cuervo.

Estuve gran rato en la iglesia, hasta que empezaron vísperas. Oílas todas, que por esto llaman a los enamorados de monjas «solenes enamorados», por lo que tienen de vísperas, y tienen también que nunca salen de vísperas del contento, porque no se les llega el día jamás.

No se creerá los pares de vísperas que yo oí. Estaba con dos varas de gaznate más del que tenía cuando entré en los amores —a puro estirarme para ver—, gran compañero del sacristán y monacillo, y muy bien recibido del vicario, que era hombre de humor. Andaba tan tieso, que parecía que almorzaba asadores y que comía virotes.

Fuime a las vistas, y allá, con ser una plazuela bien grande, era menester enviar a tomar lugar a las doce, como para comedia nueva [375]: hervía en devotos. Al fin, me puse en donde pude; y podíanse ir a ver, por cosas raras, las diferentes posturas de los amantes. Cuál, sin pestañear, mirando, con su mano puesta en la espalda, y la otra con el rosario, estaba como figura de piedra sobre sepulcro; otro, alzadas las manos y estendidos los brazos a lo seráfico, recibiendo las llagas [376], cuál, con la boca

[375] Vid., por ejemplo, Ch. Aubrun, *La comedia española,* Madrid, 1968; E. W. Hesse, *La comedia y sus intérpretes,* Madrid, 1972; Varey y Shergold, *Teatros y comedias en Madrid, 1600-1650. Estudios y documentos,* Madrid, Támesis, 1971.

[376] La burla de Quevedo trae a la memoria la epidemia de llagadas: «Realmente se debe recato y tiento en la fe a tan inusitadas y portento-

más abierta que la de mujer pedigüeña, sin hablar palabra, la enseñaba a su querida las entrañas por el gaznate; otro, pegado a la pared, dando pesadumbre a los ladrillos, parecía medirse con la esquina; cuál se paseaba como si le hubieran de querer por el portante[377], como a macho; otro, con una cartica en la mano, a uso de cazador con carne, parecía que llamaba halcón. Los celosos era otra banda; éstos, unos estaban en corrillos riéndose y mirando a ellas; otros, leyendo coplas y enseñándoselas; cuál, para dar picón[378], pasaba por el terreno[379], con una mujer de la mano; y cuál hablaba con una criada echadiza[380] que le daba un recado.

Esto era de la parte de abajo y nuestra, pero de la de arriba, adonde estaban las monjas, era cosa de ver también; porque las vistas era una torrecilla llena de redendijas toda, y una pared con deshilados, que ya parecía salvadera, ya pomo de olor. Estaban todos los agujeros poblados de brújulas[381], allí se veía una pepitoria[382], una mano y acullá un pie; en otra parte había cosas de

---

sas señales, y en materia de llagas aun más, porque cunde tanto esto de las llagas que no se tiene por sierva de Dios la que no tiene las cinco llagas» (*Relatos diversos...*, pág. 20, carta de 1634).

[377] «Haca. Es cavallo pequeño [...] Tiene un paso que llaman *deportante*, con el cual caminan muy menudo, llano y con ligereza» *(Cov.)*; comp. nota 223 y *Guzmán*, pág. 838.

[378] *picón*, 'celos'.

[379] *terrero*, 'esplanada'. Cfr.: *Cotarelo*, II, pág. 820b. Y cfr. Schevill y Bonilla, ed. Cervantes citada, t. II, pág. 202 y nota.

[380] *echadiza*, 'con trampa'.

[381] «Don Américo Castro anota: *Brújula*, 'asomo, aparición atisbada'. Otro difícil vocablo, ininteligible hasta ahora. *Brújula* era no sólo la aguja de marear, sino "el agujerito de la puntería de la escopeta... y es menester mucho tiento y flema para encarar con él" *(Covarrubias)*. La palabra procede del italiano *bússola,* aunque no está muy clara su historia. Lo cierto es que de ese sentido de agujerito, brújula pasó a tener el de 'lo que se ve por el agujero, lo que atisba'. Así se explica que los agujeros estuviesen *poblados de brújulas* y de ese modo explicamos también otros incomprensibles pasajes de Quevedo, en cuya pluma un vocablo así es peligro. Describiendo los balcones de la plaza Mayor, en una fiesta de toros, para decir que se veían los tapices de los doseles, por entre las lujosas telas y a través de los consejeros y grandes, lo expresa así el autor:

sábado[383]: cabezas y lenguas, aunque faltaban sesos; a
otro lado se mostraba buhonería: una enseñaba el rosa-

> Los balcones son jardines,
> pues en brocados florecen,
> y, entre consejos y grandes,
> hay brújulas de doseles.

(Rivad., LXIX, 162)

Probablemente comenzó esta aceptación por designar la pinta de los
naipes (comp. *Brujulear*). Dice un marido paciente, que si vislumbra
un amante rico, se descubre "pinta de oros", se marcha:

> Si estando con mi mujer,
> columbro brújula de oros,
> hago como que me fui,
> y aunque me quedo no estorbo.

(Ibíd., 182b)

Un preso celebra la hermosura de su manceba:

> Si pudiera ver el sol
> viera brizna de tu cofia,
> la brújula de tus ojos,
> que dos firmamentos forman.

(Ibíd., 111a)

Aquí, brújula es, al mismo tiempo, niña de los ojos y aberturas por
las que se ven dos cielos. En este otro ejemplo *brújula* significa muy claramente 'aparición, visión atisbada':

> Verbi gracia, un dotorazo...
> *atisba* por esas calles una picarilla rota;
> que recatada se asoma...
> los bártulos se le atollan.

(Ibíd., 227a)

Véase, además, *Pícara Justina,* ed. Puyol, II, 23 y 34».
  Las conjeturas y suposiciones de Américo Castro, resultarían
más convincentes si se hubiera molestado en reproducir mejor la explicación de Covarrubias, que continúa: «y lo mesmo tienen algunos instrumentos matemáticos y otros (...) Los jugadores de naypes que muy
de espacio van descubriendo las cartas y por sola la raya antes que pin-
te el naype discurren lo que puede ser, dizen que miran por brúxula o
que bruxulean»; Correas confirma este uso: *«Sacar por brújula,* por
conjetura, por manganilla». Creo que —ahora— el sentido es claro: las
monjas son *brújulas,* pues sólo por la raya (el pie o la mano), sin verlas
enteras, hay que adivinar el conjunto; la apreciación de Quevedo en
este caso es coherente con su planteamiento general, cuando señala,
por ejemplo, que no se pasa de tosiduras o del paloteado en la reja.
Unos textos más confirman esta interpretación: «Aunque por brúxula
quiero / (si estamos solos aquí / como a la sota de bastos / descubriros

rio, cuál mecía el pañizuelo, en otra parte colgaba un
guante, allí salía un listón verde [384]... Unas hablaban algo
recio, otras tosían; cuál hacía la seña de los sombrereros [385], como si sacara arañas [386], ceceando.

---

el botín. Cinco puntos calça estrechos; / i esto, señor, baste...» (Góngora, romance que comienza *Dejad los libros ahora*, núm. 32 de Millé);
«[Los celos] Son en el juego de amor / Azar de figura baja. / Donde
meterse en baraja es la más fullera flor; / Que se pierde el jugador / Si
quiere brujulear» (Camargo y Zárate, *Gallardo*, II, col. 203);
«Muchachitas, a bureo / que un bolsillo le brujuleo» ('le veo asomar')
(*Cotarelo*, II, pág. 587a); «córrele el frontispicio el negro velo [a la ta-
pada] / y no me des por brújula tu cielo» (*Id.*, pág. 629a). Cervantes:
«que yo estoy sana, y con todos mis cinco sentidos cabales y vivos,
quiero usar dellos a la descubierta, y no por brújula, como quínola dudosa» (*El juez de los divorcios*, ed. E. Asensio, pág. 65; Asensio anota
lo siguiente: «*Quínola*. Juego de naipes y lance principal del juego que
consiste en reunir cuatro cartas de un palo *(Autoridades)*. "No estando
al descubierto éstas, los jugadores han de *brujulear* y calcular para ver
si tienen quínola" (Bonilla)»; La explicación de Bonilla no me parece
muy ajustada. Del Rosal, por su parte, escribe: «*Conocer, o sacar por
la pinta, o por brúxula*. B. Dibuxar. 'Dibujar' o 'debuxar', de *pullo*,
que en latín es cosa negra, porque con líneas negras se dibuxa, que dice
el latino *delineare*. Y assí la línea negra, raya o pinta se llamó 'buxa' de
pulla, y de allí 'búxula' diminuto el punto o pinta que es la rayuela o
puntillo pequeño, que oy dicen corruptamente 'bruxula'. Y assí bruxu-
lear en el naype es 'sacar' y 'conocer por brúxula' que es lo mismo que
'conocer por la pinta'» (*La razón de algunos refranes*, pág. 34). Otros
casos de «Brujulear», en Devoto, «Gracián y el naipe criollo», *Textos y
contextos*, Madrid, 1974, págs. 313-315).

[382] *pepitoria*: «Un guisado que se hace de los pescuezos y alones del
ave» (Covarrubias). Rodríguez Marín, en su edición del *Diablo Cojuelo*, anota: «Nombráse *pepitoria* a un guisado que se hacía con los
cuellos, manos y pies de las aves. Era un plato propio de sábado, día
en que no se podía comer de los animales terrestres, sino los despojos.
Todo esto se indica en los siguientes versos de Anastasio Pantaleón de
Ribera...: "Del pájaro que en Arabia / cinco edades vive enteras, / y
naciendo de su muerte, / cunas le arrullan sabeas, / será menudo jigo-
te / sus pechugas y caderas, / y en sábado, pepitoria / sus alones,
cuello y piernas"». Comp. *Fastiginia*, pág. 307b.

[383] *cosas de sábado*. Una especie de abstinencia atenuada. Vid.
F. Rodríguez Marín, *Quijote*, 1916, t. VI, págs. 20-25. Y ahora, vid.
M. Herrero, *Oficios populares*, pág. 122, y nota 89.

[384] *listón verde*. El verde significa esperanza o esperanza dudosa,
que se adapta mejor al texto. Quevedo habitualmente se burla de los
significados de los colores, letras de anillos, etc.; vid. *Premática que
este año de 1600 se ordenó*, *Obras*, I, pág. 27a y comp. otra *cinta verde
en Guzmán*, pág. 871.

271

En verano, es de ver cómo no sólo se calientan al sol, sino se chamuscan; que es gran gusto verlas a ellas tan crudas y a ellos tan asados. En ivierno acontece, con la

---

385 El reclamo gritado de los vendedores de sombreros.

386 Según A. Castro, se trata de «los dedos sacados por entre los agujeros, para hacer seña al amigo, semejaban desde la calle patas de araña en movimiento».

Pero ni el texto de Quevedo ni la explicación de A. Castro quedan muy claros. El comentario de don Américo parece motivado por: «a estas horas se subía a su azotea a tocar de la tarántula con un peine y un espejo» (*El diablo cojuelo*, págs. 158-59), a lo que Rodríguez Marín anota: «*Se subía a tocar*, es decir, *a tocarse*, a arreglar su tocado, pero jugando del verbo *tocar* añade lo de *tocar la tarántula*, por alusión a que se hacía *tocar* o tentar el cabello por la *tarántula* de sus dedos; que eso semejaban con el teclear por toda la cabeza. No hay aquí, pues, contra lo que imaginaron los señores Durán y Bonilla, referencia alguna a la música o tonada llamada de *la tarántula*». Sin embargo, en nuestro caso al menos, la explicación de Rodríguez Marín no parece muy convincente. Covarrubias registra: «*Tarántula*. Es una especie de araña, ponçoñosa y virulenta (...) Atarantado, el que está picado de la tarántola, y por alusión el que haze algunos movimientos descompuestos y está como fuera de sí»; «Atarantado (...) Quando uno está alborotado y menea la cabeça y el cuerpo descompuestamente, dezimos que está atarantado». Para curar esta picadura se bailaba la tarantela, es lo que se llamaba *sacarse la araña* o tarántula. Sobre estos y otros esoterismos, vid. Marius Schneider, *El origen musical de los animales-símbolos en la Mitología y la Escultura antiguas* (Barcelona, 1948) y, sobre todo, *La danza de espadas y la tarantela* (Barcelona, 1948), donde cita testimonios de diversos autores: «Inchoato musices sono sensim mitescere incipiunt symptomata antedicta, aeger digitos, manus, mox pedes movere incipit, et successive coetera menbra, crescent que sonorum modulamine, motus ipse membrorum augetur, et si patiens humi jacet, vehementissime in pedes elevatur, saltationes inchoat...» (págs. 14-15); «Porque unos cantan, otros ríen, otros lloran, otros saltan, otros duermen, otros sudan, otros tiemblan, y finalmente, otros hacen cosas extrañas» (Dr. Laguna, *Materia medicinal*, Salamanca, 1570) (página 17); manibus per aera circunferunt» (pág. 24); «De lo cual ha sido causa la diligencia que cada uno de nostros ha siempre tenido en escudriñar y levantar la locura del otro, y esto parece que es como lo que (según fama) acaece en la Pulla con los que están mordidos de un animal que allí se llama la tarántola. Para la cura destos se inventan muchos instrumentos de música, y andan con ellos mudándoles muchos sones, hasta que aquel humor, que es causa de aquella dolencia, por una cierta conformidad que tiene con alguno de aquellos sones, sintiendo el que más cuadra a su propia calidad, súpitamente movido, tanto mueve al enfermo, que mediante este movimiento le reduce a su verda-

272

humedad, nacerle a uno de nosotros berros y arboledas, en el cuerpo. No hay nieve que se nos escape, ni lluvia que se nos pase por alto; y todo esto, al cabo, es para ver una mujer por red y vidrieras, como güeso de santo; es como enamorarse de un tordo en jaula, si habla, y, si calla, de un retrato. Los favores son todos toques, que nunca llegan a cabes: un paloteadico con los dedos. Hincan las cabezas en las rejas, y apúntanse los requiebros por las troneras. Aman al escondite. ¿Y verlos hablar quedito y de rezado? ¡Pues sufrir una vieja que riñe, una portera que manda y una tornera que miente! Y lo mejor es ver cómo nos piden celos de las de acá fuera, diciendo que el verdadero amor es el suyo, y las causas tan endemoniadas que hallan para probarlo.

Al fin, yo llamaba ya «señora» a la abadesa, «padre» al vicario y «hermano» al sacristán, cosas todas que, con el tiempo y el curso, alcanza un desesperado. Empezáronme a enfadar las torneras con despedirme y las monjas con pedirme. Consideré cuán caro me costaba el infierno, que a otros se da tan barato y en esta vida, por tan descansados caminos [387]. Veía que me condenaba a puñados,

---

dera salud. Así nosotros, cuando en alguno sentimos alguna ascondida fuerza de locura, tan sotilmente y con tantas razones y consejos y artes la despertamos, que en fin conocemos muy bien hacia donde se encamina. Después, entendiendo el humor, tanta priesa le damos y así la meneamos y revolvemos, que luego la hacemos llegar al perfecto punto de manifiesta locura. Y así los unos salen locos en hacer versos, los otros en ser muy músicos, algunos en amores, otros en danzar y bailar...» (Boscán, *El Cortesano*, Libro I, cap. I). Se podría pensar, en consecuencia, que Quevedo se refiere, quizá, a que la monja hacía movimientos descompuestos, agitando las manos sobre la cabeza, como quien se saca o cura la picadura de araña, para llamar la atención, al mismo tiempo que cecea o chista. Si esto fuera así entonces la seña o señal de los sombreros o sombreros podría ser bien el gesto de llevarse la mano a la cabeza (al sombrero), bien la seña que se hace agitando los sombreros. En cualquier caso, comp.: «con nalgas atarantadas, / la Berrenda del Roldán / pasó plaza de alquitara / y destilaba el lugar» (*Blecua,* pág. 1281); «Más tengo que bailar que la Tarántula» (*El gallardo Escarramán,* pág. 293); *Cigarrales,* II, pág. 235, etc.

[387] La reflexión parece eco lejano de la anécdota atribuida a Demóstenes con la cortesana Lais, que le pedía demasiado dinero, según la cuenta Aulo Gelio (I, 8).

y que me iba al infierno por sólo el sentido del tacto. Si hablaba, solía —porque no me oyesen los demás que estaban en las rejas— juntar tanto con ellas la cabeza, que por dos días siguientes traía los hierros estampados en la frente, y hablaba como sacerdote que dice las palabras de la consagración. No me veía nadie que no decía: —«¡Maldito seas, bellaco monjil!», y otras cosas peores.

Todo esto me tenía revolviendo pareceres, y casi determinado a dejar la monja, aunque perdiese mi sustento. Y determinéme el día de San Juan Evangelista, porque acabé de conocer lo que son las monjas. Y no quiera v.m. saber más de que las Bautistas todas enronquecieron adrede, y sacaron tales voces, que, en vez de cantar la misa, la gimieron; no se lavaron las caras, y se vistieron de viejo. Y los devotos de las Bautistas, por desautorizar la fiesta, trujeron banquetas en lugar de sillas a la iglesia, y muchos pícaros del rastro. Cuando yo vi que las unas por el un santo, y las otras por el otro, trataban indecentemente dellos, cogiéndola a la monja mía, con título de rifárselos, cincuenta escudos de cosas de labor —medias de seda, bolsicos de ámbar y dulces—, tomé mi camino para Sevilla, temiendo que, si más aguardaba, había de ver nacer mandrágoras [388] en los locutorios.

Lo que la monja hizo de sentimiento, más por lo que la llevaba que por mí, considérelo el pío lector.

---

[388] Vid. *Dioscórides,* Lib. IV, cap. 77; Covarrubias, *Tesoro,* etc.

CAPÍTULO X

De lo que me sucedió en Sevilla hasta embarcarme a Indias

Pasé el camino de Toledo a Sevilla prósperamente, porque, como yo tenía ya mis principios de fullero, y llevaba dados cargados[389] con nueva pasta de mayor y de menor, y tenía la mano derecha encubridora de un dado —pues preñada de cuatro, paría tres—, llevaba gran provisión de cartones de lo ancho y de lo largo para hacer garrotes de morros y ballestilla; y así, no se me escapaba dinero.

Dejo de referir otras muchas flores, porque, a decirlas todas, me tuvieran más por ramillete que por hombre; y también, porque antes fuera dar que imitar, que referir vicios de que huyan los hombres. Mas quizá declarando yo algunas chanzas y modos de hablar, estarán más avisados los ignorantes, y los que leyeren mi libro serán engañados por su culpa.

No te fíes, hombre, en dar tú la baraja, que te la trocarán al despabilar de una vela. Guarda el naipe de toca-

---

389 Véase cómo se hacía esto, según la anónima *Vida y hechos de Estebanillo González* (1646): «El italiano en una cuchara redonda de acero empezó a amolar sus dados, sin ser cuchillos ni tijeras, haciéndolos de mayor y menor, de ocho y trece, de nueve y doce, y de diez y once; y después de haber hecho algunas brochas ('brocas'), dando barreno a dos docenas de dados, hinchó los unos de oro, y los otros de plomo, etcétera». (*Rivad.*, XXXIII, 289b) (nota de A. Castro).

mientos, raspados [390] o bruñidos, cosa con que se conocen

[390] Reproduzco la nota de Schevill y Bonilla al *Pedro de Urdemalas* cervantino: *Las cuatro, la boca del lobo, la sola, la verrugueta, el raspadillo* y *el retén* se hallan citados, como trazas del «floreo de Vilhán», en *Rinconete y Cortadillo*. Aquí se mencionan, además, *el hollín, la ballestilla, el Maese Juán* y *el espejuelo*. *La ballestilla* es citada también por Vicente Espinel en su *Sátira contra las damas de Sevilla* (vid. ed. Mele-Bonilla, en *Dos Cancioneros Españoles;* Madrid, *Revista de Archivos,* 1904). Todas eran *flores* usadas por los fulleros.

Del *retén* escribe Juan Hidalgo que «es tener un naipe cuando el fullero juega, que suele decir *salvar,* y ellos dicen *Salvatierra».* Sobre los fulleros y sus artes, vid. Francisco de Navarrete y Ribera, *La casa del juego* (M. Gregorio Rodríguez, 1644), y F. Rodríguez Marín, *Rinconete y Cortadillo* (Sevilla, 1905, págs. 406 a 408; no cita las autoridades en que se apoya para la explicación). En opinión de este último escritor, *el hollín* consistía en «señalar sutilmente por el dorso tales o cuales suertes de naipes, o todos ellos, distinguiéndolos según los sitios en que estaban marcados»; *la sola,* como *las cuatro* y *las ocho,* «equivalía a lo que ahora llaman *el salto,* a *apandillar* o juntar las suertes, o algún encuentro (que hoy dicen ligar), llevándolo abajo o arriba; a reservarse uno o varios naipes mientras cortaban, poniéndolos luego a dos por tres donde era necesario para que salieran a la mesa, o se quedaran de por vida en la baraja»; *el raspadillo* y *la verrugueta* consistían «en señalar los naipes para distinguirlos al tacto, ya raspándolos sutilmente en determinados sitios, según las suertes, ya apretando sobre el haz de tales o cuales de ellos la cabeza de un alfiler, de modo que por el envés la señal semejaba una verruguilla»; por último, en cuanto a *la boca del lobo,* era «dar alguna convexidad a la mitad inferior de la baraja, antes de cortar, lo cual, como dice *Deber-Trud,* da por resultado que el que corta lo hace irremisiblemente por donde le conviene al que ha barajado»; llamándose *boca de lobo* al «sutil hueco que, superpuesto el paquete de *la teja* quedaba entre ambos».

Estebanillo González, en su *Vida* (cap. I), cuenta cómo un fullero español a quien entró a servir desempapeló sus cartas, «y no venidas por el correro, y sacando de un estuche unas muy finas y aceradas tijeras, empezó a dar cuchilladas, cortando coronas reales, cercenando faldas de sotas por vergonzoso lugar, y desjarretando caballos, señalando las cartas por las puntas para quínolas y primera, dándoles el *raspadillo* para la carteta, y echándoles el *garrote* y la *ballesta* para las pintas, sin otra infinidad de *flores».*

El licenciado Francisco Luque Faxardo, en su curioso libro *Desengaño contra la ociosidad y los juegos* (Madrid, Miguel de Serrano de Vargas, 1603), donde da interesantes noticias sobre Vilhán, menciona algunas *flores* de los fulleros, de los cuales dice que los llamados *sajes* se denominan así «por su demasiada sagacidad» (fol. 158r). Cita *la verruguilla,* el *hacer la teja* y la *boca del lobo* (como *flores* distintas; fols. 165v y 166v) «Hacer diligencia como puedan verle el juego (al

los azares[391]. Y por si fueres pícaro[392], lector, advierte que, en cocinas y caballerizas, pican con un alfiler o doblan los azares, para conocerlos por lo hendido. Y si tratares con gente honrada, guárdate del naipe, que desde la estampa fue concebido en pecado, y que, con traer atravesado el papel[393], dice lo que viene. No te fíes de naipe limpio, que, al que da vista y retiene, lo más jabonado es sucio. Advierte que, a la carteta[394], el que hace los naipes que no doble más arqueadas las figuras, fuera de los reyes, que las demás cartas, porque el tal doblar es por tu dinero difunto. A la primera, mira no den de arriba las que descarta el que da[395], y procura que no se pidan cartas o por los dedos en el naipe o por las primeras letras de las palabras.

No quiero darte luz de más cosas; éstas bastan para saber que has de vivir con cautela, pues es cierto que son infinitas las maulas que te callo. «Dar muerte» llaman quitar el dinero, y con propiedad; «revesa» llaman la treta contra el amigo, que de puro revesada no la entiende;

---

contrario), mirando más a las cartas del otro que a las suyas. A esta cepolería llaman *espejo de Claramonte,* por su autor» (fol. 157v). «Otra flor llaman la *ballestilla;* debe ser, sin duda, por las heridas de saeta con que quitan el dinero. Fuera desto, tienen diversos instrumentos de señalar el naipe: la piedra lápiz y otros betumines que traen, con tal sutileza, que es increíble; juntamente muchas señas hechas a hierro o con uña» (fol. 160r) (Schevill y Bonilla, t. III, págs. 252-253).

[391] *azar,* 'mala suerte', aquí, 'mala carta'. Cfr. *Cigarrales* (I, página 164); *Cozquilla del gusto* (pág. 41); Cervantes, *El rufián dichoso* (pág. 43), *La gran sultana* (pág. 210); *Día de fiesta* (pág. 27), Correas (487a); J. Alonso Maluenda, *Tropezón,* pág. 197; *Desordenada codicia,* págs. 109 y 119; *Al pasar del arroyo* (II, XVI), etc.

[392] *pícaro,* 'criado'.

[393] En el museo provincial de León se conserva una baraja del XVII.

[394] la *carteta,* 'juego de cartas'.

[395] La *primera* «se juega dando cuatro cartas a cada uno. El siete vale 21 puntos; el seis vale 18; el as, 16; el dos 12; el tres, 13; el cuatro, 14; el cinco, 15, y la figura, 10. La mejor suerte, y con que se gana todo, es el flux, que son cuatro cartas de un palo; después el cincuenta y cinco, que se compone precisamente de siete, seis y as de palo; después, la quínola o *primera,* que son cuatro cartas, una de cada palo» *(Dicc. Aut.).*

«dobles»[396] son los que acarrean sencillos para que los desuellen estos rastreros[397] de bolsas; «blanco»[398] llaman al sano de malicia y bueno como el pan, y «negro» al que deja en blanco sus diligencias.

Yo, pues, con este lenguaje y estas flores, llegué a Sevilla; con el dinero de las camaradas, gané el alquiler de las mulas, y la comida y dineros a los huéspedes de las posadas. Fuime luego a apear al mesón del Moro, donde me topó un condiscípulo mío de Alcalá, que se llamaba Mata, y agora se decía, por parecerle nombre de poco ruido, Matorral[399]. Trataba en vidas, y era tendero de cuchilladas, y no le iba mal. Traía la muestra dellas en su cara, y por las que le habían dado, concertaba tamaño y hondura de las que había de dar. Decía: —«No hay tal maestro como el bien acuchillado»; y tenía razón, porque la cara era una cuera, y él un cuero. Díjome que me había de ir a cenar con él y otros camaradas, y que ellos me volverían al mesón.

Fui; llegamos a su posada, y dijo: —«Ea, quite la capa vuacé, y parezca hombre, que verá esta noche todos los buenos hijos de Jevilla. Y porque no lo tengan por maricón[400], ahaje ese cuello y agobie de espaldas; la capa caída, que siempre nosotros andamos de capa caída; ese hocico, de tornillo: gestos a un lado y a otro; y haga vuce

---

[396] *doble,* «llamado por otro nombre enganchador; éste tiene a su cargo buscar, solicitar y traer *buenos*» (*Rivad.,* XXXIII, 463a) (nota de A. Castro).

[397] *rastrero,* 'matarife empleado en el rastro'.

[398] «Cuando uno es principiante y yerra lo llaman *blanco,* que es lo mismo que decirle nescio; y al que dice bien, le llaman *negro,* que es lo mismo que hábil» (Chaves, *Relación de la cárcel de Sevilla,* Gallardo, *Ensayo,* I, col. 1366).

[399] Cfr.: «Baldorro es mozo de sillas / y lacayo Matorral» (*Blecua,* página 1231).

[400] Comp.: SOL.—Es de corazones piadosos enternecerse de los males ajenos. RAM.—No es sino de maricas. Yo, a lo menos, no puedo ver hombres llorones...» (*Viaje entretenido,* pág. 124, y *El pasagero,* página 290). «CLARA. ¿Con mantos y sayas / se ponen los maricones? (*Cotarelo,* I, pág. 176a, y cfr. I, pág. CXIIIb). Si no tenía el sentido obsceno que hoy se le da, cerca le andaba».

de las *g, h,* y de las *h, g* [401]. Diga conmigo: *gerida, mogino, jumo, pahería, mohar, habalí* y *harro* de vino». Tomélo de memoria. Prestóme una daga, que en lo ancho era alfanje, y, en lo largo, de comedimiento suyo no se llamaba espada, que bien podía. —«Bébase» —me dijo— «esta media azumbre de vino puro, que si no da vaharada, no parecerá valiente».

Estando en esto, y yo con lo bebido atolondrado, entraron cuatro dellos, con cuatro zapatos de gotoso [402] por caras, andando a lo columpio, no cubiertos con las capas sino fajados por los lomos; los sombreros empinados sobre la frente, altas las faldillas de delante, que parecían diademas; un par de herrerías enteras por guarniciones de dagas y espadas; las conteras, en conversación con el calcañar derecho; los ojos derribados, la vista fuerte; bigotes buidos a lo cuerno, y barbas turcas [403], como caballos.

Hiciéronnos un gesto con la boca, y luego a mi amigo le dijeron, con voces mohínas, sisando palabras: —«Seidor» [404]. —«So compadre», respondió mi ayo. Sentáronse; y para preguntar quién era yo, no hablaron palabra, sino el uno miró a Matorrales, y, abriendo la boca y empujando hacia mí el labio de abajo, me señaló. A lo cual mi maestro de novicios satisfizo empuñando la barba y mirando hacia abajo. Y con esto, se levantaron todos y me abrazaron, yo a ellos, que fue lo mismo que si catara cuatro diferentes vinos.

---

[401] Vid. Amado Alonso, *De la pronunciación medieval a la moderna,* Madrid, 1955 y 1969.

[402] Los zapatos de gotosos son muy grandes: la cara con muchos «puntos».

[403] *barba turca.* Covarrubias da: «*Barbada.* La cadenilla o anilla que afirma el freno en la boca del cavallo». Pero para otro sentido más sencillo, comp. «al contramaestre no le vimos el rostro en muchos [días], por verse desamparado de su barbaza, que debe ser en Grecia de mucha calidad una cola de frisón en la barba de un hombre» (*Espinel,* II, págs. 54-55); «Mirad los turcos, y hallaréis hoy día / que usan traer la cola de un caballo / por ornamento y grande gallardía» (Cetina, «Epístola en alabanza de la cola o rabo»; *Obras,* Mex. 1977, pág. 72.

[404] *Seidor,* 'servidor'.

Llegó la hora de cenar; vinieron a servir unos pícaros, que los bravos llaman «cañones» [405]. Sentámonos a la mesa; aparecióse luego el alcaparrón; empezaron, por bienvenido, a beber a mi honra, que yo, hasta que la vi beber, no entendí que tenía tanta. Vino pescado y carne, y todo con apetitos [406] de sed. Estaba una artesa en el suelo llena de vino, y allí se echaba de buces el que quería hacer la razón; contentóme la penadilla [407]; a dos veces, no hubo hombre que conociese al otro.

Empezaron pláticas de guerra; menudeábanse los juramentos; murieron, de brindis a brindis, veinte o treinta sin confesión; recetáronsele al asistente [408] mil puñaladas. Tratóse de la buena memoria de Domingo Tiznado [409]. y

---

[405] *Cañón* lo usa Quevedo como 'soplón', en *Blecua,* págs. 1253, 1255, 1263.

[406] *apetitos,* 'aperitivos para provocar el hambre o la sed'. Comp.: «Bonica gente es ella, por cierto, para tener necesidad de apetites que les inciten a dar un madrugón a sus amos» (*La gitanilla, Novelas ejemplares,* C. C., I, pág. 255); Dorotea (pág. 272); *Poesía erótica del Siglo de Oro* (págs. 81 y 139); etc.

[407] *penadilla,* 'taza penada, la que tiene el borde vuelto hacia afuera'. Véase R. Marín, ed. *Quijote,* V, 181, y Schevill-Bonilla, *Comedias de Cervantes,* II, 256. También encontramos *taza penada* en el *Guzmán,* pág. 438 (y nota); *vidrios penados* en la *Fastiginia,* página 298b; *Cigarrales,* I, pág. 41; etc. Y comparar la escena con esta de Salas Barbadillo: «En mi vida he visto cuerpo muerto ['odre'] que huela tan bien como éste. Y desangrándole luego sobre un cántaro grande que allí estava, bebieron todos a boca de cántaro, hasta hazer el mismo estrago en él que en el otro. Ya que tenían ardiendo las sienes, brillando los ojos y vaporeando los celebros, las lenguas gruesas, los braços tendidos, y las piernas en forma de X, entraron en consulta, y salió determinado que fuessen todos juntos a borrar las ignominiosas coplas, y que en su lugar se escriviessen otras, y para esto se cargaron de espadas y broqueles» (*El subtil...,* pág. 199).

[408] *asistente:* 'corregidor'.

[409] También en esto sigue a Quevedo Salas Barbadillo: «para consuelo suyo, se recogió una noche a la taberna de un Alonso Miguel, que era su compadre, donde halló algunos cofadres del trago, y entre ellos uno que teniendo la copa en la mano, antes de llevalla a la boca, alargó el gaznate, y alentándose con el perfume de la olorosa vasija, dixo: Créame voacé por esta santa criatura de Dios que tengo entre mis manos, que la crió para provecho de los hombres, que es muy honrado y no sabe voacé, quan honrado es, como yo sé que es el mismo honrado» (*El*

Gayón; derramóse vino en cantidad al ánima de Escamilla[410], los que las cogieron tristes, lloraron tiernamente al mal logrado Alonso Alvarez[411]. Y a mi compañero, con estas cosas, se le desconcertó el reloj de la cabeza[412], y dijo, algo ronco, tomando un pan con las dos manos y mirando a la luz: —«Por ésta, que es la cara de Dios, y por aquella luz que salió por la boca del ángel[413], que si vucedes quieren, que esta noche hemos de dar al corchete que siguió al pobre Tuerto»[414]. Levantóse entre ellos alarido disforme, y desnudando las dagas, lo juraron; poniendo las manos cada uno en un borde de la artesa[415], y echándose sobre ella de hocicos, dijeron: —«Así como bebemos este vino, hemos de beberle la sangre a todo acechador». —«¿Quién es este Alonso Alvarez» —pregunté— «que tanto se ha sentido su muerte?» —«Mancebito» —dijo el uno— «lidiador ahigadado, mozo de manos y buen compañero. ¡Vamos, que me retientan los demonios!».

---

subtil cordovés, págs. 192-193). El mismo tono, más irreverente que blasfemo, aparece en *El gallardo Escarramán* (pág. 277).

[410] *Escamilla;* Pero Vázquez de Escamilla, célebre matón, que murió en Sevilla, su tierra, «de enfermedad de cordel» (*Bibl. Andal,* III, 251). «Brinda en los banquetes al ánima de Pantoja y a la honra de Escamilla y Roa» (*Rivad.,* XXIII, 482a) (nota de A. Castro).

[411] A. Castro anota: *Alonso Álvarez de Soria,* poeta y pícaro sevillano; véase Rodríguez Marín, *El loaysa de "El celoso extremeño",* 1901. Un mote inconveniente puesto a don Bernardino de Avellaneda, presidente de la Casa de Contratación y luego asistente de la ciudad, le hizo acabar en la horca; sin el ánimo vengativo de Avellaneda hubiesen tenido castigo más suave sus delitos. Su muerte —hacia 1604— le atrajo la admiración de toda la jacarandina; Juan de la Cueva solicitó en vano su perdón, y su nombre quedó mucho tiempo como espejo de bravos». Sin embargo, Cristóbal de Flores escribió sonetos satíricos contra Alonso Alvarez y se conservan en la sección de ms. de la BN de Madrid.

[412] Cfr.: «Ya escurre eslabones el perdido. Ya se desconciertan sus badajadas. Nunca da menos de doce; siempre está hecho reloj de mediodía».

[413] *La razón de algunos refranes,* en la pág. 83, explica la expresión «Por esta luz que salió por la boca de Ángel». Blasfemias semejantes a las de estos autores se encuentran en Torres Naharro, *Tinelaria* (Castalia, pág. 176).

[414] El Tuerto, Alonso Álvarez.

[415] Es parodia de los caballeros de la Tabla Redonda.

Con esto, salimos de casa a montería de corchetes. Yo, como iba entregado al vino y había renunciado en su poder mis sentidos, no advertí al riesgo que me ponía. Llegamos a la calle de la Mar, donde encaró con nosotros la ronda. No bien la columbraron, cuando, sacando las espadas, la embistieron. Yo hice lo mismo, y limpiamos dos cuerpos de corchetes de sus malditas ánimas, al primer encuentro. El alguacil puso la justicia en sus pies, y apeló por la calle arriba dando voces. No lo pudimos seguir, por haber cargado delantero. Y, al fin, nos acogimos a la Iglesia Mayor, donde nos amparamos del rigor de la justicia, y dormimos lo necesario para espumar el vino que hervía en los cascos. Y vueltos ya en nuestro acuerdo, me espantaba yo de ver que hubiese perdido la justicia dos corchetes, y huido el alguacil de un racimo de uvas, que entonces lo éramos nosotros.

Pasábamoslo en la iglesia notablemente, porque, al olor de los retraídos, vinieron ninfas, desnudándose para vestirnos. Aficionóseme la Grajales; vistióme de nuevo de sus colores. Súpome bien y mejor que todas esta vida; y así, propuse de navegar en ansias [416] con la Grajal hasta

---

[416] Otros textos de Quevedo se pueden aducir: «Mientras que tinto en mugre sorbí brodio / y devanado en pringue y telaraña / en ansias navegué por toda España» (*Blecua,* pág. 620). En efecto, *ansias* parece significar afanes o fatigas, del tipo que sean, según el contexto, aunque con frecuencia se refiera a las fatigas amorosas; esta especialización data de antiguo: «con mis pensamientos el navío de mis passiones a remar comencé. Pero como la tormenta de las ansias grande fuese, nunca puerto de descanso fallé» (*Arnalte y Lucenda,* ed. Castalia, pág. 30). Probablemente el tandem ansias-pasión (amorosa) tiene su origen en la de Cristo. En cualquier caso, el hallazgo cortesano-sentimental es recogido en los textos de germanía y en toda clase de obras burlescas; así, por ejemplo, aparece en Hidalgo: «En la ciudad de Toledo», «Ya se parten de la corte», «Leyendo el jaque el papel», «Cante mi germana lira», y *passim;* o en las obras, muy posteriores, de Jacinto Alonso de Maluenda: «A Belisa, que afligida, / rezelos, ancias y ausencias» (*Bureo de las musas,* pág. 52); «Quando algún amante / consulta sus ansias / ella le remite / al metal de Arabia» (*Cozquilla del gusto,* pág. 38). Como es lógico, también se encuentran casos en que *ansias* se refiere a las de la muerte (Quiñones de Benavente, «Jácara de doña Isabel, la ladrona,

morir. Estudié la jacarandina [417], y en pocos días era rabí de los otros rufianes.

---

que azotaron y cortaron las orejas en Madrid», *Cotarelo,* I, pág. 575; o, sin ir más lejos, en la *Celestina,* acto I).

Efectivamente, *guro* es alguacil; y *gurullada* el correspondiente colectivo: «Mientras que le despacha de la trena / la temida y confusa gorullada» (*Liñán,* pág. 29); «acudió luego la gura / y puso al jaque en prisión» (*Id.,* pág. 161). En la enumeración que cita Américo Castro (en nota a la ed. cit.), es fácil interpretar la presencia del *guro* como una ponderación elemental de la importancia del jaque, llorado incluso por sus enemigos; comp.: «Virlos, jaques y mandiles, / Coimas, marquizas, chulamas, / Arcabuceros famosos, / Esploradores de fama, / Y hasta la gura respecta / Tus cosas, y con instancia / Desea ya en este puerto / ver desembarcar a Abarca» (*Id.,* pág. 125). Y vid. *Blecua,* páginas 1228, 1309, 1345.

La identificación queda clara en *Rinconete:* «Son también bienhechoras nuestras las socorridas, que de su sudor nos socorren, ansí en la trena como en las guras»; lo mismo en Quiñones: «Por aquestas niñerías / anda la inocente dama / de la gura perseguida / y de esbirros acosada. / Agarráronla una noche, / y en la trena la embanastan»; *Ropa santa.* La gura me parece que es aquella. / ¡Por el agua de Dios, que trae lanterna! / *Chicharrón.* Vámonos a embocar a una taberna. / (*Vánse y sale un Alguacil con lanterna)*» (*Cotarelo,* II, págs. 574b y 627a, respectivamente).

En cuanto a *godeña,* se puede ver el proceso de formación de la palabra. Es normal que los jaques se llamen a sí mismos *godos* (*Guzmán,* páginas 356, 841, *Blecua,* págs. 672, 791, 1320; *Liñán,* págs. 158, 159; *Dorotea,* pág. 594 y nota; *Cotarelo,* I, págs. 301a, 311a, etc; de aquí es fácil pasar a la denominación *goda* para referirse a la compañera: «Y tú, goda presumptuosa» (*Liñán,* pág. 123) o, como adjetivo, referido a *marca* ('ramera'), por ejemplo, ramera importante o ramera de los godos: «Dejó Abarca el temido, encomendada / Su marca goda al padre de Lucena»; «Y en la cámara del hierro / El chulo y marca goda», (*Liñán,* págs. 29 y 162). Si los valentones crean el derivado *godeño,* lo aplicarán a sus propiedades, del tipo que sean: «¿Qué importa la invención gallarda y nueva / Del cuello a lo godeño...» (*Liñán,* página 48); «Que para el godeño vicio / Soy hombre brioso y fuerte» (*Id.,* pág. 160). Y de aquí el correspondiente femenino, primero como adjetivo, después ya sustentivado: «Los jaques se hagan jarros, y ellas jaras. / Y tú marca, godeña, entre las godas» (*Id.,* pág. 30); «La vi venir también / No con godeñas campanas / Ni con el rumbo que suelen / .../ ¿Cuándo godeña marquiza / Tiene de llegar la chone /...» (*Id.* página 122); «Amaine, seor Garrancho, / no se entruche con la iza, / que es muy godeña marquisa, / la guimara de Polancho» (*Viaje entretenido,* págs. 199-200).

[417] *«Jacarandina.*—Rufianesca o junta de rufianes o ladrones» (*Hidalgo):* «En el corral de los Olmos / de Manflotescos morada, / do es-

La justicia no se descuidaba de buscarnos; rondábamos la puerta, pero, con todo, de media noche abajo, rondábamos disfrazados. Yo que vi que duraba mucho este negocio, y más la fortuna en perseguirme, no de escarmentado —que no soy tan cuerdo—, sino de cansado, como obstinado pecador, determiné, consultándolo primero con la Grajal, de pasarme a Indias con ella, a ver si, mudando mundo y tierra, mejoraría mi suerte. Y fueme peor, como v. m. verá en la segunda parte [418], pues nunca mejora su estado quien muda solamente de lugar, y no de vida y costumbres [419].

tá la Jacarandina / que vive de vida Ayrada» *(Id.);* y cfr. «Leyendo el Jaque el papel», «Cesó Talado, y sentado», etc.

[418] Spitzer llama la atención sobre la solución de enviar al protagonista al lugar de las posibilidades ilimitadas, esto es, a América; solución que se da también en el caso de Loaysa en *El celoso extremeño.*

[419] En las *Lágrimas de Hieremías castellanas* (ed. Wilson y Blecua, Madrid, 1953, pág. CXXXV) se encuentra el mismo pensamiento con la misma formulación que aquí. Según los editores, «en los dos casos se trata de un recuerdo de Horacio: "Coelum non animum mutant qui trans mare corrunt" (Epist., I, 11, 27). Y otros ejemplos de este mismo pensamiento es frecuente hallarlos en Horacio o en otros escritores latinos» (pág. CXXXII). Debe ser, sin embargo, una reflexión muy frecuente y a Quevedo pudo llegarle por cualquier camino, por ejemplo: «Alegro me pues yo con tus pensamientos tan virtuosos: los quales mudando el lugar no mudaste tu coraçon: ca los que van allende el mar, aunque muden el cielo, el ánimo no lo pueden mudar» (*Exemplario contra los engaños y peligros del mundo,* ed. cit., fol. XLVII). O a través de Montaigne, que cita otros pasajes de Horacio: «... Quid terras alio calentes / sole mutamus? Partria quis exsul / se quoque fugit?» (*Odae,* II, XVI, 18-20), «In culpa est animus qui se non effugit unquam» (Eps. I, XIV, 13); Montaigne cita y comenta el pensamiento horaciano en *Essais,* I, xxxviii.

Colección Letras Hispánicas